新潮文庫

蛍の森

石井光太著

新潮社版

10505

蛍の森　目次

蛍の森

プロローグ

山の麓《ふもと》につづく古道は陰っており、腐葉土の匂《にお》いを充満させていた。地面にはところどころ鹿《しか》の糞《ふん》や猿の骨が落ちて蠅《はえ》が飛び回っている。樹齢数百年の図太い老木に木製のお札がかけられ、風に揺れているのは、たまに通りかかる旅人たちが道中獣に襲われたり、事故に遭ったりすることがないようにと願をかけてつけられたものだ。

春の日の午後、赤ん坊を背中に負ぶった男を先頭にして数人の村人たちがこの山道を下りていた。落葉を踏みしだく音が響く。夕闇《ゆうやみ》が刻一刻と迫ってきており、日没になれば森は完全な闇に閉ざされるのを知っていたため、汗を流して先を急いでいる。

彼らの進む先には、木漏れ日が射《さ》し込む沢があった。その奥の木陰には頭巾《ずきん》をかぶった二人の男が、息を殺して身を潜めて、葉と葉の間から白い目をのぞかせてじっと村人がやってくるのを待っていた。

村人たちは何も知らずに沢までやってきて足を止めた。村から麓へ下りる際、ここが唯一《ゆいいつ》水があって息をつける場所だったのだ。先頭の男が赤ん坊を地面に下ろすと、他の者たちも沢のほとりへ歩み寄って水を飲んだり、顔を洗ったりする。

一人取り残された赤ん坊は地べたにすわり、怯《おび》えるような顔つきであたりを見回していた。だいぶ泣きつづけたのだろう、頬に何本もの涙の痕《あと》が残っている。

木陰に隠れていた頭巾姿の男の一人が囁《ささや》いた。

「本当にあの赤ん坊を奪うんだな」

もう一人が唾《つば》を飲んでうなずく。鼓動が村人に聞こえてしまうのではないかと思うほど大きくなっている。

その時、赤ん坊が不意に木陰に身を潜めている二人に顔を向けた。気配を感じたらしい。赤ん坊はじっと二人の方向を見た後、満面の笑みを浮かべて「キャキャキャ」と声を上げて近づこうとした。

沢にいた村人たちが怪訝《けげん》な顔つきでふり返った。赤ん坊が歩み寄ろうとする方向を睨《にら》みつける。

「誰だ！　誰かそこにいるのか？」

頭巾の二人は木陰に身を隠したまま息を止めた。村人たちからは見えていないはずだ。赤ん坊が転びそうになりながらも両手を上げて嬉《うれ》しそうに歩いて来ようとするので、頭巾の二人は来るなと手で追い払う仕草をしたがつたわらない。

村人たちは「人がいるぞ」と囁いて、落ちていた丸太や腰に下げていた鎌《かま》を握りしめた。頭巾姿の二人は青ざめた顔を見合わせた。このままだと見つかってしまう。二人は覚悟を決めて目でうなずくと、まず一人が叫びながら木陰から飛びだし、つづいてもう一人も駆けだした。

村人がそれに気づいて叫ぶ。

「おまえら、何者だ!」

二人は声に驚いて立ち止まった赤ん坊を抱え上げると、古道を全速力で走りだした。刺《とげ》の生えた枝が顔や首を打ち、赤ん坊が泣きだす。

背後で村人が怒鳴る。

「人さらいだ! つかまえろ!」

頭巾姿の二人は、泣き暴れる赤ん坊を抑えながら走りつづける。だが、一歳児とはいえ担《かつ》いで走るには重たく、何度も足がもつれて転びそうになる。後ろをふり返ると、男たちが丸太や鎌を握りしめてすさまじい形相で追いかけてくる。

二人は追っ手をふり切るために古道を逸《そ》れ、原生林に入った。伸びきった蔓《つる》や根が足に絡《から》んで来たり、折れた木が行く手を阻《はば》んだりしたが、村人たちもついてくる。

「この人さらいめっ！　止まれ！　止まりやがれ！」

距離はどんどん縮まっていく。

赤ん坊を抱いた男が息を切らしながらもう一方の男に言った。

「このままだと、つかまる。あんたが、この子をつれていってくれ」

もう一人も荒い呼吸をして訊《き》いた。

「おめえはどうする」

「俺はこの場に留まって、村人たちを引きつける。その間にこの子を抱えて逃げろ」

「そんなことしたら、どんな目にあうかわかってんのか」

「二人ともつかまるよりマシだ。頼むから言う通りにしてくれ」

男はそう言って胸の赤ん坊を一度強く抱きしめてから、仲間に押しつけた。赤ん坊の泣き声が一層大きくなる。

「行け。逃げろ！」と男は背を押した。

赤ん坊を託された男は一瞬ためらったが、覚悟を決めて再び走りだした。

残った男は、天を仰いで深く深呼吸をした。伸び放題の髪は汗でぬれ、頬にべったりとくっついている。木と木の間から吹きつけてくる冷たい風が、不思議なほど清々《すがすが》しい。

ふり返ると、村人たちは目の前まで迫ってきていた。男は両手を伸ばして大きな声で言った。

「止まってくれ。話したいことがあるんだ」

だが、村人は男の前まで来ると、有無を言わさずに「この人さらいめ」と怒鳴って側頭部を棍棒《こんぼう》で殴り飛ばした。鈍い音がし、男が頭を押さえて地面に倒れ込む。村人は間髪入れずに男を再び殴りつけた。

「てめえ、赤ん坊をどこへやった！　仲間はどこだ！」

頭巾の男は答えなかった。村人の一人が逆上して男の頰を足蹴《あしげ》にすると、かぶっていた頭巾を剝《は》ぎ取った。

次の瞬間、村人たちは息を飲んだ。男の顔には大きな浮腫《ふしゅ》がいくつもできており、顔が腫れたように膨らんでいたのである。

村人が目を丸くして叫んだ。

「おい、こいつカッタイだぞ！」

「なにぃ、カッタイの人さらいか。赤子を売りさばこうとしたにちげえねえ」

もう一人がそう怒鳴った直後、別の村人が「野郎！」と頭巾の男の顔面を蹴りあげた。鼻がつぶれ、真っ赤な鼻血が噴き出すように流れる。前歯も砕けた。

村人たちが逃げた者を追いかけようとすると、男は一人の足にしがみついて引き止めた。村人は激高した。

「やめろ、触んじゃねえ!」

何度足蹴にしても、頭巾の男は懇願するような目をして離れなかった。

「くそ、こんな奴《やつ》殺しちまえ!」

別の男がそう言ったかと思うと、落ちていた石をつかみ、思い切り後頭部を殴りつけた。頭蓋骨《ずがいこつ》が割れる音が響くとともに、頭巾の男は顔面から地面に倒れ込み、苦しそうなうめき声を発した。鼻ばかりでなく、耳からも血が流れ落ちる。

「こいつめっ、こいつめっ」

もう一度村人が石で頭を殴ると、今度は粘膜が破れて脳が潰《つぶ》れる柔らかな音がした。傷口から肌色の組織の一部がはみだす。

同時に、他の村人たちも一斉に石や棒をふり下ろした。男はしばらくうめき声を発していたものの、やがて声が消え痙攣《けいれん》をはじめた。

だが、村人たちは暴行を加える手を休めなかった。

「死んじまえ、このカッタイめ!」

男は落ち葉と土にまみれてぼろ雑巾《ぞうきん》のようになったまま動かなくなった。

二〇一二年　神隠し

香川県高松市から国道を通って徳島県との県境にいたる平野は、青々とした田んぼがどこまでも広がっていた。道沿いの商店はいつの間にか姿を消しており、瑞々《みずみず》しい草の香りのする風が吹きつけている。

六月の昼下がり、暖かな陽射しは、田園に点在する古びた農家の屋根を照らしていた。なぜか家々の門には赤や黄色の風車が取り付けられ、カタカタと音を立てて回っている。何かの行事なのだろう。ただ人影はまるでなく、青い田んぼの稲の間を紋白《もんしろ》蝶《ちょう》が羽ばたいているぐらいだ。

一本道を走る香川県警のパトカーの後部座席で、私は窓からそんな牧歌的な光景を眺めていた。もしこれがパトカーでなければ旅行気分だったかもしれない。だが、トヨタのマークXを改造した車内には、カメラやら無線やら大小様々な機械が設置されており、通信指令本部からの一一〇番通報の情報が絶えず流れている。無線のザラついた音で「高松市内で乗用車の衝突事故発生」とか「苅谷《かりや》第二中学校前の民家に空き巣が入った」とか見回りのパトカーに知らせているのだ。無論、私にとってパトカーに乗って無線を聞くのは三十八年の人生で初めての体験だった。

パトカーの運転席でハンドルを握っていたのは、川渕《かわぶち》という名前の四十歳過ぎの警部補だった。年の割には脂《あぶら》ぎっていて、太った体からはお腹《なか》だけがでっぷりと出てシャツに汗の染《し》みがついている。ただ、受け答えは紳士的で、信頼はできそうだ。

車内の無線機から流れる指示を聞いていると、時々「雲岡村《くもおか》」という言葉が耳に飛び込んできた。一週間ほど前からワイドショーや週刊誌をにぎわしている「雲岡村神隠し事件」に関係する情報であることは明らかだった。村の名が流れる度に胸がしめつけられたが、それはこの事件の重要参考人が今年七十二歳になる私の父だったためだ。

父は事件の舞台となっている雲岡村の出身だった。十三歳の時にある事情で村を離れてからは関東で暮らしていたが、事件が起きた前後から行方がわからなくなり、昨日になって突然村に姿を現して身柄を押えられた。なぜつかまることを承知の上で村に行ったのか。今は村で県警の捜査員から任意での事情聴取を受けており、私はその父に会いに村へ向かっていたのである。警察の話を聞く限り、父はまだ事件への関与を認めたわけではないらしい。

国道を逸れて一般道を進んでいくと、次第に道路の凹凸が激しくなってパトカーが揺れるようになった。いつの間にか山間部に入ったらしく、坂道をゆっくりと蛇行しながら登っていく。左右には深い森が広がり、鳥の鳴く声が森中にこだましている。わずかに開いていた窓の隙間《すきま》から冷たい風が吹き込んでくる。

助手席に座っていた女性警察官がふり返った。美波《みなみ》みどりと名乗る小柄な女性だった。警官になってから二年目の二十四歳だという。女性警察官の制服はお堅い印象を与えるが、本人はアイラインや口紅を渋谷で見かける女子高生のように派手に塗りたくっており、つけまつ毛も風が吹けば飛ぶのではないかと思うほど長い。

「東京だと、こんな田舎を見ることってあんまりないんじゃないですか。私、香川県民ですけど、県境のこんな田舎には滅多にこないもん」

若いせいか、敬語がおかしい。私は窓の外の鬱蒼《うっそう》とした森を見つめながら答えた。

「そうですね、僕も父の実家に行くのは初めてなんです。こんな山奥だとは思いませんでしたよ」

「ほんと、幽霊が出そうな森ですから、神隠しが起きても不思議じゃないですよね。でも、最近森で起るのは強姦《ごうかん》事件ばっか。男がナンパした子を車で森へ連れ込んでヤッちゃって置いてっちゃう。女性が携帯電話で一一〇番通報して助けを求めてくるんですけど、すっげえ遠くて」

「………」

「知らないかもしれませんけど、田舎って変な男がいっぱいいるんですよ。以前そんな通報があって駆けつけてみたら、女性の体中にムチの痕や蠟燭《ろうそく》の蠟がついていたりしたことがありました。何か変だと思って問い詰めてみたら、森でSMプレイをやっていたものの、途中でケンカになって置き去りにされちゃったとか。バッカみたいでしょ。そんな人を救うために警官になったんじゃないのに」

彼女はいたずらっぽくクスッと笑って肩をすくめた。同級生の男性に見せるような親しみのあるしぐさだ。

運転席の川渕警部補が、「コラ、あんまり余計なことばかりしゃべるな」と注意した。美波みどりはペロッと舌を出して前を向いた。ふと見ると少し茶色い髪に蜘蛛《くも》がついていたが、口に出して驚かせても仕方がないので黙っていることにした。

パトカーは山の一本道を進み、中腹にある小さな駐車場に止まった。バス停の錆《さ》びたポールが立っていて、警察車両も含めて他にも何台か車が止まっていた。バッグを持って降りると、鳥たちのやかましい鳴き声につつまれた。

川渕警部補はパトカーのトランクから荷物を取り出して言った。

「ここが村に通じる山道になっているんです。昔は村から麓まで降りるのに、二時間ぐらいかかったとか。今は中腹まで車道が通ったおかげで、バスで移動することがほとんどだそうです。ここから村までは行きは上りなので二十分ぐらいですかね」

山道を二十分と言われても、距離感覚がいまいちつかめない。バス停の時刻表を見てみたところ、一日に二回しかバスは通らないようだ。

「父は山中の村にいるんですね」と私は訊いた。

「はい。すでに県警の者が村に入って、お父様から事情をうかがっているはずです。お父様が村に現れたのはつい昨日なので、まだ詳しいことはわかっていません」

ホトトギスが透き通った鳴き声を森に響かせている。美波みどりは車を降りてすぐに携帯電話の電波が入るかどうかを確かめている。デコレーションで埋め尽くされたiPhoneだ。

「ちょっと、やだー、電波入らない」

川渕警部補はそれを見て悩ましそうに頭をかきむしった。

「村なら通じるよ。そんなことを気にしていないで、さっさと山を登って現場に入るぞ」

私たちはそれぞれ荷物を抱えて村に通じる道を歩きはじめた。最初の二十メートルほどは手すりがついた石段になっていたが、その先は未舗装で凹凸の激しい山道だった。辺りは鬱蒼として肌寒く、湿った地面からは樹木の太い根が飛びだしている。

川渕警部補はすぐに汗だくになって無口になったが、美波みどりは平気な顔をして登っていく。警官だけあって、普段から武道などをして体を鍛えているにちがいない。

美波みどりは川渕警部補が遅れをとっているのに気づき歩調をゆるめた。

「村の人は、よくこんな山奥で暮らしてきましたよね。今住んでいるのはほとんどお年寄りで、若い人は数えるほどしかいないみたい。昔だと、今よりさらに町との距離があったでしょうから、完全に隔絶されていた状態だったんでしょうね」

私は呼吸が上がるのを隠しながら答えた。

「父親から聞いた話では、昔はそこそこ人通りがあったようですよ。この山の頂には雲辺寺《うんぺんじ》というお寺がありますよね。四国八十八カ所で、もっとも標高の高いところにある札所。雲の上にあるから雲辺寺と名づけられたみたいです」

四国には弘法《こうぼう》大師にゆかりのある八十八カ所の札所があり、そこを順番に回ることを「四国遍路」という。白装束に杖《つえ》という格好で札所につくたびに般若心経《はんにゃしんぎょう》などを唱え、納札《おさめふだ》を置いてくるなど一連の手続きをし、また次の札所へ向かう。八十八カ所すべてを巡った時はじめて結願《けちがん》となり、人によっては願いがかなうとか、身が清められると信じている。

遍路の歴史は古く、平安時代から室町時代まで宗教者の修行として行われていたものが、江戸時代以降は民衆の間に巡礼として広まった。やがて職業遍路と呼ばれて、地元の住人たちに接待（施し）を受けながら、無一文で死ぬまで巡礼をつづける者も出てきた。この職業遍路の中には、今でいうホームレスや犯罪者、それに病気や障害を抱える者たちも含まれていたという。

私はつづけた。

「いま雲辺寺に行く人たちは、ロープウェイをつかうのが一般的だそうです。標高九二七メートルもありますからね。でも父によれば、昔はロープウェイの代わりに小さな遍路道がいくつもお寺に向かって通っていたみたいです。雲岡村の傍にもそんな道が一本あって多くの遍路が通っていたとか」

「じゃあ、遍路をする人たちにとって雲岡村はある程度知られていた村だったの？」

「そうなんでしょう。もっとも私の父は中学生ぐらいの年齢の時に村を出ていますので、かれこれ六十年ほど前のことですけど」

美波みどりはシャツの上からブラジャーを持ち上げるような仕草をした。

「きっとこの山道も昔は遍路道だっただろうね。あなたはこっちに、奥様や娘さんをつれて遊びに来たことはあるの？　自然を見せるにはいい場所だから、喜ぶんじゃない？」

先程ここに来るのは初めてだと言ったのを聞いていなかったのだろうか。私はため息をついた。

「もう一度言いますが、これまでここに来たことはありません。父は絶対にこの村に家族をつれて来たがりませんでしたし、村のことはほとんど教えてくれませんでした」

「今回、奥様と娘さんは来たいと言わなかったの？」

私は言葉につまった。この事件が起きてから、元々冷え切っていた妻と私の関係はさらに悪化し、昨日の昼間彼女は私の留守中に小学生の娘をつれて家を出ていき、実家へと帰ったのだ。

私はここでそんなことを話しても仕方ないと考え、言葉を濁した。

「まあ、いつかそう言われたら考えます……」

ホトトギスの鳴き声がやけに森に響いている。妻と娘の顔を思い出しながら頭に浮かんだのは、今回の事件が起きた当時のことだった——。

失踪《しっそう》事件の第一報を知ったのは、六日前の六月二日のことだった。

その日は晴れわたった土曜で、私は勤め先である都立感染症研究所での残務を午前中で終え、午後からは神田の喫茶店で読書をしていた。壁にコーヒーの香りが染みついたような店で、時間をかけて選んだ古本を読むのが私の趣味だったのだ。だが、この日に限って活字にうまく集中できず、本を置くと二杯目を頼んでスマートフォンでニュースに目を通していた。少ししてある記事にくぎ付けになった。

〈香川県・二人の男性が同時に失踪〉

一日午後四時ごろ、香川県観音寺《かんおんじ》市の民生委員から、同市雲岡地区の男性二名が行方不明となっているとの通報があった。

県警が捜索したところ、同地区に暮らす深川育造《ふかがわいくぞう》さん（91）、上岡仁《かみおかじん》さん（93）がそれぞれの自宅からいなくなっていることがわかった。自宅は荒らされた形跡がなく、朝食の準備がされており、テーブルには味噌汁《みそしる》やお茶が並べられたままになっていた。

第一発見者の民生委員は次のように語る。

「自宅の食卓には、お味噌汁も、ごはんも朝食をとる直前のような状態で残されていました。住人だけが消えていたのです。深川さん、上岡さんの家はすぐ近くにあるのですが、二軒とも同じような状況でした」

さらに事件を不可解にしているのは、上岡さんが飼っていたハムスターまでも消えていることだ。

雲岡地区は山中にあり、三十一世帯が暮らしていたが、目撃情報はなく、二人とも認知症などの傾向はなかった。異常な状況での失踪に住人は困惑している。

記事を読んだ途端に、体から血の気が引いた。事件で失踪したとされている二人のうちの一人、深川育造という名前に憶《おぼ》えがあったからだ。育造は私の父・乙彦《おとひこ》の育ての親であり、十年前父は彼を殺害しようとして逮捕され、八年の懲役刑を受けていたのである。

乙彦は私にとって父というより、家族における絶対的な権力者だった。彼は雲岡村で生まれ育ったものの、十三歳の時にそれまで育ててくれた深川育造のもとを離れ、別の町の児童養護施設で暮らし、学も人脈もない中で努力だけで貧しさから這《は》い上がってきた。二十代の終わりにリサイクル業で成功して会社の経営者となり、四十代の終わりからは都議を務めるようになっていた。ある意味、典型的な戦後日本の成り上がりだ。

乙彦はあらゆることに対して恐ろしいほど厳格な性格だった。朝起きてから寝るまで休みなく仕事に打ち込み、家に小さな紙屑《かみくず》が落ちていただけで母を呼びつけて殴らんばかりに叱責《しっせき》した。私が食事の後にテレビを見ていれば「遊んでいたら将来生き残れないぞ！」と叱《しか》りつけて勉強机に向かわせた。父にとってはすべてのことが生きるか死ぬかの戦いだったのだろう。私は父を恐れ、夜中に玄関から帰宅した音が聞こえた瞬間に部屋に駆けもどり、父が眠りにつくまで勉強をしているふりをしたものだった。

父の性格についてもっとも記憶に残っているのは、私が十二歳の時に母が癌《がん》で亡《な》くなった際のことだ。母はまだ三十代の後半だった。中学一年だった私が葬式で泣いていたところ、父は私を呼び出して「人前で泣くな！　弱みを見せたら他人にすぐに付け込まれるぞ。男なら何にも動じない鉄の心を持つ人間になれ」と怒鳴ったのだ。そんな父とは当然一緒に遊んだり、旅行をしたりした記憶はなく、胸襟《きょうきん》を開いて本音で何かを話したこともなかった。常に萎縮《いしゅく》して父が命じた進路や職業を選んで、生きてきた。

このような関係だったから、私は父に子供時代について尋ねたことがなかったし、父も一切しゃべろうとしなかった。何かの機会に一時期だけ児童養護施設で育ったと耳にしたが、故郷が雲岡村だということも知らなかった。だが、十年前のあの事件で運命が変わった。

事件のきっかけは、二歳年上の姉の自殺だった。姉は会社役員の息子と結婚が決まったが、その際に婚約者の両親が身元調査を依頼した。興信所の担当者が父の生まれ育った香川県の雲岡村で聞き込み調査をしたところ、父の育ての親である育造がこう話したという。

「乙彦は売春婦の子供だ。村一番の売女《ばいた》が乞食《こじき》相手に体を売って生まれたのが、乙彦なんだよ。俺はあの子の面倒を押しつけられ、不憫《ふびん》に思って引き取ってやることにした。そしたら、あいつは恩を仇《あだ》で返すように乞食どもとつるんでいくつもの事件を起こして出ていったんだ。あいつが金持ちになろうと議員になろうと、体の中には売春婦の血が流れてるし、それは遺伝するはずだ」

この発言がもとで、結婚は破談になり、落胆した姉は公園の汚らしい公衆便所で首つり自殺をした。夏だったため、見つかった時は便所中が蠅で黒くなっていたらしい。

葬儀の席で、父は目を充血させて全身を震わせていた。私は父が姉を失った悲しみに暮れているのかと思っていたが、そうではなかった。父は、深川育造への怒りを抑えられずにいたのだ。

四十九日が済んだ日、父は家から姿を消した。不吉な感じがしていたところ、三日後に香川県警から父を殺人未遂で逮捕したと連絡を受けた。父は自殺した姉の恨みを晴らすため、これまで関係を絶っていた雲岡村にもどると、深川育造を呼び出して森へ誘い込み、首を絞めて殺害しようとしたのだ。だが、育造は失神して仮死状態になっただけで、後に息を吹き返して警察に通報した。これによって、父は裁判にかけられ、未遂ではあるが、立場を考えると社会に与える影響が甚大《じんだい》であるとされて懲役八年が言い渡されたのだ。

この事件は、現職の都議が起こしたものとしてマスコミに大々的に報じられた。彼は人権運動にかかわる社会派都議として知られていたから、世間の注目を集めるには十分だった。当時、二十八歳だった私は総合病院で内科医として働きはじめ、ようやく仕事の要領をつかみ、職場の人間関係も把握しだした頃だった。が、事件によって、病院内での信頼を失って辞職せざるをえず、その後はかつて父が親しくしていた人物が働いていた都立感染症研究所に研究員として籍を置くことになった。

そして、あの悪夢のような事件から十年。ようやく生活が元通りになりだしたと思っていた矢先、今回の深川育造の失踪事件が起きたのである。

私は神田の喫茶店で今回の事件のニュースを読むとすぐ、父が何かしら関与しているのではないかと考えて気が気でなくなった。それで喫茶店を飛び出しタクシーをつかまえて杉並区にある一戸建ての家へ帰った。この家は十年前まで父の持ち物で一緒に住んでいたのだが、事件の裁判で有罪判決を受けてからは出ていってもらい、名義を変えて私と妻と娘の三人で暮らしていた。

家には、父の関与を疑った警察官がすでに二名来ていた。制服姿の警官が妻を問い詰めているのを見た時、目の前が真っ暗になった気がした。聞いてみると、父は二年前に刑務所を出てから千葉県で暮らしていたが、今回の事件の前後から行方がわからなくなっているという。

警察は雲岡村での出来事を「失踪事件」と位置づけていた。改めて事件のあらましを聞くと、こういうことらしい。

六月一日の朝九時、町に暮らす民生委員の女性が週に二回の見回りで深川育造の家を訪れたところ、ドアの鍵《かぎ》が開いており、家の中に姿が見当たらなかった。居間のテーブルには朝食の用意がしてあり、ごはんも味噌汁もそのままだった。ペットの文鳥だけが鳥籠《とりかご》に入っており、かわいらしい声で鳴いていたが、餌《えさ》は近くに放置されていた。

民生委員の女性は彼がどこかへ急用で出かけたのだろうと考え、次に四軒隣の上岡仁の家を訪問した。すると、まったく同じようにドアの鍵が開けられたまま姿だけが消えていた。奇妙だったのは、風呂《ふろ》が沸かしてあったのに、入った形跡がなかったことだ。上岡仁には朝風呂の習慣があって、この朝も風呂に湯を入れて着替えも用意していたのだが、何があったのか、すべてを放置した状態でいなくなっていたのだ。また、カゴに飼っていたハムスターも見当たらなかった。

さすがに民生委員は不審に思い、村人の協力を得て捜したが、どこにも姿は見えないし、目撃者も一人も出てこない。上岡仁が毎日風呂に入る時間からすると、いなくなったのは朝の六時から六時半の間と推測された。もし町に出かける用事があったのだとしたら、通常は村の知り合いに声をかけるはずだし、仮に急用で一人で行ったとしてもバス停にバスがやってくるのは八時半であり、家を出るには早すぎる。村人が総出で捜し回ったが、昼頃から降りはじめた雨が急速に激しさを増し、山の数カ所で土砂崩れまで起きた。それで捜索をあきらめ、町の警察に失踪届を出すことにしたのである。

雨の中、警察は村にやってきて深川育造と上岡仁の家を調べたが、事件を窺《うかが》わせるようなものは何も見つからなかった。家の状況から推測すれば、育造は朝食をつくり、文鳥に餌を与えようとしている間に何かが起きたために家を出ていったとするのが妥当だ。上岡仁に関しては、朝風呂を沸かしてハムスターの世話をしている間に何かによって追いたてられ、ハムスターを抱えて消えたことになる。

単なる用事にすぎなければ、ハムスターをカゴにもどして出かけるだろうし、鍵ぐらいはしめる。しかも上岡仁に関しては寝間着のままの可能性が高い。あたかもホラー映画に登場する化け物に突然襲われでもしたかのように、二人は一切合財を放り出して行方を晦ましてしまったのである。九十歳を超す二人をそうまでさせた「一大事」とは何なのか……。

警察は現場検証ではめぼしいものを見つけられなかったため、過去に遡《さかのぼ》って手がかりを求めてみたらしい。そこで村で起きた十年前の殺人未遂事件に行きあたり、父が行方不明になっていることが明らかになった。彼らはなんとか父の行方をつかもうとして息子である私の家にまで押しかけてきたのだ。

家の玄関に立ったまま、警察は二時間半にわたって父の近状について質問を投げかけてきたが、私は十年前の事件以来数えるほどしか父とは会っておらず、今のことはほとんどわからなかった。父と関係を絶っていたのは、妻からそうしなければ離婚するときつく言い渡されていたからだ。

妻と結婚したのは、医学部の六年生の時だった。国家試験の勉強中に友達に誘われて飲みに行ったところ、そこで紹介されたのが中堅メーカーで派遣社員をしていた四歳年上の妻だった。きっと私が医者の卵であり、都議をしている実業家の息子だということで、何不自由ない生活を送れると思ったのだろう。わずか半年余り付き合ったところで親に挨拶《あいさつ》をさせられ、そのまま婚姻届を出すことになった。

当時私はまだ収入がなかったため、実家の二階で新婚生活をはじめることにしたが、家庭内で夫としてどうふるまえば良いかわからず、次第に家に寄りつかなくなった。私は幼い頃から厳格な父の命令にだけ従って生きていたため、物事を自分の意思で決めたり、リビングルームに家族と集まって楽しく話をしたりする習慣がまったくなかった。外でデートをするぐらいなら間を持たせることはできたが、家で妻とどう過ごして何をしゃべればいいか見当もつかなかったのである。妻も結婚後半年も経《た》たないうちに私の性格を見抜いて何も言わなくなり、娘ができてからはその世話にかかりきりで、母親友達と遊んでばかりになった。それでも何とか家庭が崩壊せずに済んだのは、私の収入と社会的立場がそこそこあったからだろう。

だが、十年前に父が殺人未遂事件を起こしたことで家庭に大きな亀裂《きれつ》が入った。メディアが事件を大きく報じ、父の会社は次々と取り引き先を失い、私も病院の職を追われた。私はとり乱してどうやって事態を打開すればいいのかわからなかった。妻はそんな私を頼りにしていたら共倒れすると考え、すぐに父の会社の整理をして財産を守り、深川育造に口止めのための慰謝料を支払い、家の名義を変えて自分で取り仕切れるようにした。

妻は家の実権を握ると、私に父と親子の縁を切ることを誓わせ、刑務所へ面会に行くことも禁じた。更に八年後に父が懲役を終えて出所した時は、千葉の船橋市にアパートを借りて父にはそこで暮らすように命じた。犯罪者にもどってこられても家族全員が近所のさらし者になるだけだから帰ってこないでもらいたい、と厳しい口調で言ったのだ。

私は妻に内緒で、出所直後に父と何度か会ったものの、しばらくして連絡を絶った。今になって話し合うことなどなかったし、妻に気づかれて離婚を言いだされるのが怖かった。また、父にしても私たちを頼りにせず社長時代に事務員として長年働いてくれていた中年の女性に身の回りの世話をしてもらうようになっていた。お金を払っていたのかどうかはわからないが、月に何度かアパートを訪れて買い物などをしてもらっていたようだ。事件前の友人とは関係が切れていただろうから彼女が数少ない話し相手だったにちがいない。ただ、私はその女性とは何度か挨拶をした程度で連絡先すら知らなかったので、今になって警察に尋ねられても、父の近状は一切わからなかった。警察にしてもその女性のことを把握していないらしく、万が一父から連絡がきたら教えてほしい、と名刺を置いて帰っていった。

事件から二日経った日曜日、自宅のリビングルームには重苦しい雰囲気が漂っており、テーブルの上や台所は散らかったままだった。妻は家のカーテンを閉じ、一言も口を利《き》こうとしない。この事件が本当に父によって起こされたのならば、今度こそ世間は私たち一家を許さないだろうし、家庭を維持するのは不可能だ。妻はすでにある程度腹を決めていたらしく、私が「まだ父が犯人と決まったわけじゃない」と言っても無言を貫き、時折わざとらしく大きなため息を吐《つ》いたり、実家に電話をしたりするだけだった。

週が明けた月曜日、状況が一変した。これまではテレビや新聞の一部でしか報道されていなかったこの事件について、ワイドショーや週刊誌が「雲岡村・神隠し事件」と名づけて騒ぎはじめたのである。現代には珍しい隔絶された村で、食事も何もかも残したまま、二人が同時に失踪したことが恰好《かっこう》のネタになったのだろう。この村に昔からつたわる神隠し伝説があったのも一因だった。テレビでは元検察官や元警察官などが集まり、本当に神隠し事件なのか、それとも誘拐事件なのかと議論を戦わした。

マスコミの記者たちが家に押しかけてくるようになったのもこれが発端だった。十年前に父が起こした事件を調べ上げ、本人を探し出せなかったため、今度は息子である私の住所を割り出してインタビューを求めてきたのだ。午前中からドア・チャイムがひっきりなしに鳴らされ、十分置きに自宅に電話がかかってくる。門に鍵をかけていても、勝手に庭まで入ってきて写真を撮られたり、近所のマンションから望遠レンズで二階の部屋を撮影されたりもした。学校を出ようとした娘を、記者たちが囲んで質問攻めにするということも起きた。

妻は娘を守るため、校長と話し合ってしばらく学校を欠席させることにし、塾や水泳教室もすべて休ませて家から一歩も外出させなかった。最初私は前回同様にうろたえているだけだったが、事態はみるみるうちに悪化していくし、妻も打つ手がなくなり泣きだす始末だった。私はあの気丈な妻が精神的に参っているのを目の当《ま》たりにし、自分なりに考えて家を守っていかなければと思うようになった。勤務先の仕事を午前中だけにしてもらい、帰りに必要な買い物を済ませて、自宅では記者たちが押し寄せてこないか見張ることにした。

水曜日の晩、私は方々に相談した末に妻に提案した。

「医学部時代の友人が、葉山に別荘をもっている。そこに一ヵ月ほど移り住んで、事件のほとぼりが冷めたところでまたもどってこないか」

だが、妻は恨めしそうな目で私を見て答えた。

「無駄よ。この事件が終わっても私たち一家はここで暮らす限りずっと白い目を向けられつづける。散々我慢してきたけど、もう離婚して娘を連れて実家に帰ることにする」

私は父が犯人だとまだ決まったわけではないのだからと思い留まるように説得したが、頑として首を縦にふろうとはしなかった。十年前は娘が生まれたばかりだったし、両親の反対を押し切って交際半年で結婚したこともあって結婚生活を維持させなければならないという思いが妻にもあったのかもしれない。だが、今回は二回目である上に父が関与している可能性が高い。今のうちに離婚して姓を変え、実家で一から母子でやり直した方が賢明だと判断したのだろう。

妻が家を去ったのは、翌日の六月七日だった。スーパーの買い物袋を持って勤め先から帰ると、妻と娘が消えていたのである。すぐに実家に帰ったのだとわかった。買ったばかりのソファーに横たわって天井を見ていると、午後四時になって妻から電話が入り、実家にもどったという旨《むね》を知らされた。離婚届や慰謝料の手続きに関しては、後日改めて連絡をするということだった。

電話を切って部屋を見渡すと、ファックスの隣に置いてあったガラスのリングスタンドに妻の結婚指輪が残されていた。キッチンの蛍光灯が点滅している。私は冷たいソファーにすわり、これで独身にもどったのだとため息をついた。

その夜、警察から一本の電話がかかってきた。先週の土曜日にやってきた二人のうちの一人だった。彼は咳払《せきばら》いをしてから、「あなたのお父様が雲岡村に現れました」と言った。どうして千葉でひっそりと暮らしているはずの彼が雲岡村にいるのかわからなかった。現在任意での事情聴取が行われているという。

私はそれを聞いて、自分も雲岡村に行って父に会いたいと申し出た。妻も子も失ったこともあり、直接父に真相を確かめなければ納得できなかった。

警官は電話越しにしばらく考えている様子だったが、高松空港まで来てもらえれば、県警の担当者を迎えに行かせると言ってくれた。警察にしても、息子の私に協力させることで、事件を解決できるかもしれないという思惑があったのかもしれない。

「わかりました、行きます」

私はそう答えて電話を切った。

雲岡村へとつづく山道は、登るにつれて足場が悪くなっていった。先週の大雨のせいか、土砂が道を覆《おお》っていたり、木が倒れていたりするのだ。途中で私たちは長い木の枝を見つけ、杖の代わりにして歩くことにした。

川渕警部補は太った体を右に左にゆさぶりながら息を切らしていた。汗で濡《ぬ》れたハンカチで何度も首筋をふきながら、「よく村の年寄りはこんな道を歩けるな」と愚痴を漏らす。すでに二度足を滑らせて転倒したせいで、制服の尻《しり》が泥で茶色く汚れている。女性警察官の美波みどりは時折長いつけまつ毛が取れかかっているのを気にしながら歩いていた。

私は坂道の端に、四十センチほどの長い石が地面に立てられていたり、小石がつまれているのに気がついた。

「この石、何なんですか。さっきもありましたよね」と私は言った。

美波みどりが横眼で見て答えた。

「お墓じゃないですか。ここが遍路道だったなら、お遍路さんのお墓にちがいないわ」

やはり敬語がおかしい。

「なんでそう思うんですか？」

「学生時代に先生から聞いたことあるの。四国八十八カ所を巡るお遍路さんの中には、病気や事故で行き倒れで亡くなった人もいて、昔は近くの住人がその遺体を埋め、上に石をつみ重ねることにしてたって」

「なるほど、遍路をするというのは命がけでもあったんですね」

「だから遍路道には色々な怪談があるんだって。真っ暗な山の中を死んだ遍路が何百人と列になって鈴を鳴らしながら歩いている、とか」

美波みどりはそう言ってお岩さんの真似《まね》をしてふり向いた。

私は苦笑してやり過した。考えてみれば、遍路の中には帰るところがない者もおり、そういう人々は道中で命を落としていたはずだ。

木の上で、大きな鳥が羽ばたく音がした。森に潜んでいた動物たちが一斉に驚いて走りだすような気配がする。川渕警部補が立ち止まり、会話に加わってきた。

「ここらへんにはまだいろんな迷信が残ってて、今回の三人の失踪を最初に『神隠し』と言いはじめたのは村のお年寄りなんです。中には、もっと気味の悪いことを言う人もいますよ」

「気味の悪いこと？」

「彼らの一部は『黒婆《くろばあ》の仕業だ。黒婆が深川育造と上岡仁を連れ去った』なんて言っているんです」

私は「黒婆」と聞いて鳥肌が立った。

「黒婆……雲岡村の人々は黒婆のせいだって言っているんですか」

「ええ。黒婆について何かご存知なんですか」

「知っているというか……父に教えてもらったことがあります。黒婆というのは、村に伝わる恐ろしいものだとか。山姥《やまんば》のような存在なのか、幽霊のような存在なのかは詳しくはわかりません。ただ、村で人がいなくなると『黒婆につれていかれた』と昔から言われていたみたいです」

「お父様が言っていたということは、戦後間もない頃の話ですよね。それ以前からずっとつたわっていたということなのでしょうか」

その時、美波みどりが「あっ」と声を上げた。

「私も聞いたことある！ 高校生の時の授業で、おじいちゃんやおばあちゃんに話を聞いて昔の暮らしについて調べなさいという課題があったんです。一人ずつ発表しなければならなかったんだけど、ある同級生の男の子が『おばあちゃんの家につたわる巻物』として持ってきたのが黒婆の絵と呼ばれるものだったの。そこに描かれていたのは、ブクブクに太っていて真っ黒な肌をした老婆《ろうば》で、白い目が吊《つ》り上り、真っ赤な口を大きく開けていた。あまりに気味が悪くて生徒全員が黙っちゃって、女の子の中には目をうるませちゃう子もいた。授業を担当していた先生も青ざめて、『そんな気持ち悪い絵はしまえ』って怒ったように言って発表を中止させちゃった」

「その同級生のおばあさんは、雲岡村のご出身なんですか」と私は尋ねた。

「そこまでは知らないけど、その男の子がおばあちゃんから聞いた話では、黒婆は山に転がっている死体を食べて生きているんだって。普段は行き倒れの遍路や動物の死骸《がい》を見つけては食い漁《あさ》っていて、しばらく獲物にありつけないと餌を求めて村にやってきて人間をつれ去るとか……」

森の中がしんと静まり返っていた。遠くで犬とは違う動物の鳴き声が聞こえている。

川渕警部補が眉間《みけん》にシワを寄せて美波みどりに尋ねた。

「不吉な話だな……一体全体なぜその黒婆とやらは真っ黒な体をしているんだ？」

「理由は二つあるそうです。一つは森の闇《やみ》の中でも暮らしやすいように。そしてもう一つは死んだ人間の肉を食べているからだそうです」

「なぜ人間の死肉を食べたら黒くなる？」

「死んだ人間の血は黒いんですって。だから食べた黒婆の皮膚も褐色になる……」

川渕警部補は首を横にふってみせたが、顔がこわばっていた。美波みどりもそれ以上は言わず、また長い木の枝を杖にして歩きはじめた。

雲岡村にたどり着いたのは、涼しい風が吹きはじめた午後四時だった。突然森が開けたかと思うと、田畑に囲まれた小さな村が現れたのだ。田んぼの脇《わき》には清水が湧《わ》き出しており、鳥のさえずりと蛙《かえる》の鳴き声がまざって響いている。暗い森を抜けて人里にたどり着いた安堵感《あんどかん》があった。

田んぼの中の一本道をまっすぐに進んでいくと、村の入り口に黒ずんだ木造の建物が見えた。今にも崩れそうな小屋で、裏には雑草に覆われたこぢんまりとした墓地が広がっている。墓地の管理小屋のようにも見えるがあまりに古めかしい。私たちが建物の外から声をかけると、ドアが少しだけ開き、五十代後半の女性が顔を出した。髪が乱れていて、着ているセーターは穴だらけだ。

川渕警部補が平静を装《よそお》って尋ねた。

「ここは雲岡村ですよね。一週間前から県警の者が公民館に拠点を置いて人捜しをしていると思いますが、公民館はどちらにあるのでしょうか」

女性は私たちをじっと見つめた後、北の方角を指さした。

「奥。公民館、ずっと奥」

しゃべり方がどこか変だ。軽い知的障害でもあるのだろうか。

見ると、彼女の脇には犬のぬいぐるみがはさまれていた。つくりかけらしく、頭の部分が開いて、白い綿が飛びだしている。目もまだつけられていない。車に轢《ひ》かれた犬の死骸を抱えているようだ。私はぬいぐるみを指さして、それは何かと尋ねた。彼女は無表情のまま答えた。

「村のお守り……黒婆が出たら、犬のお守りをつくる。黒婆は犬が嫌だから、犬がいると入ってこない」

また黒婆か、と思った。やはり村人は、今回の失踪事件を黒婆のせいだと考えているのだ。きっと老人たちは昔から人がいなくなる度にそう囁《ささや》いてきたのだろう。

私はかつて父から聞いた話を思い返して言った。

「うちの父がこの村の出身なんです。昔、父から村には『犬娘《いぬむすめ》』と呼ばれる女性がいると教えられました。黒婆が出た時、その女性がお守りをつくるとか」

「………」

「あなたが、その犬娘なのですか」

女性は汚れて黒ずんだ爪《つめ》を噛《か》んで一言だけ答えた。

「そう！」

直後、彼女はドアをピシャッと閉めてしまった。足音が奥の方へ遠ざかっていく。近くの草むらで、大きな蛙が飛び跳ねた。川渕警部補が呆気《あっけ》に取られた顔をして言った。

「なんですか、犬娘って？　何かのあだ名ですか？」

「雲岡村では、一人だけ犬娘と呼ばれる女性を決めて、村の入り口に住まわせるそうです。普段は共同墓地の管理や見張りをさせて、黒婆が出た時はお守りとして犬のぬいぐるみをつくりお祓《はら》いをさせる。いわば巫女《みこ》のような役割を担《にな》っているのでしょう」

「だけど、あの女性ちょっと頭が弱そうに見えましたが……」

「そういう女性が犬娘の役を担ってきたみたいです。逆に言えば、障害のある女性は犬娘になることで村人たちから生活を保証してもらっていたのかもしれません」

川渕警部補は難しそうな表情をして額の汗をぬぐった。

美波みどりが横から口を挟んでくる。

「なんでそんなこと知っているんですか？　それもお父様に聞いたの？」

「ええ。父が十年前の事件の刑期を終えて出所した際、二人で膝《ひざ》を突き合わせて事件について話し合ったんです。その時、初めて父からこの村で育った過去を打ち明けられ、深川育造を殺害しようとするに至った理由を聞きました。父がこの村で体験した悲劇は到底信じられない話でしたが、その時に黒婆や犬娘のことも教えられました」

「この村での悲劇ですか。それってどういうもの？」

「……話せばとても長くなります。立ち話では到底語れるようなことじゃないんです。また今度ゆっくりご説明するということでいいですか」

「もちろんです。今回の事件と関係があるかもしれないので、ぜひ聞かせてください」

私は「わかりました」と言いながら、父から幼少時代の出来事を打ち明けられた時のことを思い出していた。

あれは二年前、父が八年の懲役を終えて刑務所から出所した日のことだ。父がアパートでの生活をはじめるというので、私はせめてもと思い、妻に内緒で家具などを運んでやった。その夜コンビニで買ってきた水っぽいコーヒーを飲みながら殺人未遂事件を起こした経緯を改めて尋ねた。父はしばらく床を睨《にら》むように見つめた後何かを覚悟した様子で、刑務所から持ち帰った紙袋から数冊のノートを出してきた。しみだらけの汚れたノートだった。

「おまえにこれを渡しておく。刑務所にいる間、俺は自分でもなぜあんな事件を引き起こすことになったのかずっと考えてきた。それで子供の頃の体験を整理する意味もあって詳しく書いてみたんだ。八年間かけて書き上げたのがこれだ。読めば、私が村に対してどういう気持ちを抱いているのかわかってもらえるはずだ」

ノートを開いてみると、小さな字でびっしりと子供時代のことが書き綴《つづ》られていた。分厚い大学ノート九冊分もあった。アパートに泊まった私は夜通しかけてノートを読み、翌日は朝から日が暮れるまで初めて父と膝を突き合わせてそのことについて話をした。

父が幼い頃に村で体験したことは、にわかには信じることができないほど凄絶《せいぜつ》で過酷なものだった。父が事件を起こしたのは、姉の自殺が発端であれ、年少期に体験したことが原因になっているのは間違いない。ただ、私はあまりにも唐突に知らされた事実をどう受け止めていいかわからず、その後もずっと正面から考えることを避けてきた。父の過去も事件のことも忘れたかった。だから警察にも世話人の女性のことも含めて一切話さなかった。

だが、雲岡村で二度目の事件が起きてしまった以上、もう父の過去をしっかりと見つめなければならないのかもしれない。そうすることでしか、今回起きた失踪事件はおそらく理解できないのだから。

私はそんな思いで、父から教えられた子供時代のことを少しずつ思い出していった――。

一九五二年　母の血

六十年ほど前、雲岡村に建ち並ぶ家屋の大半が茅《かや》ぶき屋根だった。川には黒ずんだ巨大な水車が回っており、その周りを蝶《ちょう》やバッタが陽の光を浴びながら飛び回っていた。村は戦後になっても電気が通っていなかったため、住民たちは日の出とともに田畑に出てきっちりと日没まで働く生活をくり返していた。麓《ふもと》には町があって商店も並んでいたが、徒歩で二時間以上かかるため、村人たちはよほどのことがない限り村を出ることはなく、塩や衣服など生活必需品は遍路道を歩いてやってくる行商人から買って済ませるのが常だった。

夕方になると、村は学校から帰ってきた子供たちでにわかに騒々しくなったものだ。当時彼らの間で流行《はや》っていたのは、足が五本あるイタチとの追いかけっこだった。ある子が山道でそれをつかまえてきたところ、誰かが「イタチのミカド」と名づけた。そしてこのイタチを放して、一番早く見つけた者が「大将」になって人に何でも命令できるという遊びが広まったのだ。

子供たちはイタチを放して十数えてから一斉に捜しはじめる。

「イタチのミカドはどこだ！　早く見つけねえとどっかいっちまうぞ！」

みんな口々にそう叫び、畑や丘を逃げ惑うイタチを全力で追う。乙彦もよく輪に加わって遊んだものだった。

困ったのは、イタチが村の北側にある森に入り込んでしまうことだった。そこには、「遍路宿」と呼ばれる丸太小屋があってたちの悪い遍路が住みついていた。遍路仲間から金品を脅し取ったり、村に盗みに入ろうとしたりする者だ。村人たちはそうした者が村にいつかぬように、森に遍路宿を建ててそこで寝泊まりさせていたのだ。

この森は子供の立ち入りが禁じられていたが、乙彦だけは認められていた。母親は未婚で彼を産んだため貧しく、森の遍路たちに酒を売る仕事をしており、乙彦もその手伝いで森に入るのを許されていたのだ。そのためイタチが北の森へ逃げ込むと、いつも乙彦が呼びつけられた。

「おい、乙彦、さっさとイタチのミカドを取ってこい！　遍路やおまえの母ちゃんがイタチのミカドを食っていたら、ぶん殴ってやるからな」

子供たちは腹をかかえて笑った。村では、父《てて》なし子を産んだ母親は「売女」と呼ばれて蔑《さげす》まれ、子供たちにまで馬鹿にされていたのだ。乙彦は黙っていたが、心の中では母親を恨んでいた――。

乙彦の母がこの村の農家の末っ子として生を受けたのは大正時代のことだった。早くに両親を病気で失ってからは、村の親戚《しんせき》の家をたらい回しにされ、ろくに尋常小学校へも行かせてもらえず、畑仕事や家事の手伝いをさせられた。朝の水汲《みず》みからはじまって、洗濯や農作物の収穫、夜は遅くまで竹笊《たけざる》づくりをさせられたという。大人たちは養子である彼女を少しでも長く働かせることで家計の足しにしようとしたのだろう。

彼女はいつも破れた服をまとって顔を泥だらけにしていたが、いつの頃からか長い髪にきれいな赤い髪飾りをつけるようになっていた。遍路道で偶然拾ったらしかった。大人の女たちはひがみもあったのか、悪口を投げつけた。

「貧乏な娘が髪飾りをつけたって、趣味の悪い女郎にしか見えないよ」

彼女は気にする素振りも見せず、毎日大切に髪飾りをみがいては長い髪に飾っていた。

そんな母が突然妊娠したのは、十七歳の春だった。最初に村の老婆がその様子に気づいて問い詰めたところ、腹にさらしを巻いて無理やりお腹《なか》の膨らみを押さえて隠しているのが明らかになったのだ。すでに八カ月目に入っており、堕胎は不可能だった。

彼女は相手の男性についてこう答えた。

「裏山を歩いてたら、お遍路さんに襲われたの……いきなり木陰に引きずり込まれ、そのまま……」

遍路に強姦《ごうかん》されたと説明したのである。実際、村を通り過ぎていく遍路たちによって村の女がてごめにされることはあった。

母親は無事に赤ん坊を産んだが、村の意向で町へ養子に出されることになった。

だが、その数カ月後またしても彼女の妊娠が明らかになった。小川で隠れて水浴びをしていたところ、村の女にお腹が膨らんでいるのを見られたのである。問われると、彼女はまたしても「お遍路さんに襲われた」と言い訳をしたが、二度目とあって誰も信じなかった。

村人は母の妊娠についてこう噂《うわさ》し合った。

「あの女は色情狂なんだ。男なら誰だって受け入れてしまう。きっと森で会った遍路たちを片っ端から木陰に引っ張り込んでいるんだろ。赤い髪飾りだって遍路に股《また》を開いて手に入れたもんにちがいねえ」

一九四〇年の雪の降る日、母親は離れの暗い部屋でたった一人でお産を迎えた。丸三日陣痛に苦しんだ末になんとか産み落とし、自分でへその緒を切り落としたのである。母親は腕の中で産声を上げる赤子を見つめながら、産まれてきてくれてありがとう、と涙を流した。これが、乙彦だった。村人はあきれ返り、もう子供を養子に出せとも言わなかった。

母親は親戚の家で乙彦を十歳まで育てたが、経済的な事情で家を追い出され、村の有力者の筋である深川育造の妾《めかけ》になることになった。育造は戦争から帰ってきた年に結婚をしていたものの、妻との間になかなか子供ができなかった。そのため彼女が、跡継ぎとなる子供を産むためだけの妾になったのである。

村の西側の小高い場所に、深川育造の屋敷はあった。地主の分家で、父親が早くに亡くなっていたため、戦争から帰ってきてすぐに家を継いだのだ。庭にはキキョウとモクレンが植えられており、川から引いた水が流れ、二人の家政婦が代わる代わる庭仕事をしていた。

この屋敷の隅にある納屋《なや》に、妾となった母は乙彦とともに暮らした。深川育造は酒に酔うとかならず大きな声を出してやってきて、納屋から乙彦を追いだし、母を押し倒して乱暴に抱いた。酔いがひどい時は乙彦の前でそうすることさえあった。彼は戦争から帰ってきて以来心が荒《すさ》んでおり、母が少しでも嫌がったり、痛がったりする様子を見せれば、顔を真っ赤にして激高した。

「おまえ、誰に食わせてもらっていると思っているんだ！　軍隊じゃ、今みたいに眉《まゆ》をしかめただけで殺されるぐらい殴られんだぞ！」

一度怒りに火がつくと止まらなくなり、母を足蹴《あしげ》にしたり、熱湯を浴びせかけたりしたものだった。「軍隊方式だ」と言って何時間も逆さ吊りにしたことさえあった。

乙彦は母がそんなことをされている間、髪から落ちた赤い髪飾りが壊れぬように握りしめ、外で声を殺して泣いた。

母は妾とはいえ、体さえ許していれば食べさせてもらえるような立場ではなかった。本妻が彼女に嫉妬《しっと》し、わざと厳しく当たり、次から次に雑用を押しつけることもあった。

二人は夜明けと同時に薪拾いや庭の掃除を手分けして行い、朝食後は田畑の仕事をすることになっていた。耕す田畑は大きかった上、二人には密造酒をつくって売るという仕事もあった。時間を見つけては屋敷の裏に巨大なドラム缶を用意し、そこに原酒を注いで炎で炙《あぶ》って蒸留させ、できるだけアルコール度の高い焼酎《しょうちゅう》をつくる。これを樽《たる》に入れて、口を布で縛れば完成だ。金をかけずに早く酔えることだけを目的にしていたため、とにかくひどい臭《にお》いがして一口舐《な》めただけで舌が痺《しび》れて腫《は》れるほどだった。

三日に一度夕方になると、母親は乙彦とともに密造酒の入った樽を抱え、森にある遍路宿へと売りに行った。吝嗇《りんしょく》な深川育造は彼女が自分で食い扶持《ぶち》を稼ぐならと立ち入ることを黙認していたらしい。乙彦は遍路宿に長くいすわっている男たちと顔を合わせるのが嫌で嫌でたまらなかった。彼らは村で母が置かれている立場を知っており、弱みにつけ込んでわざわざ卑猥《ひわい》な言葉をかけてからかってくるのだ。

「おい、赤い髪飾りの妾さんよ、股を開いてそこに酒を注いで飲ませてくれ。そしたら、買ってやるぜ」

「おまえさん、またガキをつくりに来たのか。誰の子供がほしいんだ。一番イチモツがでかいと思う男を選べよ」

男たちは卑猥な声でゲラゲラと笑ったが、言葉でからかう者はまだいい方だ。中には有無も言わさず母の体をまさぐってくる者もいた。酒を抱えてやってくる母を引き留め、汚い手で乳房や尻をもみしだき、臭い息を吐きながら命令口調でこう言う。

「ほら、金がほしいなら、さっさと中へ入って服を脱げ」

母は誰にも助けを求めるわけにいかなかった。深川育造に言えば、逆に「売女」と罵《のの》られて殴られるし、食べていくには金を稼がなくてはならない。そこで彼女は内緒で酒を買ってもらう代わりに男たちの誘いに応じた。

母が遍路宿にいる間、乙彦は森の木陰にしゃがみ込み、ことが終わるのを待った。母親の悲鳴や男の喘《あえ》ぎ声が聞こえてこない場所まで行って、老木の根っこに潜む幼虫を掘り起こししゃべりかける。

こうした時間は短い時で十五分、長い時で二、三時間はつづいた。遍路宿から母の呼ぶ声がすると、乙彦は幼虫を土にもどして密造酒を抱え、遍路宿の中へ入る。薄暗い室内の床には、破けたムシロが敷いてあり、男たちが裸になって汗をぬぐいながら待っている。乙彦は汗の臭いに吐き気を覚えながら、金と引き換えに密造酒を置いて出ていくのだ。

帰り道、乙彦は母と一緒だったが、絶対に口をきこうとしなかった。言いたいことは山ほどあったが、一つでも言葉にすれば母を悲しませ、永遠に会えなくなってしまいそうな気がしたのである。

この頃、乙彦は母と距離を置きたくなると、村から一キロほど外れにある川へ行くようにしていた。「魚頭川《うおずがわ》」と呼ばれる清流で、何十年か前にもがれた魚の頭だけが大量に上流から流れてきたことがあり、村人たちは山に暮らす黒婆の仕業だと噂して恐れていた。そのため、村人があまり近寄らず静かなので、一人になるには適していたのだ。

冬こそ川辺は寒々しかったが、春ともなると花が咲き乱れて蝶の楽園と化した。珍しい極彩色の蝶が花々の蜜《みつ》の香りに誘われてやってきて、踊るようにそこらじゅうを飛び回る。この川には乙彦の他に、野村竹子《のむらたけこ》という同じ年齢の女の子がやってくることもあった。母親が戦争で兄弟四人を失ったことをきっかけに精神を病んで以降、彼女は朝から晩まで家事や幼い妹の世話に追われており、気を紛らわしたくなるとこの川に来るようだった。

乙彦と竹子は川で遭遇すると、お互いここにいる訳も聞かずに蝶と戯《たわむ》れて遊んだ。川辺の蝶は人間を恐れず、頭に止まったり、袖《そで》の中へもぐり込んだりする。二人はよく、蝶を体につけたまま川を渡る遊びをした。

まず川のほとりに立ってじっとしていると蝶が集まってきて頭や肩に止まる。それから「よーいドン」で川面《かわも》に突き出る岩から岩をたどって対岸に渡ろうとするのだが、蝶に神経を集中させていると思わず足を踏み外して川に落ちてしまう。大抵、一人が落ちると、もう一人もつられて落ちた。水面に顔面から倒れ込み、頭の先までずぶ濡れになった姿をお互いに指さして、「アハハハ、びしょ濡れだ」「そっちが先に落ちたんじゃない。あなたの方がひどいわよ」と笑い合った。

「じゃあ、もう一度やろう!」

どちらからともなくそう言いだして再びはじめるのだが、二回目以降は集中力が切れており、岩の上に乗った途端によろめいて川に落ちる。二人は何回も何十回もそんなことをくり返してお腹が痛くなるまで笑った後、薪を集めて火を熾《おこ》し、濡れた服を木の枝にかけて乾かした。

下着姿でたき火の前に並び、ゆらめく炎を見つめていると、つい感傷的な気持ちになった。胸に浮かぶのは、いつも母親のことだった。

「ねえ、竹子のお母ちゃんの頭は良くなるの?」と乙彦は尋ねた。

「どうだろうね……乙彦君のお母さんも大変なんでしょ? うちのお父さんが言ってた」と竹子が訊《き》き返す。

「うちのことはどうだっていいよ……」

ヒヨドリの鳴き声が響く中、川の浅瀬を足の長いアメンボが泳いでいる。沈黙が長くつづくと、竹子はやさしい言葉をかけた。

「心配ないわ。私たちが一生懸命やっていれば、きっと良くなるはず。それに、私いくら疲れていても乙彦君とこうやって一緒にいれば前向きになれる」

「僕といるだけで？」

「私は長女で妹しかいないでしょ。お父さんも村で役職について忙しく、家に寄りつかない。だから、私にとって乙彦君は旦那《だんな》さんみたいなものなの」

「旦那さん……」

「私、できたら乙彦君とずっといたい。大人になっても、おばあちゃんになっても、ずっとこうやってたき火の前に並んですわっていたい。乙彦君はどう？　私といたい？」

「う、うん。僕もホッとする」

「ホッとってどういうこと？　一緒に暮らしたいって思う？」

「うん、思うよ。仲良く暮らしたい」

竹子は嬉《うれ》しそうに微笑《ほほえ》み、たき火に赤く照らされる乙彦の横顔を見つめた。

　こんな乙彦だったが、村にもどって同年代の仲間たちといる時は男子として気丈に振る舞わなければならなかった。グループの先頭に立っていたのは、力蔵《りきぞう》という男の子だった。乙彦より四つ年上で、熊《くま》のように大きな体格をしていた。前歯が一本欠けていたのは、自分では巨大熊に遭遇して戦った時の傷だと威張っていたが、兄に殴られて折られたというのが本当のところらしい。

力蔵が率いる子供たちは、休日の午後になると村の入り口に集まり、墓場の隣の小屋で暮らす犬娘をなぶっていた。当時、村人たちによって選ばれた犬娘は、二十代前半の白痴の女性だった。村の子供たちは小学校すらろくに行かせてもらえず、親の仕事を手伝わされることが多かったため、昼食の後や夕食の前に集まってはその鬱憤《うっぷん》を犬娘にぶつけていたのである。

子供たちはよく犬娘を林へと呼び出し、粗末な服を引っぺがして裸にした。みんなで取り囲んで、枝で乳房の先をついたり、肛門《こうもん》にどんぐりを入れてみたり、時にはその場にしゃがみ込ませて小便をさせてみたりするのだ。犬娘は自分がされていることをよくわかっておらず、子供たちが歓声を上げると、褒められているのだと勘違いして手を叩《たた》いて飛び跳ねて喜んだ。

乙彦は他の子供たちが犬娘を弄《もてあそ》ぶのを見ると母親が遍路宿で同じようなことをされているのを思い出してたまらなく嫌な気持ちになった。だが、止めれば仲間外れになるため、じっと見ていた。

子供たちの犬娘に対するいじめは日を追うごとに残酷になっていった。力蔵が犬娘と誰かを性交させてみようと言い出したのは、休みの日の朝のことだった。

「犬娘にセンショー者とオメコさせてみたら面白くねえか。どうなるんだろう」

センショー者とは、村に暮らす戦争によって障害を負った者だった。二十歳そこそこで徴兵され、フィリピンのルソン島へ送られたのだが、銃弾を両足に受けて動けなくなったところを捕虜としてつかまり、激しい拷問《ごうもん》を受けたことで、気が狂ったという噂だった。村に帰って来た時は自分の名前すら憶《おぼ》えておらず、胸を地面にすりつけて這《は》い回ることしかできなくなっており、村人はそんな彼を「センショー（戦傷）者」と呼んでいたのである。

春の暖かな日射《ひざ》しの中、力蔵たちは犬娘の首に縄をつけてセンショー者が暮らす家に集まった。家族は畑仕事に出ており、彼は一人で部屋の中で仰向《あおむ》けになったまま、疲れ切った蛇のようにじっとしていた。全裸にされているのは、ズボンをはかせても糞尿《ふんにょう》を漏らすからだろう。体からは強烈なアンモニア臭が漂い、膝や肘《ひじ》はたえず這い回っているために皮膚が黒ずんでいる。

力蔵は犬娘の首から縄を外すと、モンペを脱げと命じた。

「裸になってから、このセンショー者のイチモツを手でしごけ」

犬娘は物怖《ものお》じするようにためらったが、力蔵にもう一度言われると、おずおずとモンペを脱ぎ捨てて陰毛の生えた下半身をあらわにし、横たわるセンショー者の肉棒を握りしめた。センショー者はじっと目を見開いたまま黙っている。ゆっくりと手を動かすと、肉棒が生き物のように勃起《ぼっき》しはじめ、むせ返るような生臭さが漂う。

「センショー者の上にまたがって、股にソレを入れてみろ」と力蔵が促した。

犬娘は言いなりになってセンショー者の上に乗っかり、腰を下ろした。いきり立つ肉棒はすべってうまく入らなかったが、角度を変えた途端に粘液質な音を立てて吸い込まれた。

「腰を動かせ」と力蔵が言う。

ゆっくりと腰を上下にふっても、センショー者は嫌がる素振りも見せず、驚いた顔をしてされるがままになっているだけだ。子供たちは男と女が一つになる姿を目の当《ま》たりにして、「すげえ、すげえ」と感動で声を震わせた。中には高揚して顔と耳を真っ赤にしている者もいた。犬娘はそんな子供たちの歓喜する様を見て褒められた気分になったのだろう、「ウキャッ、ウキャッ！」と奇声を上げて飛び跳ねる。

「すげえぞ、犬娘！　もっと腰をふれ！」

犬娘が満面の笑顔になる。

「もっとだ。もっと動け！」

犬娘が命じられるままに動きつづけると、やがてセンショー者は顔を真っ赤にし、悲鳴のような声を上げて果てた。

この年の秋は暖かく、いつまでもコオロギが鳴きつづけていた。月の光の下で、森じゅうに無数の鈴が転がるような声が響く。

そんなある日の深夜急に外が騒々しくなった。何事か起きたのか、大人たちが走り回る音がする。やがて物音はどんどん大きくなり、大人たちが二、三十人集まっているようだった。

納屋の床に敷いた布団《ふとん》にもぐって乙彦はその音を聞いていた。母も目覚めて時折心配そうに窓の外をのぞいている。しばらくして深川育造が納屋に入ってくると、「一大事だ。おまえも手伝いに来い！」と言って母を呼び出し、どこかへつれていってしまった。乙彦は独りぼっちになって部屋で母の帰りを待ったが、夜が明けてももどってこなかった。

翌日の正午になって、母が足を泥だらけにして疲れ切った表情で帰ってきた。話によれば、癩病《らいびょう》にかかった遍路が村の近くで目撃されたという情報があり、村人全員で捜して追い払おうとしていたという。癩は、鼻や耳や唇が溶け落ち、顔中に瘤《こぶ》のようなものができて、化け物同然の容貌《ようぼう》になる病だと聞かされていた。村人たちは病気が自分たちにうつるのを恐れ、癩の遍路がいると全員で追い払うか、警察に差し出すかしていたのだ。

村人たちは毎週金曜日に巡回にやってくる町の警官に事情を告げ、この日から三日間山の見回りを行った。癩病者が森に潜んでいるような状況では安心して農作業をしたり、子供を外に出したりできない。二日目からは村の婦人会も捜索に加わって発見し次第警察に引き渡す段取りにしていたが、結局見つけ出すことはできなかった。

そんな騒ぎのさなか、村ではもう一つ別の事件が起きた。癩病者の捜索の最終日、日が暮れだして村に落ち着きがもどりかけた時、ガキ大将の力蔵が行方不明になったという話がつたわってきたのだ。昼過ぎまではたしかにいたのに、いつの間にか姿が見当たらなくなったという。家族が捜しても行方がわからなかったため、村人たちは癩病者の捜索で疲れ果てた体に鞭打《むちう》ち、再び松明《たいまつ》やランプを手にして村の周辺を捜し回ったが、彼はどこにもいなかった。

夜空に満月が昇ると、力蔵の家の前にはたき火がたかれ、村の年寄りたちが集まってきた。コオロギが森で叫ぶように鳴いている。彼らはたき火で体を温めながら、あきらめ口調でこうつぶやいた。

「力蔵は黒婆につれ去られたんだ。今頃は黒婆に骨の髄まで食われて生きてはいないだろう。まだ若いのにかわいそうなことをしたもんだ」

年寄りたちは何かあればすぐに黒婆のせいにするのだ。

別の年寄りは言った。

「そうだな。黒婆はもう一人ぐらい子供をさらって食おうと考えているかもしれん。しばらくは子供を外に出すのは止《や》めた方がええ」

乙彦も以前から黒婆のことを聞いていたため、実際に力蔵がつれていかれたと聞いて動揺を隠しきれなかった。

納屋に駆けもどると、乙彦は内職をしている母親のもとへ近づいた。少し前につった囲炉裏で炎が小さく揺れている。ここ一年、遍路宿でのことが原因であまり口をきかなくなっていたが、この時ばかりはしがみついて言った。

「母さん、力蔵が黒婆にさらわれっちまったよ。うちにも黒婆が来るのかなぁ。怖いよ。一緒にいて」

母はうなずいて、そっと乙彦を抱きしめた。乙彦は胸に顔をうずめながら、母の匂《にお》いを久々に嗅《か》いだ。髪につけた赤い飾りが囲炉裏の火で光っていた。

翌日は朝から曇っており、村には重々しい空気があった。遠くで雷鳴が轟《とどろ》いて、風が強くなりだした頃、力蔵が発見されたという報がもたらされた。子供の一人が、「力蔵が見つかったぞう」と大きな声で叫んで回ったのだ。子供や年寄りはそれを聞き、黒婆につかまったのではなかったことに半ば落胆したような顔で村の入り口に集まり、帰りを待った。

力蔵は村の大人たちに捕虜のように首根っこをつかまれ、ゆっくりと山を登ってきた。体のあちらこちらには擦りむいた傷がついて血がにじんでおり、足元は泥で真っ黒になっていた。黒婆にさらわれたのではなかったのだ。それでも幼い子供たちは事態を飲み込んでおらず、力蔵が目の前までくると、「黒婆のところから逃げてきたの？」とか「黒婆はどんな顔だった？」とか次々と質問を投げかけた。力蔵は幾本もの涙の痕《あと》をつけ、うなだれたまま顔を上げようともせず、野次馬の群れをかき分けて進み、公民館へと入っていった。

集まっていた老人や子供は、力蔵は丸一日どこにいたのか、とざわめいた。だが、公民館から出てきた大人が一喝した。

「今回は黒婆の仕業じゃない。単なる脱走だ。村から逃げようとしたんだ。みんなもう帰れ」

老人たちは脱走という言葉を聞いてつまらなそうに舌打ちをして家に引き返してい

ったが、乙彦たち数人の子供はその場に残り、まだ何かあるかもしれないと期待に胸を膨らませ、木に登って公民館の中をのぞき込もうとしたり、耳を澄ませて声を聞き取ろうとしたりした。

公民館の中から、大人たちの怒鳴る声と力蔵の悲鳴が聞こえてきたのはしばらくしてからだった。裏の窓から見ると、大人たちが力蔵を立たせて、代わる代わる平手で頬を殴りつけていた。脱走した罰として折檻《せっかん》しているのだろう。彼らは「半歩開いて歯を食いしばれ」と軍隊じこみの台詞《せりふ》を叫んでから平手打ちを食らわせ、その度に力蔵は吹き飛ばされるように床に倒れ込む。乙彦たちはいたたまれなくなり、その場を走って離れた。

力蔵から事の顚末《てんまつ》を教えられたのは、一カ月が経《た》った十一月の終わり頃だった。その日、乙彦は魚頭川のほとりで竹子と会って、冷たい風に身を縮めながらたわいないおしゃべりを楽しんでいた。陽が傾きだしたので、二人で丘を登って村へ向かっていたら、力蔵が百日紅《さるすべり》の木の下に掘った穴に何かを埋めていた。竹子は力蔵の目を気にして、「私、先にもどる」と言い残して去っていった。

乙彦は少し様子を見た後、背後から声をかけた。力蔵は驚いたようにビクッと体を動かした。

「なんだ、乙彦か。脅かすんじゃねえよ」

穴の中には、錆《さ》びた鎌《かま》や鍬《くわ》の先がいくつも入っていた。どれも古くてつかえないような代物《しろもの》だ。

「なんでそんなものを埋めてるの？」と乙彦は尋ねた。

「これか……今日掃除をした家の納屋にあったものを盗んできたんだ。町へ持っていって売るんだよ」

こんなものを質屋へ持ち込んでも幾ばくにもならないことは子供の目にも明らかだ。だが、力蔵は寒さでかじかんだのか手をこすりながらつづけた。

「この村を抜け出すための資金をつくるんだ。こないだ逃亡しようとしてつかまっただろ。実は、あれは前々から計画してやったことだ」

話によれば、力蔵は何年も前から村を逃げだす計画を立てていたそうだ。力蔵の家は口減らしのために、長男以外の子供は全員十六、七歳になると米二俵と引き換えに金持ちの家で住み込みで働かせることにしていた。力蔵はそれが嫌で癩病の遍路の騒ぎに乗じて村を脱走しようとしたのだという。

力蔵は村を抜け出した後森の遍路道に身を隠して、村人たちの隙《すき》をついて町のバス停から高松へ行こうとしていた。だが、村人たちが遍路宿に暮らす男たちに協力を要請し、あっという間に見つけられてしまった。遍路たちは森を熟知しており、陽が昇りさえすれば隠れ場所など楽々と捜し出すことができるのだ。

「この村を脱出するには、遍路にばらまくための金が必要だ。あいつらは金で動くから、見つかった時にいくらか渡せば黙っていてくれる。俺はその金を貯《た》めてからもう一度脱走するんだ」

「錆びた農具なんてお金になるの？」

「ガラクタばかりだけど、町の外れに暮らす朝鮮人たちなら鉄クズを買い取ってくれる。額は少ねえけど、たくさん集めればある程度の金額になる」

「どうやって持っていくの？」

「学校に朝鮮人の息子がいる。あいつに親父を紹介してもらうんだ」

力蔵の言葉には何が何でも村を脱出するという意志が漲《みなぎ》っていた。

この年の冬は大雪が降り、連なる山々が白銀に染まった。数年ぶりの大寒波で、雪が止んだ後も森は死んだように静まり返っていた。一月の半ば、村人にとって大きな出来事があった。犬娘が赤子を産んだのである。遡《さかのぼ》ること三カ月前、村の老婆たちが犬娘の腹が膨らんでいるのに気がついて、大きな騒ぎとなった。力蔵をはじめとした子供たちがセンショー者と性交をさせて遊んだことにより、彼女は孕《はら》んでしまったのである。

大人たちは犬娘に性交をさせた子供を並ばせ、片っ端から棒で殴り倒したが、犬娘が妊娠したという事実が消えるわけではない。やむを得ず、小屋で出産させることにした。

陣痛は予定していたよりだいぶ早い日に訪れた。雪が降りつもった小屋の回りには、村人たちが押しかけて取り囲み、今か今かとその時を待っていた。部屋の中央では、犬娘が股を開いて横たわり、苦しそうなうめき声をあげている。産婆は叱《しか》るように「呼吸を整えろ」と言って背中を叩いて励ましたが、なかなか出てこない。女たちは口々に大きな声で言った。

「ほら、腰に力を入れろ！　踏ん張っていっぺんに赤ん坊を出せ！」

小屋は真冬だというにもかかわらず、すごい熱気で、犬娘の体からは湯気が出るほどだった。野次馬の子供たちは戸口から固唾《かたず》を飲んで見守っている。やがて産婆はこのままでは無理だと察したのか、カミソリを懐《ふところ》から取り出し、女性器の横をかき切った。鮮血が噴き出たかと思うと、直後に紫色の赤子が滑り落ちるように出てきた。

最初赤子は泣かなかったが、産婆に力いっぱい尻《しり》を叩かれると、破裂するような声で「フギャー、フギャー」と泣きはじめた。ドアのところで見ていた村長が諸手《もろて》を上げて叫んだ。

「生まれたぞ！　犬娘の子供が生まれたぞ！」

集まっていた村人たちも一斉に万歳して飛び跳ねた。子供の中には「ワッショイ、ワッショイ」と意味のない言葉を叫んで走り回ったり、木に登って枝を揺さぶったりする子もいた。妊娠の経緯など忘れて、新しい命が生まれたことを祝ったのである。

この日誕生したのは、女の子だった。村長と産婆が相談し、その場で「テル子」と名づけられた。問題は誰が育てるかということだった。犬娘に育児能力はないし、センショー者の家族も経済的な理由から引き取りを拒んだ。そこで、力蔵の家族が、いたずらの責任を取らされ、テル子の面倒をみることになった。

子供たちはお産を目撃した興奮が冷めやらず、雪に覆《おお》われた森に飛び出し、あたりを走り回って遊んだ。そうでもしなければ気分が収まらなかったのだ。早朝から雄叫《おたけ》びを上げて白銀の原っぱへと駆け出し、ソリで丘から滑り降りたり、雪だるまをつくって大きさを競い合ったりした。

一番盛り上がったのは、雪合戦だった。二つのグループにわかれ、木陰に隠れながら思い切り投げ合う。ある時、力蔵が昂《たかぶ》るあまり雪に石を入れて投げたため、それが子供の一人の目に当たって失明してしまったことがあった。目から血が出て、黒目の部分が白く濁りだしたのである。力蔵は悪びれることなく、こう言った。

「これでおまえもカタワもんだ！　カタワなら犬娘にだってなれるぞ」

失明した子供もまたそれを聞いた途端、嬉しそうに白濁した目を指さして「そうだ、俺はカタワもんだ！　犬娘と同じカタワだ」と雄叫びを上げた。他の子供たちはそれを見て、うらやましそうに「俺も銀色の目ん玉がほしい」と言いだし、雪に石を入れて投げ合うのだった。

二月に入って間もなく、乙彦にとって人生を一変させてしまう出来事が起こった。

その日は、二日ぶりに雪が止み、冬の陽光が雪化粧した山々を照らしつけていた。民家の庇《ひさし》からはポタポタと水滴が垂れ、梅のつぼみが花開こうとしていた。乙彦は深川育造の指示によって昼過ぎから屋根につもった雪を下す作業を行っていた。あまり雪が降らない地域だったため家の造りが頑丈ではなく、こまめに屋根の雪下ろしをしないと、重さで建物が傾いてしまう。隣家でも同じようにシャベルで屋根の雪を落としていた。

午後三時頃、乙彦が屋根の上で作業をしていると、納屋の裏口から見知らぬ人間が出ていくのがふと目に入った。遍路宿の男が家にまで忍び込んできたのだろうか。乙彦は嫌な気持ちになったが見て見ぬふりをし、シャベルを動かしつづけた。

それから一時間ぐらい経った頃、納屋から母親が顔を出して手招きをした。

「乙彦、ちょっと来て……」

声が弱々しかったが、乙彦はさっきの男のことが頭にあったのでふてくされるような態度で納屋へもどった。

部屋の床には布団が敷かれ、赤い髪飾りをつけた母が下半身をあらわにして横たわっていた。布団の一部は血で汚れて、脇には同じく血がしみた新聞紙が丸められて置かれている。部屋に漂うのは鉄っぽい血の臭いだ。

乙彦は目を丸くして言った。

「か、母さん、どうしたの？」

「赤ん坊よ……赤ん坊をおろしたの」

体が凍りついた。ならば、この新聞紙にくるまれているのは堕胎された胎児なのか。そういえば、ここ一、二カ月、母は毎日お腹にさらしを巻いて苦しそうに仕事をしていた。

母親は紫色になった唇を震わせた。

「仕方なかったの。赤ん坊は、遍路の子なのか、育造の子かわからない。だから、お遍路さんに頼んでおろしてもらうしかなかった」

遍路の中には、村を転々として女の堕胎にひそかに手を貸して金を稼いでいる者もいる。先ほど納屋から出てきた男がそうだったのだろう。

母親は蒼白《そうはく》な顔でつづけた。

「お願い、母さんの言うことを聞いて。母さんは手術のせいで動けない。だから、乙彦がいますぐ新聞紙の包みを森に捨ててきて」

「ぼ、僕が？」

「お願い！　育造に見つからないうちに片付けるしかないの。あの人は私のことなんてこれっぽっちも思っちゃいないけど、面子《めんつ》をものすごく気にする。私がよその子を孕んで他人に手を借りておろしたと知ったら、激怒するに決まってるわ」

乙彦はハッと我に返った。深川育造は、一度怒りで手を上げると止まらなくなる。村人の間では軍隊で捕虜の死刑の執行人をやらされ、それによってたがが外れたのだと噂されていたが、いずれにせよ母が堕胎したことを知れば何をしでかすかわからなかった。

「今は夕方だから森には誰もいないわ。土に埋めれば、骨もやわらかいから腐って跡形もなくなるはず。お願いだから母さんの言う通りにして！」

乙彦は少し考えたが母を睨みつけると、新聞紙の包みを抱えて外へ駆け出た。言いたいことはあったが、今は母を助けるのを優先するしかなかった。

外は暗くなりかけ、赤い夕陽が雪に反射してきらめいていた。森へ向かおうとして顔を上げたところ、周辺の家々で雪下ろしをしている村人の姿が見えた。今、包みを抱えたまま出かければ、人に目撃される恐れがある。

悩んだ末に、乙彦は森へ行くのをあきらめ、納屋の裏の雪の下に包みを埋めることにした。今夜はここに隠し、明日の朝一番に森へ捨てに行く方が人目につかないだろうと判断したのである。

納屋に引き返してそれを報告しようとすると、母は蒼白な顔をして血で濡《ぬ》れた布団に倒れていた。「母さん！」と叫んで駆けつけた。全身が高熱で火照《ほて》っており、汗が吹きだしている。きっと堕胎した影響なのだろう。赤い髪飾りが外れそうになっている。乙彦は髪飾りを付け直すと、その晩一睡もせずに母の看病をした。

夜が明けると、屋敷で飼っている鶏が高い声で鳴いた。乙彦が疲れ果て、母の枕元《まくらもと》でうとうととしていたら、突然入り口で大きな音がして戸が開いた。立っていたのは深川育造と本妻だった。乙彦は彼らを見た瞬間、全身から血の気が引いて頭の中が真っ白になった。その手には昨日雪の下に埋めたはずの新聞紙の包みが握られていたのだ。

深川育造は胎児の入ったそれを母に投げつけて怒鳴った。

「てめえ、赤ん坊を堕ろしやがったのか！」

包みから赤黒い肉片が転がった。三つに切断されてはいたが、小さな人間の形をしていた。

母が困惑してこっちを見たが、乙彦は顔を上げることができなかった。深川育造はつづけた。

「朝になって雪が血に染まっているから調べてみたら、こんなものが埋まってんじゃねえか。どういうつもりなんだ」

「……………」

「黙って殺して隠そうとしたってことは、俺の子供じゃねえってことか」

「す、すみません……これには事情が……」

「事情も糞《くそ》もあるわけねえだろ！　このガキもグルなんだな！」

怒りの矛先が乙彦に向いたことで、母は慌《あわ》てた。

「この子は関係ありません。私一人でやったんです。申し訳ありません」

「謝って済む問題じゃねえだろ。てめえは俺の子を産むために妾としてここに住んでいるんだぞ。誰に頼んで堕胎したのかわからねえが、こんな小っぽけな村じゃいずれ知られる。俺の顔をつぶした落とし前をどうつけるつもりだ。軍隊なら銃殺だぞ」

ここは軍隊じゃない。乙彦はそう反論したかったが、恐怖で声が出なかった。母は唇を嚙《か》みしめて言った。

「もちろん、私が責任を取ります。だから、乙彦だけは堪忍《かんにん》してやってください。本当に申し訳ありませんでした」

「責任ってどうとるつもりだ。半端《はんぱ》なことじゃ、見逃すつもりがないのはわかっているな」

「はい……」

「てめえに何ができるかちゃんと考えて責任をとれ。てめえは俺ばかりじゃなく深川家の名誉までつぶそうとしてるんだからな」

深川育造は怒りで体を震わせながら壁を思い切り蹴りつけ、出ていった。本妻も不敵な笑みを浮かべてついていった。

納屋が静かになると、母はがっくりとうなだれた。乙彦は謝ろうとしたが、声が出てこなかった。母に命じられた通り森に埋めておけば露見することはなかったのだ。

母は床を見つめたままふりしぼるような声で言った。

「今日は外に行っていなさい。もう一度あの男と話をしてみるから……」

乙彦は申し訳ないという気持ちで胸がいっぱいになり、逃げるようにして納屋を出ていった。

朝から午後にかけて、乙彦は雪がつもる魚頭川のほとりにしゃがみ込んで過ごした。母はどう責任を取るつもりなのだろうか。堕胎したことが知られた以上、今のままの暮らしをつづけられるとは思えなかった。後悔ばかりが湧き起こってきて、乙彦は頭を抱えて心の中で母に謝りつづけた。

夕方になり、川べりは薄暗くなってしんしんと冷えてきた。森の木々が凍りついたように固まっている。寒さで体が震えだした時、森の奥で物音がして、竹子が息を切らして姿を現した。彼女は乙彦を見つけると、引きつった顔で言った。

「乙彦ちゃん、大変！　あなたのお母さんが首吊《つ》った！　早くもどってあげて！」

あわてて納屋へ駆けもどったところ、母親はロープを首に巻きつけたまま仰向けに横たえられていた。午後になって深川育造が納屋へ行ってみたら、遺書を残して首を吊っていたのだという。遺書には拙《つたな》い字で次のように書いてあった。

〈オトヒコ　ノコト　タノミマス　オネガイ　タノミマス〉

母の遺体はすでに冷たくなっており、スカートには首を吊った際に漏れた尿が染《し》みついていた。

深川育造は床にできた尿の溜《たま》りを指さして不愉快そうに言った。

「おい、床にこぼれた小便もふいておけよ。ひどく臭うからな」

乙彦はあまりに突然のことで涙も出てこなかった。母の髪に赤い髪飾りがついているのに気づくと、深川育造に取られるかもしれないと思い、それを外した。本妻はそれを見て呆《あき》れたように「いやしい子だよ。母の死体からまず金目のものを取るんだから」と首を横にふった。

翌日、母の遺体は葬儀も行われぬまま、村の入り口にある墓地に埋められることになった。犬娘が管理するこの墓地は、村の正式な墓地とは違って、村八分になって引き取り手がなかったり、伝染病で死んだりした者が埋められる特殊な場所だった。石の墓標が立てられてはいるものの、遺体はその都度適当に地面に埋められ、あとは荒れるままにされていた。

この日を境に、屋敷で乙彦は食べ物と呼べるようなものをもらえなくなった。深川育造の本妻から生の芋を一本だけ投げつけられたり、残飯を地べたにぶちまけられたりするのはいい方だった。丸二日何ももらえなかったために頭を下げて食べ物を分けてほしいと育造に頼んだところ、「木の皮でも剝《は》いで食え。戦争の時、南方の敗残兵はみんなそうして生き延びていたんだ」と言われて追い返された。夫婦は徹底的にいじめ抜くことで出て行かせようとしたのだろう。

暖かい季節なら、森に生えたキノコや山菜を採ってしのげたかもしれないが、冬の時期は不可能だ。乙彦は空腹で痛む腹を押さえながら、友人の家を回って食べ物を恵んでもらわなければならなかった。しかし、友人たちも親から「乙彦と付き合うな」と厳しく言われており、顔を見ただけで戸を閉めてしまう。竹子もまた同様で、父親から交際を禁じられ、家から出てきてもくれなくなった。

乙彦が最後にすがりついたのが力蔵だった。百日紅《さるすべり》の木の下に、家々の蔵から盗んだ品を埋めに来るのを待ち伏せし、頭を下げて食べ物を恵んでほしいと土下座までして嘆願したのだ。初め力蔵は戸惑っているようだったが、しばらく考えてから言った。

「いいぞ。ただし条件がある。犬娘を半殺しにしろ」

「犬娘を半殺しに?」

「ああ。あの女、毎日夕方に俺の家に押しかけてきて、赤子を返せとうるさいんだ。一度痛めつけてやらなきゃわからねえ」

村の取り決めによって、力蔵の両親が犬娘の産んだテル子を引き取って育てていた。

犬娘は子供を恋しく思うあまり連日夕方になると力蔵の家へ押しかけ、戸を叩いて「赤子を返して！」と騒ぐので殴って近寄らせないようにしたいのだという。乙彦は空腹のあまりうなずいた。

この日の夕暮、力蔵と乙彦は丸太を握りしめて、犬娘が暮らす小屋に乗り込んだ。外から呼びつけると、犬娘は墓場にいたらしく、家の裏から回ってきて顔をのぞかせた。赤子を奪われたせいで食べ物が喉《のど》を通らないのか、しばらくぶりに見る彼女は驚くほど痩《や》せており、目の下には大きなクマができている。

力蔵は無言で歩み寄ると、いきなり横っ面《つら》をはたいた。

「おめえ、毎日俺の家に来てんじゃねえよ。何様のつもりだ。おめえが来る度に、俺は親父《おやじ》から怒られるんだ。いい加減にテル子のことは諦《あきら》めろ」

彼女は娘の名前を聞いた瞬間に顔つきを一変させ、「あたいのテル子を返せ！」と叫んで飛びかかった。不意を突かれて、力蔵は犬娘とともに地べたに倒れ込んだ。力蔵は髪をつかまれて乗りかかられたため、立ち上がることができず、乙彦に助けを求める。

「おいっ、乙彦！　こいつをどかせ！」

乙彦は犬娘の背中をつかんで引き離そうとした。だが、彼女は力蔵にしがみついたまま離れようとしない。力蔵は、目に犬娘の指が入ったらしく悲鳴を上げた。

「痛てえ。乙彦、ぶん殴れっ。目がつぶれっちまう」

二人が組み合いながら転がる。乙彦は焦《あせ》って丸太を握りしめ、背中にふり下したが、犬娘が体を動かしたため、丸太はにぶい音を立てて後頭部にぶつかった。骨が割れるような感触がつたわってきた。その感覚が怖くなり、思わず丸太を手離した。

犬娘は動きを止めてそのまま倒れ込んだ。「ぐっぐぐっ」といううめき声を発し、後頭部からは呼吸に合わせて血液が噴きだす。地面に残っていた雪が瞬《また》く間に真っ赤に染まる。まるでコップの水をこぼしたほどの量の出血に、乙彦は言葉を失って呆然《ぼうぜん》とした。力蔵が立ち上がり、声を震わせた。

「や、やばいぞ。おまえ、なんてことしたんだ……」

彼女は白目を剝《む》いており、耳からも血がどんどん流れている。このままだと死んでしまう。

その時、坂の下から声が聞こえてきた。町へ出かけていた大人たちが帰ってきたのだ。力蔵は動揺をあらわにし、「まずい。に、逃げろ!」と叫ぶと一目散に家の方向へ駆けだした。乙彦もあわてて転びそうになりながら一緒に逃げていった。

翌日は春の到来を感じさせるような晴天だった。真っ青な空がどこまでも広がり、太陽が山を覆う雪に照りつけ、家の庇や木の枝からは雪解け水がポタポタと音を立てて落ちていく。乙彦は犬娘の怪我《けが》が心配で一睡もできず、納屋で布団をかぶって、母の遺《のこ》した赤い髪飾りを握りしめて夜を明かした。彼女が村の大人に発見されたことは間違いないが、その後どうなったかについては何もつたわってこなかった。髪飾りを握る手は一晩中震えが止まらなかった。

陽が出てしばらくして、納屋の戸を叩く音がした。乙彦が跳ね起きて戸を開けると、力蔵が凍りついたような表情で立っていた。乙彦は最悪の事態を覚悟したが、言われたのは意外な言葉だった。

「犬娘は、黒婆《くろばあ》にさらわれたらしい……」

「黒婆？　なぜ黒婆が関係あるんだよ」と乙彦は尋ねた。

意味が分からなかった。

「知らねえよ！　とにかく大人たちはそう言っているんだ。いいな。わかったな、犬娘は黒婆につれていかれたんだ。これで昨日のことは何もかも終わりだ」

「終わりって……」

「つべこべ言うんじゃねえ。全部終わったんだよ」

力蔵はそう言い残すと背を向けて去っていった。

納屋に取り残された乙彦はこの事態をどう受け止めていいのかわからなかった。昨日の様子を見る限り、犬娘が命にかかわる重傷を負っていたのは明らかだ。にもかかわらず、黒婆につれ去られたとはどういう訳なのか。何か想像も及ばない恐ろしいことが水面下で進んでいるとしか思えなかった。

乙彦は悩んだ挙句、村を離れることを決意した。黒婆がかかわっているかどうかはさておき、いつか犬娘の件は明らかになるだろうし、食べ物を分けてくれる村人もいない。このままでは警察に突き出されて逮捕されるか、餓死するかしか道はなかった。乙彦は母の赤い髪飾りだけを懐に入れて納屋をそっと出ると、人目を忍ぶようにして村を走り抜けた。

遍路道をしばらく歩いたものの、行く当てはどこにもなく、乙彦は岩場に腰を下ろした。鬱々とした気持ちが胃の底にまでのしかかってくる。おそらく遍路となって、村や町を巡りながら物もらいをして生きるしか道はないだろう。肩を落としていると、後ろから呼ぶ声がした。

「ねえ、ねえ」

ふり返ると、老木の陰に、一人の女の子が身を隠すようにして立っていた。つぎはぎだらけの服を着ていたが、髪はきれいに三つ編みになっており、肌は透き通るほど白い。乙彦より二歳ぐらい年上、おそらく十四、五歳といったところだろう。村では見かけたことのない顔だ。

彼女は木陰からそっと出てきた。

「誰？」と乙彦が訊いた。

彼女は微笑んだ。乙彦はつづけた。

「君はどこの人なの？　会うの、初めてだよね」

「そうね、私の名前は小春《こはる》。もうすぐ春だから憶えやすいでしょ」

「小春……」

「あなたお腹《なか》すいているように見えるけど大丈夫？」

リスのように前歯が少し出て、目がクリッとしていて大きかった。なぜだか親近感の湧《わ》く愛らしい顔立ちだ。母の自殺によって村八分にされて以来、人と普通の会話をするのは初めてかもしれない。

「どうして腹が減ってることがわかるんだよ」

小春は乙彦が強がって無愛想な態度を取っているのを見透かして笑った。

「そのげっそりとした顔をみればご飯を食べていないことぐらいわかるわ。うちに食べに来る？」

腹がグーと悲鳴を上げた。急に空腹を思い出し、彼女にすがりつきたくなる。

「このあたりに住んでいるの？」と乙彦は尋ねた。

「うん。遠慮せずに来て。あなた一人分ぐらいならあるから」

乙彦は「本当に？」とどもりながら答えた。小春は明るく微笑み「いいって言ってるでしょ」と乙彦の手を取って遍路道を歩きはじめた。

二人は遍路道を歩いて行ったが、途中から道を逸《そ》れて道なき道をかき分けていくようになった。乙彦が「ここは通れないよ」と言っても、小春は「大丈夫よ」と言ってどんどん手を引いて歩いていく。乙彦は奥へ進むにつれて、これ以上先へ行けば黒婆の棲家《すみか》に足を踏み入れてしまうのではないかと心配になってきた。彼は小春の背に言った。

「ねえ、こんな森の奥に家があるの？　森の奥には黒婆が住んでいるんだよ。怖い」

小春は苦笑した。

「男の子なのに臆病《おくびょう》ね。もうすぐだからついてきて」

彼女はさらにつよく手を引っ張った。乙彦は、もしかしたらこの子は黒婆の娘なのではないか、と寒気がした。

　道なき道を登っていくと、やがて森が開け、強い陽光が射し込んできた。乙彦はまぶしさのあまり目をつぶり、しばらくしてからゆっくりと開いた。砂利の一本道があり、その先にあったのは木造の長屋のような建物だ。道の端には、石仏が何体も並べられており、お経のような文言が書かれた旗がはためいている。

　小春がにこやかに言った。

「このお寺に住んでるの。宿坊もあるのよ」

　こんな山奥に寺があるなんて。

　乙彦が小春に促されて寺に近づいていくと、岩の上に男性二人がすわって日向《ひなた》ぼっこをしていた。その顔を見た瞬間、彼は思わず驚きで声を上げそうになった。一人は手足の指がほとんど失われて顔全体が黒ずんでおり、もう一人は鼻がなく鼻孔だけが豚のように二つ開いていたのだ。

　小春は乙彦の顔色が変わったのに気がついた。

「そんなに怖がらないで……ここに住んでいるのは病気の人ばかりなの」

「び、病気？」

「うん、癩って知ってる？」

背筋に冷たいものが走った。村の大人からは、癩になれば鼻が溶け、指が失われ、失明し、化け物のようになって死んでいくと教えられていた。目の前の二人はまさにその癩に侵されているのだ。急に全身が痒《かゆ》くなり、今すぐに逃げだしたいと思った。

小春はそんな乙彦の胸の内を見抜いたように手を握りしめた。

「大丈夫、一緒にいたぐらいじゃ絶対にうつらないから安心して。実は、私も症状はあまり出ていないけど癩なの。死んだお父さんがそうだったんだ」

よく見ると首の付け根のあたりに赤い色斑《しきはん》が広がっていた。

「君も？　どうしてこんな山奥に癩の人が……」

小春は唾《つば》を飲みこんでから言った。

「実は、ここにいるのは、みんな『ヘンド』と呼ばれる巡礼者なのよ」

「ヘンド？　お遍路さんとは違うの？」

「ヘンドっていうのは、物もらいをしながら遍路をしている人を馬鹿にした呼び方なの。癩のお遍路さんもそう呼ばれてるのよ」

「そ、そうなんだ」

「癩病者は、地元の村人やお遍路さんに嫌われていて、正式な遍路道を歩くことができない。それで遍路道とは別に、森の中にヘンド道と呼ばれる道をつくって身を隠しながら八十八カ所を巡っているの。癩が治りますように、来世は病気のない体に生まれ変われますようにって祈りながら」

癩病の人間が遍路をしていると耳にしたことはあったが、まさか遍路道とは別に特別な道をつくり、巡礼をしているなんて……。

「ここにはその巡礼の人がどれぐらい住んでいるの？」

「うーん、十人から二十人ぐらいかな。半数は何カ月も居すわっている人たちで、何日ここに泊まるのかは本人の自由なの。お寺としては望む人をすべて受け入れるだけ」

「十人から二十人も……」

小春は励ますような明るい口調で言った。

「癩の人は迫害されてつらい思いをして生きてきたから、村でのあなたの苦しみをわかってくれるはずだわ。良き理解者になってくれる。あなたさえ良ければ、ここで暮らしてもいいのよ」

「どうして僕のことを？」

「そんなことより、行き場がないんでしょ。あなたぐらいの年齢になっていればめったなことじゃ癩にはうつらないから大丈夫よ」

たしかに乙彦にはここを出たところで行き先はどこにもなかった。だが、本当に癩の人々と生活しても平気なのだろうか。

その時、小春が手を上げて言った。

「住職! ねえ、住職ってば。乙彦をつれてきたよ!」

寺の前に八十歳くらいの老人が立っていた。片足は義足をはめており、手の指は半分以上失われ、腫《は》れた顔は獅子《しし》面のようだった。目も白濁していてどこまで見えているのかわからない。

住職はやさしそうな口調で言った。

「おお。君が乙彦か。よく来たなぁ」

なぜ彼まで自分の名前を知っているのか。住職はつづけた。

「村に居場所がなければここに住んだって構わないからな。ただ、絶対にここにわしらが暮らしていることを村人には言わないでくれ。それさえ守ってくれるなら好きなだけいてくれてもいい」

「僕のことを知っているんですか」

「視力がだいぶ落ちてろくに見えんが、話は小春から聞いている。わしらは味方だから安心しなさい」

寺の中から別の人間が顔を出し、手招きして住職を呼んだ。鼻のない四十歳ぐらいの男だ。住職はうなずいて、「またあとでな！」と言い残し、義足を引きずって寺へと入っていった。

住職がいなくなると、小春は照れ臭そうに笑った。

「バレちゃったね。私、あなたのことをしばらく前から見ていたんだ。それで心配になって声をかけたの」

「見てたって……」

「もういいじゃん。とりあえず、ごはんをあげるから来て。これからのことは食事が終わってから考えればいいんじゃない」

小春は寺へ向かって歩きだした。乙彦は狐《きつね》につままれたような気持ちで後をついていくしかなかった。

二〇一二年　雲岡村

雲岡村はまったくといっていいほど人影がなく、腐葉土の匂《にお》いがむせ返るほどにつよく漂っていた。伸びきった草の中からバッタのような小さな虫が次々と飛び出し、腕や首にぶつかってくる。私は川渕警部補と美波みどりとともに、それらを手で払いながら無言で真《ま》っ直《す》ぐに歩いていく。

田畑の脇《わき》には一戸建ての民家が点在していた。建物はどれも古めかしく、黒々とした茅《かや》ぶき屋根の家も残っていた。犬を飼っている家が多かったがどれも元気がなく、声をかけられても疲れ切ったように顎《あご》を地面につけて伏したまま微動だにしない。

村人の高齢化が進んでいるためだろう、二軒に一軒は廃屋となって蔦《つた》に覆われ、建物によっては朽ち果てて瓦礫《がれき》の山と化してしまっているものもあった。六十年前村には百世帯以上が暮らしていたというが、警察の話では現在は三十一世帯にまで減っているらしい。

さらに進んでいくと、急に土の道が真新しいアスファルトの道路に変わった。この道だけがきちんと舗装されており、道端には銀杏《いちょう》の木が一列に植えられ、立派な外灯も立てられている。きっと町のゼネコンが県の工事を受注し、多額の予算を投入してつくったにちがいない。

隣を歩いていた女性警察官の美波みどりが立ち止まって言った。

「ねえ、見て、信号がある。この山村に車なんて通るわけがないのに……馬《ば》っ鹿《か》みたい」

見上げると、無人の道路で信号のランプが黄色く点滅していた。彼女はパールピンクの口紅をつけた唇を尖《とが》らせた。

「なんでこんなところに金をかけるかな。そんな余ってんなら公務員の給料下げるなっつーの」

「まぁ、自治体はこういう村にも何かしらの形で予算をつかわなければならないからね」と私は答えた。

「なによ、冷静に。あなたみたいな医者はたくさんお給料をもらっているからいいだろうけど、薄給の警官はたまったもんじゃないわ。事件の関係者に外で話を聞きたくてもコーヒー代もでないのよ。それでいてこの税金の無駄遣い。もう、やってらんない」

彼女はプイッとよそを向いて早足で歩きはじめた。

目指していた公民館は、村の中央にあった。二階建ての近未来的なデザインの建物で、芝生に囲まれた中世風の噴水まで設置されている。名の知れた建築家に高額な謝礼で依頼したのかもしれない。廃村寸前の村にはあまりに不釣り合いな外観だ。ここには宿泊できる部屋が十以上併設されていることもあって、県警の捜査員たちが拠点にして泊まっているという。父もこの中で事情聴取を受けているらしい。

川渕警部補がようやく到着して胸をなで下ろしたように大きく息をついた。巨体は汗だくで、シャツの色が変わっている。彼は汗臭いのを気にしたのか、一歩下がって言った。

「ここに捜査本部が置かれています。カバンを置くついでに、お父様の様子を見てきますから待っていてください」

彼は私と美波みどりの抱えていたバッグを取ると、一人で公民館へ入っていった。

公民館の入り口には新しそうな自動販売機が設置されていたが、電源が切られたままだ。肥料の匂いがするのは、公民館の正面が畑だからだろう。十分ほどすると川渕警部補が顔をしかめて出てきた。

「乙彦さんの事情聴取はまだ行われていました。昨日から黙秘しているらしく、担当の人間もいら立っているので、夕方ぐらいまでは会うのは難しそうです」

「なんで父は黙ってるんですか」

「詳しくはわかりませんが……先に事件現場をご覧になりませんか？」

父の様子についてはあまり言いたくないらしい。仕方なく私は提案にうなずき、来たのと反対の方向へ歩きだした。

村の西側、大きな民家が七、八軒集まる一角に、深川育造の家はあった。昔ながらの柱のしっかりした木造の平屋で、敷地は広々としていて農家らしい風情《ふぜい》が残っている。かつて父が母親とともに暮らしていたという納屋は取り壊されていたが、跡地と思われる場所は一カ所だけ地面の色が違っていた。ここで父は貧しい生活を送り、祖母は首を吊ったのだろう。

玄関の前には見張りの警官が立っていたので、頭を下げてから中へ入った。室内は電気が消えており、廊下には高齢者特有の加齢臭がしていた。育造は妻を二十年前に失ってからずっと独り暮らしだったそうだ。

突き当りにある居間は、失踪《しっそう》当時のままにされていた。報道の通り茶碗《ちゃわん》と箸《はし》がテーブルの上にきちんと並べられており、血圧の薬が用意されている。さすがに食べ物は片付けられていたが、ご飯や味噌汁《みそしる》が盛りつけられていたというから、まさにこれから朝食を取ろうというところでいなくなったわけだ。

室内を歩き回っていた川渕警部補がふと足を止めた。部屋の隅に新聞紙が敷かれ、その上に鳥籠《とりかご》が置いてあった。傍に蓋《ふた》を開けた餌箱《えさばこ》があるのを見る限り、深川育造は飼っていた小鳥に餌をやろうとしていたのだろう。

川渕警部補は籠を見つめながら美波みどりに言った。

「これが神隠しといわれる所以《ゆえん》だな。深川さんは自分の朝食の用意をした後、文鳥に餌をやるのが習慣だったそうだ。箱を開けて餌をあげようとしていた時、何かが起きた。それで彼はすべてを放り出し、消えてしまった」

捜査員の口調になっている。隣にいた美波みどりも、いつの間にか引き締まった真剣な表情になっていた。彼女はうなずいた。

「よほど急を要する出来事があったんでしょうね。それはもう一人の上岡仁さんの失踪を見てもわかります。彼は寝間着を着たまま、しかもハムスターを抱えて家を出たきりもどってこなかった。普通ならどんなに急いでいても、出かける際には着替えてハムスターを籠にもどすはずです。やはり何かが起きたに違いありません」

「まるでホラー映画だな……その起きたことが何なのか見当つくか」

「わかりませんけど、村人全員というより、二人にとって重要なことだったのでしょう。もし村人全員にかかわる重大な出来事だったら、いくら早い時刻であっても他の村人にもつたえるはずですから」

「まあ順当に考えればそうだろうな。二人は九十歳を超してはいたが足腰は丈夫だったそうだ」

警察は、二人の失踪の原因を父だと考えているのだろう。ただそれだけであれば他の村人に言いそうなものだが。

私はため息をついて言った。

「やはり、僕の父が何か関係しているのでしょうか」

川渕警部補は美波みどりと顔を見合わせてから言いにくそうに答えた。

「わかりません。でも、十年前の事件のことを考えると、我々も乙彦さんを重要参考人にせざるを得ないのです」

「もちろんです。私も父が関係しているかもしれないと思っていますから。でも、父はなぜ事件から一週間も経《た》ってから村に姿を現したのでしょう」

「我々が今一番知りたいのもそこなのです。乙彦さんが事件当日から村に隠れていたのか、あるいは事件を聞きつけて来たのか。でも、先ほど公民館で聞いた話では、黙秘されているので何もわからなくて」

美波みどりは一人窓の方へと歩いて行った。女性警察官にしては派手な蛍光色のヘアピンが反射する。彼女はガラスに手を当て庭を見つめてから、つぶやいた。

「ねえ、外に小鳥がたくさん集まっている。きれいな羽……」

庭の木に小鳥が二十羽ほど止まって、かわいらしい声で鳴いている。育造がつくったのだろう、梅の木に鳥の餌台が設置されていた。

夕方になると、山の稜線《りょうせん》の上を野鳥たちが群れになって羽ばたきはじめた。風音が谷間でこだまし、民家からは、米を炊《た》いているのか、香ばしい匂いがしてくる。まだ囲炉裏をつかっている家もあるらしく、数軒の屋根から煙が立ち上っている。

この晩、私も公民館に宿泊することになった。父の事情聴取は予定より長引いており、会えるまでもう少し時間がかかるらしい。川渕警部補によれば、村には宿泊できる旅館はなく、公民館にある宿泊室を無料で貸してもらえるということだったので、その一室に泊まることにしたのだ。

公民館の二階にある宿泊室は、六畳ほどの和室だった。新しい畳の香りがし、ちゃぶ台とポットが備えられていた。私は一旦《いったん》荷物を整理してから共同の洗面所で顔を洗うと、一階へ降りて行った。

玄関の近くにある大広間のドアには「香川県警」と書かれた紙が貼《は》られており、県警の捜査本部であることを示していた。畳の上に長いテーブルが三つ並べてあり、書類やノートパソコンなどが乱雑に散らばっている。現在は常時十人ぐらいが捜査のために村に来ているそうだが、うち半分は森に入って消えた二人を捜しているという。公民館に残っている人は父の取り調べか、大広間で書類の整理を担当している。

私は許可を得てから腰を下ろして大きく深呼吸をした。朝一番に東京を出てからずっと移動だったので疲れがたまっていた。三人の捜査員は、乙彦の息子である私に気をつかって黙っている。何分かして、化粧を直した美波みどりが川渕警部補とともにやってきた。彼女は煙草《たばこ》の臭いに気づくと顔をしかめた。

「くさーい。もう煙草吸わないでくださいよー。むちゃくちゃおっさん臭いじゃん！」

中年の捜査員たちは彼女の胸のふくらみを見ただけで煙草を消そうとはしない。

美波みどりはつづけた。

「ちょっと聞いているんですか。私の胸ばっか見てないで煙草を消してくださいよ」

捜査員は慌てて目をそらす。彼女が窓を全開にすると、涼しい夕風が吹き込んでくる。

美波みどりは椅子《いす》にすわって足を組み、ため息をついてテーブルにあったモナカを口へ放り込んだ。その時、窓の外から太鼓を叩《たた》く音が聞こえてきた。うちわ太鼓のようだ。

「これ、何の音ですか」と私は言った。

捜査員の一人が面倒臭そうに答えた。

「この村の伝統的なお浄《きよ》めの儀式だそうです。事件後ずっとやっているんですよ。あなた乙彦さんの息子なのに村のこと知らないんですか」

棘《とげ》のある言い方だ。私は冷静を装《よそお》って答えた。

「すみません。この村へは初めて来たので。浄めとは何のことでしょう？」

「夕方になると村の老婆《ろうば》が黒い服を着て集まり、深川育造と上岡仁の家の前で太鼓を叩いてお経を唱えているんです。黒婆につれ去られた人の家は穢《けが》れるので、それをきれいにしなければならないとか」

村の年寄りが二人の失踪を黒婆のせいだと信じているというのは本当なのだ。捜査員はうんざりしたような表情をしている。

「やはり黒婆の噂《うわさ》があるんですね」

「この村のジイさんバアさんの頭は迷信のことで一杯なんです。まるで話が通じない。それによそ者を警戒して何もしゃべらない。俺たちを誰だと思ってるんだって感じですよ」

彼はそう言って煙草の煙を鼻から出して火を消すと、勝手に話を切り上げて新聞を広げた。川渕警部補が「まったく」と頭をかきむしった。

事情聴取が終わるまで、私たちはそのまま部屋に残って待つことにした。ここまで来たからには父に会って事件について本当のことを聞きたい。川渕警部補は暑くもないのに汗の臭いを気にしたのかノートをうちわ替わりにしてあおぎ、美波みどりは鏡を手にして化粧を確認している。

三十分ほどが経った頃、急にドアが乱暴に開いて若い捜査員が駆け込んできた。七十歳前後の白髪の女性をつれており、息を切らして緊張した面持ちをしている。若い捜査員は声を裏返して言った。

「大変です！　村からもう一人失踪していることが判明しました！」

全員が顔を見合わせた。

「もう一人失踪ってどういうことだ？」と川渕警部補が訊いた。

「我々は本日朝から村の住民票をもとに、村人全員に聞き込み調査をしていたのです。

そしたら、村で暮らしているはずの九十歳の老人がいなくなっていることが新たにわかりました。娘さんにも確認してもらったので間違いありません」

川渕警部補の顔つきが変わった。

「いつだ！　失踪した日付はいつだ！」

「あの二人と同じ日です」

室内が静まり返った。深川育造、上岡仁につづいて、もう一人老人が同じ日に失踪していたのだ。

「その消えた老人の名前は？」と川渕警部補が訊いた。

捜査員は隣にいる白髪の女性を横目で見てから答えた。

「野村二郎という人物です。ここにいる野村竹子さんはその娘さんです」

私の頭の中で、竹子という名前が響いた。野村竹子とは、父が幼い頃に魚頭川で会っていたという「竹子」という女性ではないだろうか。

小太りの捜査員はいら立ちをあらわにし、竹子に言った。

「どうして今までお父様がいなくなっていたことを警察に黙っていたんですか。我々が捜査していたのを知っていたはずでしょ」

竹子は動揺をあらわにして答えた。

「私、行方不明になっていただなんて知らなかったんです……」

「だって、家にいなかったんですよね、一週間も」

「父は温泉街にある妹夫婦の家に泊まっているとばかり思っていたんです。あの日一緒に荷造りをしてバス停まで送り届けたんです。今日になって警察の方が念のために確かめてくれと言うので電話したら、妹夫婦の家には来ていないと言われました。それで初めていなくなっていることがわかったんです……」

「じゃあ、あなたはちゃんとお父様を山の中腹にあるバス停までつれて行ったということですか」

「間違いなくそこまでは一緒でした。失踪したのだとしたら、私とバス停で別れた後のことです」

体が震えている。まさか自分の父親まで事件に巻き込まれているとは想像していなかったのだろう。美波みどりが気をつかって竹子に歩み寄り、背中をさする。

若い捜査員がつけ加えるように言った。

「野村二郎さんは、失踪した深川育造さんと上岡仁さんと年齢も近く親しかったようです。三人とも村では比較的恵まれた家柄だったので一緒に村の行事などを仕切ることも多かったのかもしれません。共通点がまったくないわけではないと思います」

「乙彦さんとの関係はどうだ。彼がこの三人を恨むようなことはあったのか」

若い捜査員は首を傾《かし》げた。私も十年前に父が殺害を目論《もくろ》んだのは育造一人だということしか知らなかった。

小太りの捜査員は竹子の方を向いて尋ねた。

「あなたは水島乙彦さんとお父様のかかわりについてご存知ですか」

竹子は首を傾げて「水島乙彦？」とつぶやいた。

「ええ、十年前にこの村で深川育造さんに対して殺人未遂事件を起こした男です。事件についてはご存じですよね」

「は、はい……」

「今回の失踪事件では、その深川育造さんも消えています。そこで我々は、重要参考人の一人として乙彦さんのことをここで調べている最中なのです。あなたのお父様の失踪が一連の事件と同様のものだとしたら、乙彦さんにつながる線がないかと思ったのです」

竹子の顔色がさっと変わった。

「水島乙彦さんのことは存じ上げています。この村に乙彦さんがいるんですか」

「事件の六日後に現れたんです。私たちもなぜここに来たのかを調べている最中です。

もう一度訊きますが、本当に消えたあなたのお父様と乙彦さんの間に何かしらのつながりはなかったということでよろしいですか」

「どうなんでしょ。私、乙彦さんとは子供の時分から会ってませんから」

「もう一つ訊かせてください。あなたは深川育造さんや上岡仁さんが消えた理由を想像できますか」

「わかんないです。村の人たちは、黒婆がつれて行ったんじゃないかって……」

小太りの捜査員はテーブルを強く叩いた。

「また黒婆の話ですか！　いまは二〇一二年ですよ。この村の人間はどいつもこいつも二言目には黒婆の話を引っ張りだしてくる。いい加減にしてください」

これまで捜査の段階で何度も「黒婆」に突き当たったのだろう。彼は憤懣《ふんまん》を吐き散らすようにテーブルの脚を蹴《け》った。

その時、ドアが開く音がしたので、全員がそちらに目を向けた。すると、廊下に捜査員につれられて父が立っていた。事情聴取がたった今終わったらしい。二年ぶりに見る父は痩せて一回り小さくなっていて白髪が目立っていた。

竹子は目を丸くしてつぶやいた。

「乙彦さん……」

父の方も竹子を前にして唖然《あぜん》として立ちすくんだ。

小太りの捜査員が慌てて言った。

「おい、今は重要な話をしている最中なんだ。乙彦さんを別の部屋に案内しろ！」

父をつれてきた捜査員は状況を把握できず戸惑っている。川渕警部補と美波みどりがとっさに機転を利《き》かせて父のもとへ歩み寄って、「こちらへ」と言ってドアを閉めて二階へ上っていった。

ドアが閉まると、煙草の臭いのする部屋は再び静まり返った。竹子は狐につままれたように閉じられたドアをじっと見つめていた。机の上には美波みどりのブランドものの化粧ポーチが置きっぱなしになっている。

しばらくして、胸のポケットに入れていたスマートフォンが振動しはじめた。取り出してみると、勤め先である都立感染症研究所からだった。直属の上司には今回の事情をすべて打ち明け、四日間の有休を認めてもらっていた。何の要件だろう。私はスマートフォンを持ったまま部屋を出た。

噴水の前のベンチに腰を下すと、私は息を吸ってから「通話」のボタンを押した。電話の相手は、職場でも滅多に会話することもない部長だった。狐のような顔をした四十代後半の度量の狭い男だ。しゃべる度に唾をペチャペチャと鳴らすのが耳触りで一番一緒にいたくないタイプだった。部長は私が電話に出るなりこう言った。

――いきなりで申し訳ないんだが、君につたえなければならないことがある。

――なんでしょうか。

――辞職してくれないか？

耳を疑った。事件の報告が部長にいっているのは知っていたが、今の段階で辞職を迫られるとは想像していなかった。

――どういうことでしょうか。たしかに僕は事件のためにこちらへ来てますけど、まだ父が犯人だと決まったわけではありません。

――事件そのものが問題なんだ。実はマスコミが君のお父さんのことを調べ上げ、君に話を聞きたいといってうちの研究所や大学の医局に押しかけている。うちだけの問題なら片付けられるが、医局の教授にまで迷惑をかけるわけにいかない。

――つまり、これ以上僕を置いておくと、医局に睨《にら》まれるということですか。

――てっとり早く言えばそういうことだ。うちの研究所は医局から研究員をたくさん送ってもらっているので関係が悪化すると困る。それは君だってわかるだろ。どうしようもないんだ。

――もうクビは決定ということですか。

——おいおい、人聞きの悪いことを言わないでくれよ。あくまでも依願退職だよ。退職金だって出る。地方でいいなら病院の職だって紹介する。あくまでうちと医局を守るためのことだと理解してくれ。

部長は大学へもどることを望んでいる。足を引っ張られる前に私を切り捨てようとしているのだ。腹は立ったが、ここで抵抗しても、嫌な思いをするだけだ。そもそも今は事件のことで頭がいっぱいで職場の都合のことなど考える余力がない。部長と無駄な言い争いをするぐらいなら身を引こう。

——わかりました。次に東京に帰った時に正式に辞表を出します。それまでは有休ということにしておいてください。

部長は明らかに安心した口調になって言った。

——もちろんだ。よくわかってくれたな。嬉《うれ》しいよ。なんなら退職金を増やすように私の方からも掛け合ってみるから後のことは安心したまえ。

私は電話を切り、ため息をついた。とりあえず当面は小さなクリニックでアルバイトをしてしのぐしかないだろう。

噴水の水面には落ち葉にまじってたくさんの虫の死骸《しがい》が腹を見せたまま漂っている。ふと甘い香りがするのに気がついてふり返ると、美波みどりが一人で立っていた。風が吹けば飛びそうな大きなつけまつ毛だ。彼女は目蓋をパチパチさせると、少し気まずそうに言った。

「立ち聞きしちゃってすいませんでした」

「いいですよ、別に」

「……勤め先、クビになるの？　お父さんが犯人だと確定したわけでもないのに」

全部聞かれていたのだろう。私は隠すのが億劫《おっくう》になって答えた。

「医者の世界っていうのは面倒なんです。権力と世間体で成り立っている社会で、それを少しでも脅《おびや》かそうものなら追放される。僕はそんな世界が苦手だし、医療の仕事もいまいち好きになれない。英語が得意だったし、本当は子供の頃から広いところを飛び回るような仕事につきたかった。たとえば世界に出る商社マンだとか、新聞社の記者とか」

「へぇ……でも、お医者さんになるのって勉強しなきゃいけないし、大変ですよね。本当になりたい人がなるってイメージがありました。なぜお医者さんになったんですか」

私はこの一言で長らく忘れていたことを思い出した。私を医者の道に進ませたがったのは、父だったのだ。

物心ついた頃から、父は私に対して医者になれとすり込むように言っていた。与えられる本は医学や人権にかかわるものばかり。医師会や医学部のパーティーがあれば、まだ中学生だった私を二次会三次会にまで付き合わせ、「うちの息子は医者になるんです」と紹介した。ある日の帰り道、私が辟易《へきえき》して「文系に進みたい」と言ったところ、父は激高して「俺がお前を育てているのは医者にするためだ。つまらないことを言うな!」と一喝された。それ以来、自分の希望を口に出すこともできず、医学部受験専門の予備校へ通わされ、なんとか私立大学の医学部に滑り込んだのだ。

なぜ父がそこまで私を医者にすることにこだわっていたのかはわからない。訊くこともできなかったし、理由を考える気持ちになったことすらなかった。専門を何にするかを決める時も、「内科にしろ」という言葉に従った。私の人生で唯一《ゆいいつ》彼に反抗したのは、学生時代の結婚だったかもしれない。結婚さえすれば家を離れて自立できると思ったのだ。だが、父は私が家から出ていくことを許さず、自宅を二世帯住宅に改築して住まわせ、同じように自分の気に入った病院で働くことを私に強いた。そんなことがつづくうちに、仕事の意義を考えることなどなくなってしまったのだ。

私はこのことを美波みどりに説明すべきかどうか迷った。だが、簡単に話せることではなかったし、今回の事件に関係があるとは思えなかった。

美波みどりは私の表情からそれを読み取ったのだろう、さりげなく質問の中身を変えた。

「今勤めている都立感染症研究所ではどんなことをしているんですか？　感染症って人から人にうつる病気のことですよね」

私は一つ咳払《せきばら》いをしてから答えた。

「研究所に移ったばかりの頃は、ハンセン病の研究をしていたんです。父が昔から仲良くしていたハンセン病の専門医がいたので、その下で働かせてもらってました」

「ハンセン病かぁ……むかーし差別があったとかいう話は聞いたことがあるけど」

「四、五十年前までは、癩病《らいびょう》と呼ばれていた病気です。病原体は癩菌。この細菌は人間の体内に入ることで数年から数十年かけて体中の神経を侵していくんです。やがて体のいろんな筋肉が萎縮《いしゅく》しはじめる。そうなると手が反り返ったり、目が開眼状態になって失明したり、唇が垂れ下がったりする。顔などの皮膚に浮腫《ふしゅ》がいくつもできて凸凹になることもあります……あっ、すみません、専門的な話になっちゃいました、あんまり興味ないですよね」

「そんなことないですよ。どう怖いかって知りませんでしたから」

「怖いというか……この病気ですぐ死に至ることはないのですけど、見た目にひどい症状が出てしまうことから、昔の人は必要以上に感染を恐れたんです。時代や地域によっては、神仏が与えた天罰と捉《とら》えられたこともあったようです」

「天罰？　神様がそうさせたってこと？」

「因果って聞いたことありますよね。その人が悪いことをしたから、その悪行が跳ね返ってくるというような考え方。昔は前世に殺人など悪いことをしたから、現世でハンセン病になって罰を受けているという考えもあったみたいですよ」

「へぇ。それだけ恐れられるんなら、感染力の強い病気なんでしょ」

「いや、実は感染力はものすごく弱いんです。赤ちゃんみたいに抵抗力の弱い子供ならともかく、大人が癩菌に触れたところで感染することはまずないと言っていい。実際、現在ハンセン病を発症する日本人は年にわずか数人です。治療法もちゃんとあり、抗生剤を半年から数年服用していれば体内の癩菌は消えます」

美波みどりは唇をとがらせて「ふうーん」と相槌《あいづち》を打った。今となっては滅多に聞くこともない病名であるため実感がわかないのだろう。私はつい夢中になって話をしている自分を恥じた。幼い頃からハンセン病差別について父から執拗に聞かされていたので、無意識のうちに熱を帯びてしまうのだ。

ただ、私とて医学的な見地からすれば、この病気にはほとんど関心を持つことができなかった。基礎研究は不明の病原体を研究したり、治療法を見つけたりできるからこそやりがいがある。だが、ハンセン病に関しては現在の日本で患者に接することはまずないし、治療法も確立しているので今やるべきことはほとんどない。

半年の間嫌々ながらつづけた後、私は上司に向かって「終わった病気に向き合っても研究の意味が見出《みいだ》せないので別の研究をさせてほしい」と頼んだ。だが、上司は「ハンセン病は歴史も含めて終わった病気なわけじゃない」と反論した。私は歴史などには興味を持てず、一年後に別の感染症の研究に移ったのだ。

美波みどりは膝小僧《ひざこぞう》をかきむしりながら私の顔をのぞきこむように見つめた。

「まあ、とりあえず研究所なんてクビになってよかったんじゃない？」

軽い言い方が癪《しゃく》に障《さわ》った。彼女はそんな私の胸中を気にする様子も見せずにつづけた。

「医師免許持っているなら、病院で医者をやった方がずっとカッコいいわよ。女の子ならみんなそう言うはずだわ。モテ方がぜんぜん違うもん」

「モテるとかモテないとかで働くつもりは……」

「何言ってんの。モテる仕事かどうかって働く上でとっても重要なことよ。もし転職が決まったら教えてくださいね。私、お医者さんには興味あるから」

美波みどりはからかうようにウインクをしてみせた。私はバカバカしくなって噴水の方を向いた。水面では、相変わらず虫の死骸が腹を向けた格好で浮いていた。

一九五二年　カッタイ寺

森の中の寺は、木造の長屋のような大きな建物だった。明治時代に元大工のヘンドが数人で寝泊まりできる丸太小屋をつくったのがはじまりで、その後別のヘンドたちによって少しずつ改築されたり、増築されたりして、昭和の初め頃には二十名ほどが泊まれる長屋形式の寺につくり替えられたのだそうだ。本堂や外に置かれた石仏は、高名だった元石工のヘンドの手による作品だという。

この寺には正式な名称はなく、ヘンドたちからは「カッタイ寺」とだけ呼ばれていた。カッタイとは癩病者を意味する言葉であり、「癩病者の寺」ということらしい。森には他にもこうした寺が数十キロおきに点在しており、巡礼をする癩病者の宿泊所となっているということだった。

乙彦が雲岡村を離れ、山中で出会った小春に誘われてカッタイ寺に暮らすようになったのは、雪が解けはじめた三月のことだった。寺には小春と住職の他に、虎之助《とらのすけ》という名前の十九歳の青年が暮らしており、この三人で巡礼にやってくるヘンドたちの世話をしていた。

寺の内部は、大きく三つの部屋に分かれていた。石仏の置かれている「本堂」、巡礼をするヘンドたちが泊まる「宿坊」、住職など寺の管理者が暮らす「寝室」の三つだ。乙彦は小春、虎之助たちとともに「寝室」に寝起きしながら寺の手伝いをすることになった。とはいえ、「宿坊」に住むヘンドのうち八割は半年以上の長期滞在者で、乙彦よりはるかに寺の内情に通じていた。

ここでの一日は、寺に泊まっている者たちがそれぞれお経を読むところからはじまる。宿泊者はお経を唱える決まりがあり、夜明けと同時に背中を丸めて本堂に集まってくると、各々《おのおの》床に正座して手を合わせ、しゃがれた声で読経《どきょう》するのである。ただ、寺では特定の宗派を押しつけることはしていなかったため、ある者は「南無妙法蓮華《なむみょうほうれんげ》経《きょう》」と唱え、ある者は「南無阿弥陀仏《なむあみだぶつ》」と唱えていた。

本堂でお経を唱え終えた後、乙彦は寺のヘンドたちのために水汲《みずく》みをすることになっていた。寺の裏を少し行ったところに水汲み場があった。乙彦は虎之助の手助けをして水をためた桶《おけ》を毎日二十個ぐらい寺へと運んだ。

虎之助は年寄りの多い中で細かな雑務から力仕事などを一手に引き受けた。顔の皮膚にわずかに症状が出ていたものの、身体機能がしっかりしていることが大きかったのだろう。体も大きく、背筋がピンと伸びて凜々《りり》しかった。

乙彦は虎之助から様々なことを教えられたが、もっとも大きかったのは癩に対する恐怖心を和らげるきっかけをつくってくれたことだろう。彼は寺に来たばかりの頃、ヘンドたちの傍に寄るだけで癩がうつるのではないかと気が気でなかった。宿坊に暮らしているヘンドたちは病気が進んでいることが多く、手足の指が欠けているのはもちろん、鼻や唇が剝《は》がれ落ちていたり、顔中に浮腫ができてゆがんでいたりする者もいる。ひどい者になると、傷口から黄ばんだ膿《うみ》を垂れ流していた。

当初、乙彦は彼らに触れたら自分も同じようになるのだという思いがぬぐいきれず極力距離をおいていた。ヘンドたちもそれを感じ取って自ら話しかけようとはしなかった。それでも寺で暮らしたのは、ここを出ても行き場所がないからだ。

そんなある日、乙彦は虎之助とともに水汲みをしている最中、草むらに潜んでいたマムシを踏んで足を嚙《か》まれたことがあった。激痛が走り瞬《また》く間に倍ぐらいに腫れ上がった。すぐにできる限りの処置はしたが、体を動かすと毒がまわるということで、虎之助がこう言った。

「俺が背負って寺へ連れていってやるから乗ってくれ」

乙彦は仕方なく背中におぶさったが、癩病者の体と触れ合っていることが怖く、自然と体が震えた。虎之助はそれを感じて言った。

「癩が怖いのか」

「…………」

「ごめんな、嫌な思いをさせてしまって。俺が癩じゃなければよかったんだけど……」

乙彦は虎之助に謝られ、自分が病気を恐れていたことを恥じた。寺に住まわせてもらって、何から何まで世話になっているのに、なんて薄情な態度を示したのか。

それ以降、乙彦は癩への恐れを完全に捨て去ることはできないものの、極力隠して生きていこうと決めた。

水汲みと同じく乙彦が虎之助とともに日課として行っていたのが、朝食後に森へ入って、食糧となる動物を捕獲することだった。森にはあらかじめ三十カ所ほど罠《わな》が仕掛けてあり、日によってはその落とし穴の底に野兎《のうさぎ》が落ちてじっとしていることがあった。二人は毎日罠のある場所を一カ所ずつ訪れ、うまく引っかかっていれば獲物の足をしばって担《かつ》いで帰る。寺での主な食べ物は、自分たちで耕している畑の野菜や、森に自生しているキノコや山菜だが、野兎が獲れた日は「ご馳走《ちそう》の日」と称して、みんなで丸焼きにしたそれをつつくのがしきたりだった。

　四月に入って森の空気が少しずつ暖かくなってきた頃、虎之助がカッタイ寺で暮らすようになったいきさつを教えてくれた。珍しく野兎を三匹も手に入れ、帰り道に岩の上に腰かけて休んでいたところ、ふと虎之助の口から聞いたことのない方言が出てきた。出身を尋ねると、こう言われたのだ。

「俺は島根の生まれなんだ」

「島根？　なぜここに？」と乙彦は訊いた。

「俺は故郷の村で癩にかかったんだ。それでやむなく村を出てここに来たんだよ」

　話によれば、島根県の農村で生まれ育った彼は十四歳の時まで普通に学校へ通って勉強もできる方だった。ある日体中に湿疹《しっしん》のようなものができて、それがどんどんひどくなっていき、さらには指の一部が動かなくなった。母に連れられて町にある病院へ行って診てもらったところ、医者から癩と診断された。母は病名を聞いた途端に虎之助の手を引っ張って病院を飛び出したそうだ。

　この頃、日本には明治時代からつづく癩予防法という法律があり、政府の主導で癩病の患者の隔離政策を行っていた。癩病は容易に人に感染するものと誤認されており、患者を社会に放置しておけば、感染がより拡大すると考えられていた。それで警察と保健所は癩予防法の下でお互いに協力して患者を見つけ出し、全国に十五カ所ある療養所に送り込んで隔離をしていたのである。町や村の人々も癩病者が出ると、家族ごと「カッタイ（癩）筋」と呼んで村八分にして追い出そうとした。

だが、どの療養所でも入所者は牢獄《ろうごく》のようなところに閉じこめられ、過酷な生活を強いられた。外へ出ることを厳格に制限され、不潔な大部屋で雑魚寝《ざこね》をさせられて食糧の配給さえろくにない。人々は空腹をしのぐために不自由な体で畑を耕したり、家畜を育てて捌《さば》いたりしなければならないのだが、それがさらに病気を悪化させた。また、「療養所では医師が癩病者の血を抜き取っている」とか「死んだらホルマリン漬けにされて晒《さら》される」という噂もあった。

病院から出た後、母は虎之助の肩をつかんでこう言った。「このままだとあんたと引き離されて、死ぬまで会えなくなってしまう。一緒に四国へ行こう。お遍路をすれば癩が良くなると聞いたことがある」と。そして母は家には帰らず、虎之助の手を引いてそのまま四国へと渡ったのである。

二人は一年ほど八十八カ所を巡ったが、病気は快復どころか悪化する一方だった。地元の人や遍路に癩と気づかれて嫌がらせを受けたり、追い払われたりすることも多かった。所持金もほとんど底を突き、母が地元の人から恵んでもらう食べ物がすべてだった。二人は精神的に追い詰められ、些細《ささい》なことで口論をするようになった。母が消えたのは、秋の日の夕方だった。ちょっと買い物に行ってくると言い残し、そのままもどってこなかったのである。虎之助のポケットには、いつの間にかなけなしの九百円が入れられていた。虎之助は家へ帰るわけにもいかず、病気の体を隠し、物もらいをしながら遍路をつづけた。そこで偶然癩のヘンドと出会い、この寺を紹介されたのだ。

虎之助はこうした話を淡々と語った後、一言つけ加えた。

「癩になって家を出たのは仕方ないけど、母ちゃんを巻き込んでつらい思いをさせたことだけが後悔として残っている。母ちゃん、俺を捨てた時、さぞかしつらかったろうな」

彼は見たことがないほど沈鬱《ちんうつ》な表情で、足元の野兎の死骸に目を落としていた。

乙彦にとって山を歩きながら森での暮らしのあれこれを教わるのは楽しかったが、一カ所だけ近づきたくない場所があった。森の一角に、「蛭《ひる》の森」と呼ばれる一年中湿気が多くて薄暗い場所があったのだ。

野兎の罠を見に行くためにはここを通らなければならなかった。だが、そこには数えきれないほどの山蛭が生息しており、歩いていると枝からボタッボタッと落ちてきて、首や頬に噛みついて血を吸ってきた。蛭は一度吸血をはじめたら、はち切れんばかりに膨れるまで離れようとしない。無理に取ろうとするとちぎれて一部が皮膚に残って化膿《かのう》してしまう。

虎之助は蛭に噛まれた時は枝を燃やして火を近づけた。

「じっとしていろ。こうすればきれいに剝がれるから」

言葉通り、蛭は熱に耐えきれなくなって一匹ずつ体を丸めて落ちていく。虎之助は火の取り扱いには慎重で、用が済むとすぐに火を消した。

「本当は昼間に煙を上げちゃならないんだ。煙が立ち上ることで、村人が俺たちの居場所に気がつく危険があるから」

実際、寺では野兎を焼く時など大きな火を使用する際は、村人に煙を見られないよう曇った深夜を選んでいた。

「もし居場所を知られたらどうなるの?」と乙彦は尋ねた。

「見つかったら療養所へ連行されるか、半殺しにされるかだろうな」

「半殺し?」

「ああ。あいつらは俺たちのことを嫌っているから、丸太や鍬《くわ》で袋だたきにされる。俺たちは村を不幸にする元凶だと思われているんだ」

虎之助はこういう話をした後、悲しそうに押し黙って空を見るのが常だった。

午後に何をするかは日によって違ったが、天気が良く暖かな日には川へ行くことが多かった。寺からしばらく山を下ったところは魚頭川の上流で、透き通った水の中にアユやアマゴといった魚が泳いでいた。二人は川辺で下着一枚になって水に入ると、大きな風呂敷《ふろしき》を川の底に沈め、魚が泳いでくるのを待つ。そして魚が風呂敷の上をゆっくりと通るところを見計らって、阿吽《あうん》の呼吸で風呂敷ごと魚をすくい上げて捕まえるのだ。

二人が漁の真似事《まねごと》をしていると、小春が遊びにやってくることがあった。彼女も症状が軽かったために洗濯や掃除、それに山菜を採ったりと寺の雑用を積極的にしていて、それらが早めに片づくと乙彦や虎之助のもとにやってくるのだ。そんな時の彼女は幼い子供のように無邪気に目を輝かせ、遠くから走ってきて服を着たまま頭から川に飛び込んだ。水しぶきが上り、乙彦たちが狙《ねら》っていた魚が一斉に逃げていく。

「このー、やったな！」

虎之助はそう言って小春をつかまえ、抱え上げて水面に放り投げる。力の強い虎之助にかかると、十四歳の女の子の体は軽々と飛んで大きな水しぶきを上げる。小春はそれがうれしいらしく、キャハキャハと高い笑い声を上げ、何度も同じように飛びついていっては川へ投げてもらおうとする。

普段寺で体の不自由な年配のヘンドの相手ばかりしている彼女にとって唯一息を抜いて心から楽しめる時だったろう。

小春はひとしきり虎之助と水遊びをすると、今度は彼と組んで乙彦をつかまえて持ち上げた。二人で乙彦の手足をつかんで岩の上に乗り、「一、二の三！」とできるだけ川の遠くへ投げ落とす。水しぶきの音や歓声が響きわたると、山の鳥たちも興奮して集まってきて川の上で鳴く。そんなことが夕方までくり返されるのだ。

また、小春は素手でアユを捕える名人であり、乙彦と虎之助が風呂敷をつかうよりずっと多くの魚を一人で捕まえることができた。まず彼女は岩場へ行ってある一匹に狙いを絞ると、ゆっくりと岩陰へと追い詰めていく。そしてアユが動きを止めた瞬間を見計らって、両手で頭の下と尾のあたりをしっかりとつかんで持ち上げる。多い時には、五匹もたてつづけに捕まえたことがあった。

三人は獲《と》った魚を寺に持ち帰る前によくつまみ食いをした。住職からは、川魚は寄生虫を宿しているので、煙の目立たない曇りの夜に焼いてから食べるように念押しされていたが、育ち盛りの彼らが一々そんなことを守るはずもない。その場でアユをさばいて刺身にし、川の水で洗って食べた。水遊びをした後に食べる刺身は格別の味だった。

その日も乙彦と小春はアユをたらふく食べて川辺で休んでいた。春の陽が照りつける中、虎之助が有り余った体力を持て余すようにふんどし姿で川で泳いでおり、小春は幸せそうにその光景を見つめている。水しぶきが光の粒になって輝く。

乙彦がふと小春を横から見たところ、服が濡《ぬ》れて透けており、背中に大きな赤い色《しき》斑《はん》が浮かんでいるのに気がついた。小春は首の下の色斑を除いては目立つ症状がなかったため、普段は癩であることをまったく感じさせない。だから、それを目にして改めて現実を突きつけられたような気がした。虎之助はまだ川で泳いでいる。乙彦は小春に向かって尋ねた。

「ねえ、小春も癩なんだよね。いつ病気になったの？」

小春は少しの間、川辺に咲く黄色い花を見ていた。やがてゆっくりと答える。

「癩って大人には感染しないんだけど、体の弱い赤ちゃんだとうつっちゃう。私の場合はまだ言葉もしゃべれないほど幼い頃からここにいたから癩になったのよ。ただ、癩の進む速さは人によってまったくちがう。今のところは生活に不自由なほどの症状は現れていないけど、いつ手が動かなくなったり、歩けなくなったりするかわかんない」

微笑《ほほえ》んで見せたが、瞳《ひとみ》の奥は笑っていなかった。病魔が確実に近づいてきているのを自覚しているのだろう。

「小春はどうしてここに?」と乙彦は尋ねた。

「お父さんも癩で寺で暮らしていたのよ。ただ、私にはお父さんについての記憶がまったくない。物心つく前にお父さんは死んでしまって、住職に育ててもらった。だから、両親のことをまったく知らないの……」

風が吹き、川面《かわも》に波紋が広がった。魚が時々跳ねる音がしている。小春はしばらく黙ってから言った。

「ねえ、親と暮らすってどういう気持ち? やっぱり幸せ?」

「僕はずっと母さんと暮らしていた。一緒にいた時は大変だったり、嫌だったりしたこともあった。だけど、今から考えてみると、楽しかった思い出ばかりだし、あの時にもどれるならもどりたい……」

乙彦はそこまで言うと言葉に詰まって目をそらした。木の枝にとまった鳥たちのさえずりがかまびすしい。やがて、乙彦は懐《ふところ》から母の遺品である赤い髪飾りを取り出して見せた。

「なに？　それ」と小春が首を傾げる。

「母さんの大切にしていた髪飾りなんだ。昔、森で拾ったんだって」

「きれい……あっちの世界にはこんな美しいものがあるんだ」

「うん。僕はこれをつけている母さんが自慢だった。今は、これを母さんだと思っているんだよ。握ってると母さんと手をつないでいるような気持ちになる」

小春はじっと乙彦の瞳を見つめながら言った。

「いいな……ねえ、私も手をつないでみたい」

「え？」

「私も手をつないでみたいの。あなたとも、あなたのお母さんとも」

彼女は言い終わらないうちに、乙彦の髪飾りを持つ手を両手で握りしめた。小春の手のひらはやわらかく、温かかった。少し汗ばんでおり、奥の方からしっとりとした体温がつたわってくる。彼女は目を閉じてつぶやいた。

「こうしていると気持ちいいね。なんか安心する」

蝶《ちょう》の家族が二人を祝福するかのように舞っている。乙彦も同じように目を閉じて小春のぬくもりを感じた。

カッタイ寺での夕食は、陽が落ちる少し前と決まっていた。電気がないため、暗くなる前にすべてを終えなければならなかったのだ。天気の良い日は外にムシロを敷き、鍋《なべ》の中の食べ物をみんなで手を伸ばして食べる。夜のうちに焼いておいた野兎や魚の肉、それに山で採れた山菜をまぜたもので、時には新しくやってきたヘンドが持参した米がだされることもあった。ヘンドたちの中には指のない者も多く、第二関節までしか残っていない指で器用につまんだり、手のひらに乗せて食べたりする。

暗くなるまでに時間があると、乙彦たちは年を取ったヘンドたちとともに森の中にある温泉へ行ったりもした。岩場の陰に、五メートル四方の温泉がわき出ており、ヘンドたちは「雲神の湯」と名づけてつかっていた。温泉は癩や関節痛にも効くと言われており、巡礼の最中に数週間から数カ月間寺に泊まって朝昼晩と湯治をしている者もいた。

彼らはお湯につかり、曲がった指や麻痺《まひ》した肘《ひじ》をもみほぐしながら、よく『青い山脈』をうたっていた。ヘンドになって何年も経《た》っている者たちは、新入りのヘンドから今流行している歌を習い、楽しそうに声を張り上げる。

若く明るい　歌声に
雪崩《なだれ》は消える　花も咲く
青い山脈　雪割桜
空のはて　今日もわれらの
夢を呼ぶ

ヘンドたちは湯で温まって陽気になると、温泉に集まってきた猿たちに自慰を教えて遊んだ。噂によれば、猿は自慰を覚えると食べることさえ忘れて行為にふけるという。彼らはそれが本当かどうかたしかめるために、猿がやってくると目の前でやって見せて覚えさせようとしていたのだ。当の猿たちはそんなヘンドたちをあざけるように、木の上で頭をかいたり、シラミを取ったりして知らんぷりした態度をとる。

ヘンドたちもいつまでも猿にあしらわれているだけではなかなか面白くない。そこで温泉に虎之助や乙彦など若い者がやってくると、猥談《わいだん》に花を咲かせた。彼らも癩になるまでは町で普通に暮らしていた男たちだ。かつては女郎屋通いや命を懸けた痴話ゲンカをした経験がある。だから暇があるとそうした過去を引っ張り出してきて若者相手に自慢げに語るのだ。

五十代の禿《は》げたヘンドは得意顔で言った。

「わしが癩になったのは、二十五歳の時だ。本当は療養所へ行かなくてはならなんだが、親が理解のある人間で、村人には『息子は出稼ぎで神戸に行っとる』と説明して、わしを天井裏に隠してくれた。母親は毎日料理を天井裏まで運んできてくれたが、いい年をした男が一人で何もしないでいると、要らぬ欲望だけがムクムクと大きくなっていく。そこでわしは暗くなってから夜這《よば》いをしかけることにした」

「夜這い！」と虎之助と乙彦は思わず口を揃《そろ》えた。

ヘンドは満足そうに腕を組んでうなずく。

「さよう、夜這いだ。村にはまだその習慣があったんだよ。それでわしは毎夜闇《やみ》に身を隠しては村の女のところへ忍び込んで、顔も見られず目的だけ果たして明け方に帰るということをくり返した。そのうちに、体の相性のぴったりな女に出会って惚《ほ》れてしもうた。それからは恋煩《わずら》いの日々だ。寝ても覚めてもその女のことしか考えられず、ついに飯が喉《のど》を通らなくなった。このまま苦しむぐらいなら、いっそ癩であることを告白した上で結婚を申し込もうと決意した。ある晩、ことを終えた後、床で横になりながらすべてを白状したんだ。きっとこんないい子なら受け入れてくれると思い込んどった。最悪でも駆け落ちぐらいはしてくれるとな」

「それでどうなったんですか」

「女つうもんは、やっぱり畜生だよ。信じちゃいかん。オメコの時はあれだけよがっていたのに、わしが癩と聞くや否《いな》や『ひぃー、お父さま助けてぇ』なんぞと騒ぎはじめた。見つかったら半殺しにされてしまう。わしはふんどし姿で女の家から逃げ出し、そのままヘンドになって遍路をすることになった。まぁ、おなごの優しさは信じちゃいかんということだ」

ヘンドたちはどっと笑い、温泉の湯で体を真っ赤にしながら、負けじとばかりに自らの武勇伝を誇らしげにしゃべった。「俺の場合は三年間も癩を隠して、料亭の娘とねんごろの関係になったぞ」とか「俺は目の見えない生娘相手に癩であることを隠して、五年間一緒に暮らしたことがある」とか言いだす。中には「わしは学習院の令嬢を十人あまり手籠《てご》めにした」などと言い出す者もいて、どこからどこまで本当の話かわからなかった。

ヘンドたちは一通り自慢を終えると、温泉の隅っこで黙って聞いている虎之助をからかいはじめた。彼らは含み笑いをしてかわるがわる言った。

「虎之助、おまえは小春をもう抱いたのか？　この間、岩陰で二人で乳繰り合っていたという話もあるが」

「そ、そんなことしていませんよ」と虎之助は顔を赤くして答えた。

「どの道、一緒になるんだろ。住職は小春が十六歳にならんと結婚させんつもりらしいが、あの老人の目を盗んでやっちまった方がいい」

「…………」

「男のイチモツはつかってなんぼじゃよ！　癩菌に負けぬ立派なイチモツを持って、小春と寺で毎晩乳繰り合え。そしたら、わしらにもちょっくらのぞかせてくれよ！」

虎之助が恥ずかしそうにうつむくと、ヘンドたちがあれやこれやと冷やかす。虎之助にとって小春のことは一番触れられたくないところだったのだろう。彼は「のぼせてきたのでもどります」と言って温泉から上がると、服を着てさっさと寺へと逃げ帰っていった。

温泉から虎之助がいなくなった後も、ヘンドたちは二人について語っていた。彼らによれば、二人は公認の仲で、結ばれるのは時間の問題らしい。だからこそ、今の距離がもどかしいのだろう。彼らはたるんだ尻《しり》をかきむしって好き勝手なことを語っている。

「虎之助は図体《ずうたい》はしっかりしているくせに、自慰ばかりしてなかなか小春に手を出そうとせん。本当にじれったくてたまらん。わしが虎之助だったら、あっというまに手を出して小春をヒーヒー言わせておるわ」

ヘンドたちがまたどっと笑う。

乙彦は結婚の話を聞いたのは初めてで、二人のことが気になって仕方がなかった。乙彦は盛り上がるヘンドたちに口を挟むようにして尋ねた。

「すいません。小春さんは本当に虎之助さんの許嫁《いいなずけ》なんですか」

真剣な口調だった。ヘンドたちはそれに気づいて口を閉じ顔を見合わせた。禿げたヘンドが言った。

「ここでは正式な結婚はできないから、はっきりとした許嫁ではない。だけど、あの二人はこの寺でずっと一緒に暮らしてきて年齢も近い。いつかは結ばれることになるだろう。まさか、乙彦、おまえまでも小春に惚れているのか？」

「そ、そうじゃないですけど……」

体の血が頭に上ってくるのがわかった。禿げたヘンドは急に真剣な顔をした。

「おい、乙彦。あの二人の間には割って入ろうとするな。あいつらはこれまでずっと寺で暮らしてきたんだ。結ばれるべくしてここにいる。そこに他人が入ってはならんぞ」

「………」

「おまえは子供だし、村から来たばかりだからまだわからないかもしれない。でも、あの二人は癩にしかわからない苦しみを味わっているし、特別なつながりで結ばれている。それを、癩ではないお前が邪魔してはダメだ。それだけは肝に銘じろ」

乙彦は唇を嚙みしめた。自分と癩病者たちの間に高い壁が立っているのを感じ、一人のけ者にされたような気になった。ヘンドは彼の気持ちを察したのか語調を和らげた。

「おまえは癩じゃないから、いろんな道を拓《ひら》いていける。この寺に住むにしたって、虎之助や小春のできないことをおまえが担《にな》うようになるかもしれない」

「…………」

「おまえも、あと一年もすれば女がほしくなるだろ。そんな時はヒメ穴へ行け。あそこでなら満足させてもらえる。だから小春のことについては忘れろ」

乙彦は森を見た。温泉の片隅で、猿の群れがキーキーと鳴いてじゃれあっていた。

雲神の湯の裏手の坂を下りたところに洞窟《どうくつ》があり、それが例の「ヒメ穴」だと知ったのは、山が新緑に覆《おお》われ、花が咲きはじめた五月の半ばだった。

乙彦は温泉で年配のヘンドから、「ヒメ穴へ行けば女を抱ける」と言われていたが、詳しいことは何もわからなかった。一度虎之助に尋ねたことがあったが、難しい顔をして言葉を濁されたので触れてはいけない話題なのだろうと思い、それ以上は踏み込まなかった。

その日、乙彦が温泉の帰りに山菜を採りに道をそれて森に入ると、丘の下で数人の人影が動いているのが目に入った。普段なら素通りするが、コソコソと隠れて何かをしているように見えて気になった。木陰に身を潜めて近づいてみると、そのうちの一人は寺に暮らす女性のヘンドだった。寺には小春の他に、もう一人三十代半ばの「吉《よし》原《わら》」と呼ばれる女性がおり、乙彦が来る前から宿坊で暮らしていたのだ。髪を腰まで伸ばし、流し目を送りながら小声で話をする癖があり、どこか陰のある雰囲気を持っていた。

丘の下で吉原とともにいたのは三人の男性ヘンドだった。二人は宿坊で寝泊まりする者で、もう一人は墓場の小屋に住んでいる「平次《へいじ》」という名前の男だった。平次が暮らしているのは、寺から三百メートルほど離れたところにある墓地の入り口に立つ掘立小屋で、虎之助によれば、以前は動物の皮やシャベルなどを保管する物置小屋になっていたらしい。だが、平次が寺で盗みや喧嘩《けんか》をくり返したため、住職は怒って彼を追い出して小屋へ移り住ませた。以来、そこが彼のねぐらになったという。

乙彦も寺で暮らすようになってから何度かこの平次と遭遇したことがあったが、本能的にかかわりあいたくないと感じさせる人間だった。癩の瘤《こぶ》が顔を埋めつくすほどできているせいで、目が引っ張られてキツネのように釣り上がっている。彼は暇さえあれば体のあちらこちらの傷に溜《た》まった膿を絞り出したり、鼻くそをほじったりして、何年も洗っていない体からはすえた悪臭が漂っていた。二十歳そこそこというが、外見からは年齢は推測すらできない。

どうしてこの四人が森の中で密会しているのだろう。木陰から観察していると、平次が吉原の間に立って他の二人と何かの交渉をしていた。やがてまとまったのか、吉原が男性の一人を森の奥へつれて行く。そこには大きな洞窟があり、真っ黒い口を開けている。吉原はその手前で服を脱ぎ捨て、中へ男を連れ込んだ。

乙彦はそれを見て、温泉でヘンドたちが言っていた「ヒメ穴」とはこのことなのだろうと察した。平次が手引きをして、吉原がヘンドたちと性交しているのだ。乙彦は見てはならないものを見てしまったような思いに囚《とら》われ、一目散に寺へ引き返した。

それからしばらく乙彦は吉原のことが気になりつつも目撃したことは黙っていた。だが、五日経った日の朝、本堂での読経を終えて水汲みのために外へ出ると、寺の裏で住職と虎之助が吉原を怒鳴りつけているのに遭遇した。どうやら食糧庫に忍び込んで食べ物を盗もうとしたのが発覚したらしい。

　寺の裏には半地下になっている食糧庫があり、保存のきく野菜や木の実、それに乾燥させた肉などが貯蔵されていた。大雨の日などは食べ物を探し回ることができなくなるため、暖かい季節でも数日分の食糧を貯蔵できるようにしていたのだ。普段は盗難を防止するために、住職と虎之助しか入ってはいけない決まりになっていたのだが、吉原はヘンドたちが読経をしている隙《すき》を見計らって盗みを働いていたのである。

　住職は声を荒げた。

「いいか。おまえは、これが初めてじゃないんだ。わしらが知っているだけで四回目なんだぞ！　何度注意すればわかる」

　吉原は口をとがらせて黙っていた。住職は大声でつづけた。

「わしらは、おまえが何のために盗んだか知っているんだぞ。次に同じことをやったら、寺から出ていってもらう」

「…………」

「聞いているのか」

　吉原はふてくされて答えた。

「……もういいですか？　話は終わりました？」

「なんだその言い草は！　何様のつもりだ！」

住職が吉原の態度に怒りをあらわにして手をふり上げた。虎之助が慌《あわ》てて住職を制止して吉原に言った。

「ふざけた態度を取るな、不愉快だ。もう寺へもどれ」

吉原はわざとらしくため息をついてから、背を向けて寺とは反対の方向へ歩いていった。

姿が見えなくなると、住職は虎之助の手を振りほどき、憤《いきどお》ったまま寺へと帰った。

残された虎之助は唇を嚙みしめ、首を横にふった。吉原にはほとほと手を焼いているといった様子だった。

乙彦は歩み寄って尋ねた。

「吉原さんは何で食糧を盗んだの？　ここで暮らしていれば盗む必要なんてないのに」

「あの女は平次にだまされているんだよ。言いなりになっているんだ」

平次の名前が出たことで、数日前に洞窟で二人が一緒にいるのを目撃したことを思い出した。

「平次ってあの平次だよね……ねえ、教えてもらいたいんだけど、温泉の裏にある洞窟と関係があるの？　僕、吉原さんが平次とあそこにいるのを見たんだ」

図星だったのだろう、虎之助は渋い顔をしてうなずいた。

「吉原って女は、東京にいた時パンパンだったんだよ。金と引き換えに体を売る売女《ばいた》だ。ここのヘンドたちはみんなそれを知っていて、からかうようにして東京の『吉原』をもじってあだ名にしたんだ」

虎之助は「意味はわかるだろ」という目で見てきた。虎之助はつづけた。

「吉原が平次と一緒にいた洞窟っていうのが、ヒメ穴と呼ばれている場所だ。吉原は男に飢えていて誰にでも体を売る。平次はそれに目をつけ、欲求不満のヘンドを誘っては金や食べ物と引き換えにヒメ穴へ連れて行って吉原と性交をさせているんだ。あとは、お前が目にした通りだ」

「じゃあ、平次は吉原さんをつかってお寺の人たちからいろんなものを取っているってこと？」

「それだけならまだしも、今日のように吉原をつかって食糧を盗もうとすることだってある。これが厄介なんだ。吉原は平次が言う『愛している』だの『結婚しよう』といった口車に乗せられてその気になっているから、命じられれば何でもやる」

「お寺から吉原さんを追い出さないの？」

「何度も考えたよ。だけど、寺に泊まる男の中には女を欲している者も多い。吉原を追い出せば、小春をはけ口にしようとする奴《やつ》が出てくることだって考えられる。必要悪じゃないけど、吉原にいてもらった方がいいこともあるんだ」

そもそも癩に感染して発病するのは男性の方が多く、山を彷徨《さまよ》うヘンドに関してはさらに男性の割合が高い。実際、カッタイ寺に寝泊まりする十数人の癩病者のうち、女性は小春と吉原の二人しかいない。そうなれば、ヘンドたちの欲求を解消してくれる吉原の存在は嫌でも重宝される。

虎之助は真《ま》っ直《す》ぐに目を見て言った。

「乙彦は吉原とは関わるな。面倒なことに巻き込まれたくなければ、あいつや平次とは口をきかない方がいい」

乙彦は寺の闇を垣間《かいま》見《み》たような恐ろしさを感じ、身震いをしてから「うん」とうなずいた。

六月に入って間もない日の午後、乙彦は虎之助とともに畑で繁殖したミミズの駆除を行っていた。ミミズが増えたことによって、それを好物にするモグラが大量に現れて畑を荒らすようになっていたのだ。

作業の最中、突然平次がやってきた。目の下にできた大きな浮腫《ふしゅ》が赤黒く光っている。彼はしゃがれた声で言った。

「おい、たった今、新しいヘンドがやってきて、遍路道に白装束の遍路が行き倒れていると言ってきたぞ」

遍路の中には、八十八カ所を巡礼している最中に病気などで命を落とす者も多い。ヘンドが巡礼中に偶然それを見つけて平次につたえたのだろう。虎之助は黙って目をそらしていた。

「俺と動きたくないのはわかるが、死体が出たら一緒に片付けるという約束だろ。今から出発するぞ。そのチビもつれてこい」と平次は汚れた指で乙彦をさした。

「この子は必要ない」

「いた方が楽だ。つべこべ言うな」

平次はそう言うと歩きだした。虎之助は仕方なく乙彦を伴ってその後をついていった。

三人が訪れたのは、雲岡村から一キロほど山を登ったところにある遍路道だった。遍路道は遍路や猟師がたまに通るため、出くわさないように警戒して歩く必要があった。十分ほど歩くと、白装束を着た老人がうつぶせに倒れているのが見えた。歩み寄ってのぞいてみると、鼻から出ていた血は乾き、目や口にはすでに黒い無数の蟻《あり》がたかっている。心臓か脳発作にでも襲われたのかもしれない。

「これだな」

平次は死体に歩み寄ると、体をまさぐりはじめた。首からぶら下げたお守りや腹巻の中に入っている財布などを抜き取って一つ一つ中身を調べていく。きれいに折りたたまれた五十円札や五百円札が出てきたが、全部で二千円にも満たなかった。

次に平次は老人が肩からかけていた布のザックを外し、中身を漁《あさ》った。出てきたのは、米、塩、鰹節《かつおぶし》、それに魚の干物など遍路をする際の非常食だった。平次は指に唾《つば》をつけて塩をベロッとなめてから「よしよし」とつぶやいてにやけた。

虎之助が乙彦に言った。

「寺に暮らす者たちは、行き倒れの遍路の死体を片付ける代わりに、その所持品をもらえることになっている。これは俺たちの決まりなんだ」

「毎回二人でやっているの？」

「カッタイ寺に暮らす若い男で力仕事ができるのは俺たちしかいないから、この仕事に関しては協力することにしているんだ」

墓場の小屋に平次が暮らしているのも、死体処理の仕事と関係があるのだろう。

当の平次は乙彦たちの会話を無視して、死体から奪ったものを一つの袋にまとめている。煙草《たばこ》、マッチ、家族の写真、カミソリ、下着、小型の包丁、携帯用の硯《すずり》と筆、手拭《てぬぐい》……どれも町から隔絶された山奥で生きるヘンドたちにとっては滅多に手に入れられない品ばかりだった。

所持品を回収すると、平次は虎之助とともに死体の手足を縄できつく縛りはじめた。運ぶ際に持ちやすくするためだという。死体の目や口から慌てて蟻たちが逃げだしていく。それを終えると、虎之助はその場に石をつみ重ねて墓標をつくった。

「よし、これでいいな。さっさと運ぶぞ。チビは荷物を担げ」と平次が言った。

平次と虎之助は、掛け声をかけてから死体を担ぎ、重たそうに息を切らしながら帰路についた。乙彦は死者の遺品をしょってついていった。

寺に到着した時、すでに陽は傾きはじめていた。三人は寺を通り過ぎてそのまま死体を墓場まで運んだ。墓場は森の中に広がる五十メートル四方の土地であり、これまで死体が埋められたところには土が小さく盛られていた。ほぼすべてが身元不明であるため、墓石は立てられておらず、花が供えられた跡もない。

虎之助は死体を墓場の入り口に置くと、さっさと寺へと引き返そうとした。死体を墓に埋めるのは平次の役目のようだ。乙彦もついて行こうとすると、平次が呼び止めた。

「ちょっと待て。チビは残って墓穴掘りを手伝え」

二人は立ち止まった。平次がつづけた。

「俺は死体をここまで運んできたんだぞ。このチビは荷物運びしかしてねえ。せめて墓穴だけでも掘らせろ」

「わかった。埋めたらすぐに帰らせろよ」

虎之助は乙彦の背中を叩いて「頼んだぞ」と言い残し、去っていった。

森では、枝にとまったカラスが悲鳴のような声を上げていた。平次は一つしかないシャベルを乱暴に投げ、「ほら、そこを掘れ」と平らな地面を指さした。乙彦は平次の片目が釣り上がった顔を見る気になれず、うつむいたままシャベルを担いでそこへ行くと、地面を掘りだした。

平次は手伝おうともせず、杉の木に寄りかかり、死体から奪ったばかりの煙草に火をつけた。死臭を嗅《か》ぎつけたのだろうか、カラスが一羽また一羽と集まってくる。

「おまえ、小春につれられて雲岡村から来たんだってな。癩《らい》が怖くねえのか」と平次が言った。

乙彦は何と答えていいかわからずに穴を掘りつづけた。平次は馬鹿《ばか》にするようにつづけた。

「お前も癩になっちまえよ。そっちの方がここで生きていくには楽だろ。吉原って売女とオメコやってりゃ、すぐに癩がうつるはずだ。そうすりゃ、お前も一丁前のヘンドになれるぞ」

平次は自分で自分の言葉に吹き出して腹を抱えた。乙彦は無視して話を変えた。

「平次さんは、いつからお遍路をはじめたんですか」

「俺か？　俺は遍路なんて一度もしたことはねえよ。あんなもん何の意味があるっていうんだ」

「じゃあ、なぜここにいるんですか。家に帰ったらいいじゃないですか」

何も考えずにした発言だった。だが、平次は突如顔を真っ赤にして声を荒らげた。

「癩の俺が家に帰れるわけがねえだろ！　何も知らねえガキがふざけたこと言ってんじゃねえ。俺は親父《おやじ》に殺されかけて故郷を捨てたんだ」

「お父さんに？」

「そうだ。俺は徳島の農村で生まれ育って十五歳の時に癩であることがわかった。親父は俺を家に置いておけば村八分にされると考えて、実の息子の俺を家族の前で殺そうとしたんだ。それで俺は家を飛び出し、ここに来た。癩になるってことは、人間として認めてもらえなくなるってことなんだよ。家になんて帰れるわけねえだろ！」

「………」

「わかってんのか。遍路をする奴らは本当につらい目にはあってないんだ。誰も親に殺されかけたことなんてねえ。だからのん気に仏に祈れば幸運が訪れるなんて思っているんだ。でも、俺はそんなふうには考えねえ。実の親が子を殺そうとする世の中に、神も仏もいるわけねえんだ」

平次は息を切らして一気に話すと、「ちくしょう」と言って雑草を蹴《け》りつけた。十五歳の頃から行き場所もなく森の中を彷徨ってきた彼にとって、乙彦の言葉は聞き捨てならないものだったにちがいない。

木の上でカラスが鳴く声がした。彼は我に返ったのか呼吸を整えると、舌打ちして二本目の煙草に火をつけた。

「くそっ、なんでおめえなんかにこんな話をしなきゃならねえんだ」

「すみません」

「謝られるといっそうムカつくな。それより、おまえ、この墓場に何体の死体が埋まっているかわかるか」

乙彦は首を横にふった。平次は煙草の煙を吐き出してつづけた。

「俺がざっと数えただけで、四百体以上はあるはずだ。だが、すべて今日のような行き倒れの遍路や、寺で死んだヘンドの骨ってわけじゃねえ。村人や遍路に殺された人間の骨だって交じってる」

「殺された人間？」

「ああ、村人や遍路は都合の悪い死体が出ると山に捨てて、脇《わき》に塩や米の入った袋を置くんだ。それらと引き換えに俺たちに死体の片づけをさせれば、証拠を隠滅することができるからな」

「ち、ちょっと待って。なんで村の人が人を殺さなければならないの？」

「知ったことか。俺は村人や遍路の事情なんてどうだっていいし、知る由《よし》もねえ」

「じゃあ、村の人が死体の片づけを頼んできたってことは、この場所を知っているってこと？」

「奴らは癩のヘンドが山奥を歩き回って巡礼をしていることは知っている。もし寺の場所まで知っていたら、警察や保健所の連中とともに乗り込んで療養所へ連行するだろう。おそらくあいつらは漠然と俺たちの存在を知っていながら、捜さない代わりに死体処理とか汚ねえ仕事をさせているんだ」

寺のヘンドたちが死体をわざわざ墓場に運んで埋葬しているのは、昔からつたわる村人や遍路との暗黙の了解なのだろうか。村人や遍路は都合の悪い死体を押しつけ、ヘンドはそれを片付ける代わりに生活に必要なものを手に入れることで関係が成り立っているのかもしれない。

乙彦は腹の底から得体の知れぬ恐怖心がこみ上げてくるのを感じていた。どういう事情があってそんなふうにヘンドに死体を押しつけなくてはならなかったのか……。

その夜、寺の部屋でムシロの上にすわったまま、乙彦は格子戸《こうしど》の外に浮かぶ月を見上げていた。夕食では珍しく白米が出されたが、食事もろくに喉を通らず、逃げるように薄暗い寝室にやってきたのである。昼間のことでまだ頭が混乱していた。

部屋の戸を叩く音がして、小春が入ってきた。月明かりで浮かび上がる小春は前歯が少しだけでていて愛らしい顔立ちをしていた。彼女は入り口に立ったまま微笑んだ。

「今日、墓地へ行ったんだって？　お疲れ様ね」

「…………」

「もしよければ、ちょっとお散歩しない？」

乙彦は顔を上げた。

「散歩？　もう外は暗いよ？」

「平気よ。今夜は足元を照らすぐらいの火なら灯《とも》していいって言われているから」

小春は返事も聞かずに乙彦の手を引っ張って外へと歩きだした。ちょうど満月が煌々《こうこう》と山を照らしており、小さな虫が飛び交っていた。二人が通り過ぎると、虫たちは大きく跳ねながら後を追いかけてくる。

暗い森の中を、二人は手をつないで真っ直ぐに進んでいった。小春はどこへつれて行こうとしているのか。乙彦が行き先を尋ねても、「いいから」と言って教えようとしない。

森を抜けて二人がたどり着いたのは、魚頭川の川べりだった。太い杉のトンネルを抜けた時、乙彦は思わず「ああ」と叫んで立ち止まった。川一面に、小さな光の粒が数えきれないほど飛び回っていたのだ。その光ははっきりとした緑色をしていた。

「蛍だ！　蛍の群れだ！」と乙彦は叫んだ。

小春が微笑んだ。

「ものすごい数でしょ。まるで極楽浄土みたいな光景」

これまで村でも蛍を目にしたことはあった。だが、ここの蛍の数はそれとは比べものにならないほどで、何十万匹という蛍がまるで砂嵐《すなあらし》のように川辺を波打ちながら飛んでいるのである。羽ばたく音まで聞こえてきそうだった。

小春が手をつないだまま、つぶやくように言った。

「蛍は一年のうち二週間ぐらいしか光を発しないけど、今日が一番きれいな日なの」

「こんなすごいの見たことないよ……」

蛍の波は、ゆっくりと明るくなったり暗くなったりして、明滅していた。まるで蛍が吸い込む空気が光となって体を光らせているようだ。あまりに幻想的な光景を前にして自分がどこにいるのかわからなくなる。

「ここへ来る人は、みんな驚くわ。ある人がこれを見て言ったの。仏様は、癩で苦しんでいる人たちに少しでも幸せを与えようとしてここに蛍を住まわせてくれたんだろうって」

「仏様が？」

「そう。だから、私たちはここの蛍を『釈迦《しゃか》蛍』って呼んでいるのよ。私たちに与えられた年に一度の幸せ」

たしかにこんな光景は仏様にしかつくれないだろうと思った。

その時、小春が乙彦の手を揺さぶって「あそこを見て」と囁《ささや》いた。蛍が飛び交う川のほとりに虎之助らしき影が布袋を手にして立っているのが見えた。先に来て待っていてくれたのだろう。

虎之助は大きく手をふった。無数の蛍が彼の周りをじゃれつくように飛び回っている。

「そこにいるのは小春と乙彦か?」

蛍の光があまりに多くて見えないのだろう。小春が口に手をそえて叫ぶ。

「そうよ。乙彦をつれてきたよ!」

虎之助はそれを聞くと叫び返した。

「いいか。二人とも! よーく見てろよぉ」

彼はそう言うと、持っていた布袋の口を開けて空へ向けた。次の瞬間、まるで緑の炎が燃え上がったようだった。中に閉じ込めていた何百匹という蛍が一斉に夜空に向かって飛び出したのだ。光が川面に照らし出され、波打つごとに月の光と合わさって輝く。

小春が微笑んだ。

「すごいでしょ。あなたが来てからずっとこれを見せてあげたいって思っていた」

乙彦は息を飲んだまま言葉が出ず、体の底から湧《わ》きだす感情をどう抑えていいかわからなかった。母親以外の人にこんなに親切にしてもらったことも、こんなに美しい光景を見せてもらったこともなかった。

「僕、お礼を言わなきゃ……助けてくれた上に、こんな場所まで教えてくれてありがとう」

「そう言ってもらえて幸せ」

いつの間にか蛍が自分たちのところまで飛んできていた。何十匹という緑の光たちがやさしく明滅しながら、まるで遊びをねだるように頬や首をなでてくる。小春が手を差し出すと次々とそこに止まる。光の綿を握っているようだ。小春が静かに息を吹きかけると、蛍たちはまたゆっくりと飛び立っていく。

乙彦はその後姿を見ているうちに、どこかへいなくなってしまうような気がした。だから勇気を出して言った。

「ねえ、また手をつないでもらってもいい？　前みたいに」

「うん」

小春はふり返って地べたにすわると、乙彦の汗で濡れた左手を握りしめた。体温がくっつくようにつたわってくる。

「温かいね」と小春がつぶやいた。

「うん」

「心が温かい人って手も温かいんだって」

乙彦はどう答えていいかわからず、照れ臭くなって笑った。嬉《うれ》しかった。つないでいる手に、蛍たちが集まってくる。手首や指の間を蛍たちがくすぐる。乙彦は握っている手を見つめて言った。

「川がこんなに蛍で埋め尽くされるのは、年に一回だけなの？」

「うん」

「来年もまたここに来たい。こうして並んで蛍を見たい」

小春はうなずいた。

「もちろんよ。私たち、ずっとここにいるんだもん」

三つ編みの髪にもたくさん蛍が止まって、光を点滅させている。乙彦は、寺の近くにこんな場所があり、小春や虎之助がいてくれるのなら、永遠にここで暮らしてもいいと心から思った。

二〇一二年　第三の失踪《しっそう》

雲岡村の朽ち果てたような風景の中で、公民館は一つだけ不釣り合いなほど真新しい外観を備えていた。壁の半分ぐらいはミラーガラスで覆われており、ニスの匂《にお》いがまだうっすらとしている。外にある立派な噴水には、小さな虹《にじ》がかかっていた。

正午を過ぎると、県警の捜査員たちの姿が急に増えて騒々しくなった。警官たちが山の捜索を中断し、昼食をとるために帰ってきたのである。険しい山道を歩いていたせいで、ズボンはどろだらけで、ブルーのシャツは汗の染みで変色している。彼らは順々に噴水の横の水道で顔や手を洗ってから公民館に入っていく。どうやらまだ捜査に進展はないようだった。

公民館は廊下にまで捜査員たちがあふれた。大広間に入れなかった若い者たちは廊下に段ボールを敷いてすわりこみ、食事の準備をはじめた。村にはレストランや売店などが一切なかったため、担当者が山を下りて買い集めてきたインスタント食品しか用意されておらず、それを各々《おのおの》一つずつ手に取ってお湯を注いで食べはじめたのである。ただうどんが有名な土地柄なのだろうか、捜査員たちが食べていたのはラーメンではなく、一様にうどんの即席麺《めん》だった。あっという間に麺と汁の臭《にお》いが混ざり合って充満する。

私は公民館の騒々しさがわずらわしくなって、外に出て昼食時間が終わるまで青いベンチに腰かけていることにした。昨晩、私は一瞬だけ父の顔を見ることはできたものの、竹子の父親も行方不明であるのが明らかになったこともあって、腰を据えて話をする機会が失われてしまった。おそらく今日も任意の事情聴取が終わるまで時間を取ってもらうことは難しいはずだ。

ポケットからスマートフォンを取り出し、研究所のメールボックスをチェックする。午前中のうちに上司や同僚からメッセージが届いていた。部長から辞表を出すように告げられたことが、知れ渡ったにちがいない。部長もそうすることで既成事実をつくろうとしているのだろう。私は届いたメールの内容を見る気になれず、一通も開封しないままログアウトしてポケットにしまった。空を仰ぐと雲一つなく、緑の香りが広がっている。

背後から、私を呼ぶ女性の声がした。美波みどりらしい。ふり返ると、案の定彼女がスカートについた埃《ほこり》を気にしながら近づいてきた。

「ねえ、今暇してます？　よかったら村の入り口にある犬娘が暮らす小屋へ行きませんか。川渕の話によれば、儀式が行われるみたいなの」

「儀式？」

「ええ。犬娘は黒婆《くろばあ》を除《よ》けるための犬のぬいぐるみをつくってましたよね。あのぬいぐるみを柱に取り付けて飾るんだって。川渕からは、本当に村人が未《いま》だに黒婆のことなんて信じているのか調べてきてくれって言われたんです」

「いいですよ。行きましょう。僕もどんなものか見てみたい」

私はベンチを立った。

公民館から犬娘の小屋までは徒歩で十二、三分ほどだった。村に広がる田畑は雑草が茂り、荒れ果てていた。きっと農家の人々が高齢化によって手を入れるのをやめてしまったにちがいない。巨大なトンボが大量に飛び回っており、美波みどりのお尻をつついている。

村を出てすぐのところに、犬娘の小屋がぽつんとあった。家の前に昨日はなかった二メートルほどの杭《くい》が立てられており、そこに犬のぬいぐるみがぶら下がっていた。全部で十三体、どれも恐ろしい形相をして、まるで今にも嚙《か》みつかんばかりに赤い口を開けている。あたりには儀式でつかったと思われる線香やお札が散らばっていたが、村人の姿はない。

「終わっちゃったのかな、儀式」と美波みどりはつぶやいた。

「そうかもしれませんね。昨日の女性に確認してみましょう」

小屋のドアの前まで行くと、木の腐ったような臭いがした。ドアは黒ずんでひび割れており、カミキリムシが何匹かへばりつくように止まっていた。中では人が動く音がしている。美波みどりが外から呼びかけてドアを二度叩くと、急に静まり返った。警戒して息をひそめているのだろうか。私が代わってドアを叩いたところ、今度はいきなりドアが開いた。犬娘だと言った女性が立っており、その後ろに赤い服を着た別の女性の姿もあった。

美波みどりはおじぎをして言った。

「お忙しいところすみません。ここで儀式があると聞いたのですが、もう終わったんですか」

家の中から肉を焼いたような匂いがする。ちょうど昼食の最中だったのだろう。

「終わり……式、終わり」と犬娘は答えた。

言語中枢《ちゅうすう》に障害があるのかもしれない。美波みどりは犬娘の後ろにいた赤い服の女性に向かって尋ねた。

「あなたは、ご家族の方ですか」

　女性ははっきりとした声で答えた。

「ええ、妹です。奥にいるのは父で、三人で暮らしています」

　五十代半ばといったところだろう。父と妹で犬娘を支えているにちがいない。

「外にあるぬいぐるみって儀式でつかったんですよね。あれは黒婆を追い払うためのものなのですか」

「あのぬいぐるみを飾ることで黒婆を追い払えると言われているんです。儀式は夜明けに行われ、二時間ほどで終わりました。村のお年寄りが何人もお祈りにいらっしゃいましたよ」

「村の人は、今回の失踪事件を黒婆のせいだと考えているようですね。あなた方もそう信じているんですか」

「……黒婆の伝説は昔から語り継がれていたことです」

「この現代にそんな妖怪みたいな存在がいると思います？」

「わかりません……だけど、村のお年寄りは黒婆の仕業だって言ってますから、私たちにはしっかりと儀式をする義務があります」

村人たちが黒婆のせいだと考えている中で、自分たちだけ否定するわけにはいかないという空気ができ上がっているのかもしれない。

隣にいた犬娘が耳をつんざくような奇声を上げた。叫んだというより、発作のようだった。赤い服の女性は犬娘を抱き寄せて背中をさすった。やはり何かしらの障害を抱えているのだろう。

女性は申し訳なさそうに言った。

「すみませんが、お引き取りいただけますか。この子、体の調子が悪いもので……」

彼女はそう言い残すと、私たちの返事も待たずにドアを閉めた。

美波みどりはため息をついて、十メートルほど離れると、小屋全体を見回した。壁は虫に食われてボロボロになって黒ずみ、軽く蹴っただけで穴が空いてしまいそうだった。小屋の裏側は清水が流れて、それにそって青色や白色のアジサイが咲いている。

美波みどりはポケットから大きな赤黒い色のキャンディーを取り出して口に放り込むとつぶやいた。

「村の人たち、なんで今の時代に黒婆なんて信じてるのかな」

「なんでだろうね」と私は言った。

「的外れかもしれませんけど、もしかしたら彼らは村の秩序みたいなものを守ろうとして黒婆を信じているんじゃないかな」

コーラ味のキャンディーなのか、甘ったるい匂いがする。

「どういうこと？」

「こういう小さな村って、一つの事件が起きただけで秩序が崩れてしまうような弱さがありますよね。だから、予想外のことが起こった時、人々は村の中から犯人を探すのではなく、黒婆という仮想の悪人をつくって責任を押しつけ、丸く収めようとしていたのかも」

「黒婆が村を守るためのスケープゴートだったということですか」

「そう。だから村の人は黒婆を信じてきたし、今回もそうだと思っている……」

美波みどりの推理が当たっているとすれば、これまではすべて黒婆に責任転嫁《てんか》できたものが、今日では隠しきれずに事件として表面化したということかもしれない。

太陽が燦々《さんさん》と草木を照らしている。美波みどりはまぶしそうに顔を上げてつぶやいた。

「暑くなってきちゃったな。日焼け止めクリーム持ってます？」

「日焼け止めクリーム？」

「ＳＫ—ⅡのＵＶローションがあればいいんですけど……まぁ、ないですよね。期待してないからいいです」

巨大なトンボがまた、彼女のお尻をつついていた。

村を一周して様子を見てから、私と美波みどりは中心部にある公民館へもどった。公民館の入り口に行くと、ちょうど川渕警部補たち捜査員が竹子をつれて出てくるところだった。今朝早くから竹子を公民館に呼び出して父・野村二郎のことを聞いていたのだ。

竹子はすれ違いざまに一瞬私の顔を見た。乙彦と似ていることに気づいたらしかった。

「あなたは……」と竹子がつぶやいた。

川渕警部補が間に入って私の代わりに言った。

「この方は乙彦さんの息子さんです。捜査に協力していただいています」

竹子は険しい表情をした。今日一日警察と話をしたことで、私の父が犯人である可能性をさんざんほのめかされたのかもしれない。

私は困惑しながら言った。

「水島乙彦の息子です。ご迷惑をおかけしています」

竹子は怒りを押し殺すように私を睨み、何も言わぬまま背を向けて立ち去った。

川渕警部補はその後姿が見えなくなるのを確かめてから、額に浮かぶ汗をハンカチでぬぐった。髭剃《ひげそ》りを忘れたのか、頰と顎《あご》のあたりが伸びた髭で黒くなっており、余計に暑苦しく見える。美波みどりが尋ねた。

「聴取はどうでした？なんか手がかりはありましたか」

川渕警部補は手で肩をもみながら、私の方を向いて言った。

「部屋でお茶でも飲みながら話しましょう。喉《のど》が渇きました」

公民館の一階の六畳間が、事情聴取のための部屋になっていた。テーブルが一台置いてあり、椅子《いす》が二脚ずつ向かい合うように並んでいる。川渕警部補はその部屋へ私たちを案内すると、ポットからお湯を注いでインスタントコーヒーを淹《い》れた。部屋の隅には捜査の資料らしき書類がいくつもの段ボール箱に入っている。

私は椅子にすわって尋ねた。

「竹子さんの証言で、野村二郎さんの失踪について何かわかりました？」

川渕警部補は熱いコーヒーに砂糖をスプーンで五杯も六杯も入れている。これだけカロリーを取れば太るのも道理だ。彼はスプーンを置き、テーブルにあったビスケットを二枚と半分齧《かじ》ってから答えた。

「野村二郎さんの失踪の経緯は、昨日の話の通りです。消えたのは、六月一日。その日は朝の七時半過ぎに家を出て、娘の竹子さんが九十歳の父親を休み休み山道を下りながらバス停へつれて行ったそうです。その後、彼は竹子さんの妹の暮らす温泉街行のバスに乗ったと思われるものの、それ以降消息が途絶えています」

「それは深川育造さん、上岡仁さんの二人が失踪した日と同じですね」

「はい。あの二人も同じ日の午前六時から六時半にいなくなったと推測されています。つまり、同日の朝に三人の老人が村から姿を消しているのです」

状況だけであれば、深川育造・上岡仁の事件と、野村二郎の失踪は別物であるように思える。だが、起きたのが同日のほぼ同じような時間であることからすれば、三人は一つの大きな事件に巻き込まれたと考えるべきだろう。

川渕警部補はすするような音を立てて、砂糖がたっぷり入ったインスタントコーヒーを飲んでからつづけた。

「三人はほとんど年が変わらない高齢者でしたが、足腰や頭はしっかりしていました。つまりある程度の距離は自由に動くことができたのです。そして、先ほどわかったのですが、三人は長い間村の風紀委員を務めていた」

「風紀委員？」

「はい、警察の古い記録にあったのを本部の担当者が見つけたんです。今から五十九年前の一九五三年、三人は町の警察官に事情聴取を受けています。そこに三人が風紀委員だったと記されていたんです」

彼は段ボールから紙の束を取り出した。今日の昼になって県警からファックスで届いた古い資料だというが、中身までは見せてもらえなかった。

「その時、三人は逮捕されたんですか」

「いいえ、あくまで事情聴取を受けただけです。残念なことに、聴取の内容については記録に残っておらず、半日ほどで解放されています。些細《ささい》なことだったのかもしれません。でも、その記録に残っていた風紀委員というのが、今のところわかっている三人を結ぶ唯一《ゆいいつ》のラインなんです」

「でも、五十九年前の話ですよね。それに三人は村では家柄のよい同世代の人たちですから、役職が重なることだってあるんじゃないですか」

川渕警部補は気弱な顔になって答えた。

「先ほど竹子さんにも同じことを指摘されました。風紀委員とは村で起きた問題の解決にあたる役職だそうですが、竹子さんは三人が風紀委員だったかどうかも憶《おぼ》えていませんでした。それでも、私としては今回失踪した彼らが警察の事情聴取を受けていたというのが引っかかるんです」

手がかりがない状況の中で川渕警部補が共通項に何らかの意味を見出《みいだ》したい気持ちはわかるが、あまりにそこに執着しすぎても真実が見えなくなってしまう。

私は腕を組んで言った。

「三人の行方について、もう少し手がかりはないのですか。彼らのうちの誰かしらの足跡や所持品が見つかったとか。警察犬だって捜査に導入しているんですよね？」

「あの日は昼頃から数時間大雨が降ったせいで、手がかりがほとんどなくなってしまいました。山の一部で土砂崩れが起こるようなすごい雨だったので足跡はもちろん、警察犬も匂いを辿《たど》ることができないのです」

「だから、現状ではうちの父から証言を引き出すしか手立てはない」

川渕警部補は頭をかいた。

「残念ながら……ただ、私たちは必ずしも彼が犯人だと決めつけているわけではありません」

「気にしないでください。父には前科がありますから疑われて当然です。とはいえ、十年前父が標的にしたのは深川育造さんだけでした」

「まさにその通りです。そのラインさえつながれば、事件の糸口が見えてくるのですが、今日の事情聴取でも乙彦さんは黙秘してるそうです」

「…………」

川渕警部補は気を取り直すように言った。

「もうすぐ事情聴取も終わります。一度お父様とゆっくり話をしてみてください。彼が口を閉ざしている以上、我々は息子さんであるあなたに口を開くきっかけをつくってもらうしかありません」

私はうなずいたものの、事件の大きさを改めて考えた。もし父が三人を殺害していたとしたら死刑は免れないはずだった。

公民館の一階で行われていた父の事情聴取が終わったのは、午後六時を過ぎた頃だった。二階の部屋にいた私を川渕警部補が呼びに来たのだが、折悪《おりあ》しく娘をつれて実家に帰った妻から電話がかかってきて話をしているところだった。彼女の方から電話があり、離婚届を送付したので印鑑を押して返送してくれと言われたのである。私が雲岡村におり、しばらくそれを確認できない旨《むね》をつたえたところ、彼女は私が離婚に応じるつもりがないと早とちりしたらしい。「逃げ回らないで早く離婚して！　もう限界なの！」と怒鳴りだした。一度火がつくと論理立てて話をしても止められない。私は彼女が落ち着いて話に耳を傾けるようになるまでスマートフォンから少し耳を離して待たなければならなかった。

電話を終えて、私は一階へと下りていった。玄関では川渕警部補が捜査員数名と煙草を吸いながら小声で何かを話していた。私が咳払《せきばら》いをすると、彼らはこちらを向いて姿勢を正した。川渕警部補はドアの外を指さした。

「お父様が外で待っています。話をしてみてください」

私は返事をせずに靴を履いた。

一人外へ出てみると、公民館の前に立つユリノキの下で、父はゆっくりと煙草を吸っていた。刑務所から出たばかりの頃は禁煙していたが、二年間のうちに吸いはじめたにちがいない。西の空が夕陽で赤くなり、風に揺れるユリノキの花が甘い香りを漂わせている。

父は私と目が合うと困惑したように眉《まゆ》をしかめ、携帯灰皿で煙草の火を消した。風が少しだけ冷たい。私は歩み寄っていったものの、かける言葉が見つからず、苦し紛れに言った。

「親父、元気そうだね……」

父は何も答えず、重い沈黙が広がる。昔の威厳があって強情な雰囲気は微塵《みじん》もない。八年間の刑務所生活と二年間のアパート暮らしが彼をまったくの別人にしたのだろう。

悲壮感すら漂っている。私は取り繕《つくろ》うように再び口を開いた。

「今日も参考人として事情聴取を受けたんだろ。明日も同じように話を聞かれることになるのか」

「たぶんな……」

声に生気がない。山の頂から吹きつける夕風にユリノキの花がなびき、一輪の花びらが舞い落ちる。乙彦は下を向いたまま、つぶやいた。

「迷惑、かけたな……」

「え？」

「おまえに大きな迷惑をかけたと思う。それについては心から謝る。すまなかった」

私は家庭や仕事を失ったことを思い出し、急に怒りがわいてきた。

「なぜ今謝るんだよ。あえて訊《き》くけど、親父は犯人なのか？」

「………」

「どうなんだよ、親父は三人の失踪事件に関与しているのか」

父は唇を噛み、夜空を見上げた。風呂《ふろ》にもろくに入っていないのだろう、体からは加齢臭が漂っている。私はだんだんといら立ちがこみ上げてきて声を荒らげた。

「親父、黙らないでくれ！　俺がここまで来たのは、事件の真相を訊くためなんだぞ。

俺はすでに妻も娘も失い、仕事までなくした。親父に全部奪われたんだ」

「娘？」

「そうだよ。今回の事件後、二人は荷物をまとめて実家にもどっちまったんだ。離婚もつきつけられている。事件の行方次第では、今後俺ばかりでなく、娘まで殺人者の家族として出自を隠して生きていかなければならなくなるんだ。お願いだから、この場で本当のことを教えてくれ」

父は申し訳なさそうにうなだれた。ここまで言っても、真実を話すつもりはないらしい。

私は彼の頑固さを思い出し、頭を抱えたい気持ちになった。ふと肩に小さな虫が止まっているのに気がついた。黒い羽に赤い頭のそれは、蛍だった。

父が不意に口を開いた。

「なあ、カッタイ寺へ行ってみないか」

耳を疑った。

「え？　どこへ行くって？」と私は訊き返した。

「カッタイ寺だ。刑務所を出所した時、ノートを渡して話したことがあったろ。私が子供の頃に暮らしていた森の中の寺だよ。行ってみたい」

小春や虎之助と暮らしていたという寺のことだ。話を疑っていたわけではないが、まさかその寺がまだあるとは考えもしなかった。

「もうすぐ暗くなるよ。道を憶えているの？」

「大丈夫だ、懐中電灯なら二つ持ってきている。記憶をたどれば、なんとか着けると思う」

乙彦は上着のポケットからＬＥＤの強烈な懐中電灯を出して一つを私に渡すと、返事を聞かずに歩きだした。呼び止めてもふり向かない。私はつばを飲み込んでから、後をついていくことにした。

一九五二年　寺のはぐれ者

山の葉が紅《あか》く染まると、森の匂いが急に変わった。草の青っぽい香りが消え、代わりに虫の死臭やキノコの臭いが混ぜ合わさって沈澱《ちんでん》する。風も日一日と冷たくなっていく。

カッタイ寺の周辺には落葉が吹雪のように舞い落ちていた。乙彦は毎日暇を見つけてはほうきでそれらを掃いた。森に埋もれるようにして寺があるため、二、三日放置すると地面が落葉で覆《おお》われて見えなくなってしまうのだ。

そんなある日、乙彦がいつものように掃除をしていたところ、突然森の奥から一人の老人が現れた。杖《つえ》を突いた白髪頭の小柄な男性で、最初はヘンドかと思ったが、身なりがきちんとしており、体も不自由そうでなく、癩病者《らいびょうしゃ》であるようには見えなかった。七十代ぐらいだろうか。老人は乙彦の顔を珍しそうにまじまじと見てから頭をなでて言った。

「ぼうやは新顔だな。いつ来たんだ」

「八カ月ぐらい前です」

「そうか。ちょっとお寺にいる住職を呼んできてくれないか。『町の医者』が来たと言えばわかる」

老人はかついでいた旧日本軍払い下げのザックをドサッと地面に置いた。

乙彦は老人が誰かわからないまま寺へ走っていき、本堂にいた住職に「町の医者」と名乗る老人が来たと告げた。住職は「町の医者が本当に来たのか！」と立ち上がった。

すると宿坊の戸が開いて、次々とヘンドたちが顔を出し、「町の先生がやってきたって？」と訊いてきた。乙彦がうなずくや否《いな》や、彼らは「町の先生が来たぞ！」と口々に叫んで外へと駆けだした。寺の裏で洗い物をしていた虎之助もそれを聞きつけて走ってくる。みんなあっという間に老人を取り囲んで歓迎した。

乙彦は一人だけ事態を呑《の》み込めずにいた。小春が近づいてきて耳うちした。

「あの人は『町の先生』っていって、山の麓《ふもと》にある町で開業しているのよ。一年に一度だけ人目を忍んで山を登ってお寺にやってきてくれるの。もう三十年以上も来てくれてるんだって」

「三十年……みんなの体を診てくれるの？」

「そう。私たちの体を無料で診察して、治療もしてくれる。お遍路の最中に怪我《けが》をする人も多いからとっても助かる。彼がいなければお寺はこんなに長くやってこられなかったって住職も言っているわ」

老医師が寺にくるきっかけになったのは、三十年以上前に妻と息子に先立たれたせいだという。息子は子供の時分に癩であることが発覚した。妻は息子を療養所へ送るか、それとも家に隠すかで悩み苦しんだ末にノイローゼになり、夫に内緒で息子を駅のホームから突き落として死なせ、自分も首つり自殺をして命を絶つという最悪の結末を迎えた。息子が癩になったことに絶望して無理心中をしたのだ。

取り残された医師は妻子を助けられなかったことを悔やみ、ある日山を登って雲辺寺へお参りにいこうとした。その道中の森で偶然に崖《がけ》から落ちて怪我をしたヘンドに遭い、憐《あわ》れに思って治療を施してあげたことがきっかけで、山奥にカッタイ寺が存在することを知った。以来、彼は息子と妻に対する供養《くよう》のように、毎年一度カッタイ寺を訪れては巡礼をする癩病者の体を診察しているのだという。

寺に暮らすヘンドたちにとって、老医師の往診は外の世界との唯一の接点だった。誰もが彼に会うのを心から楽しみにしており、そのためだけにわざわざこの時期を選んで寺にやってくる者もいるらしい。彼らは老医師を取り囲んで、あれやこれや質問攻めにしている。老医師は慣れているようで、もみくちゃにされる前に言った。

「ひさしぶりだろ、おまえらに今はやりの歌を教えてやろう」

そして自ら流行歌をうたってみせた。

船を見つめていた　ハマのキャバレーにいた
風の噂《うわさ》はリル　上海《シャンハイ》帰りのリル　リル
あまい切ない思い出だけを　胸にたぐって探して歩く
リル　リル　どこにいるのかリル
だれかリルを知らないか

『上海帰りのリル』という歌だった。

老医師はうたい終えると、用意してきていたこの歌の詞を書き写した紙をヘンドの一人に渡した。ヘンドたちは我先にとばかりにそれをのぞき込み、嗄《しわが》れ声で何度もうたう。お互いに、やれおまえは音痴だの、やれ君は歌詞を間違えているだのと言い合いながらも、流行歌をうたえることが楽しくてたまらないらしい。

老医師はヘンドたちがさわいでいる間、縁側に腰を下して、小春が持ってきた濡《ぬ》れた手拭《てぬぐ》いで顔や首をふいた。老体で急な山を登るのはさすがに応《こた》えるらしく、伸ばした足を自分でさすっていた。

本堂で診察が行われたのは、一時間ほどしてからだった。老医師は本堂の真ん中にすわり、ヘンドたちがその周りをぐるりと取り囲んで順番を待つ。その間も虎之助は老医師に今は誰が首相なのかとか、相撲はどの力士が優勝したのかという質問をしつづけた。十四歳で家を出たため、世の中に対する関心が年配の者よりも強かったのだろう。

最初、老医師も丁寧に答えていたが、虎之助につられて他のヘンドたちも質問をはじめると、さすがに診察に集中することができなくなったようだ。彼はザックから紙袋を出した。

「後でちゃんと答えてやるから、診察が終わるまでこれで遊んでいろ」

袋に入っていたのは、ビー玉やメンコなどだった。

「仲良くわけろよ」

子供の遊び道具だったが、ヘンドたちにとって山では手に入らない貴重な品だった。

彼らは廊下に飛び出して、さっそく何人かで遊びはじめた。

この日の診察は昼からはじまり、夕方までかかった。陽が沈みかけ、山々が暗くなりはじめてそろそろ終わりかと思われた頃、住職に背中を押されて吉原が入ってきた。なぜか外に隠れていたのを住職が見つけて無理やり本堂へ連れてきたのだ。ここでは全員が診てもらう決まりになっていた。

老医師は嫌がる吉原に言い含め、服の胸元をめくると驚いたように目を丸くした。

「お、おまえ、子供を孕《はら》んでいるのか？」

老医師が慌《あわ》てて服を脱がそうとすると、吉原はかがみこんで隠そうとする。住職が間に入り、「見せてみろ！」と怒鳴りつけて手を貸す。服を脱がせると、吉原はさらしで腹をきつく縛っていた。

「妊娠しているのを秘密にしていたのか！」と住職が言った。

「…………」

「父親は誰だ？」と住職が強い口調で問うた。

吉原は床を向いて黙りこくる。あちらこちらでいろんな男と交わっているうちに孕んだにちがいない。本堂にいたヘンドたちの何人かが気まずそうにうつむいた。

「名前を言えないのか！」

吉原は唇を噛みしめて黙りつづける。老医師は憤《いきどお》る住職の肩に手を当ててなだめた。

「住職さん、もういい。そんなことを訊いたってどうにもならん」

「だ、だけど……」

老医師は吉原に厳しい目を向けて言った。

「それより、この子をどうするつもりだ。ここまで腹が大きくなってしまったら堕胎はできんぞ」

吉原は床に目を落としたままだ。老医師はその様子を見て言った。自分でもどうしていいかわからなくなっているのかもしれない。

「おそらく生まれるのは正月が明けた頃だ。おまえには、もう産む以外の方法は残されておらん」

「…………」

「できるだけ、わしも分娩に立ち会うようにする。けれど、生まれた赤子を真冬にこんな場所で育てるわけにはいかない。どうするか考えておけ」

「…………」

「わかったな」

「はい……」

ヘンドたちの何人かがつばを飲み込む音がした。住職が聞いていられないとばかりに立ち上がって本堂を出ていく。外ではコオロギの鳴き声が響いていた。

寺にネズミが増殖したのは、老医師が町に帰った日からだった。夜になると屋根裏からネズミたちの鳴く声や走り回る音が聞こえるようになり、ヘンドたちは体をノミに食われるようになった。みんなボリボリと体をかきむしり、痒《かゆ》みに効くといわれているヨモギの汁を塗りたくった。

例年この季節になると、ヘンドたちは冬の間過ごす寺や宿へ移るため、ここを離れることが多いらしいのだが、今年に限ってはほとんどの者が寺に留まっていた。吉原の妊娠が発覚して以降、みんな心の底では、もしかしたら自分の子供かもしれない、と考えているようで、誕生を見届けるまでは留まるつもりだったのだろう。

吉原のお腹は急速に大きくなっていった。ヘンドたちは家族のように団結し、交代で吉原のところに食べ物を運んでいったり、寝苦しそうな時は背中をさすってあげたりした。時には、夕食後に全員で外に集まり、生まれてくる子供の名前を考えることもあった。こんな子供に育てようとか、こんな性格になったらいいなどと代わる代わる言い合うのだ。

森が熟れた銀杏《ぎんなん》の臭いに包まれるようになった日、墓場の小屋で暮らす平次が怪我をした男をかついで寺に飛び込んできた。男はヘンドと見え、三十代の後半ぐらいだった。体中に殴られたあざがあり、ふくらはぎに裂傷を負ってまともに歩くことができなかった。平次によれば、突然小屋の戸を叩《たた》く音がしたので開けてみたところ、この男が倒れており助けを求めてきたという。

虎之助や小春はこの男を寝室に寝かせ、手当をはじめた。体の泥や血を手拭《ふ》いてから、裂けた傷口を水で洗う。いったん化膿《かのう》がはじまると薬がないためにどんどん悪化して、最悪壊死《えし》にまで至ることがある。男は意識だけはしっかりしており、痛みに堪えながらも事情を語った。どうやら遍路をしている途中で猟師数人に出くわし、癩であることが見つかって袋叩きにあったそうだ。必死になって逃げているうちに山の奥深くに迷い込んでしまい、数日間傷が癒《い》えるのを待ってから這《は》いつくばるようにして墓場にたどり着いたらしい。

集まっていたヘンドたちは憤慨して口々に雲岡村の猟師への不満を言った。乙彦は肩身が狭くなった。小春はそんな乙彦を気づかった。

「みんなあなたに対して怒っているわけじゃないから大丈夫。悪いのは村の大人たちだから」

「僕、村の人たちが癩を嫌っているのは知っていたけど、ここまでひどいことをするとは思ってもいなかった」

「実を言うと、これでもマシなのよ。あなたは知らないと思うけど、村の人によっては本気で殺そうとしてくる。猟銃で撃たれそうになった人だっている。私たち、何かしたわけでもないのに……」

乙彦《こうべ》は頭を垂れて「……ごめんなさい」と謝った。自分が雲岡村の人間であることが恥ずかしくてならなかった。

布団《ふとん》に横たわるヘンドの髪は血と汗で固まっていた。小春はそれをなでて言葉をかけた。

「何日も食べ物すらない状態で彷徨《さまよ》ってよく助かりましたね。食糧をたくさん持っていたんですか」

ヘンドは痛みに堪えるような表情で答えた。

「食べ物は途中で見つけた。山の中に米軍のパラシュートがあるだろ。あそこに米軍の古い食糧も転がっていたのでそれを食べてしのいでいたんだ」

その場にいた全員が顔を見合わせた。部屋の隅にいた平次が前に乗り出した。

「おい、待てよ。パラシュートって何だ？　どこにあった？」

「あんたの小屋から一キロほど登ったところだよ。知らなかったのか」

つばを飲む音が部屋に響いた。平次が鋭い目を虎之助に向けた。

「おい、行ってみるか。パラシュートなんて初耳だ」

虎之助は、「ああ」とうなずいた。自然と虎之助、平次、小春が立ち上がった。遅れて乙彦もつづいた。

朝霧が晴れたばかりの森の斜面を、四人は虎之助を先頭に早足で登っていった。男の話を信じるなら、雲神の湯からさらに北へ道なき道を行ったところに高台があり、そこにパラシュートが転がっているらしい。四人は岩や木にしがみつくようにしてよじ登りながら、真っ直《まっす》ぐに目的地へと向かった。

丘を登って落ち葉を踏みしめて進んでいくと、高木の上に巨大なナイロン製の袋のようなものが引っかかっていた。真下まで行って見上げてみた。ずいぶん汚れてはいたが、黒っぽい迷彩柄で、「ＵＳＡ」の印字がある。米軍のパラシュートだ。

「これだな。アメ公が降りようとして木に引っかかったんだろ。間抜けな奴《やつ》だ」と平次が言った。

乙彦は、戦時中に山の麓に米軍機が墜落したとかつて母から聞いたことを思い出した。真夜中に飛行機が故障で墜落してすさまじい音が響いたのだが、不思議なことにパイロットの死体が見つからなかったという。もしかしたらそのパイロットが墜落の前にパラシュートで脱出したのではないだろうか。

「まず米兵の所持品とやらを探そう」

平次の呼びかけに、全員で周辺に何かつかえるものが落ちていないかと探しはじめた。落ち葉を足で蹴散《けち》らしながら調べてみると、まず錆《さ》びた軍用ヘルメットが見つかり、次いで割れたゴーグルが転がっているのが発見された。どちらも米軍のものだ。

藪《やぶ》の中を探していた平次が声を上げた。

「骨だ！　人骨だぞ！」

乙彦と小春が駆けつけると、折れた枯れ枝の下に真っ黒になった軍服が落ちており、頭蓋骨《ずがいこつ》や肋骨《ろっこつ》も転がっていた。頭蓋骨の一部には金色の髪が少しへばりついていて、骨は苔《こけ》むしている。頭蓋骨の目の穴のところを、赤黒いムカデが這っていた。

小春が軍服の傍にしゃがんで言った。

「パラシュートの紐《ひも》が切れているわ。きっと空から落下した時に紐がちぎれて、この人だけが地面に叩きつけられたのよ」

平次はしばらく骨を見下ろした後、「アメ公め」と吐き捨てて頭蓋骨を蹴った。頭蓋骨は近くの木に当たり、鈍い音を立ててあごの部分が欠けた。

彼は腕まくりをしてしゃがむと、素手で汚れた軍服を引っくり返し、ポケットに入っている所持品を調べはじめた。汗をかいているせいか、体臭がいつもよりきつく、隣にいて息を止めたくなる。軍服から出てきたのは、雨に濡れてボロボロになったラッキーストライクやマッチ、それに一枚の写真だった。幼い二人の娘が笑顔で写っている。

平次はそれらには一切興味を示さずに投げ捨て、今度はズボンのポケットをまさぐった。やがて平次が声を上げた。

「おお、すげえ！」

ズボンの陰から出てきたのは、重々しい拳銃《けんじゅう》だった。鉄の部分が冷たく黒光りしている。弾丸も入ったままだ。

「こりゃいい、鹿《しか》の猟につかえるぞ！」とつぶやいた。

「ダメよ、あぶないわ。それに銃声が響いたら村の人に気づかれる」と小春が止める。

「うっせえな」

平次は米兵の頭蓋骨をつかんで投げつけた。小春が「キャッ」と悲鳴を上げる。頭蓋骨は逸れて斜面を転がっていった。

そうこうしていると、今度は離れたところから虎之助が呼ぶ声が聞こえてきた。何かを発見したらしく、五十メートルほど先の木の下で手招きをしている。

「おーい、大変なものを見つけたぞ。こっちに来てくれ！」

駆けつけると、木陰に迷彩色の大きなアルミケースが三つ転がっていた。中には、缶詰や薬といったものが大量につまっている。特に三ケースのうち二ケースには缶詰がぎっしりとつめてあった。飛行機につんでいたものの一部を、脱出の際に地上に落としたのだろうか。

虎之助が缶詰を指さした。

「きっとこれが、あいつが言っていた食糧だ」

「米軍の缶詰か……宝の山だな」と平次がにやけた。

「ぜんぶ寺に持ち帰って中身を調べよう」

乙彦と小春はうなずいた。終戦から七年が経っているが、缶詰ならば食べられるはずだ。平次が前に出てきて口を挟んだ。

「待てよ。一つぐらいここで開けてみようぜ。寺で中身を見ようと、ここで見ようと同じだろ」

彼は虎之助の了承を待たず、アルミケースの中から缶詰を一つ取り出した。ついていた缶切りで慎重にこじ開けていく。慣れていないためか、なかなか開かない。ようやくアルミの蓋《ふた》が切れ、中から油につかった肉の塊が現れると、嗅《か》いだこともないおいしそうな匂《にお》いが漂ってきた。

「これ、きっと牛肉だぜ。おまえら、食ったことあるか」

全員が首を横にふり、ゴクッとつばを飲み込む。

「牛って、食べられるの？」と小春が言った。

「食えるさ。金持ちが食う肉だ。うまくないわけがねえ」

「平次は食べたことある？」

「あるわけねえだろ」

平次は手を伸ばし、癇で反り返るようなその指で肉の塊をつかむと口に含んだ。クチャクチャと嚙みしめる音が次第に速くなり、牛肉の匂いがさらに香ばしく広がっていく。他の三人が固唾《かたず》を飲んで見守る。平次は満面の笑みを浮かべて浮腫を赤くし、上ずった声で言った。

「うめえ！うめえぞ！　畜生、アメ公の野郎は戦時中にこんなもん食ってやがったのか！　道理で強えはずだよ」

乙彦と小春も辛抱できなくなり、急いで缶詰を手に取って乱暴に開けた。同じように油で光る牛肉が入っていた。口に放り込んだ瞬間、重厚な肉のうまみがとろりと舌につたわり、唾液《だえき》があふれてくる。小春は飛び跳ねて叫んだ。

「おいしいよ。ねえ、おいしいよ！　何これ！」

興奮しすぎて呂律《ろれつ》が回っていない。乙彦も牛肉を頬張ったまま太股《ふともも》を何度も叩いた。

平次が別の缶詰を開けると、今度は牛肉ではなく、分厚い豚のハムが五切れ入っていた。これもまた初めて目にするもので、口に入れた途端に平次は嬉《うれ》しそうに顔を赤らめ、双手《もろて》を上げて「すげえ、すげえ」とくり返す。

「ここにある缶詰は牛肉だけじゃねえ。ご馳走《ちそう》がありったけ入っているんだ！」

動こうとしない虎之助を横目に三人で手分けして缶詰を開けていくと、パン、チョコレートケーキ、パイナップルなど様々なものが出てきた。三人は夢中になって片っ端から口に放り込む。虎之助はそれを見て不安になったらしく、大きな声を出した。

「もうそろそろやめろ！　これは冬の非常食として取っておくべきだ」

小春と乙彦は手を止めた。たしかに寺のヘンドたちにも分けなくてはならないのだ。

平次がつまらなそうに舌打ちをする。

「固てえこと言うんじゃねえ。こんなにあるんだからなくならねえよ」

「自分のことばかり考えるな」

平次は「うっせえな、偉そうに」と缶詰を投げた。缶詰は木に当たって地面に転がった。

虎之助は無視して言った。

「さあ、缶詰を全部ケースにもどせ。蓋をして寺に運ぶぞ」

小春と乙彦が転がっている缶詰を拾い上げてケースにもどしていく。平次は面白くなさそうに体をかきむしりながら、口に含んでいた肉を虎之助の足元に吐き捨てた。

五日が経った日の朝、森に暮らす猿たちがキーキーと高い鳴き声を響かせた。秋が深まって緑が少なくなってきたことで、餌《えさ》を探しに寺のあたりまでやってくるようになったのだ。だが、カッタイ寺では食料は貴重なため一度として与えたことはなかった。

森の中で米軍のパラシュートを見つけてから、虎之助たちは丸三日かけて缶詰やパラシュートやヘルメットなどを寺に運び込んだ。捜してみると他にも小さな日用品が散乱しており、思いがけず時間がかかったのだ。缶詰は合計二百個以上あり、二十個を平次に渡し、残りはすべて寺の食糧庫に保存することにした。

拳銃は平次が熱望したこともあって預けたが、安全のため銃弾は寺で預かることにした。虎之助はブーツを手に入れることになった。彼はよほど嬉しかったらしく、川できれいに洗って毎日のように小春や乙彦に見せびらかした。

十二月に入る前のこの時期、虎之助たちは寺で暮らすヘンドたちとともに森へ行って手分けして木の実やキノコの採取をするのを習わしとしていた。本格的な冬になると草木は枯れ、動物が減ってしまうため、森が色づいているうちに長く持つ食べ物を集めておくのだそうだ。毎日朝食が終わると、一斉に森へ出かけてクルミやシイタケを探したが、ヘンドたちはなかなか寺のために熱心に働こうとせず、虎之助の目を盗んでは遊んでばかりいた。

森の中でヘンドたちが夢中になっていたのが、米軍の荷物から見つかった品をつかってする「お店遊び」だった。アルミケースには缶詰以外にも様々なものが入っており、たとえばハサミが何本か出てくると、その場で「床屋さんごっこ」が開かれた。何人かのヘンドがハサミを握りしめ、木の実と引き換えに床屋をするのだ。彼らは床屋を装《よそお》って一列に並び、髪の伸びたヘンドを岩の上にすわらせてこう言う。

「どのような髪型がよろしいですか」

床屋に扮《ふん》するのは、散髪なんて一度もしたことがない年配のヘンドだ。「客」がこういう髪型にしてくれと言っても端《はな》から聞いていない。しかも、数人が一斉にハサミを持って前後左右から好き放題に切り刻むものだから、髪は見るも無残な形になる。右半分がなくなってしまったり、右と左で長さが違ったりするのはまだしも、途中からみんなでふざけて河童《かっぱ》のような禿《は》げ頭にさせられてしまうこともあった。

それでも森で床屋が開かれると盛り上がり、ヘンドたちが集まってきて周りから「そこを短くしろ」とか「あそこは伸ばせ」とか注文をつけた。床屋に扮したヘンドたちは調子に乗ってハサミを動かすのだが、癩で指が麻痺《まひ》している者がやったりする時は細かい動きができないため、ハサミの先で頭をブスブス刺してしまうことがある。ヘンドが「痛て！」とか「刺さったっ！」と叫ぶ度に、他の者たちは腹を抱えて笑いわざとチクチク刺した。

乙彦もその犠牲となった一人だ。短くしてほしいと頼んだところ、何度も頭を刺されて血まで出てくる。

「もうヤダ！」

そう叫んで岩から飛び下りて逃げると、ヘンドたちが楽しそうに「待てぇー！」と追いかけてきた。必死に逃げ回ったがついにつかまってしまい、丸坊主《まるぼうず》にされてしまった。

同じ頃、森の中での遊びでもう一つよくつかわれていたのが、米軍のハンモックだった。小春はハンモックの用途を知らず、木と木の間につるしてブランコのようにして揺らして遊んでいた。乙彦がそんな小春に柿《かき》を投げたところ、彼女が口で受け止めたのがきっかけになり、ヘンドたちの間でハンモックを揺らしながら柿を口で受ける遊びが流行《はや》りだした。二組に分かれ、どちらが多く柿を口で取れるかを競うのだ。

抜群に上手だったのが、村人に暴行を受けて療養していたヘンドだった。怪我の具合がよくなって、一緒に木の実を取ったり、遊んだりしていたのだが、ハンモック遊びをさせると器用な一面を見せた。どんなに大きく揺られていても簡単に口で柿を受け止め、時には二ついっぺんにくわえるという荒技まで見せつけるのだ。

ヘンドたちはなんとかして彼に一泡吹かせてやろうと、わざと熟した柿を投げた。彼はいつものように楽々と口で受け取ろうとしたが、口に当たった瞬間に熟れた柿は水風船のように割れ、橙色《だいだいいろ》の実がベチャッと顔中に飛び散る。彼が声を上げてハンモックから転げ落ちると、同じグループだった乙彦が叫んだ。

「この野郎！　やったな！」

そうしてグループが二つにわかれ、それぞれが柿の木を陣地にして、雪合戦のように柿の投げ合いがはじまった。盛り上がった時は、木になっていた実がすべてなくなるまでつづけた。

もちろんこんなことをしていれば虎之助に見つかってしまう。丸坊主になったり、全身に柿をつけて、寺に帰ったりする度に、「また遊んでいたんだろ」と大目玉をくらう。大体他のヘンドたちはさっさと逃げ、乙彦だけが長々と説教されることになった。

十二月に入って間もなく、乙彦は柿でハンモックを汚したことを怒られて魚頭川でそれを洗っていた。途中から虎之助も手伝ってくれた。もう川の水は冷たくなり、魚の姿も少なくなっていた。乙彦がふと顔を上げると怪我をしたヘンドがやってくるのが見えた。明るく笑顔を絶やさない男だったが、この日ばかりはなぜか顔をこわばらせている。

彼は木の下で足を止めると、声を震わせて言った。

「なあ、君たちが森で飼っている小鹿のことだが、どういうつもりであんなことをしてるんだ。ここはお遍路さんを泊めるカッタイ寺なんだろ。やって良いことと悪いことがあるぞ」

乙彦も虎之助も、彼が何の話をしているのかわからず、顔を見合わせた。

「小鹿？　小鹿って一体なんですか」と乙彦が訊いた。

「知らないふりをするな。墓場の奥の森の木に縛りつけられている足の悪い小鹿のことだ」

小鹿を飼っているなんて初耳だ。乙彦も虎之助もどう答えていいかわからず首を傾げるしかない。男もそれを察したらしい。

「まさか君たちは知らされていなかったのか。実はさっき、たまたま墓場の裏手の森に入ってみたら、平次が数人の男性を集めて小鹿を相手にやってはならないことをしていたんだ。つまり、淫らなことをしてた」

「小鹿を相手に……」

「俺が注意したら、平次は薄気味悪い笑みを浮かべて答えたよ。『おまえも仲間に入りたいのなら金をよこせ。それが寺に住む者のしきたりだ』ってな。だから俺はみんながグルになってやっているのだと思ったんだ」

虎之助が信じられないといった面持ちで凍りついた。これまで吉原を利用して金儲《かねもう》けをしていたのは知っていたが、いつの間にか動物までつかっていたなんて。

「本当かどうか確かめてくる！」

落ち葉の舞う中、虎之助はそう言って墓場へと向かった。乙彦も後につづいた。

木々に囲まれて鬱蒼《うっそう》とした墓場に到着すると、気温がぐっと下がり、腐葉土の湿気が広がっていた。花一つ飾られていない墓は荒れ果てていて、ところどころ鼠《ねずみ》の死骸やゴミとなった米軍の缶詰が転がっている。隅に建つ小屋を訪れてみたが、平次の姿は見あたらない。乙彦たちは小鹿がいるという森へ入ることにした。

雑草を踏みしめて三十メートルぐらい奥へ進んだ時、繁《しげ》みの奥に動物の影が動いているのが見えた。木々をかき分けてみると、灌木《かんぼく》の幹にロープで結わえられた小鹿がこちらを向いていた。後ろ脚が曲がっており、腰が引けた姿勢で立っている。怪我で衰弱しているのを見つけて引っ張ってきたにちがいない。

「本当に飼っていやがる……」と虎之助はつぶやいた。

小鹿は痩《や》せ細り、体中に擦り傷ができて血がにじんでいる。乙彦が傍へ寄って触れようとすると、小鹿は悲痛な声を出し、不自由な足を震わせながら後ずさる。

「ごめんね、落ちついて」

乙彦が声をかけただけで、小鹿はさらに怖がって逃げようとする。虎之助が乙彦を制した。

「近寄るな。この鹿は人間を恐れている。平次に相当痛めつけられたんだ」

虎之助が乙彦を連れて寺の周辺を捜し回ると、水汲《みずく》み場のヒイラギの木陰に平次が四人のヘンドといるのを見つけた。虎之助は真っ直ぐ歩いていった。

「平次、ここにいたのか」

四人のヘンドが驚いたようにふりむいたが、虎之助に気づくとばつの悪そうな顔をした。平次だけが垢《あか》だらけの顔でふてぶてしく睨《にら》みつけてくる。

虎之助はいきなり切りだした。

「森の奥で飼っている小鹿を見てきたぞ。おまえ、男たちから金や食糧を取って動物相手に卑猥《ひわい》なことをしているらしいじゃないか」

「卑猥なことって何だ？」

「しらばっくれるな。おまえは小鹿とやらせて金儲けをしているんだろ。証人もいるんだ」

平次は舌打ちして、「あの怪我をしたヘンドの野郎か」とつぶやいた。

「ああ、たしかにやっているよ。けど勘違いしないでもらいたいのは、なにも俺が強制しているわけじゃねえってことだ。寺の男たちが頼んでくるから、俺は場所を用意してやっているだけだ。きさまに文句を言われる筋合いはねえ」

「だけど動物を相手にするなんて……」

それを聞くと、平次の顔つきが急に変わった。

「見下げるんじゃねえ！　そりゃ、おまえは小春がいるから満足だろうよ！　若くて、癩の症状もほとんど出てねえ同士で、堂々とオメコでもすりゃいい。でも、俺たちはそうじゃねえ。体が瘤《こぶ》で覆われ、手足の感覚がなくなり、指を失った俺たちを誰が相手にしてくれるっていうんだ。他にいるんだとしたらここにつれて来いよ」

その場にいたヘンドたちが顔を上げた。平次に気持ちを代弁してもらって勇気づけられたらしい。虎之助は負けじと言い返した。

「おまえは、吉原を相手にしていたじゃないか。ヒメ穴に彼女を引っ張り込んで満足していただろ」

「あの売女《ばいた》は孕んでから俺たちを避けるようになったんだ。血迷った取り巻きに守られて、四六時中赤ん坊のことを心配している。俺たちがヒメ穴に誘っても、お腹の中の赤ちゃんが傷つくと言って股《また》を開こうとしねえ。押し倒して強引にやっても、ずっと泣きつづけるだけでこっちが滅入《めい》る。それで俺たちは鹿を相手にすることにしたんだ」

これまでヘンドたちの性欲はすべて吉原に向けられていた。妊娠によってそれができなくなり、欲望のはけ口が小鹿に移ったのだ。平次は唾《つば》を飛ばしながらつづけた。

「おまえには、絶対にわからねえだろうよ。同じ癩の女にすら相手にされずに、畜生を相手にしなければならない気持ちなんて」

虎之助は言い返せなかった。四人のヘンドたちもその通りだと言わんばかりに睨みつけてくる。

突然、背後から女の子の声が聞こえた。ふり返ると、小春が肩に大きな袋を背負って、「おーい、みんなー」と言いながら走ってきた。三つ編みに結んだ髪が後ろで跳ねるように揺れている。

ヘンドたちは苦虫をかみつぶしたような表情をして再び目をそらした。小春はこれまでの状況をまったく理解しておらず、愛らしい顔で言った。

「ねえ、みんなに良いものをつくってきたのよ。見て、見て！」

小春は袋から迷彩柄の鉢巻のようなものを次々と取り出した。それは男性用のふんどしだった。

「素敵でしょ、これ、米軍のパラシュートを切って私がつくったの。寺のみんなに一つずつあるんだ！」

ヘンドたちを喜ばすために気づかれないようにつくっていたのだろう。

小春は困惑するヘンドたち一人一人に手作りのふんどしを「はい、これはあなた用」「こっちは君のよ」と言って配りだした。声が明るく弾んでいる。手作りの贈り物を喜んでもらえると確信していたにちがいない。ヘンドたちは受け取ったものの、気まずそうにしている。

配られたふんどしの中で、虎之助がもらったものだけ一つ違っていた。特別に二本をねじって立派な仕上がりになっていたのである。小春は得意げに言った。

「虎之助のはかっこいいし、丈夫そうでしょ。いつも寺のために働いてくれているからきちんとしたものを贈りたかったの。結構大変で、これだけで三日もかかったのよ」

小春は虎之助にだけは手のこんだ品を贈りたかったのだろう。

「ありがとな」と虎之助は照れ臭そうに言った。

「すごい素敵でしょ」

二人は顔を赤くした。平次はそんな睦《むつ》まじさが癪《しゃく》に障《さわ》ったのか、自分に渡されたふんどしを地面に叩きつけて叫んだ。

「俺はこんなもんをつくってくれと言った憶《おぼ》えはねえぞ！」

「え？」

「虎之助に喜んでもらいたいなら、そいつのためだけにつくって仲良く褒め合っていりゃいいじゃねえか。くだらねえことすんじゃねえよ」

彼はそう言うと、ふんどしを踏みつけて墓場の方へと歩きだした。四人のヘンドたちも不愉快そうな顔をし、一人また一人とその場を離れていった。小春は首を傾げた。

「私、何かいけないことした？」

虎之助は小春の肩を抱き寄せた。

いた。

「いいんだ。小春は悪くない。なんでもないんだ」

ヒイラギの白い花がゆれる下で、踏みにじられたふんどしはみじめに泥をかぶって
翌日の早朝になると、鳥の群れが空を埋めつくした。山全体が陰るほどの数で、まるで嵐《あらし》の前兆のようにギャーギャーという鳴き声が響き渡る。

朝食の際、昨日平次と一緒にいた四人のヘンドが宿坊から消えていることが発覚した。深夜の寝静まっている時刻に、四人は住職にさえ理由を告げず、荷物をまとめて隠れるようにして寺を去ったのだ。小鹿と性交していたことが明るみに出たことで、寺にいづらくなったにちがいない。

ここから一番近いカッタイ寺までは、健康な人間の足でも丸三日かかるという。十二月の寒さの中、食糧さえ持たずに旅立つのはかなり危険だ。虎之助が四人を追いかけてつれもどそうとしたが、住職は引き止めた。

「もしあいつらがもどってきたら、平次とつるんでまた悪さをするかもしれん。自分たちで決めて去ったんだ。呼びもどさなくていい」

「だったら四人をもどして、平次を墓場の小屋から追い出せばいいじゃん」

「いかん。カッタイ寺である以上どんな人間であっても我々の方から一方的に追放してはならないんだ」

「どこにそんな決まりがあるんだよ」

「石碑がある。『何人も受け入れるべし。排除することを禁ず』と刻まれている。ここは社会から棄《す》てられた癩病者が最後にたどり着く場所で、追われたら行き先はどこにもないんだ」

寺にいたヘンドたちは聞き耳を立てているだけで何も言わなかった。虎之助はどこか納得のいかないような表情をしつつ口をつぐんだ。

その日の昼過ぎ、虎之助は数人のヘンドとともに森に入り、縛られていた小鹿を寺まで引っ張ってきた。もともとこの周辺で見つかった動物は寺の所有物になる決まりになっていたし、このまま平次に預けていればさらに何をしでかすかわからない。それで取り決めを盾に平次には有無を言わさず小鹿を寺へつれてきたのである。

小鹿はヨロヨロと足をもつれさせながらやってきたが、寺についた途端に倒れ込んだ。力いっぱい引っ張っても立つことができない。調べてみると、後ろ脚の怪我だけでなく、前足の腱《けん》がナイフで切られており、片目がつぶされていた。このまま餌を与えても衰弱死するのは時間の問題と思われたので、全員で相談して殺処分することに決めた。冬を間近に控えた寺では、近々死ぬことが明らかな動物に対して貴重な食べ物を与える余裕はなかったのだ。小鹿はその場で頸動脈《けいどうみゃく》を切られて血抜きをされ、肉として保存された。

事件が起きたのは二日経った夜のことだった。底冷えのする深夜、寺の外から女性の悲鳴が響き渡った。闇《やみ》を切り裂くような声だった。虎之助と乙彦が跳ね起きると、同じ寝室で横になっているはずの小春の姿がない。

「小春はどこだ？　今の声は小春だろ！」と虎之助が大声を上げる。

「この裏だ」

二人は寝室の隅に護身用に置いていた棍棒《こんぼう》を手に取ると裸足《はだし》のまま外へ飛び出した。寺の裏に回ると、厠《かわや》の手前で月明かりに照らされるようにして地面にうずくまっている人影があった。小春だ。

「小春、大丈夫か！」

虎之助が駆け寄って、彼女の震える体を抱きしめた。服がちぎれ、唇が変色している。彼女は声をつまらせて言った。

「厠へ行こうとしたら、突然暗闇から人影が飛び出してきて襲われたの。地べたに押さえつけられたんだけど、頭を石で殴ったら逃げていった」

地面に転がっている石には血がついていた。

「犯人は誰だ？」と虎之助は尋ねた。

「わかんない。暗くて見えなかった」

ふり返ると、騒ぎを聞きつけたヘンドたちが裸足のまま集まってきていた。全員少し離れたところから心配そうに見守っている。虎之助は興奮した声でヘンドたちに叫んだ。

「この中に犯人がいるのか！　小春を襲った奴は誰だ！」

大部屋で寝ていたヘンド十二人全員がいたが、頭を怪我している者はいなかった。

住職が寺から現れて言った。

「犯人は、おそらく平次だろう」

小鹿を奪われた憂《う》さばらしなのだろうか。虎之助は怒りで顔を真っ赤にした。

「もう許せねえ！　追い出してやる」

虎之助はその場にあった大きな石をつかみ、墓場の小屋の方へ歩いていこうとした。

その時、吉原が叫んだ。

「やめて！　あの人を追い出さないで！」

虎之助が立ち止まってふり返る。住職もいぶかしげな顔をして見つめている。吉原は大きなお腹をかかえてつづけた。

「お願い。犯人があの人だとしても小屋に置いてあげて」

「ふざけんな！　あんただって、散々いいように利用されたじゃないか。なぜあいつをかばう！」

「あの人はずっと前から、私と仲良くしてくれた……『結婚しよう』とも言ってくれた。顔も手も足もお化けみたいな私に、そう言ってくれたんだよ」

「あいつが本気で言ったと思ってるのか」

「……本気じゃなくたっていいよ。……あの人、ここを追い出されたら生きてけない。せめて小屋に住まわせてあげて」

「このまま放置しておけば何をやらかすかわからないんだ。また小春が襲われたらどうする！」

吉原は言い返すことができず下を向いた。

月に雲がかかって暗さを増した。虎之助が吉原を押しのけて小屋へ向かおうとすると、住職が背後から呼び止めた。

「ちょっと待て。あいつを追い出すのは、もう少し待つべきだ」

虎之助が意外だという表情をしてふり返った。

「住職までなんでそんなことを言うんだ」

「先日も話したろ。寺の決まりだ。わしはここの責任者として平次を追放することに賛同できん」

「甘すぎるよ。あいつは根っからの悪人なんだから何度様子を見たって同じだ」

「無論、おまえの気持ちはわかる。ただ、あいつだって癩の苦しみで自分を見失って何をやってるかわかってないんだ」

「そんなのみんな同じだろ」

「許せと言うつもりはないが、もう少し様子を見ろ」

「ダメだったらどうするつもりだよ」

「次にあいつが同じことをくり返したら、追放してかまわん。わしもかばい切れん。だから、あと一度だけ機会を与えてやりたい」

虎之助は唇を嚙《か》みしめた。月がまた雲の間から顔をのぞかせた。

二〇一二年　死体発見

雲岡村の公民館を出発した私と父・乙彦は、懐中電灯を手に夕闇の中を歩いた。山道を逸《そ》れて鬱蒼とした森に入り込むと、三百六十度同じ光景に見えて自分がどこにいるのかわからなくなる。時折ホトトギスの鳴き声が暗い森に響く。

父は迷う度に一度立ち止まり、向かいの山や日の沈んだ位置を確かめながら山を登っていった。幼い日に山を行き来した記憶が克明に脳裏に焼きついているのだろう。

私は何度か転びそうになりつつも、枝から垂れ下がる蔦《つた》や伸びきった草をかき分けて進んだ。

どれぐらい経っただろうか、急に森が開け、月の光が射《さ》し込んできた。雑草が茂っていたが、広い公園のようにきちんと四角く木が切られており、明らかにかつてここに人が暮らしていたことを思わせる。

私は懐中電灯を下に向け、雑草を足でかき分けてみると、長い棒が転がっていた。

黒ずんではいたが、遍路が山歩きの際につかう杖《つえ》だ。他にも割れたガラスの破片や陶器の一部が散らばっている。やはりかつてここに人がいたのだ。

父は懐中電灯であたりを照らしながら言った。

「ここがカッタイ寺の入り口で、まっすぐに進んだところに寺があったんだ。北側の森を抜けたところには雲神の湯とヒメ穴、東には魚頭川、西には墓地があった」

この場所に、本堂と寝室と宿坊を備えた寺が建っており、何十年もの間ハンセン病の回復を願って巡礼する者たちの宿となっていたのだ。私は父が刑務所でノートに書きつづった記録が事実だったのだと改めて息を呑《の》んだ。

草の上を蛍が数匹飛んでいた。緑色の光の粒となって、やさしく明滅しながら宙を飛び回っている。ヘンドたちが「釈迦蛍《しゃか》」と呼んでいたものだろうか。父はそれを見つけると懐《なつ》かしそうに手を差しだした。蛍は光を強めたり弱めたりしながら手のひらにそっと乗る。父はつぶやいた。

「そういえば、昔も魚頭川の蛍はこの寺にまでやってきたな」

彼は離れたところにある一本の老木を指さした。

「あそこに大きな木があるだろ。蛍はなぜかあそこにとまったんだ。かつては何百、何千という蛍が集まって木が緑色に光って見えたことから、ヘンドたちは『夜光の木』と呼んでいた」

「蛍のシーズンなの？」

「そろそろだろうな。今はロープウェイができたことから、昔ほど多くはないと思うが」

かつてこの森で夜光の木はイルミネーションのように幻想的な光を発していたのだろう。父はそれを思い出したのか、目を潤《うる》ませていた。

「もう少し先に行こう。むこうがカッタイ寺があったところだ」

雑草の生えた地面を三十メートルぐらい歩いていくと、寺の跡地には焦《こ》げた丸太がゴロゴロと転がっていた。土が黒くなっており、石仏が雑草にうもれている。

父は悲しい目で見つめた。

「寺が村人によって焼かれたっていうのは本当だったんだな。後で聞いたところでは、村人が寺を見つけて焼き払ったということだ」

寺の残骸《ざんがい》を足でどけて懐中電灯で照らしてみると、ところどころ古い布切れが転がっていた。焼け残った衣類が地面に埋まっているらしい。父はしゃがみ込み、その一つを引っ張った。地面から出てきたのは、ナイロン製のものだった。

「ふんどしだ……」

他にも缶詰や見る影もなく汚れた白装束が土に半分埋まっている。

「なあ、親父《おやじ》にとって、この寺は何だったんだろ？」

父は言葉を選んで答えた。

「……暗い幼少期にあって、唯一《ゆいいつ》射し込んだ光のような思い出だ」

「刑務所で書いたノートを何度も読み返したよ。あれだけの目に遭ってもそう思えるんだな」

「雲岡村では、私は妾《めかけ》の産んだ私生児にすぎなかった。でもこの寺で出会った小春や虎之助たちは私を一人の人間として迎え入れてくれた」

生まれ育った村で激しい差別を受けてきた父が、ここに来て初めて一人の人間として扱われることに幸せを感じたのは自然のことかもしれない。

「でも、たった六十年前の出来事なんだよね。そんな近い時代の日本であんなことがあったなんて」

「……豊かな時代に生まれ育ったおまえがそう思うのは無理もない。しかし『ヘンド』とか『浮浪癩《らい》』と呼ばれたハンセン病の放浪者は、一九六〇年代までこの日本にいたんだよ」

「なぜそんな愚かなことが戦後二十年経ってもつづいていたんだろ」

「日本は終戦から急速に発展しすぎた。そのせいで負の遺産を整理することができなかったんだ」

「結局ハンセン病訴訟が和解という形で終わったのは二〇〇一年だよね」

「それでも、あの訴訟で国から和解金を受け取ったのは、主に療養所に入居していた元患者たちだった。療養所へ入るのを拒み、ヘンドとして山々を歩き回って生きてきたような人間はほとんど訴訟に加わることもできなかった。まだまだ解決なんてしてないんだよ」

語気が強まった。私はふと父が都議になった後も人権運動に取り組んできたのはそのためだったかもしれないと思った。

私は真っ直ぐに父を見て言った。

「親父は歴史に埋もれた恨みを晴らすために、今回の事件を引き起こしたのか」

ホトトギスの鳴き声が森にこだましている。私はつづけた。

「僕は今回の事件が未だによくわからない。十年前の最初の事件は、姉さんの復讐《ふくしゅう》だったと納得できる。でも今回は彼の他に一人の老人が巻き込まれている。なぜなんだ」

「……………」

「それとも一つ。親父はこの事件の後、なぜわざわざ自分から雲岡村に姿を現したんだよ。なにか目的があるの？」

父は背を向けた。やはり答えないつもりなのか。

「どうして黙るんだよ」

「……………」

「今回の件で僕は家庭も仕事も何もかも失った。親父はしっかりと責任を取ってこの件について知っていること全部を僕に打ち明けるべきだろう。親父はいつからそんな無責任になったんだ」

夜風の音が木々の間を通り抜けていく。蛍が流されるように飛ぶ。

「聞いてんのか。僕が親父にここまで言うのはよっぽどのことだってわかるだろ？」

本心では父の胸ぐらをつかんで怒鳴りつけてやりたかった。

その時、懐中電灯が照らす草むらの角に白いものが落ちているのが見えた。拾い上げてみると、新しい手拭《てぬぐ》いで、濡《ぬ》れていたのか、皺《しわ》くちゃになって固まっている。なぜこんな新しいものが落ちているのだろう。

私は女性警察官の美波みどりや川渕警部補が事件の当日に激しい雨が降ったと話していたことを思い出した。あれ以来、村では一度も大雨は降っていないはずだ。だとしたら、事件が起きた日か、それ以前に誰かが落としたことになる。

私は手拭いを突きつけて、父に詰め寄った。

「これ、親父のものか」

父は手拭いを一瞥《いちべつ》したものの何も言わない。だが、この場所を知る者は限られているはずだ。

「せめてそれだけでも答えろよ。親父は、最近ここを訪れたのか」

「…………」

「何も言わないんだな。口をつぐんでいるなら手拭いのことを警察につたえるけどいいな」

「…………」

「わかった。今から警察に通報するぞ」

そう言ってスマートフォンを取り出そうとした時、私は北側の雑草が何かを引きずったように折れているのに気がついた。それはずっと先までつづいている。

何かある。そう思った私は折れた雑草にそって森の奥へと歩きだした。道を見失ったり、同じような跡が二つに分かれているのに戸惑ったりしながら進んでいく。胸の鼓動がどんどん速くなる。

奥へ奥へと進んでいくと、木に覆われた急勾配《きゅうこうばい》の丘にたどり着いた。懐中電灯を向けて見回したところ、洞窟《どうくつ》が真っ黒い口を開けている。「ヒメ穴」と呼ばれた洞窟にちがいない。

洞窟の入り口にナイロン製の赤い袋のようなものが落ちていた。手に取ってみると、ＩＣレコーダーの商品名とともに有名な電機メーカーのロゴが記されている。

ここに何者かがＩＣレコーダーを持ってやってきたのだろうか。私は洞窟の深い闇に目をやり、怖気《おぞけ》をふるった。

ふり返ると、草むらをかき分けて父が近づいてくる。私はＩＣレコーダーの入れ物をポケットにねじ込み、父に邪魔されるより早く確かめてみることにした。洞窟からは冷たい空気が吐き出されている。私は叫んだ。

「すいません！　どなたかいらっしゃいますか！」

声はかなり奥の方まで反響した。ポタポタと水滴がしたたり落ちる音がしている。

父がようやく斜面を下りてきたが何も言わない。私はもう一度洞窟に呼びかけた。

「深川さん、上岡さん、野村さん、ここにいるんですか」

返事はない。私は懐中電灯で中を照らしてゆっくりと入っていくことにした。

闇はあまりにも深く、吸い込まれそうなほどだった。一歩進むごとに気温が下がっていくのがわかる。五メートルぐらい歩いた時、足元でパキッと何かが割れる音がした。懐中電灯を向けてみると、ペットボトルの蓋《ふた》が落ちていた。その周辺も照らしてみると、コンビニエンスストアで売っているパンやおにぎりの袋がいくつか散らばっていた。手に取って消費期限を調べてみると、つい最近のものだ。やはり誰かがここに来たのだ。

「どなたかいますか？　いるんですよね？」

上ずった声は、四方で反響するだけだ。さらに奥へと進むため、懐中電灯の他にスマートフォンのライトのアプリを起動させて前に向けた。その瞬間、私は凍ったように立ちすくんだ。明かりの先に、人間の足らしきものが見えたのである。まさかと思って二、三歩近づいたが、それはスニーカーの裏側に間違いなかった。膝《ひざ》が震えだす。

「どなたですか。大丈夫ですか」

声をかけても返事がない。ライトの角度を変えてさらに奥を照らしてみると、もっとも恐れていたものが視界に飛び込んできた。さらにもう一人、別の人間が仰向《あおむ》けになって倒れていたのである。引きずられたように手足を真っ直ぐに伸ばし、目と口を大きく開けている。私はその顔に小さな虫がびっしりとついているのを見てようやく洞窟に腐臭がこもっていることに気がついた。

意識が遠くなりそうなのをこらえながらふんばって何とか洞窟の外へ向かって歩きだした。腐臭や蠅《はえ》の羽音が追いかけてくるような気がする。

洞窟から出ると、父がぼんやりと立っていた。私は震える声で尋ねた。

「死体が、あるぞ。お、親父がやったのか？」

父は私の顔を見つめるだけだ。私の頭に血が上った。

「おい、答えろよ！　親父がやったのかって訊いてるんだ」

「………」

「聞えてるんだろ！　なんで答えないんだ！」

洞窟の中で、声がむなしく何度もこだました。

一九五三年　離別

年が明けると、山々に連なる森は枯れ色に変わった。かろうじてついていた葉は冬の風によって容赦なくむしり取られ、枝が針のように鋭く尖《とが》って揺れる。鳥の鳴き声はほとんど聞こえなくなり、時折地鳴りのような風音が山々に響くようになった。

一月のカッタイ寺は凍えるほどの寒さで、ヘンドたちは昼間から白装束を何枚も着込み、雪だるまのようになっていた。昼間はたき火ができないため、服を着込むことで寒さに耐えるしかなかったのだ。凍傷になって指を切断せねばならない事態だけは避けようと、昼間から布団《ふとん》をかぶったり、手をこすったりして歩き回っていた。

だが、この冬は、例年にないほど寺には明るい雰囲気が漂っていた。今年は米軍の缶詰があったし、小鹿《こじか》をさばいて肉を手に入れたこともあり、食糧の心配がなかったのだ。

その中で虎之助はただ一人ささくれだっていた。小春が襲われた夜以来、一日に何度も寺の周りを見て歩いたり、小春の外出に付き添ったりしていた。彼女を守るのは自分しかいないという思いがあったのだろう。

宿坊で横たわっていた吉原が産気づいたのは三が日が明けて間もない日の朝だった。突然陣痛に襲われ悲鳴を上げはじめたのだ。顔がみるみるうちに青ざめて腰を押さえたまますわりこんでうめく。住職は乙彦を呼び出して言った。

「今からすぐに山を下りて、『町の先生』を呼んできてくれ。おまえは癩ではないから町へ行っても大丈夫だ」

乙彦は一目散に山を下りた。

カッタイ寺から山の麓《ふもと》まで行くには全速力で駆け下りても二時間近くかかり、町まではさらに三十分は必要だ。息を切らしてたどり着くと診療所のドアを叩《たた》き、すぐに老医師に事情を説明して来てもらった。だが、年老いた医師が遍路道を登るのは想像以上に時間がかかり、結局寺に到着したのは、陣痛開始から十時間以上経った夕刻だった。

宿坊の真ん中に敷かれた布団の上で、吉原は腹をかかえてのた打ち回っていた。力みすぎたせいか毛細血管が切れ、胸から顔にかけて内出血を起こしている。陣痛の波が来るたびに体をのけぞらし、耳を覆いたくなるような悲鳴を上げる。一瞬収まると寒気を感じるらしく、ガタガタ震えて歯を鳴らす。

老医師が白衣に着替えて声をかけたが、吉原は衰弱して視点が定まっておらず、返事ができない。老医師は一刻も早く産ませる必要があると考えたようで、傍にいた乙彦に「吉原をしっかりと押さえておけ」と命じた。そして、吉原のお腹《なか》の上にまたがり、両手で膨らんだ腹部を力いっぱい押しはじめた。お腹が今にも破裂しそうなぐらいにゆがむ。吉原は目を剝《む》いて叫んだ。

「ギギギギャ、痛い！　痛い！」

断末魔の悲鳴のようだ。乙彦は思わず吉原から手を離した。老医師が怒鳴りつけた。

「ちゃんと押さえていろって言っただろ！　吉原を赤子もろとも殺す気か！」

乙彦はあわてて吉原の肩をつかんだ。まるで暴れ馬を素手で押さえつけているようだ。老医師は彼女の体にのっかったまま、全体重をかけて両手で腹部を圧迫する。

吉原は途中で脱力し、涎《よだれ》を垂らして何も言わなくなった。意識を失ったのだ。老医師は吉原の頰を叩いて目を覚まさせると、「下腹部に力をこめて一気に出せ！」と叫んでまた腹部に体を乗せた。

正面で見ていた小春が叫んだ。

「あ、赤ちゃんの頭が出てきた！」

開いた膣《ちつ》から黒い塊が出てこようとしていた。生臭い液体で濡れてはいたが、赤ん坊の頭部に間違いない。

「小春は赤ん坊の頭を押さえていろ。無理に出さずゆっくりとやれ。もう一息だ！」

老医師はそういって三度大きくお腹を押した。すると、赤子はズルッと回転しながら外に飛び出した。その鼻や口から濁った羊水が流れ出てくる。一瞬の沈黙の後、生まれたばかりの赤子の声が宿坊に鳴り響いた。

小春が赤子を前にして叫んだ。

「やった！　生まれた、生まれたわ！」

周りで見守っていたヘンドたちが一斉に歓声を上げた。まるで自分の子供が誕生したような喜び方だった。そういえば事実、この中の誰かが父親なのだ。

「赤子は男の子か、それとも女の子か」と住職が言った。

小春が赤子をひっくり返して股をのぞく。足と足の間には、豆粒のような男性器がついている。小春はそれを指でつまんで伸ばして見せた。

「男の子よ、ほら、コレついているもの！」

ヘンドたちがどよめいた。性器をつままれたため、赤子はより一層大きな声で泣く。ヘンドの一人がからかう。

「こら、小春。男の一物をそんなぞんざいに扱うな。虎之助のものが短いからって赤子に求めちゃいかんぞ」

その場にいた者たちが大笑いした。虎之助が一人顔を赤らめてうつむく。

小春はヘンドたちの冗談を聞いていないふりをして、赤子を抱き上げて吉原に見せた。

「吉原さん、男の子よ。よかったね！」

吉原は無言だった。小春がゆさぶった。

「生まれたんだよ。おめでとう！」

吉原は弱々しく微笑《ほほえ》んだが、意識を失うように目を閉じた。精も根も尽き果てたといった様子だった。老医師が汗をぬぐった。

「疲れているんだ。しばらく寝させてやりなさい」

彼の腕には爪《つめ》の跡がいくつもできて血がにじんでいる。暴れる吉原に引っかかれたにちがいない。

老医師は吉原が目をつぶっているのをもう一度たしかめてから声を潜めてつづけた。

「それと、あんまり赤ん坊のことで騒ぐな」

「どうして？」と小春が首を傾げた。

「こんな場所で赤ん坊を育てられると思っているのか。遅かれ早かれ、赤ん坊は養護施設か里親へ出さなければならない。あまり騒ぎすぎると、吉原も手放すのが惜しくなるだろう」

ヘンドたちが押し黙った。たしかに赤子を寺で育てるのは現実的に難しい。栄養状態も偏《かたよ》っているし、戸籍をつくることもできない。第一ここで癩病者たちといれば、赤子自身が癩に感染する可能性だってある。

小春は寝ている吉原を一瞥し、力なく答えた。

「そうだね……」

吉原が唐突に「うっ」と声を上げた。驚いて見ると、吉原の股から赤紫色の内臓のようなものが滑り出てきた。後産で排出された胎盤だった。

寺の宿坊で、吉原は三日三晩死んだように眠りつづけた。一日に何度か目を開けることはあったが、衰弱して立つことはもちろん、言葉を発することもできなかった。出産によって体力を使い果たしたのだろう。ヘンドたちは吉原の体調を気づかって交互に毛布をかけてあげたり、水を飲ませてあげたりした。

老医師は出産の翌日に寺にいる全員と赤子を今後どうするかについて話し合い、吉原の体調がもとにもどってから説得して赤子を町へつれて行こうと決めた。ただ、母親の身元を明かすわけにはいかない。そこで、老医師はこう提案した。

「何者かが私の診療所の前に赤ん坊を捨てていったことにしよう。捨てた親の身元は一切不明ということにして、この寺のことは秘密にするんだ。そうすれば、この子は捨て子として戸籍がつくられ、地元の養護施設で普通の子供として育ててもらえるはずだ」

住職もそれに同意し、老医師は一旦《いったん》町に帰り、後日赤子を引き取りに寺に来ることになった。

出産四日目から、吉原の体調は少しずつ回復し、動けるようになった。彼女がまず熱望したのは、生まれたばかりの赤子を抱くことだった。それまでは母乳が出る兆《きざし》がなかったのだが、赤子を抱いた途端に黒ずんだ乳首から滴《したた》るようになった。赤子を胸に近づけてみると、小さな手で必死に手繰り寄せるようにしてしゃぶりついた。唇をすぼめながら恍惚《こうこつ》とした表情で黄ばんだ母乳を飲む。

吉原は甘いお乳の香りのする赤子を抱いているうちに愛情を膨らませるようになり、顔つきもすっかりやさしくなった。五日目からは「貫太郎《かんたろう》」と名前をつけ、お乳を吸っていれば、「貫太郎は何でお母さんの味がこんなに好きなのかな」と言い、うんちをすれば「こうやって貫太郎は大きくなっていくんだね」と語りかけた。夜泣きしても、くしゃみをしても、一挙一動を見るのが嬉《うれ》しくて仕方がないといった様子だ。ただ、ヘンドたちはそんな吉原にどう接するものか困った。本音では一緒に赤子を抱きたかったし、名前で呼んで遊んでやりたかった。だが、間もなく老医師がやってきて赤子を養護施設へつれ去ることを考えると、それがはばかられたのである。

約束通り二週間後の冬晴れの日、老医師は杖を片手に半日かけて山を登ってきた。彼は住職とともに清水が湧《わ》き出る水汲《みずく》み場に吉原を呼び出した。小さな池になっている水面には、今朝まであった氷が溶けて、枯れ葉が数枚浮いて回転している。乙彦は虎之助や小春とともに木陰からその様子をのぞいていた。

吉原は何も知らず、赤子を布にくるんで小走りにやってきた。たった二週間で母としての仕草が身についていた。

吉原は寒さで鼻の頭を赤くして言った。

「なんですか？　お話って。貫太郎が風邪を引いちゃうといけないので手短にお願いしますね」

老医師は住職と顔を見合わせた。どこからか枯葉が舞い落ちてくる。老医師は一つ咳払《せきばら》いをしてから覚悟を決めたように言った。

「実は、わしがその赤ん坊を預かろうと思う」

一陣の風が吹きつけた。吉原は狐《きつね》につままれたような表情をした。

「え？　貫太郎を？　お注射かなにかですか」

「そうじゃない。出産をする前に、赤ん坊をどうするか考えておけと言っただろ。わしはみんなとも話をしたんだが、赤ん坊を町の養護施設に預けることに決めた」

「養護施設って何ですか」

「孤児院のことだよ。町に一つある」

やにわに赤子が泣きはじめた。吉原は呆然《ぼうぜん》としている。

「ち、ちょっと待ってください……いやです。私、貫太郎を育てるんです。小春ちゃんだってここで育ったじゃないですか」

「あの子は例外だ。当時は町の孤児院へ預けられない特別な事情があったんだ」

「で、でも……」

「よく考えろ。小春はここで暮らして癩になったじゃないか。赤ん坊が感染する危険はかなり大きい。癩として生きるつらさは、お前が一番知っているだろ。この赤ん坊にも同じ運命をたどらせたいのか」

「みんながみんな癩病になるってわけじゃないですよね」

「赤ん坊ならうつる可能性がある。もし感染すれば、おまえがよく知っている生き地獄のような一生を強いられることになる」

吉原は返事に窮して青ざめて口をつぐんだ。枯れ枝に止まった小鳥がじっと人間たちを見つめている。住職が吉原の傍に歩み寄り、慰めるように背中をそっと叩いた。

「赤ん坊のためだ。この子の将来を考えるなら、心を鬼にして手放せ。これ以上月日が経てば余計につらくなる」

吉原の頬を透明な涙がつたい、赤子の顔に落ちた。赤子はそれに驚き、白い息を吐きながらさらに激しく泣いた。

陽が落ちて夜になると、昼間の穏やかさが嘘《うそ》のように気温が下がっていき、激しい風が吹きつけてきた。この冬一番の寒さだった。

この夜は、寝室に老医師が泊まることになったため、乙彦と虎之助は宿坊で寝ることになった。部屋の隅では夜更けまで吉原のすすり泣く声が響き渡っていた。明日になったら赤子は老医師によって町へつれて行かれてしまうのだ。「貫太郎、貫太郎」と咽《むせ》び泣く声がしていたが、ヘンドたちは耳をふさいで寝たフリをしていた。乙彦も毛布をかぶって朝を待つしかなかった。

明け方になって少しだけ風が収まった。壁の割れ目から朝陽が白い筋となって射し込み、外からは雀《すずめ》の鳴き声が聞こえてくる。冷え切った宿坊でヘンドたちが一人また一人とまぶしそうに目を覚まして伸びをしたり、頭をかきむしったりする。しばらくして年をとったヘンドがつぶやくように言った。

「おい、吉原はどこだ？」

隅に敷かれていた布団から、吉原と赤子の姿が消えていたのだ。ヘンドの一人が「厠《かわや》じゃないか」と言って見に行ったが、姿はない。そこで初めて吉原がいなくなっていることに気がつき、乙彦は寝室にいる住職たちのもとへ駆けつけた。

「大変だ！　吉原が赤ん坊と一緒に消えた！」

住職は床を叩いた。赤子を手放したくなくて逃げたのだ。

「すぐ捜せ。まだ近くにいるかもしれん！」

ヘンドたちは二人一組になり、あたりの森に散らばった。体の不自由な者たちは近隣を見て回り、動ける者たちは遍路道などを走った。もし夜明け前に出発したのだとしたら、真っ暗な森に迷い込んでしまっているかもしれず、長い時間冬の冷たい空気にさらされていれば赤子の命にかかわることになる。

乙彦は虎之助と昼過ぎまで捜したが見つからなかった。寺にもどると、一足早く帰ってきたヘンドから、ついさっき吉原と赤子が崖下《がけした》で発見されたと教えられた。寺から徒歩で十五分ほどの遍路道へ駆けつけたところ、三十メートルほどの崖の下に二人がうつぶせになって倒れているのが見えた。発見者のヘンドが首を横にふった。

「ダメだ。もう死んでいる」

崖を下りていくと、岩場になっている地面に吉原が血を流して倒れていた。足を滑らせたのだろう。赤子も頭の左半分がつぶれて、脳漿《のうしょう》が飛び出している。

小春が呆然とした表情でつぶやいた。

「せめて逃げる前に一言相談してくれればよかったのに……赤ちゃん、せっかく命を授かったのに……」

その時、発見者のヘンドが口を挟んだ。

「足を滑らせたんじゃない。きっと村人に殺されたんだ」

「えっ？」

「ほら、吉原の顔を見ろ」

反対側へ回って横向きになった吉原の顔を見ると、殴られたような痣《あざ》や擦り傷の痕《あと》があった。着ていた服も半分破かれており、母乳を含んだ大きな乳房が剥き出しになっている。

「なに、この傷……」と乙彦が思わずつぶやいた。

虎之助がしゃがみ込んで遺体を調べる。

「村人の仕業だ。吉原は赤ん坊を連れて逃げている最中に、村人に遭遇して癩病者だと見破られたんだ。洋服が破れているのは癩であることを確かめた跡だろ。袋叩きにされた上に崖から落とされたんだ」

別のヘンドもうなずいて言った。

「俺も同じ意見だ。もう少し村側に、村人が検問をつくった跡があった」

乙彦の頭はかき乱された。

「村の人はそこまでひどいことするかな。女性や赤ちゃんを殺すなんて……」

虎之助が険しい表情で答えた。

「村人にとっても特別な事情があったんだろ。検問があったなら、村で何か不測の事態が起きたんだ。吉原は運悪くそこを通ろうとして捕まったのかもしれない」

「不測の事態って？」

「わからない……だけど現に吉原と赤ん坊が殺されていることからすれば、深刻なことのはずだ」

小春はそんな男たちの話をよそに、赤子の遺体を抱き上げて頬ずりをした。

「せっかくお母さんが頑張って産んでくれたのに、守ってあげられなくてごめんね。

本当にごめんね」

そういえば、生まれた赤子を最初に抱いたのは小春だった。

「こんなことなら、もっと抱っこしてあげればよかったね。みんなでおしゃべりしてあげればよかった。ごめんね」

乙彦は小春の謝る声を聞いているうちに涙がにじんできたので空を見上げた。灰色の空からは、小さな白い雪が降りはじめていた。

雪は二日間降りつづき、山から麓の町までを真っ白に染め上げた。枯れ木の枝はガラス細工のように凍りつき、陽光に反射して光る。雪が止《や》んだ後も、山頂から強風が吹きつける度に、つもった粉雪は白い竜巻のように舞い上がった。

寺に住む者たちは吉原と赤子を失ったせいでしばらく魂が抜けたように茫然《ぼうぜん》としていた。食事の席でも誰も会話をしようとはせず、強風の音の中でうなだれているだけだった。一月の半ばにさしかかって初めて、彼らはこの年の寺の状況が例年と違うことに気がついた。これまでは冬とはいえ、月に数人はヘンドがやってきた。だが、年が明けても一人としてやってくる者はいなかったのだ。

なぜこの年に限ってヘンドが一人も現れないのか。前後のことを考え合わせると、吉原と赤子が村人に暴行を受けて殺害されたことと何かしら関係がある気がしてならない。自分たちの知らないところで何か重大なことが起きているのではないか、と思いはしたが、誰もそれを言葉にする勇気はなかった。

虎之助、小春、乙彦は不穏な空気から目をそらすように、暇を見つけてはソリをかついで雪のつもる白銀の丘へ遊びに行った。丘をソリで滑って遊んでいる間は、余計なことをあれこれ考えて憂鬱《ゆううつ》な気持ちにならなくてもすんだのだ。

三人が遊びにつかっていたソリは木の板に穴を開けてひもをくっつけただけのもので、単純な構造であるぶん方向転換が難しかった。慣れない乙彦が乗るとまったく操作ができないまま猛スピードで斜面を滑り降りていって、樹木に真正面から激突してしまう。ところが、毎年遊んでいる虎之助や小春だと、ソリを車のようにして軽々と木をよけながら滑り下りることができた。特に小春はソリの扱い方が上手で、立ったままどんどん加速させ、乙彦を後ろに乗せてもどこまでも滑っていった。

「乙彦、ちゃんとつかまって落ちないようにしてよ！」

小春はそう言って乙彦を自分の腰にしがみつかせてからソリを走らせる。乙彦は必死になって小春につかまるのだが、カーブのところに差しかかると遠心力で一人だけ吹き飛ばされてしまう。あまりのスピードに目をつぶるため、ふんばる瞬間を逃してバランスを崩してしまうのだ。ソリから落ちて坂を転がりだすと、どこまでも落ちていき、雪だるまのように真っ白な雪につつまれる。小春と虎之助はそんな乙彦の姿を見て大声で笑った。

こんなふうに三人がソリで遊んでいると、必ずと言っていいほど森の猿たちが遊びに来る。猿たちはものすごい速度で坂を滑り落ちていくソリが気になるらしく、全速力で追いかけてきては飛び乗ろうとする。猿は小春の三つ編みの髪にぶらさがったり、操作する虎之助の顔に飛びついたりしてきて、全員で一斉にひっくり返って雪に埋もれることがあった。虎之助は雪に埋もれながらこう叫んだ。

「猿が二匹生き埋めになったぞぉ！　助けろ！」

丘の上で見ていた乙彦も駆けつけ、仲間の猿も加わってみんなでつもった雪を掘り返す。そして埋もれて真っ白になっている猿を救出し、「よかった、よかった」と言って胸をなで下ろすのだった。

その日も、虎之助は猿とともにソリではるか下の方まで滑っていって、なかなか帰ってこなかった。きっと猿とどこかでじゃれているのだろう。乙彦がぼんやりと雪で凍った木の枝を見ていると、小春が口を開いた。

「ねえ、最近お寺に巡礼者が来ないけど、なぜなのかな……」

寺でも誰もがずっと触れるのを避けてきた話題だった。乙彦は首を傾げて答えた。

「わかんないよ。ただ、崖下で吉原さんの遺体が見つかった時、村の近くに検問の跡があったって言ってたよね。住職はそれを聞いて、今年になって巡礼者が来ないことと検問の設置が何か関係しているのかもって話していた」

「住職は今後それに対してどうするか言っていた？」

「万が一、検問が癩病者をつかまえる目的でつくられてたら、僕たちは寺を脱出しなければならなくなるかもしれないって」

「ここを離れて私たちに行くところなんてあるの？」

「たぶん、別の山にあるカッタイ寺じゃないかな」

小春は表情を曇らせた。彼女はあの寺での暮らししか知らないのだ。

「もし本当にそうなったら住職についていく？」と乙彦は尋ねた。

小春は枝にできた氷柱《つらら》から滴り落ちる水滴を見つめながら答えた。

「私は虎之助についていくと思う……私ね、やっぱり虎之助と一緒になりたいの。前は成り行きでそうなるんだろうなとしか考えていなかったんだけど、吉原さんが赤ちゃんを産んで幸せそうな顔をしたのを見て、私も子供を産んでみたいって思った。その時に浮かんだのが虎之助の顔だったの」

「住職も町の先生も、赤ちゃんを産むことは許さないよ。吉原さんだって引き離されそうになったじゃないか」

「それでもいい。一人でいいから私と虎之助の子供をつくってみたい」

乙彦は聞いているうちにむしょうに寂しくなった。

と、その時、丘の下から急に虎之助の声がした。声のする方向を見ていたら、森の奥から猿が一匹駆けだし、つづいて虎之助が見知らぬ男を背負って姿を現した。乙彦と小春は、虎之助が運んでくる男が大怪我《おおけが》をして衣服が血に染まっているのを見て言葉を失った。虎之助は大きな声で叫んだ。

「手伝ってくれ！　急いでこの人を寺に運ぶんだ！」

二人が慌《あわ》てて駆けつける。男は顔に浮腫《ふしゅ》ができていて、指が曲がっており、一目で癩だとわかった。頭が何カ所か切れている上に、背中には刃物による裂傷があり、服の袖《そで》からはポタポタと鮮血が滴っている。

「一体どうしたの？」

「村人がつくった検問に引っかかって癩だとバレたらしい。きっと吉原を殺《や》ったのと同じ連中だろう。たまたまソリで下まで行ったら、雪の上で血だらけになって倒れているのを発見したんだ」

命にかかわるほどの大怪我であることは明らかだった。小春と乙彦は虎之助とともに男を寺へと運んでいった。

寺へ到着すると、本堂にムシロを敷き、男をその上に横たえた。年齢は四十歳前後だろうか。背中の傷がひどく、皮膚がえぐれ、白い背骨まで見えていた。虎之助と住職は傷口に手拭いをあてて上からヒモでしばって止血を試みたが、なかなか止まらなかった。それでも男の意識ははっきりしており、虎之助に怪我の原因について問いかけられると、苦しそうに息をしながらも答えた。

「む、村の連中は、年が明けた頃から遍路道に検問をしかけて、通りかかる者の中に癩病者がまじっていないかと捜し回るようになったんだ……他の癩病者たちは恐れをなして検問を避けてこの山に近づかなくなったけど、俺は高をくくって通り抜けようとしてつかまった……」

一同顔を見合わせた。虎之助がみなを代表して尋ねる。

「彼らはあなたを殺すつもりだったんですか」

「お、斧《おの》でやられたから、そうだろうな」

「実は少し前にも仲間の女性が赤ん坊と一緒に殺されたんです。なんで村人はいきなり俺たちを目の仇《かたき》にしはじめたんですか」

男は痛みに耐えるように小さく息を吸ってから答えた。

「き、去年の末から村で、何人かの女性が襲われたらしい……頭巾《ずきん》をかぶった癩の男が民家や路上で女性を押し倒し、ご、強姦《ごうかん》をした……村人は遍路の中に混じっている癩病者の仕業だと考えて自警団をつくったんだ」

今年になってヘンドが一人も寺に来ないのは、これが原因だったのだ。

虎之助は拳《こぶし》で床を殴った。

「ちくしょう。どの野郎が村人を強姦なんてしたんだ！」

ムシロに横たわる男は言った。

「は、犯人は、じ、銃を持っていたようだ」

「銃だって？」

「あ、ああ……女に、アメリカ製の銃をつきつけて強姦したそうだ。だ、だから村人も大騒ぎしている」

ここらへんでアメリカ製の銃を持っている癩病者など平次しかいない。森で見つけた米軍の銃だ。

「平次だ！　またあの野郎か！」

虎之助は顔を紅潮させて立ち上がった。

「もう辛抱できねえ。あいつを追放する」

虎之助はそう言い捨てると寺を出て、墓場の方向へと歩きだした。住職やヘンドたちはこれまでのように平次をかばうことはしなかった。乙彦は虎之助の後を走って追いかけた。

墓地の小屋は、寒々とした森にぽつんと建っていた。虎之助は霜の降りた土を踏みしめ、白い息を吐きながら小屋の前までくると、ドアを乱暴に開けた。中にいた平次が大きな音に飛び上がって、腰に差していた拳銃《けんじゅう》を向けた。彼は虎之助と乙彦の顔を見るといくらか安心したようだった。

「けっ、てめえらか。ビビらせるな」

部屋の中には空になった缶詰が転がっている。虎之助は唇を震わせて怒鳴った。

「おまえ、村の女を犯したのか！」

平次の目つきが鋭くなった。

「うっせえな。どうだっていいだろ」

「今日こそはそういうわけにはいかないぞ！　おまえのせいで村が自警団をつくって吉原と赤ん坊を殺し、今日も一人の男性が犠牲になったんだ」

「なら教えてやる。ああそうだよ、俺がやったんだ。だけどすべてはてめえが小鹿を奪ったせいだからな！」

「な、なんだと！」

「やかましいんだよ。とっとと寺に帰って小春とオメコでもしてろ！」

虎之助は「もう許さねえ」と平次に飛びかかり、横っ面《つら》を思い切り殴りつけた。平次が小屋の汚らしい床に倒れ込む。

「人を殺しといて勝手なこと言うな！」

彼は平次の上に乗り、さらに拳で顔を殴った。鼻に当たったらしく、真っ赤な鼻血が噴き出したが、手を休めることなく二発、三発と殴りつづけた。平次は、体の大きな虎之助にのしかかられて、なす術《すべ》もない。冷たい室内に血の臭《にお》いがどんどん濃くっていく。

やがて虎之助は平次の首根っこをつかんでドアの方へ押し出した。そして足蹴《あしげ》にして言った。

「今すぐこの小屋から出ていけ！」

初めて見る鬼のような形相だった。

「今ある食糧だけは情けでくれてやるから、このまま出て行って二度ともどってくるな。もしここにいつくようなら俺がぶっ殺してやる！」

彼は床につみ重ねてあった缶詰を蹴散らした。平次は鼻から流れる血を手で押さえながら起き上り、全身をわなわなと震わせた。

「偉そうにぬかしやがって。俺をこんな目に遭わせてただで済むと思うなよ」

「うるせえ！　早く行けって言っているだろ！」

平次は血の混じった唾《つば》を吐き捨て、床に散らばる缶詰などの食糧をかき集めた。拳銃を手に取った時、彼は憎悪《ぞうお》に満ちた目で虎之助を睨《にら》みつけた。

夜明け前、本堂に寝かされていたヘンドは頭部や背中の痛みにもだえながら息を引き取った。一日の内で一番底冷えのする時刻だった。

前日の夕方から小春たちは何度も布を取り換えて男の背中の傷を押さえたが、出血は一向に止まらず、床に敷いていたムシロが血でぐっしょりと濡れた。暗くなってすぐ男は「寒い、寒い」とつぶやいてガタガタと震えはじめた。ヘンドたちが取り囲んで口々に励ましたものの、夜半には男の身体《からだ》は急速に冷たくなり、目がうつろになっていった。そうしてしばらく動かなくなって、月明かりがわずかに射《さ》し込む部屋で息を引き取ったのである。

朝になってから、寺にいるヘンド全員で男の遺体を墓場に埋めることにした。住職の提案で、最後ぐらいみんなで見送ってやろうということになったのだ。木の枝を縛ってつくった担架に遺体を乗せて墓場まで運んでいくと、ヘンドたちは交替でシャベルで土を掘りはじめた。地中の霜が割れる音がし、冬眠中の虫が続々と這《は》い出てくる。深さ一メートルほどの穴を掘ると、そっと底に横たえ、全員で般若心経《はんにゃしんぎょう》を唱えてから、土をかぶせた。血に染まった遺体が少しずつ土で埋もれて見えなくなっていく。

ヘンドの一人がそれを見つめながらつぶやいた。

「検問はいつなくなるのかな……このままだったら、俺たちは巡礼どころか、寺に閉じ込められっちまう」

別のヘンドも言った。

「そうだな。平次をつかまえて、村人に引き渡した方がいいんじゃないか。犯人である平次を差し出せば村人も俺たちに乱暴をしなくなるかもしれない」

平次は墓場の小屋を出ていった後、「ヒメ穴」に身を隠しているのが目撃されていた。

小春が制した。

「ダメよ。そんなことをしたら、平次は村人に殺されてしまうわ。それをわかっててみすみす引き渡すことなんてできない」

虎之助が気色ばんだ。

「まだ、そんな甘っちょろいことを言うつもりか。すでに死者が三人も出ているんだぞ」

「平次を引き渡して殺されたら私たちが殺したのと同じよ。天罰を受けていいの？」

「…………」

「来世でまた癩に生まれるのは嫌でしょ」

ヘンドたちは押し黙った。

住職が沈黙を破るように寺の方向を指さして叫んだ。

「お、おい、あの煙は何だ」

ふり返ると、一条の黒煙が立ち上っていた。寺が建っている場所だった。

「寺だ！　寺が火事だ。もどれ！」

虎之助はそう叫ぶや否や、シャベルを投げ捨てて走りだす。その場にいたヘンドたちも一斉に後につづいた。

寺に到着すると、裏の食糧庫から火の手が上っていた。中には木の実や乾燥させた鹿肉、それに野菜などが蓄えられているはずだった。いつもは閉じられている正面の戸が開いており、そこから真っ黒い煙が大量に出てくる。

虎之助は寺の前に置いていた水桶《みずおけ》をかつぐと、火に向かって水をかけた。炎は音を立てて大きく揺れたものの、煙の量がさらに増えただけで消える様子がない。小春と乙彦は「水汲み場から水を運んで来よう」と叫んで動けるヘンドたちをつれ、桶に水を汲んでは手分けして運んだ。虎之助は彼らが運んでくる桶をかついで入り口まで近づき、食糧庫の中へ水をかける。煙を吸い込んで激しく咳《せ》き込むこともあったが、それでも限界まで近づいて消火しようとしたのは天井にまで火が回りつつあったからだ。虎之助は灰と煤《すす》で体を真っ黒にして、時にはいら立って目の前に立つヘンドを押しのけたりもした。

「そこに立っていないで、どけ！　一刻を争うんだ！」

桶の水を次々と食糧庫に投げかけたことでようやく火が消えたと思ったが、黒い煙だけは収まる気配がない。煙が消えなければ意味がないのだ。虎之助は髪をふり乱し、黒焦《くろこ》げの食糧庫に向かって根気強く何度も水を投じた。

食糧庫の炎が完全に消え、煙が出なくなったのは作業開始から一時間以上してからだった。水汲みにあたったヘンドたちはずぶ濡れになり、疲れ果ててその場にすわり込んだ。肩で息をしている者もいる。

乙彦が恐る恐る食糧庫へ入って見回してみると、きちんと並べて保存されていた食糧の大半が焼けて焦げ臭さを漂わせていた。野菜は灰になり、木の実や鹿肉は炭と化している。かろうじて残っているのは一番隅にあった芋と米軍の缶詰だけだ。全部合わせてもせいぜい二週間分ぐらいにしかならないだろう。

奇妙だったのは、食糧庫の真ん中に炭化した丸太がいくつも転がっており、そこが集中的に焦げていたということだ。誰かが意図して部屋の中央に火を放ったにちがいない。普段、食糧庫の戸はきちんと鍵《かぎ》まで閉められているし、出火した時はヘンド全員が墓地へ出払って不在だったはずだ。だとしたら、放火犯として思い当たるのは一人しかいない。

「平次の奴《やつ》だ。あいつがここに来て火を放ちやがったんだ！」とヘンドの一人がつぶやいた。

別の者が言った。

「やはりあいつを村人に差し出すべきだったんだ。今からでも遅くねえ。奴をつかまえよう」

平次が犯人だというのは、衆目の一致するところだった。平次は小屋を追い出されたのを恨み、復讐《ふくしゅう》として食糧庫に火を放ったにちがいない。ヘンドたちは食糧を焼かれたことに対する憤《いきどお》りをむき出しにした。

だが、住職はヘンドたちを諭すように言った。

「待て。今はそんなことを言っているような場合じゃないぞ」

全員が静かになった。住職は力のこもった口調でつづけた。

「食糧庫からは一時間以上も黒い煙が上がっていた。村人がこれに気がつかないわけがない。もし彼らが女を犯した癩病者への報復を決意しているのなら、立ち上った煙の周辺に犯人が身を潜めていると考えて、山狩りを行うはずだ」

ここは遍路道からも外れており、誰もいないはずの森だった。そこから上がる煙を見れば村人が疑うのは当然だ。

「そしたらどうなるの……」と小春が青ざめた。

「これまで村人は癩病者を殺害してきた。おそらくそれぐらいしなければ、被害者やその家族の慰めにはならないと考えているのだろう。彼らがここに押しかけて我々全員を殺すとは思えないが、警察には確実につきだされる」

「本当にやってくる？」

「わしの見立てではかならずくる。彼らが煙を見逃すはずがない」

ヘンドたちは頭を抱えた。村人がその気なら数時間のうちに動くだろう。寺を離れて別のカッタイ寺へ逃げるには三日以上かけて冬の雪山を越えなければならず、体の悪いヘンドをつれて行くのは難しいし、準備もろくにできない。

全員が緊張の面持ちで口をつぐんだ。どれぐらい経《た》っただろうか、虎之助が何かを決心したように顔を上げ、沈黙を破った。

「俺が村に行って名乗り出てくる。火を出したのは俺だって言うよ……」

ヘンドたちがざわめく。

「どういうことだ」と住職が険しい目をした。

「今日は金曜日で、村には週一度の巡回にくる警官がいるはずだ。さすがに村の連中も警官を前にして俺に乱暴することはないだろう。俺は村へ行って遍路をしていた癩病者だと名乗り出て、『あの煙は、俺が一人で火を焚《た》いていて誤って引き起こしたボヤだ』と言う。つまり、煙は山火事を起こしたせいだって説明するんだ。自首の理由についても所持品を一緒に燃やしてしまって旅がつづけられなくなったから村に下りてきたってな。彼らが俺の説明に納得してくれれば、山狩りが行われることはないはずだ」

「危険だぞ。もし村人がおまえのことを強姦事件の犯人だと疑ったらどうするつもりだ」

「そんなヘマはしない。俺は火事を起こしたことを詫びた後、事件の犯人は平次だと話す。そしてこの寺を通らず、魚頭川をさかのぼる道順でヒメ穴に彼らを案内し、平次を逮捕してもらう。平次がアメリカ製の銃を持っているのが明らかになれば、俺が犯人として疑われることはないはずだ」

村人にとって犯人の手がかりはアメリカ製の拳銃だけだ。たしかに平次がそれを所持していることを示せば、真犯人だと証明できる。

小春が口を開いた。

「自首するとして、虎之助はどうやってここにもどってくるのよ」

ヘンドたちがざわめきだした。自首した後のことを考えていなかったのだ。住職が改めて尋ねた。

「その通りだ。事件の犯人が平次だとわかってもらっても、おまえは癩ということで天島の療養所へ送られるぞ」

癩病者の間では、香川県内でつかまった場合、高松港から東北に十六キロ離れた孤島にある「国立療養所天島青木園」へ送り込まれると言われていた。

虎之助は心配そうな顔をする小春に聞こえるように大きな声で言った。

「俺はかつて天島を脱走した癩病者に聞いたことがあるんだ。島にはわずかに漁民も暮らしていて、金を渡せば、療養所の職員には内緒で陸まで漁船で送ってくれるって。

寺にある現金をかき集めればまとまった金にはなる。それで逃亡の手助けをしてもらう」

住職は腕を組んだまま黙っていた。すべてが計画通りにいくとは限らないが、何も手を打たなければ、山狩りが開始される。

「わかった。お前がいいなら、頼む。金は、寺にあるものをすべて持っていって構わない。その代わり、なんとか無事で帰ってきてほしい」

虎之助はうなずいた。傍らで聞いていた小春が泣きそうな顔をして叫んだ。

「ちょっと村に行くって何よ！　本当に帰って来られるの？」

虎之助が彼女の手をつかんで言った。

「大丈夫。手順さえ間違えなければ脱走は成功するから」

「いつよ、いつになったらもどって来られるの？」

住職やヘンドたちは小春から目をそらす。虎之助は自らを奮い立たせるような口調で答えた。

「一年以内だ。絶対に一年以内に帰ってくる」

「本当に一年で帰って来られるかなんて、わからないんでしょ！」

「理解してくれ。俺が行かなければ、ここにいる全員がつかまってしまうんだ。俺にはここで暮らす者たちを守る義務がある。帰ってくると約束するから、小春はゆっくり待っていてくれ」

小春は「だけど……」と言ったが言葉がつづかない。虎之助はそんな小春の肩を抱きしめ、囁《ささや》いた。

「もどってくると誓うよ。信じて」

小春は手で顔を覆《おお》って肩を震わせた。虎之助はもう一度強く抱きしめて額に口づけをすると、小春を引き離した。時間が経てば経つほど、未練が膨らみ、山狩りの危険も迫ってくるのをわかっていたのだろう。彼は乙彦の方を向いて言った。

「乙彦、俺は村の中の細かな位置関係を知らない。警官がいる場所まで案内してほしい」

十分後、虎之助は住職から寺にあった現金をすべて受け取り、出発した。乙彦一人が道案内のためについていくことになった。背後で小春の泣く声がしたが、虎之助は一度もふり返らずに坂道を下りていった。

たどり着いたのは、村を一望できる丘の上だった。乙彦にとっては十カ月ぶりに目にする村の風景だったが、懐《なつ》かしいという感情は一切わかなかった。吉原や赤子を殺害した者たちが暮らす忌《い》まわしい村という印象で、まるで黒婆《くろばあ》のような怪物が住む集落に思えるほどだった。

乙彦は村の真ん中に建っている青いトタン屋根の建物を指さした。

「あれが公民館だよ。週に一度やってくる警官は、かならず公民館に行って村の人たちと食事をして過ごす。あそこに直接行けば、警官に守ってもらえると思う」

見ると、虎之助の顔は血の気が引いて真っ青になっていた。みんなの前では安心するように言っておきながら、胸中では震えるほどの恐怖心と戦っていたのだろう。彼は声を上ずらせた。

「わかった……乙彦はここから見ていてくれ。俺が無事に警官に説明を終え、平次のところへ向かうのが見えたら急いで寺にもどって住職につたえるんだ」

乙彦は目が潤《うる》むのを感じながらうなずいた。急に心もとなくなる。虎之助は励ますように乙彦の背中を叩《たた》いた。

「俺はかならず脱走して帰ってくる。それまで小春を頼んだぞ」

「う、うん」

「それと、このブーツを預ってくれ。俺が帰ったら返せよ」

彼は履いていた米軍のブーツを脱いで乙彦に渡した。黒いブーツはずっしりと重かった。彼は裸足《はだし》のまま立ち上がると自分を奮い立たせるように頬を叩いてから、肌を切る冷たい風に逆らって斜面を駆け下りていった。

丘の上の草むらに乙彦がしばらく身を隠して見下ろしていると、村の裏手に虎之助が姿を現した。正面から踏み入るのは危険だと考え、裏の畑から遠回りして入ったのだろう。この日の村は不自然なほど静まり返っており、畑から役場にいたる道には老人数人と子供一人が立っているだけだった。虎之助はうつむいて、まっすぐに青いトタン屋根の公民館を目指していく。

公民館は木造の長屋づくりの平屋建てであり、入り口には梅の木が植えられていた。中は三十人ほどが集まって集会を開けるぐらいの広さがあった。虎之助は梅の木の下に立つと周囲を見回してからドアを叩いて警官を呼んだようだ。少ししてドアが開き、コートを着た警官が二人の村人とともに出てきた。何年も前から毎週村に来ては接待を受けてご馳走《ちそう》で腹を膨ませて帰っていく男だった。

虎之助は身振りを交えて説明をはじめたようだ。最初に考えた通り、火の不始末で山火事を起こしたと話しているのだろう。警官は脇《わき》の下をかきむしりながら、黙って話を聞いているように見えた。乙彦は、これなら大丈夫だ、と胸をなで下ろした。

だが、その直後、公民館のドアが開き、村人たちが突然蟻《あり》の群れのように次から次に姿を現し、虎之助を取り囲んだ。煙に気がつき、山狩りの準備をするために公民館に集まっていたのかもしれない。虎之助は運悪くそこに飛び込んでしまったのだ。二十人ほどの村人の中には棍棒《こんぼう》などを手にしている者もおり、村で飼われていた犬たちも一斉に吠《ほ》えはじめる。丘の上から見ていた乙彦の背筋に冷たいものが走った。

深川育造が警察と虎之助の間に割って入ると、突然彼の肩を突き飛ばして何かを言った。虎之助が一生懸命に説明をしようとするがまったく聞く耳を持たない。警官がその場を離れようとしたため、虎之助は焦《あせ》って警官に追いすがった。唯一助けてくれるはずの存在なのだ。だが、次の瞬間、前にいた育造がいきなり飛び出してきて拳で虎之助のこめかみを殴りつけた。鈍い音が丘の上にまで聞こえてくるような気がした。虎之助がその場に倒れ込む。

「ああっ」と乙彦は声を上げた。

これを発端にして、一斉に囲んでいた村人たちが近寄り、倒れた虎之助をさらに蹴りつけたり、棒で殴りつけたりする。虎之助の頭が切れ、みるみるうちに顔が鮮血で染まっていく。警官は公民館のドアに寄りかかり、年寄りと話をしながら事態を見守るだけで止めようとしない。

村の子供たちが騒ぎを聞きつけたらしく、あっという間に人垣をつくった。犬をつれてきた子もおり、犬は虎之助に向かってしきりに吠えている。虎之助は這いつくばって逃げようとしたが、村人たちは彼を足蹴にしてもとの位置にもどしてからまた殴る蹴るの暴行を加える。激しい蹴りが入る度に、子供たちが興奮して歓声を上げる。虎之助は地面に横たわり、されるがままになるしかない。

乙彦は丘の上から一部始終を見ながら、狼狽《ろうばい》した。なぜ警官は間近で見ていながら止めてくれないのか。今すぐ駆け下りていきたかったが、それをしてもつかまるだけで何もできないのは明らかだ。体の震えが激しくなる。乙彦は懐《ふところ》から母の赤い髪飾りを取り出し、祈るように握りしめるしかなかった。

どれだけ暴行がつづいただろうか、虎之助は意識を失ったらしく、地べたに突っ伏したまま動かなくなった。深川育造はそんな彼を無理やり起こして、仲間である上岡仁に後ろから羽交い絞めにさせた。そして別の村人が持っていた棒を借りると、ゆっくりと助走をつけるように後ろへ下がっていく。次の瞬間、育造は走りだすと、木の棒を虎之助の右目に突き立てた。棒の先が目に食い込み、虎之助は意識を取りもどして絶叫した。

乙彦は思わず両手で耳を塞《ふさ》いだ。届くはずのない悲鳴が聞こえてきそうだった。棒が抜かれると、虎之助のつぶれた眼球がまるで半熟卵のようにだらりと崩れて垂れ下がる。子供たちはどよめいて拍手喝采《かっさい》をする。「僕にもやらせて！」とでも言っているのか、身を乗り出す子供もいた。上岡仁もそれを見て触発されたらしく、深川育造から棒を引ったくった。そして同じように今度は残された左目を棒で突いた。圧迫された勢いで眼球が飛び出し、虎之助はのたうちながら両目のなくなった顔を押さえて泣き叫んでいる。声にならない悲鳴が山々に響く。

乙彦は丘の上に隠れながら「どうしよう、どうしよう」とつぶやくことしかできなかった。なぜヘンドのために必死にやってきた虎之助がこんな目に遭わなければならないのか。何もできない無力感から涙がにじみ出てくる。握っていた赤い髪飾りは汗でべっとりと濡れていた。

もう一度村へ目をもどすと、虎之助は顔を血に染め、芋虫のように地べたに這いつくばって、息も絶え絶えになって逃げようとしている。視界が闇《やみ》に閉ざされ、村人たちによって取り囲まれていながらも、寺の仲間たちのもとへもどろうとしているのだ。村人たちはそんな虎之助を指さし、腹を抱えて笑っている。警官もまたおかしそうに手を叩いていた。

二〇一二年　風紀委員

六月とはいえ、夜が明けて間もない時刻の山風は肌寒かった。空にはまだ月が残像のように浮かんでいるにもかかわらず、雲岡村に暮らす老人たちは背を丸めて公民館の噴水の前に続々と集まってきた。山奥の洞窟《どうくつ》で死体が見つかったという話をどこで聞きつけたのだろう。普段は布団《ふとん》に入っている時刻のはずなのに、杖《つえ》や歩行器をつかってやってくる老人の姿まであった。

私と父がカッタイ寺があった場所へ行き、「ヒメ穴」と呼ばれた洞窟で二体の遺体を発見したのは、前日の二十時頃だった。私は遺体を見つけた直後激しく動揺し、大声で罵《ののし》るように父に詰問《きつもん》した。父が私を寺のあった場所へつれてきた本意はなんだったのか、この二体の遺体は父がやったものなのか、と。父が私を洞窟へつれて行ったわけではなかったが、ここへ案内した理由が二体の遺体と無関係だとは思えなかった。少なくともこの時の私には、父は何か重要な意図があって寺の跡地に導いたとしか考えられなかった。

だが、父は口を固く閉ざした。私がいら立って「警察に通報するぞ」と脅しても、黙っていた。警察へ言えば、父がさらに厳しい取り調べを受けるのは明らかだったが、私にしても遺体を見つけ、さらに何も教えてもらえないのであれば、かばうことはできなかった。下手をすれば、自分までが罪に問われかねない。

それで私は携帯電話の電波が届かない山を迷いながら二時間近くかけて下り、雲岡村の公民館にいた川渕警部補にすべてを打ち明けた。捜査員たちは色めき立って一斉に洞窟を目指した。洞窟で一人残っていた父は身柄を確保されて夜明け前になってつれてこられた。あまりに騒々しかったのだろう、家で眠っていた村人の何人かが起き、隣近所に声をかけて集まってきた。

噴水の前で老人たちは男女のグループに分かれ、遺体は深川育造と上岡仁のものだと決めつけて死んだ原因について憶測を巡らせていた。「やはり黒婆にさらわれて食われたんだ」と力説する者もいたが、中には「相当な借金をこしらえていて、二人そろって自殺をしたんじゃないか」とか、「知らない間に痴呆《ちほう》が進んでいて森に迷って行き倒れたにちがいねえ」という意見をはさむ者もいた。

警察の現場検証は遅い時刻に山奥で発見されたこともあって思いの外時間がかかり、

洞窟から遺体が運ばれてきたのは半日以上経った午前九時過ぎだった。捜査員が持つ担架には、銀色の納体袋に入れられた遺体が乗せられていた。最初村人はそれを見てどよめいたが、すれ違い際《ぎわ》に死体の強烈な腐臭を嗅《か》いだ途端に、表情を凍りつかせて押し黙った。同じ村の人間が死んだという事実に改めて気づかされたのだろう。村の犬たちが重たい沈黙と死臭に脅《おび》えたように、一斉に咆哮《ほうこう》を上げる。

二人の遺体は、警察によって担架に乗せられたまま公民館の裏から館内へと運び込まれた。町から遺体を取りに来る県警のチームが到着するまで、一時的に奥の部屋で保管しておくことになったのだ。公民館は立ち入り禁止になり、若い警官が長い警棒を持って見張りに立った。そして、第一発見者である私と父は、朝六時という早い時間から別々の部屋で事情聴取を受けさせられた。

部屋で私の事情聴取にあたったのは、村に来る前から一緒だった川渕警部補と美波みどりの二人だった。和室であるにもかかわらず会議テーブルが置かれた取り調べ室で、川渕警部補の質問に答えていく形で進められた。川渕が砂糖のいっぱい入ったコーヒーを飲みながら尋ねたのは、なぜ私が父とともに洞窟へ行き、遺体を発見するに至ったのかという点についてだった。父が遺体のある場所を知っていて私をつれて行ったのならば、犯人だとする重要な証拠になると考えていたのだろう。

私にしてもそれは大きな疑問だった。父とは公民館にもどってきてから一度顔を合わせてはいたが、やはり無言を貫いていた。事件の全容を明らかにするためにもすべて打ち明けるつもりだったが、その前にそもそもカッタイ寺がどういう場所であるかを説明するところからはじめなければならなかった。かつてこの寺にハンセン病患者が大勢暮らしており、村八分にされた父が十二歳の時にそこに行って何を見たのか。それをわかってもらわない限り、父が私を寺へつれて行った理由を正確に理解することはできない。多少時間がかかっても、しっかりと説明して理解してもらわなければならなかった。

私はバッグから大学ノートを九冊出した。万が一のことを考えて、父が刑務所で書いたものを持参していたのだ。

「ここに大学ノートがあります。見ていただいてもよろしいでしょうか」

川渕警部補と美波みどりが一冊ずつ手に取った。表紙は色褪《いろあ》せており、開くと乾燥剤の臭いが漂った。私はつづけた。

「ここには、父が子供時代に体験したことが細かくつづられています。私にとっても信じ難いことばかりでした。でもここに書いてあることを読めば父がカッタイ寺へ行こうとした理由がわかりますし、事件の核心に迫ることになるかもしれません。今からそれについて話をしますので、このノートに目を通しながら聞いてください」

私はそう前置きをすると、父の子供時代のことを順番に話しはじめた。父が雲岡村を追い出されるようにして去ったこと、小春に誘われてカッタイ寺で暮らすようになったこと、村人がハンセン病患者を虐《しいた》げるあまり吉原とその赤ん坊を殺害したり、虎之助の目をつぶしたりしたことなどだ。どれだけ詳しく説明しても、二人には当時の状況の一部しかわかってもらえないと思うが、それでも知っている限りの情報はつたえようとした。

最初、川渕警部補と美波みどりは驚いた目をして、時折事実関係をたしかめるように大学ノートを開いてその箇所を読んだり、メモを取ったりしていた。四国出身であっても、わずか六十年ほど前に起こった事件を素直に受け止めることができなかったのだろう。だが、三十分もしないうちに二人はペンを握る手を止めて話に聞き入り、時には唇を嚙みしめたり、目に涙を浮かべたりするようになった。警察というより一人の人間として事実と向き合っているようだった。私も改めて自分の言葉で語ってみると、ハンセン病患者たちの無念を思い、いく度も声が詰まった。それでも最後までつたえようとしたのは、それがノートを託された自分の義務である気がしたからだ。

午前の六時から話しはじめ、結局すべてを語り終えたのは、四時間が経った十時過ぎだった。急に静かになった部屋には、壁にかけられた時計の秒針が動く音だけが響いている。川渕警部補は二重顎《あご》にたまった汗を拭《ふ》いて、潤んだ目を窓の外に向けた。入り口には、古い梅の木が一本立っている。建物こそ変われ、戦後間もない頃からずっとこの場所に公民館はあったのだ。

川渕警部補はティッシュで鼻をかんでから声をしぼりだした。

「この村にそんな過去があったとは知りませんでした……四国で生まれ育ちましたが、恥ずかしながら学校で教わったことも、親から聞いたこともありません。病気の人が治癒を祈願してお遍路をするという話は耳にしたことはありますが、まさかハンセン病患者だけがつかう道や寺が存在したなんて……きっと地元の人々にも隠されてきたんでしょう」

テーブルの上には、捜査員たちが撮影してきた洞窟周辺の写真がすでにプリントアウトして置かれていた。洞窟の周辺には長く伸びた雑草が茂っている。

「この村はハンセン病の暗い歴史と常に隣り合わせで歩んできたのだと思います。これまでそれが表に出てくることはありませんでしたが、洞窟で遺体が発見されたということは、その歴史と今回の事件がどこかしらで結びついているからにちがいありません。だから、この話をしたのです」

「ありがとうございます。恥ずかしながら、まだ私はうまく整理しきれていませんが、この話は事件に深い関わりがあると思います。じっくりと検討させて下さい」

美波みどりはずっと膝《ひざ》を握りしめて下を向いていたが、その言葉を聞いて突然顔を上げた。涙ぐんだ目が充血している。彼女は川渕警部補に向かって言った。

「川渕さん、『じっくりと検討』とかのんきなこと言わないでくださいよ！　今の話、聞いていたんですか？　この村の人たちと警察がハンセン病の人たちを虐げた挙句に殺害していたんですよ。いますぐ彼らをつかまえなきゃ、警察がいる意味がないじゃないですか」

「美波、落ち着け。六十年前に起きた事件だぞ。とっくの昔に時効になっている。俺たちが追っているのは、現在の事件だ。もちろん、過去のこともできる限り明らかにしなければならないが、まずはこの事件を解決するために必要なことが何なのか考えて動かなければならない」

「何言ってんの？　女性ばかりでなく、赤ちゃんまで殺されているんですよ？　乙彦さんが犯人かはわからないけど、誰が考えたって歴史に残るような狂気の沙汰《さた》ですよ。はやく村の人や当時の警官をつかまえましょうよ。私、県警の偉い人に電話して来てもらいます。これはただの事件じゃありませんから」

美波みどりはそういってデコレーションされたiPhoneを取り出した。川渕警部補はそれを見て、両手で机を叩いた。

「落ち着けと言っているだろ！」

「だって……」

「だってもクソもあるか。おまえは外に出て頭を冷やしてろ。動揺する気持ちはわかるが、今の自分が置かれている立場と役割をきちんと考えろ！」

ドアを開け、出ていくように指さした。美波みどりは口をとがらせて、そのまま廊下へ出ていった。

川渕警部補は大きく息を吸ってからドアを閉め、椅子《いす》にすわった。パイプ椅子が軋《きし》んで音を立てる。彼は額の汗をぬぐった。

「すみません……美波の気持ちもわかりますし、私も本音では同じ心情です。だけど、捜査員である以上は感情に左右されずに事件と向き合わなければならないのです」

私はうなずいた。

「わかります。事件について一つ質問させてもらってもいいですか。洞窟で見つかった二体の遺体の身元はわかったのでしょうか」

「夜中に行った最初の現場検証によれば、衣服や所持品から判断するに、深川育造さんと上岡仁さんの可能性が高いということです。野村二郎さんの行方についてはまだまったく手掛りがありません」

「二人の死因は？」

「二体ともナイフで刺されたり、首を絞められた形跡がありました。顔や体には打撲のような傷もあります。詳しくは解剖しなければわかりませんが、おそらく争った末に殺されたのでしょう」

昨夜洞窟で発見した時は暗く、焦っていたこともあってしっかり見なかったが、そんなにも無惨《むざん》な遺体だったのか。犯人の残酷さに身震いするとともに、遺体の腐臭が蘇《よみがえ》った。

川渕警部補は冷え切ったコーヒーを飲み干してからつづけた。

「問題は、なぜあの洞窟で殺人が行われたのかってことですよね。あそこは寺がなくなってから、誰も足を踏み入れていなかったはず。だから雑草が生い茂っていた。だとしたら、犯人は以前からあの寺の歴史や場所を知っていた人物ということになる」

「そうですね。犯人はおそらく、村と寺の関係を知っていたのでしょう。そして今のところ犯人と考えられるのは僕の父しかいない」

「現時点では乙彦さんが唯一《ゆいいつ》の該当者であることはたしかです。彼は深川育造さんに恨みを抱いていたし、寺の場所も憶《おぼ》えていた。我々としては引き続き取り調べをすることになります」

私が警察であっても同じように考えるだろう。日本茶を一口飲んでから訊《き》いた。

「……父は事情聴取で、何かしゃべりはじめたのでしょうか」

先ほど話の途中で、川渕警部補は同僚に呼び出されて廊下で立ち話をしていたから、父の動向について少しは聞いているにちがいない。川渕警部補は首を横にふった。

「乙彦さんは今日も黙秘を貫いています。ただ、ご存知だとは思いますが、洞窟の中からペットボトルやティッシュなど遺留品が見つかっています。もし指紋やDNAが検出できれば、犯人が誰かが明らかになるはずです」

失踪《しっそう》当日は、途中から大雨が降った。犯人は二人を殺害した後、そのこともあってしばらく洞窟に身を潜めていたのかもしれない。おそらく落ちていたのはその時に捨てたゴミではないか。父がいくら黙秘を貫いたとしても、裁判になってしまえば状況証拠によって追いつめられかねない。

ただ、私は洞窟の前で見つけたICレコーダーのナイロン製の入れ物についてはポケットに入れたまま見つけたことを警察に話していなかった。これにはわけがあった。もし父が殺人現場に意図してICレコーダーを持って行ったのだとしたら、何かしらのことを記録したはずだ。深川育造と上岡仁から証言を得たのか、それとも殺害の一部始終を録音する必要があったのか。いずれにせよ、それは事件を裏付けるものになるにちがいない。私には、自分自身でＩＣレコーダーを見つけることで、警察より先に事件の全容を知りたいという思いがあった。

私はポケットに手を入れ、ナイロン製の入れ物があるのを確認して言った。

「遅かれ早かれ、父は逮捕されることになりますよね」

川渕警部補は人差し指で鼻の下をこすった。

「今日は無理かもしれないですが、明日には容疑者として本署へ送られることになるでしょう。指紋やＤＮＡが一致すれば逮捕ということになるはずです」

「そうですか……」

「マスコミに名前も出ます。記者は今以上に騒ぎ立てるでしょうし、あなたのご家族のところにも行くでしょう」

妻子はすでに実家に帰っている。マスコミはそこまで押しかけるだろうか。娘の顔が脳裏を過《よぎ》った。

午前十一時近くになって、県警からの特別チームがやってきて、二体の遺体が公民館から運び出されることになった。腐敗がかなり進んでいたため、遺体は防腐剤を入れた新しい納体袋に入れられ、担架に乗せられて山から下されるという。県内の大学の医学部で司法解剖が行われ、同時に県警の科学捜査研究所で遺留品の鑑定が進められるのだ。事情聴取が終わっていた私は公民館の窓からその様子を見下していた。

噴水の前に集まっていた老人たちは、県警の担当者によって二体の遺体が運び出されるのを見てざわめきだした。「どこへ持っていくんだ」とか「黒婆に食われた痕跡《こんせき》はなかったか」と口々に訊く。担当者が口をつぐんで目を合わさずにいると、どんどん不満の声が大きくなっていった。公民館にいた捜査員たちはあわてて外に出て、対応に乗り出さなければならなかった。

公民館の外がざわめくのを見計らって、私は父が泊まっている部屋へそっと忍び込んだ。捜査員たちは出払っていたし、父はまだ事情聴取を受けている最中だった。その隙《すき》に、父が隠し持っていると思われるICレコーダーを捜し出そうとしたのである。

部屋は、私が泊まっているのと同じ和室の六畳間だった。隅に黒いスポーツバッグが置いてあり、そのわきには着替えとタオルがきれいに畳まれていた。テーブルの上には一冊のノートとボールペン、それに眼鏡のケースがそろって並べられている。いかにも神経質な父らしい。かつて一緒に住んでいた頃、父が一日に何度もテーブルや本棚を整理したり、掃除したりしていた姿が思い出される。ノートをめくってみると、事情聴取で受けた質問が書き記されている。黙秘をする一方で、訊かれたことを忘れないようにしているのだろう。

私はシャツの袖《そで》をまくり、まず部屋に備えつけられているタンスや棚の引き出しをあけた。隠すとすれば、もっとも可能性が高いと思ったのだ。だが、タンスは空で、棚にはインスタントコーヒーや靴べらが入っているだけだった。

次に、黒いスポーツバッグの中身をのぞいてみた。ここにあったのもカミソリ、膝痛のためのサポーター、高血圧の薬など日用品ばかりだ。懐かしい父の匂《にお》いがするが、事件の証拠となりそうなものは何一つない。念のため、着替えのポケットや薬袋の中も調べてみたが、ＩＣレコーダーはもちろん、メモリーカードのようなものすら出てこなかった。

私は「ちくしょう」とひとりごちてスポーツバッグのチャックを閉め、室内を見回した。他に隠すとしたら、冷蔵庫や布団の下などだろうか。私は立ち上がってめぼしいところをくまなく調べていったが、どこにも見当たらない。

ここまで捜してないということは、別の場所に隠しているのだろう。そこまで慎重を期しているとすれば、事件に関する重大な事実が録音されていることは疑いない。

一瞬、ICレコーダーの件を警察に打ち明けて、捜査をゆだねようかという考えが過った。が、そうなれば自分のあずかり知らないところで物事が進んでしまう。やはり自分の手で真実をつかみたかった。

その時、公民館の外から川渕警部補が私を呼ぶ声が聞こえてきた。

「水島さん。どこにいますか」

私は室内を見渡し、元通りになっているのを確かめてから部屋を離れた。

一階の玄関から外へ出ると、川渕警部補が私を見つけて駆け寄ってきた。私は何食わぬ顔をして今気がついたふりをした。川渕警部補は安堵《あんど》したような表情をして額の汗をぬぐった。

「ちょっとお話ししたいことがあるのでいいでしょうか」

「はい」

川渕警部補は建物の周りにいる村人たちを一瞥《いちべつ》してから言った。

「ここじゃなんなので、あっちへいいですか」

案内されたのは、小鳥のさえずりが響き渡る公民館の中庭だった。芝生が広がり、大きな花壇が備え付けられている。明るい陽だまりの中を昆虫たちが飛び回っている。トンボが地面すれすれに飛んでいく。

私たちはブルーのベンチに歩み寄ると、ハンカチで砂を払ってから腰を下ろした。川渕警部補の突き出たお腹《なか》のシャツには、コーヒーの茶色いシミがついている。鼻の下に汗を浮かべたまま言った。

「先ほどは長い時間にわたって話を聞かせてくださってありがとうございました。この村の過去については、他の捜査員にもつたえました。捜査員の多くが四国の出身ですが、やはりみんなヘンドの歴史については知らなかったようです」

「そうなのかもしれませんね。もうだいぶ昔の話ですから」

「さっそく我々の方でも雲岡村とハンセン病のかかわりについて本部に資料を当たるよう指示しました。まだ担当者が調べている最中ですが、現時点で一つ明らかになったことがあります」

「何かわかったのですか」

「前に風紀委員について申し上げましたよね？　実はあれがハンセン病とかかわりがあったことがわかったのです。つい先ほど県警本部の部下から連絡があって、署内で新しい別の資料が見つかったと言われたのです」

「その資料にどんなことが載っていたのですか」

「風紀委員は村のトラブルを解決するグループでしたが、その中にはハンセン病患者の遍路が村に入ってきた時に追い出す仕事も含まれていたそうです。検問を設置したり、山狩りをしたり。一九五三年当時、風紀委員のトップだったのが、失踪した三人、つまり、深川育造さん、上岡仁さん、野村二郎さんでした」

得体の知れない胸騒ぎが湧き起こった。

「どうしてそんなことが警察の資料に記されていたのですか」と私は尋ねた。

「お話ししたように、その年の二月、風紀委員の三人が警察による取り調べを受けていたんです。新しい資料によれば、当時村で強姦《ごうかん》事件が多発したため、彼ら三人が犯人を捜したところハンセン病患者をつかまえたことになっています。きっとこの患者というのが、先ほどの話に出てきた虎之助さんのことでしょう。虎之助さんが目を負傷したことも載っていました。ただし、負傷の原因は、お聞きしたものとは違う内容です。資料には、虎之助さんが逃げようとして凶器をふり回して村人を怪我《けが》させたので、風紀委員が押さえつけたところ過《あやま》って怪我をさせてしまったとされているのです」

「そんなの嘘《うそ》です！　風紀委員が一方的に虎之助さんを暴行したんです」

「落ち着いてください、わかっています。本当は風紀委員たちがやったんでしょう。でも、当時の警官は村人と裏で手を結んでいて、ありもしないストーリーをでっち上げて三人が罪に問われるのを回避した。事実、風紀委員は簡単な取り調べを受けた後、虎之助さんを怪我させたのは正当防衛だったとして釈放されています」

時期を考えれば、村人の虎之助に対する暴行事件と一致する。警察側は風紀委員たちの横暴を見逃したが、さすがに両目をつぶした状態で患者を療養所へ送るには言い訳が必要となる。そこで、警察は形だけの事情聴取を行い、嘘の調書をつくり、正当防衛ということで処理したのだろう。時代背景を考えれば、ハンセン病患者が真実を主張したところで、誰も耳を傾けなくても不思議はない。

「恥ずかしながら、戦後間もない頃の警察であればやりかねません……。乙彦さんが今回の事件の犯人だとしたら、この時の恨みを晴らすために三人をさらって殺害したと考えられるのではないでしょうか」

私は立ち上がって空を仰いだ。

「吉原さんと赤ん坊の殺害、そして虎之助さんの目をつぶしたことに対する復讐ということですか……」

川渕警部補がうなずいた。今まさに消えた三人と父が一つの線で結ばれようとしている。もしこれが事実なら、父の殺人の動機が明らかになり、容疑が固まることになる。しかし、なぜ今になって、という疑問は残る。

大きな雲が陽光を遮り、中庭全体が陰った。川渕警部補はしばらく口を閉ざしてから、切り出した。

「それともう一つ、新しくわかったことがあるんです。山の麓《ふもと》にある旅館をしらみつぶしに調べたところ、よつば荘という旅館の宿泊者名簿に乙彦さんの名前が見つかったのです。事件の翌日の夕方から、村に現れた日の朝まで宿泊していたようです」

「それなら、事件の当日はまだ父は千葉のアパートにいたという可能性もありますよね。犯人は別にいるということになりませんか」

一筋の希望が射《さ》したような気がした。だが、川渕警部補はあっけなくそれを切り捨てた。

「いや、そういうわけではないようです。洞窟を調べた鑑識によれば、見つかった遺留品は結構な数に上るそうです。コンビニや薬局で売っているような食べ物やペットボトルがほとんどなのですが、量だけでいえば、三、四食分はあるだろうということでした」

「つまり……」

「つまり、乙彦さんが森で二人を殺害した可能性は依然として残っているということです。三、四食分の携帯食があったのは、洞窟に犯人が丸一日身を潜めていたためだと思われます。乙彦さんだとしたら、一日経って山を下りて、翌日の夕方によつば荘に投宿したことになります」

「状況証拠では完全に一致するということですか」

「指紋などはまだ検出されていませんが、そう推論できなくもないということです」

慎重に言葉を選んでいたが、警察がその方向に捜査の舵《かじ》を切ろうとしているのは明らかだった。私は胃が締めつけられるように痛むのを感じた。

「父が虎之助さんたちの復讐のために事件を起こしたかもしれないという話はわかりました。たしか、虎之助さんは事件の後怪我をしながらも生き残っていますよね。彼の行方はわかるんでしょうか」

「それも調べてみました。資料には残っていませんでしたが、療養所に問い合わせてみたのです。どうやら虎之助さんは高松にある国立療養所天島青木園に収容されたようです。そこでの暮らしの細かいことについては向こうの記録を見てみなければわかりません」

やはり海に浮かぶ孤島の療養所へ送られていたのだ。私は腕時計を見た。針は正午を示している。

「一つお願いがあります。今から療養所へ行って虎之助さんがどうなったのか確かめてきてもいいでしょうか」

川渕警部補はベンチにすわったまま言葉を失った。私は強い言い方でつづけた。

「今出発すれば、夕方までには到着します。急げば今夜、遅くとも明日の朝にはここにもどってこられるでしょう。もし事件があの時の一件と関係しているのだとしたら、虎之助さんがたどった運命を知っておきたいのです」

「………」

「そうしなければ、なぜこんな事件が起きたのかわかりません。父が逮捕され、マスコミに荒らされる前に、調べておきたいのです。お願いします」

川渕警部補は携帯電話で時間を確かめてからうなずいた。

「わかりました。では、美波と一緒に行ってきてください。うちの方でも虎之助さんの件を確認しておく必要があるので、彼女に車を運転させます」

感謝します、と私は頭を下げた。

一九五三年　金歯

雪は数日おきに思い出したように降っていた。ようやく陽が差してつもった雪が溶けはじめたと思ったら、また大粒の雪が降って山は白く染まる。寒さの厳しい日には、老木が凍死するように倒れる音が山々に響き渡った。

毎年冬には虎之助が先頭に立って雪下しを行っていた。だが、虎之助がいなくなって以来、ヘンドたちはボス猿を失った猿の群れのようにまとまりをなくして、あらゆる作業が手つかずの状態になっていた。そのせいで屋根には雪が一メートル以上もつもり、ひびの入った天井からは雪解け水が雨漏りのように垂れて床を水浸しにした。

ヘンドたちは虎之助を村へ行かせた罪悪感からお互いにほとんどしゃべらなくなっていた。その中でももっとも負い目を感じていたのは乙彦だった。自分は村人が虎之助に対して暴行を加えるところを一部始終目撃していたのに、足がすくんで助けに行くことができなかった。日数が過ぎるごとに、草むらに隠れて傍観していた自分が情けなく思え、ヘンドたちと顔を合わせることができなくなっていた。なぜ、あの日何もせずに寺に逃げ帰ったのだろう——。

雲岡村で虎之助が私刑にあって両目をつぶされた後、乙彦は頰をつたう涙をぬぐい、一心不乱に寺を目指して坂道を駆け上がった。村人たちに囲まれた虎之助が両目から血を流して悲鳴を上げ、のた打ち回る光景がはっきりと頭に残っていた。とにかく村で起こったことを寺のみんなにつたえなければ。そんな思いで震える足を叩きながら、森の草木をかきわけて寺へ向かっていたのだ。手には赤い髪飾りを握りしめていた。

寺の前ではヘンドたちが集まって、乙彦の帰りを待ちわびていた。森の中から乙彦が現れるとすぐに取り囲み、虎之助はどうなったのかと尋ねた。計画が失敗すれば、村人たちが自分たちを殺しに襲いかかってくるかもしれないのだ。

乙彦は声を裏返して叫んだ。

「た、大変です！　虎之助が村人みんなに殴られちゃってるんです」

「どうしてだ！」と住職が言った。

「虎之助は計画通り村の公民館へ行って、警官に話をしました。だけど、途中で村人がどんどん出てきて取り囲んで、虎之助が説明しようとするのを一切聞かないでいきなり殴りつけたんです。棒で叩いたり、蹴《け》りつけたり、踏みつけたり……」

乙彦は凄惨《せいさん》な現場を思い出して言葉につまった。

「ち、ちょっと待て。なぜ虎之助がそんな目に遭わなければならないんだ。警官がいたんじゃなかったのか」

「警官は、離れたところで村人たちの暴力を見ているだけでした……誰もかばってくれなかった……それで目までつぶされて……どうしよ……どうしよう」

ヘンドたちは予想していなかった事実に驚愕《きょうがく》したのか、口を開けたままだった。

小春が真っ青な顔をして前に出てきた。

「そ、それ、本当？　虎之助は目が見えなくなったってこと？」

乙彦は涙をぬぐってうなずいた。小春は悲鳴のような声で叫んだ。

「なんでそんなことになるのよ！　虎之助は何もしてないじゃない！　みんなを助けようとしてくれただけじゃない！」

周りにいたヘンドたちが小春の肩を抱いてなだめようとする。だが、小春は体をゆさぶって何度も「なんでよ！」と悲鳴のような声を上げつづけた。乙彦は助けられなかった自分が責められているような気持ちになって下を向いていることしかできなかった。ヘンドたちが小春をかかえるようにして寝室へつれて行く。

住職が険しい顔をして乙彦に訊いた。

「虎之助のことについてはわかった。それで、村人たちが山狩りをする可能性はまだあるのか。あいつらは虎之助を袋叩きにしてけじめがついたと考えているのか」

「ここには来ないと思います……村人は平次のところへも行く様子はなかったもん。虎之助に全部の責任をなすりつけたんだ……」

「じゃあ、文字通り、虎之助がわしらのために犠牲になってくれたんだな」

乙彦はしゃくり上げはじめた。住職は乙彦の肩を叩いて寺へもどっていった。ヘンドたちの中からも嗚咽《おえつ》する声が聞こえてきた。

翌日、村の近くの遍路道を封鎖していた検問は、村人たちによって取り除かれることになった。虎之助を警察に引き渡したことで、これ以上無差別に癩病者《らいびょうしゃ》を殺害するのを止《や》めたのだろう。

寺のヘンドたちは山狩りの中止に安堵したものの、食糧不足という新たな問題に直面していた。平次が食糧庫に放火したことで、保存食がほとんどなくなってしまい、焼け残った食糧と缶詰を合わせてもせいぜい二週間分ぐらいしか残されていなかったのだ。このままでは春を迎える前に食べ物が底をつくのは確実だった。別のカッタイ寺へ移るという手もあったが、そこに十分な食糧があるという保証はなかったし、冬に野宿をしながら山越えをすれば数人は凍死する。

虎之助がいなくなってから四日目の朝、住職は寺の本堂にヘンドたちを呼び集め、話し合いを持った。率直に食糧が二カ月後の春までもたないことを説明した上で、解決策を募ったのである。冬眠中の蛇を見つけて食べようとか、松の樹皮には栄養が含まれていて粉状にすれば食べられるといった案が出た。しかし、現実的にはそれらの方法で、寺にいる十一人の人間が食いつなぐのは困難だ。

住職がヘンドたちの提案に対して首を横にふっていくと、苦し紛れの意見しか出なくなった。あるヘンドは雲岡村の人々と交渉して食糧を分けてもらおうなどと突拍子もないことを言い出したが、住職が「じゃあ君が行くのか」と訊けば怖がって行きたがらない。話は完全に暗礁《あんしょう》に乗り上げた。

意見が出尽くした時、両手で足を抱えるようにすわっていた小春が口を開いた。

「こうなったら、町へ行ってお店に並べられている食糧を買うしかないと思う。私たちじゃ無理だけど、乙彦ならできるんじゃない？」

たしかに現実的にはその方法しかない。だが、住職は厳しい口調で言った。

「金はどうするつもりだ。有り金はすべて虎之助に渡してしまったぞ。金目のものも何もない」

本堂に再び重い空気が張りつめる。小春が言いづらそうに答える。

「平次……平次に頼めばどうにかなると思う。あの人は行き倒れの死体を片付ける時、指輪とか髪留めとか腕時計なんかを懐に入れていた。それを売れば何とかなるんじゃないかしら」

ヘンドたちがどよめく。たしかにヒメ穴で暮らす平次なら金になりそうなものを持っているだろう。小春はつづけた。

「平次だって食糧はわずかしか残っていないはずだから、この話に乗ってくるに決まっているわ。ひそかに貯《た》め込んでいる金目のものを提供してもらって、乙彦が食糧を買ってくるのよ」

「でも、相手は平次だぞ。食糧庫に火を放った奴《やつ》と交渉するのか……」

「私だって平次の顔なんて二度と見たくない。だけど、食べ物が底をつけば私たちは飢え死にするか、お寺を捨ててよそへ行くしかなくなってしまう。もしそうなった後に、虎之助が帰ってきたらどうするつもり？　私たちのことを助けるために犠牲になったのに誰もいなくなっているのよ。私たちは何が何でもここに残らなくちゃいけないわ」

住職やヘンドたちは押し黙った。目をつぶされた虎之助が寺まで帰ってこられる可能性は限りなく低い。だが、小春だけは諦《あきら》めず、いつか絶対に再会できるとかたく信じている。それを否定することはできなかった。

住職は深くうなずいた。

「たしかにわしらはここで虎之助を待たなくてはなるまい。虎之助はわしらを助けてくれたんだからな……平次と交渉してみよう。乙彦、小春、わしをヒメ穴までつれて行ってくれ」

彼は壁に手をついて立ち上がると、義足の片足を重たそうに引きずりながら歩きはじめた。ズズズッと義足が地面をこする音がする。乙彦と小春は両脇《りょうわき》から支えるようにして一緒にヒメ穴へと向かった。

森には雪が残っており、地面は凍《い》てついて固まっていた。乙彦と小春は住職をかかえるようにしてその上を恐る恐る歩いていく。到着すると、知らない間に洞窟の周辺には先端を尖《とが》らせた竹槍《たけやり》が無数に並べられていた。バリケードのつもりらしい。村人が襲ってくることを恐れて、容易に立ち入れないようにしているのだろう。

住職が洞窟の前に立ち、口に手を当てて呼んだ。

「おーい、平次。話したいことがあるから出てきてくれ」

洞窟は静まり返っていたが、しばらくすると闇《やみ》の奥から平次が尖った竹槍を握りしめて姿を現した。体にはムシロを巻きつけている。浮腫《ふしゅ》で吊り上った細い目だけが野《の》良《ら》犬のようだ。小春は怯《おび》えたように何歩か後退した。

平次は竹槍の先を住職に向けてしゃがれた声をだした。

「何の用だ！　俺を追い出しに来やがったのか」

食糧庫を焼かれた報復に来たと思ったのだろう。住職は興奮する子供をなだめるように言った。

「そうじゃない。相談に来たんだ。寺は食糧が底をつく寸前だ」

「だからどうした」

「生きていくために手を打たなければならない。そこでおまえと協力できないかと思っているんだ」

彼はそう言うと、食糧庫が焼かれたせいで食べ物が不足していること、虎之助がつかまって連行されたこと、そして自分たちが生き残るためには町から食糧を買いつけなければならないことを説明した。平次に対する怒りを抑え、たんたんと現状だけを語っていった。

「きっとおまえも冬を越すだけの食糧がないだろう。わしらと手を組まないか。おまえが貯め込んでいる金目のものを提供してくれれば、わしらの方で現金に換えて食糧として渡す。そうすればお互い冬を越すことができる」

平次は竹槍を握りしめたまま、足元に唾《つば》を吐いて答えた。

「ケッ。てめえらは都合よすぎだ。なんで俺が汚ねえ作業をして大切に集めたものを無償でくれてやらなけりゃならねえんだ。その条件だったら、俺がおまえらを食わせてやることになるじゃねえか。なんにも得にならねえ」

住職は目に怒りをたぎらせた。だが、平次はニヤッと笑ってつづけた。

「けれど、まったくダメってわけじゃねえ。ある宝を掘り出し、それを金に換えるのを認めて手伝うという条件なら協力してやらないわけでもないぜ」

「宝って何のことだ？」

「墓場の死体だよ。行き倒れの遍路の中には金歯をつめていた者がいる。俺は死体を埋める際、どの死体に金歯がついているかを調べて、埋めた場所をわかるようにしていたんだ」

「まさか仏様の金歯を取って売るということか」

「金歯は本物の金でできてるから、まとまった銭になるはずだ。儲《もう》けた金額の半分を俺によこすという約束をするなら、話に乗ってやる。おまえらはその銭で野菜でも肉でも何でも買えばいいだろ」

住職も乙彦も予想もしていなかった提案をつきつけられ、返事に窮した。平次はいつか金歯を抜き取ることを目論《もくろ》みながら死体の処理をしていたのだ。

平次は、動揺する住職を無視して乙彦に直接尋ねた。

「どうだ、ぼうず。俺と一緒に金歯を掘り返して、町で売りさばくことはできるか。そのためにはどうすりゃいいか、よく考えろ」

金の塊なら、町に買い手はいるだろう。しかし、自分のような子供が売りに行けば、当然怪しまれて通報される。協力してくれる者を見つけなければならない。

乙彦の脳裏に思い浮かんだのが、雲岡村のガキ大将である力蔵だった。力蔵は村を逃げだして外で生きていく資金を貯めるために、納屋《なや》から古い農具を盗んでは町の外れに暮らす朝鮮人に売りさばいていた。彼とてそろそろ金持ちの家へ送られる年齢で焦《あせ》っているはずだ。金銭と引き換えに協力を頼めば、金の売買を手伝ってくれるのではないか。

「僕一人では難しいと思うけど、村にいる力蔵という友達に頼めば力になってくれるはずです。彼も村を離れたがっているからそれに必要なお金を払うと約束すれば力になってくれるかも」

平次は満足そうに口元をゆがめて住職の方を向いた。

「おい、どうだ？ この取引に応じるか」

住職は腹を決めたように言った。

「わかった……その代わり、一つ条件がある。もし金歯をすべて売ってまとまった金が手に入ったら、ここから出ていってもらいたい。この寺にもヒメ穴にも、もういつかないでほしい。わしらはおまえが何をやったのかをすべて知っているし、決して許すことはできない。だから金を手に入れたら、わしらの目の届かないところへ行ってくれ」

平次は嘲《あざけ》るように一笑すると、唾を吐き捨てた。

「いいだろ。俺がここに残ったのは、墓場の宝を手放すのが惜しかったからだ。それを現金に換えられたらすぐにでも離れてやるよ」

翌日の朝から、乙彦は平次とともに薄暗い墓場で、死体の金歯を抜き取る作業をすることになった。

墓場は一日中暗く陰っていて、足を踏み入れただけで体が震えだすほどの寒さだった。しばらく待っていると、平次が寒そうに身を縮めながらやってきた。彼は数ある墓を一つひとつ見ていきながら掘るべきところの目印を教えてくれた。金歯の死体を埋めた墓には、先端を二つに割った枝を挿し込んでいたのである。

「墓穴は地下一メートルぐらいの深さだから、そこまで掘れば死体につきあたる。どうせ死んでいるから傷つけたって構いやしねえ」

乙彦はうなずいて、平次とともにシャベルをつかって目印のある墓を掘っていった。土は凍っており割れるような音を立てたが、下に進むにつれてやわらかくなっていく。古い墓から手をつけたこともあり、掘りだした死体の大半が白骨化していた。だが、体毛は腐るのが遅いらしく、頭蓋骨《ずがいこつ》に髪の毛だけがごっそりとついていたり、口の周りに髭《ひげ》らしい短い毛がこびりついていたりする。特に女性の骨は、長い黒髪につつまれて出てくることがあった。

平次は掘り当てると頭蓋骨だけを取り出し、頭皮のついた頭をなでていやらしい口調で語りかけた。

「よーし。おとなしく金歯をよこせよ」

平次はあらかじめ用意しておいた大きな石を握りしめ、それを頭蓋骨の口のあたりに叩《たた》きつけて割る。歯は顎の骨と癒着していることがあるので、顎ごと骨を砕いてから金歯を取るのだ。上手に金歯が外れると、平次は顔中の浮腫を赤らめて満面の笑みを浮かべた。

乙彦もこれら一連の作業を手伝ったが、頭蓋骨の顎を砕くのだけは何度やっても慣れなかった。頭蓋骨は一つ一つ大きさも形も異なっており、苦しそうに歯を食いしばっているものもあれば、悲鳴を上げるように口を開けているものもある。へばりついた髪から死臭とともに生前の体臭のようなものが漂っていることもあった。なかなかそれを割る気になれないのだ。

乙彦がためらっていると、平次は声を荒らげた。

「さっさとやれよ、ダラダラしていると先に進まねえだろ」

乙彦は死者に心の中で謝ってから、一気に石を頭蓋骨に叩きつける。老人の骨はもろかったが、若者のそれは岩のように固く、何度も打ちつけなければ割れなかった。

一日の作業で金歯まで抜き取れるのはせいぜい四、五体だった。印の枝が立てられていても、掘り返してみたら金歯がついていなかったり、銀歯だったりということもあったのだ。とはいえ、ざっと五体に一体には金歯がはめられている。なぜこんなにも多くの遍路が金歯をつけているのだろうか。

墓を掘っている最中、乙彦は手を休めてその理由について尋ねた。平次はシャベルを地面に突き立て、下水のような口臭を漂わせて答えた。

「遍路は何かあった時のために現金に換えられるものを身につけておこうとするもんだ。だからといって、札束を抱きしめて山の中を歩いていれば、たちの悪い遍路や村人に狙《ねら》われて、奪い取られちまう。それで安全な方法として金歯をはめるんだよ」

「金歯をお金に換えるんですか」

「そういうわけだ。もっとも、こいつらは金歯をはめたまま行き倒れたせいで、今こうやって俺らに死体を掘り返されているんだけどな」

平次は声を上げて笑った。

夕方には墓掘りに一段落をつけることになっていたが、それで一日の作業が終わるわけではなかった。集めた金歯をたき火で炙《あぶ》って柔らかくした後、トンカチで叩いて米粒ほどの金塊にするのだ。金歯のままで町へ売りに行けば訝《いぶか》しがられるため、形を変えてそれとわからなくしなければならなかった。金歯の中には熱すると人間を焼いたような臭《にお》いがするものがあり、息を止めながら炎にかざした。

墓掘りの作業をする一方で、乙彦は力蔵に会って町の業者へ金塊を売りに行ってもらうよう頼まねばならなかった。だが、正面から村へ帰れば大騒ぎになる。そこで村の外れにある百日紅《さるすべり》の木の近くに小春とともに身を隠して、力蔵が盗んだ農具を隠しにくるのを待つことにした。

冷たい夕風の吹きつける中、乙彦は小春と二人で力蔵が現れるまで草むらにすわって待った。小春をつれてきたのは、平次や住職と相談してつくった架空の話をもっともらしくするためだった。力蔵は乙彦に会えば今までどこにいたのかと訊《き》いてくるにちがいない。乙彦は町で暮らす小春とその親に一年近く面倒をみてもらっていたと言うつもりだった。ただ、小春の胸から首にかけては癩の赤い斑紋《はんもん》がでていたため、大きめの手拭《てぬぐ》いを巻いて隠すことにした。

夕闇が少しずつ深くなりはじめた頃、畑の向こうから力蔵が大きな体を揺らすようにゆっくりと現れた。予想した通り今も農家の掃除の仕事をさせられ、脱走をする日のためにそこで盗んだものを隠しているのだ。乙彦は周辺に人がいないのを念入りに確認してから、小春と手をつないで草むらから出た。

「力蔵君、僕だよ、乙彦だ」

力蔵は目を丸くした。化け物と遭遇したように口を開け、前歯の抜けた歯ぐきをあらわにする。

「お、おまえ、乙彦か」

「うん」

「黒婆《くろばあ》に殺されたんじゃねえのか。村の大人たちはみんなお前が黒婆に食われたって言ってるぞ……」

一年前の失踪の後、村人たちはろくに捜しもせずに、乙彦を亡《な》き者と考えることにしていたのだ。

乙彦は笑って言った。

「僕は今、町で暮らしているんだ」

「町だって？」

乙彦は隣にいる小春を指さした。

「そう、町にあるこの子の家に身を寄せているんだよ。死んだ僕の母さんの遠い親戚《しんせき》なんだ。だけど、この子のお父さんが病気になってしまって生活に困っている。それで力蔵君に頼みごとがあってもどってきたんだ」

「お、俺にか？」

「そう、実はこの子のお父さんが入院費を必要としている。家には古い金塊があってそれを売れば足りるんだけど、彼は病気で動けないし、僕たちも子供だから換金に行けない。そこで、力蔵君が町の朝鮮人に農具を売っていたのを思いだして、代わりにやってもらえないかと頼みに来たんだ。どうか村の人には僕のことを黙って、換金の手伝いをしてくれないかな。もちろん、お礼は払う」

力蔵はまだ突然のことに当惑していた。だが、なんとしてもここで承諾してもらわなければならなかった。

「お願いだ。力蔵君は村を脱走したいんでしょう。どうか金塊を売るのを手伝って」

「だ、だけど……」

「前に犬娘に困ってた時だって手伝ってあげたじゃないか。今度は僕の力になってよ」

彼は「犬娘」と聞いて顔色を変えた。彼もまたあの時のことが胸に引っかかっていたのだろう。

「おい、犬娘の話を出すな。終わったことだろ」

「じゃあ、手伝ってくれるの？」

「……やってやるよ。どういう手順でやればいい」

乙彦は小春と目を見合わせてから、「あれを出して」と言った。小春が懐《ふところ》から布につつまれた金塊を取り出す。純度はわからないが、大豆ほどの大きさのものが二つある。

「これが金塊だ。朝鮮人のところへ持って行ってくれれば、向こうで重さを量ってお金を払ってくれると思う」

「本物なのか？」

「間違いない。この子のお父さんが大切に持っていたものだから……朝鮮人に鑑定してもらえば本物ということはわかるはずだ」

「換金が済んだらどうすればいい」

「村人に見つかりたくないから、明日の昼過ぎに遍路道にある『くびりの広場』で待ち合わせるのはどうだろう。あそこでお金を受け取りたい」

遍路道には清水の湧《わ》き出る空き地があり、古い桜の木が一本立っていた。毎年春になると、巡礼に疲れた遍路たちがそこで首をくくるので『くびりの広場』と呼ばれ、村人から不吉がられていたのだ。

力蔵は金塊をじっと見つめた。金塊は、夕陽に照らされて血のように赤く光っている。

「もし俺がその金を持って逃げたらどうするつもりだ」

乙彦は睨みつけて答えた。

「そしたら、村人に君が農具を盗んでいたことや、犬娘に暴力を振るったことを告げ口する」

彼は苦笑した。

「ちっ、しばらく見ねえうちに生意気になりやがって。わかったよ、やってやる」

乙彦は胸をなで下ろした。

翌日、乙彦と小春はくびりの広場で、力蔵が町から帰ってくるのを待った。力蔵は朝一番に町へ行き、約束通り金塊を現金に換えてきてくれることになっていた。

清水のほとりには、二人が並んですわれるほどの大きな石が置いてあった。背の低い遍路はここを台にして縄を枝にくくりつけ、首を吊ることが多い。乙彦と小春は石にすわって待ったが、力蔵は一向に姿を現さなかった。石にすわっているうちに寒さで手足が震えだす。昼過ぎに待ち合わせと約束したのに、どうしてこんなに時間がかかるのだろう。

「大丈夫かな」と小春が心配そうに言った。

乙彦の中で、力蔵が金塊を持って逃げたのではないかという不安が膨らんだ。

力蔵がようやく姿を現したのは陽が傾きだした夕方だった。あきらめかけていたところ、遍路道の奥の方から足音が聞こえてきたかと思うと、白い息を吐きながら坂道を登ってきたのだ。力蔵は二人の前まで来ると、愚痴を漏らした。

「思ったよりずっと時間がかかっちまった。これまでは鎌《かま》や鍬《くわ》しか売りに行かなかった俺が、いきなり金塊を持って行ったんで怪しまれたんだよ。奴らは安く買いたたこうとしやがったから、ふざけんなって怒鳴ってやった」

彼は腹巻から土がついた封筒を取り出し、乙彦に渡した。恐る恐る中をのぞいてみると、皺《しわ》くちゃになったお札が何枚も入っていた。力蔵が途中で何枚か抜いていたとしてもかなりの金額だった。乙彦は怖くなって小春に封筒ごと渡した。小春は力蔵の目を気にすることなく、お札をすべて取り出して、一枚、二枚、三枚と数えはじめた。

「安心しろ。朝鮮人が書いた明細も一緒に入っているよ。それと照らし合わせてみろ」

小春は学校へ行っていないので、文字を読むことができない。だが、とっさにそれを感づかれまいと乙彦に目配せをして、明細を読むふりをした。

「ありがとうございます。これは今回のお礼です」

彼女はそう言って何枚かお札を抜き取って力蔵に渡した。力蔵にとっても大金だったことは間違いない。彼はうなずいて受け取り、腹巻の中にねじ込んだ。

「次もあるのか」と力蔵は言った。

清水の水音がする中、乙彦は口を開いた。

「うん。あと三回、いや四、五回ぐらい」

「おまえら、捕まるようなことをしているわけじゃねえよな」

「………」

力蔵は舌打ちした。

「いいよ。何も訊かねえよ。でも、ちゃんと分け前はよこせよ。それとこいつの名前は何ていうんだ」

力蔵は小春を指さした。乙彦は小さな声で答えた。

「小春」

「小春か。覚えておくよ。俺はムショだけはごめんだ。それだけは憶《おぼ》えておけ」

「わかってる……もう帰るよ」

乙彦は小春の背中を押して山道を下ろうとした。力蔵が後ろから呼び止めた。

「おい、おまえら二人とも上着の背が破れているぞ。町で暮らしているなら縫うぐらいしろ」

二人は答えずに逃げるように遍路道を歩いていった。

二月の凍りついた墓場で遺体を掘り起こす作業は、その後も早朝から夕方まで延々とつづいた。あまりの寒さに足が霜焼けで真っ赤になり、シャベルを握る手にできていた豆がつぶれて血がにじんでも、乙彦は不平一つ言わずに作業に没頭した。虎之助に代わって寺を支えなければならないという思いがあった。

何日つづけても墓掘りの作業に慣れることはなく、むしろ気が滅入《めい》っていくばかりだった。地中から出てくる死体の状態が日々悪くなっていくからだ。古い死体から順に掘り起こしていたために最初の頃は白骨化したものが大半だったのだが、新しいものになるにつれて、骨に皮膚がついていたり、脂《あぶら》や内臓が残っていたりすることが増えた。

乙彦は人間の形を留めている死体を掘り返す度に、自分のしていることの罪深さを感じたが、寺のヘンドたちを餓死させないためにはためらっている暇はなかった。数日に一度、朝早くに力蔵が換金してくれた金を握りしめて町へ下りていき、町はずれの市場などから芋や麦などを買い集めて寺へ運んだ。

その日も、乙彦はいつものように寒さに震えながら平次と二人で墓を掘っていた。去年の夏に土砂崩れが起きて墓地の東側に立てていた目印が流されたそうで、片っ端から土を掘らなければならなかった。疲労で体の節々が痛み、休みながら作業を進めていたところ、長い頭髪がついたままの女性の死体が出てきた。頭や胴体などはまだ一通り残っており、真っ黒になった死体はひどい臭いがした。

乙彦が息を止めて金歯があるかどうかを調べようとした時、ふと死体の首にかけられている首飾りが目に止まった。穴を開けた丸石に赤いヒモを通したかわいらしいものだ。どこかで見かけたことがある気がする。しばらく考えて急に思い当たった。村に暮らしていた犬娘がつけていたものによく似ている。

慌《あわ》てて泥を払って首飾りをよく見たが、やはり犬娘がつけていたものに間違いない。服も泥で黒くなってはいたが、犬娘が年中着ていたモンペだ。

唖然《あぜん》としていると、平次が吊り上った目で睨みつけ、「おい、サボらねえで早く死体を掘り出せよ」と言った。乙彦は動揺し、どもりながら答えた。

「ぼ、僕、この人を知っているんです……村で犬娘と呼ばれていた女性なんです」

「じゃあ遍路じゃねえ奴を埋めっちまったってことか」

「ちがうんです。僕がこの人を殺したかもしれないんです」

さすがに平次も手を止めた。

「……どういうことだ？」

「一年近く前、僕は力蔵を助けるために、犬娘を丸太で殴ったんですが、打ちどころが悪くて動かなくなったんです。恐ろしくなって僕たちは逃げた。ところが、翌日犬娘は行方不明になったと聞かされ、村の大人たちは『犬娘は黒婆にさらわれた』と噂《うわさ》するようになったんです。その死体がなぜここから出たんでしょう」

風が止み、森は恐ろしいほどの静けさにつつまれた。枯葉の香りと死体の腐臭が絡《から》み合い漂っている。

平次は脇に手を当てて嗤《わら》った。

「おまえ、黒婆なんてものが本当にいると思っていたのか」

「え……」

「雲岡村の連中は、自分たちに都合の悪いことはすべて黒婆のせいにしてきた。村の若い女が孕《はら》んで夜逃げをすれば、家の名誉を守るために黒婆につれて行かれたと言ってごまかし、白痴の子供の世話をするのが面倒になって山へ捨てたら、あの子は黒婆にさらわれた、と言う。村人は明るみに出てはまずいことを黒婆のせいにしてきたんだよ」

「そ、それじゃあ、犬娘の場合もそうだったってこと？」

「おそらく村人は死体を見つけ、面倒になる前に遍路道に捨てて俺たちに片付けさせたんだろ。そういや、今思い出したけど、この女の死体を見つけた時、たしか傍らには塩と米が入った袋が一つずつ置いてあった」

「塩と米の袋？」

「前に話したろ？　村人は死体を片付けさせようとする時、死体の横に塩と米を置いておくって。ヘンドだって、何も手に入らないのに死体を埋めるなんて煩《わずら》わしいことはしねえ。村人はこいつの死体を処理してもらわなければならない事情があったんだろう」

二の句が継げなかった。これまで信じてきたものがすべて音を立てて崩れ、やはり自分が犬娘を殺害したという事実だけが残ったのだ。

乙彦は体から血の気が失《う》せていくのを感じながら、黙って墓地の外へ向かって歩きだした。とにかく犬娘の埋まっている場所から離れたかった。

正午になって陽が頭上に昇った。寒緋桜《かんひざくら》の咲く陽だまりで、乙彦は地べたにすわっていた。平次の話をうまく受け止めることができずにいたのだ。

枝の隙間《すきま》からまぶしい木洩《こも》れ日が射していた。ふと気がつくと、背後から足音が近づいてきた。平次が義足の住職を連れてやってくるところだった。平次はシャベルを握りしめたまま、憎たらしげに言った。

「いつまでサボっているつもりだ。住職がおまえのことを捜しにきたぞ」

住職は、地べたにすわり込んでいる乙彦を心配そうに見て懐から缶詰を取り出した。

「いつも大変な作業をしてくれてありがとうな。米軍の缶詰だ。寺のためにがんばってくれてるんだからおまえが食べるといい」

残りはわずかなはずだった。だが、乙彦は食べる気になれず、目をそらした。平次がそれを見て嫌味ったらしく言った。

「働きもしねえで缶詰をもらうなんて、てめえも偉くなったもんだな」

乙彦は膝《ひざ》を抱えたまま黙っていた。平次は声を大きくした。

「聞いてんのかよ。あれこれ悩むのは勝手だが、食っていくために手だけは動かせ」

「どうして平次さんはそんなに強くいられるんですか」

「癩になれば嫌でもそうなるんだよ。俺は生きるのに邪魔な感情はすべて捨て去ったんだ。とにかく、午後こそ墓掘りをやれよ。やらねえなら金塊はすべて俺のものだからな」

そう言ってシャベルを肩に担《かつ》いで、墓場へと歩いていった。

寒緋桜の桃色の花が揺れている。住職は乙彦の隣に腰を下した。

「あいつの言葉は気にするな。落ち着いてから作業にもどったらいい」

乙彦は自己嫌悪《けんお》に襲われた。

「……僕、やっぱり弱虫なのかな。癩じゃないからダメなのかな」

住職は乙彦の頭をなでた。

「そんなことはない。ただ、平次が癩になったことで余計な感情を捨てたというのは本当だろうな。あまりにつらい過去がそうさせたんだ」

「どういうことですか？」

「おまえも少しは知っているかもしれないが、平次が生まれ育ったのは徳島の農家だ。彼は十代の半ばに癩であることがわかった。その噂は一気に町中に広まったらしい。父親は周囲の目を気にして、平次を家から出ていかせるために考えつく限りの嫌がらせをしたようだ。わざと村人の前で『息子が死んでくれることが一番の親孝行だ』と言ったり、何か失敗をやらかせば弟や妹にまで殴らせたり……それでも彼は我慢してすべての命令に従った」

「なんで言うことをきくの？　そんなんなら家を出た方がマシじゃないか」

「平次の身体《からだ》にはすでにかなりの浮腫ができていて一目で癩だとわかるようになっていたらしい。家を出たところで働き先なんてない。療養所へ行きたくなければ、父親の嫌がらせに耐えるしかなかったんだ。丸四年間、あいつはどんないじめにも歯を食いしばって過ごした。だが、彼の病状が悪くなるにつれ、祖父母や親戚まで父親に『あいつを追い出せ』と言い立てるようになった。父親はそうしたこともあって、このまま平次を放っておけば、家族ごと村八分にされるかもしれない、と考えて自分の手で平次を殺そうと決意した」

「そんな……」

「ある夜、父親は鉈《なた》を持って平次の寝室に忍び込んで殺害しようと襲いかかった。平次はとっさに気づいて避けた。父親はあきらめずに鉈をふりかざして突進してきたから平次は無我夢中で鉈を奪い取って、逆にそれで父親の頭を殴りつけたところ父親は床に倒れて動かなくなった。彼はもはや家にはいられないと思い、そのまま町を飛び出したんだ」

「それでこの寺にやってきたってことか」

「そうだ。きっと彼は父親に殺されそうになったことで、人間というものを信じることができなくなったんだろう。だから今でも人を信頼しないし、金のために利用するのを悪いとも思わない。あいつ自身が言っているように、感情を捨てたんだ」

墓場の方から砂風が吹きつけてくる。肌を切るような冷たさだ。

「僕も心を捨てなきゃいけないの？」と乙彦は訊いた。

「それは違う。人は感情を持つから人でいられるんだ」

「本当に……？」

「そうだ。おまえは癲じゃなく、感情を持って生きていけることがどれだけ幸せで尊いことかをしっかり考えなくちゃいけないぞ。それはお前の宝なんだ。そのことだけは忘れるな」

住職は乙彦の背中をさすった。住職の服からは黴《かび》の臭いにまじって、どこか懐《なつ》かしい匂《にお》いがしていた。

二〇一二年　天島青木園

瀬戸内海に浮かぶ天島へは、高松港から小型の白い官有船「しまかぜ」に乗って向かった。フェリー乗り場の隣の第一浮桟橋から専用の便が一日四便通っており、港から北東へ十六キロほどいったところに浮かんでいるのだ。

私と美波みどりは官有船のデッキに出て体を伸ばした。二時間近く車中にいたため、陽の光を浴びたかったのだ。まぶしい陽射《ひざ》しの下では紺碧《こんぺき》の海がどこまでも広がり、漁船が気持ちよさそうに汽笛を鳴らしている。こんな海の小島にハンセン病の療養所があるなんて想像もできない。

ふと見ると、美波みどりが仕事から解放されたようにデッキのベンチでストッキングを脱いで、細くて長い足を伸ばしていた。紺色の制服のスカートが音を立てて風にあおられている。

ここに来る前に車中で調べたところによると、天島は端から端までわずか二キロ、面積にしてわずか七十ヘクタールしかない小さな島だということだった。もともとはわずか数世帯が家を建てて住み着き、漁によって生計を立てていた。ところが、一九〇七年（明治四十年）に「癩《らい》予防ニ関スル件」という法律が制定されると、島の様子は一変した。この法律によって日本全国を五つのブロックにわけ、それぞれにハンセン病の療養所を設立することになり、二年後にはその一つが島につくられたのだ。二百床、職員二十一名での発足だった。

このように法律が制定され、療養所ができると、全国各地で国によるハンセン病患者に対する隔離政策は加速していき、各地で集められた患者たちが療養所へと強制的に送られるようになった。天島における初年度の年間平均入所者数は百人だったが、十年目の大正七年には百六十人、昭和元年には三百人、昭和二十年には六百五十人、そして虎之助が収容された昭和二十八年には七百人にまで膨れ上がった。全国の療養所を合わせれば一万一千人以上にもなり、この頃がもっとも国の隔離政策が厳しく行われていたといえる。あれから約六十年、現在天島の療養所に暮らすのは八十人ほどだという。当時を知る人物がいるかどうかは定かではなかったが、少しでも手がかりが見つかればと思っていた。

美波みどりはデッキのベンチにすわり、海風になびく髪を押さえていた。シャンプーの匂いが磯《いそ》の香りと交じって漂う。彼女はエンジン音にかき消されまいと大きな声で言った。

「すっごいきれいー。なんかこんな海の真ん中にハンセン病の療養所があるなんて信じられないですね。今入所している患者さんはみんな治っている人なんですよね！」

私が答えようとすると、美波みどりは耳に手をあてて大声で言った。

「なに？　もっと大きな声で言って！」

私は仕方なく同じように大きな声を上げることにした。

「療養所の人たちは治療を受けているので、体内の癩菌は死滅しているはずです！　菌がなくなれば再発することはないし、誰かに感染することもありません。それなのに未《いま》だにこんな施設が全国に十数カ所あるというのは不思議ですよね！」

「ここに来たことあるの？　ハンセン病は終わった病気だから興味がないって言ってませんでした？」

「ハンセン病の研究の手伝いをしていた時は、データをもらったりしなければならないんで、他の療養所なら何カ所か行ったことがあるんです。各療養所が一番データを持っているんですよ」

「こんな島にもお医者さんが常駐してるんだ。ふーん、私、島とかで結婚して暮すのもありって思っちゃうタイプだからいいかも！」

美波みどりは髪に手をやったまま楽しそうに言った。ハンセン病を知らない人にとってはその程度のものなのかもしれない。海の向こうには緑の小高い丘のある島が見えていた。

「しまかぜ」が港に到着すると、船着き場にはタヌキのような顔をした中年男性職員が待っていた。色黒で目鼻立ちがくっきりとしており、Yシャツの開いた襟からは黒々とした胸毛がはみ出している。雲岡村を出る際に県警から連絡をしてもらい、六十年ほど前に入所した虎之助の記録について教えてもらいたいと頼んでいたのだ。彼も雲岡村の事件のことを知っており、全面的に協力してくれることになっていた。美波みどりは自分好みの好青年が出迎えてくれるとでも思っていたのか、デッキからこの男の顔を見た途端に、「うげっ」とつぶやいたきり天を仰いだ。

毛深い職員は官有船から降りてきた私たちに頭を下げた。

「遠いところを、ようこそおいで下さいました。島に来ると自由になった感じがするでしょう」

庶務課の広報担当係長だという。四十代半ばぐらいだろうか。傍に寄ると、腋臭《わきが》の臭いがきつい。彼はそんなことにかまう様子もなく、いやに明るい笑顔で私たちのバッグを持って歩きはじめた。人柄はいいらしい。

船着き場から療養所までの間には白い砂浜が広がっており、風情《ふぜい》を漂わせながら古い松が何本も生えていた。ちょっとした観光地のような景色だ。係長の話によれば、平安時代の末期この島には源平の「屋島の戦い」で敗れた平氏が逃げてきたのだという。海へ落ちたり、島にたどり着いたものの息絶えたりした者たちは、この松の木の下に埋められた。以来、この松は「墓碑の松」と呼ばれているらしい。

白浜の真ん中を通るアスファルトの通りにはスピーカーがついた柱が立っており、そこからクラシック音楽が小さく流れていた。係長は言った。

「療養所の方々の中には、ハンセン病の後遺症で目が見えなくなっている方もいます。それで標識の代わりに音楽を流すことにしているんです。そうすれば、盲目の方でもどこに道があるかわかって一人で島を散歩することができますから」

最初に案内されたのは、施設の一角にある「天島会館」と呼ばれる福祉施設だった。社会科見学に来た小中学校の生徒などはここに通されてハンセン病の歴史について職員から一通り教えられるらしい。私たちが通されたのもそんな大きな部屋の一つだった。

部屋には長方形の机が並んでおり、すでに資料が山のようにつみ重ねられていた。

どれも古いものばかりのようで、紙が変色したり、破けたりしている。電話を受けてからすぐに係長が当時の書類をかき集めてくれたようだ。

係長は私たちを椅子《いす》にすわらせると、毛むくじゃらの指でペンを器用に回しながら言った。

「ご連絡を受けてから、『虎之助』さんのことを調べてみました。資料を見る限り、藤井虎之助という人物だと思います。一九三三年に島根県の出雲《いずも》市で生まれており、一九五三年の二月に入所しています」

一九三三年生まれならば、生きていれば七十九歳である。今もここで暮らしているかもしれないという期待が膨らんだ。しかし、係長は一言でそれを断ち切った。

「残念なことに、藤井虎之助さんは一九五六年に亡くなっています」

目の前が真っ暗になった気がした。一九五六年といったら、わずか二十三歳で死亡したことになる。

「ずいぶん若いですね」

「自殺だったようです」

「自殺？　この療養所で？」

「そう記されています」

「でも、当時の療養所なら特効薬プロミンが広まりつつあったんじゃないですか。決してハンセン病だからといって絶望して死ななくてもよかった時代のはずです」

山で暮らすヘンドにはほとんど知られていなかっただろうが、療養所では戦後間もない頃からアメリカから輸入されてきたプロミンという薬が広まりつつあったのだ。

係長は険しい顔をしながら答えた。

「ハンセン病患者の苦しみは、そんな単純なものではなかったのです。特効薬が生まれて、たしかに一部の人たちの病気の進行を止めることはできるようになりました。でも、一度変形した顔や失った指や鼻、そして視力がもとにもどることはありません。外へ出て人の目に触れれば、ハンセン病患者であることは明らかでした」

「差別はつづいたっていうことですか」

「残念ながらその通りです。一般の人たちにとっては、ハンセン病患者のための特効薬ができたなんてことはどうでもいい話だったのです。大半の人たちはハンセン病が何なのかもわからず、その容姿を見て自分たちにも感染するのではないかと怖がるだけでした。癩菌が体内にあるかどうかではなく、ハンセン病の症状が外見に出ているかどうかが問題なのです。それゆえ、プロミンが出て十年、二十年と経《た》って、病気の進行はとうの昔に止まっているのに、患者さんたちは療養所に留まらなければならなかった。その中には、前途に絶望して自ら命を絶つ人もいたのです」

「自殺までしなくても……」

「薬が出ても家族は連絡すらくれない。故郷に帰ったり、仕事についたりすることもできない。ここにいても結婚もできず一人で生きていかなくてはならない。そうした境遇が彼らを追いつめていったのでしょう」

会議室が静まり返った。外のスピーカーから流れるショパンの音楽だけがかすかに聞こえている。風がだいぶつよくなったようだ。隣にいた美波みどりが口を開いた。

「虎之助さんが自殺をしたのも同じ理由だったの？」

係長はペンを机の上に置いてから答えた。

「連絡をいただいてから、当療養所にいる古い入所者の方々に話を聞いてみました。そしたら戦時中からいらした入所者の一人が、藤井虎之助さんのことをよく憶えていたんです。ここへやってきた時から自殺に至るまでの経緯を詳しく教えてくれました。もしよろしければ、私よりその方に直接話を聞いてみてはいかがですか」

「お願いできるんですか」

「本人はいいと言っています。高齢ですが、一時間ぐらいなら」

「ぜひお願いします」

美波みどりは頭を下げてから立ち上がった。

係長がつれて行ってくれたのは、会館から少し歩いたところにあるコンクリートでできた白い平屋の建物だった。中には個室がいくつもあり、入所者たちがそれぞれ暮らしているのだ。みなハンセン病になったことで家族と縁を切られたりして帰るあてがなく、ここに永住することを決めたのだろう。

その寮の前には芝生の生えた庭があり、緑色のベンチの周りに三人の老人が集まっていた。顔や手には、ハンセン病を患《わずら》った痕《あと》が残っている。係長が彼らに話しかけると、車椅子の老人を残して他の二人の入所者たちは席を立った。係長は私たちを手招きして呼び寄せた。

老人は八十歳をゆうに越しているように見えた。唇が分厚く、結節の痕がいくつも赤黒く残っているのが病気の名残なのだろう。

係長は言った。

「この男性です。彼は戦時中にここに来て、かれこれ七十年近くこの島のことを見ていらっしゃいました。すでにみなさんのことは説明してありますので、何でも訊いてください」

私は車椅子の前まで近づいていくと、芝生に膝をついて挨拶《あいさつ》をした。

「はじめまして。一九五三年の二月にここに来た藤井虎之助さんのことをご存じなんですか」

老人は皺だらけの手を組んでうなずいた。

「ああ、虎之助のことなら憶えておる。わしよりちょっと若いぐらいの年齢で、故郷も近かったから何度か話もしたよ」

「先ほど係長にお聞きしたところによれば、虎之助さんは入所してわずか三年で自殺をしたそうですね。その理由を教えていただけないでしょうか。彼に何が起きたんでしょう」

海辺に寄せる波の音が響いている。彼は小さく息を吐いてから言った。

「虎之助の自殺は悲しい出来事だった。ここに入所した者たちは、過去の思い出や人間関係をすべて捨てなければ孤独に耐えられない。けれど、虎之助は寺に残してきた仲間とまた一緒に暮らす夢を抱きつづけたばかりに、自ら命を絶った」

老人はそう切りだしてから半世紀以上前の出来事を語りはじめた。

あの冬、虎之助は雲岡村で受けた暴行の傷を生々しく残したまま船に横になって運ばれてきたそうだ。両目をつぶされた顔には包帯が何重にも巻かれており、殴られたせいで全身が風船のように腫《は》れ上がって赤紫に変色していた。入所者たちは一目で彼がとらえられた際に暴行を受けたのだと察したが、当時はそうやって連れてこられる患者は格別珍しくなかった。

木造の船で到着した虎之助は療養所内の病棟に担ぎ込まれ、そこで医師の治療を受けることになった。目の傷はすでに化膿《かのう》しつつあり、肋骨《ろっこつ》五本、それに顎《あご》と脛《すね》の骨が折れ、頭蓋骨の一部に大きなひびが入るという重傷だった。高熱にうなされて意識もほとんどなかった。医師と看護婦が総出で治療を行ったかいがあり、三カ月経てようやく自力で立ち上がれるまでに回復した。

大部屋に移された虎之助は、怪我《けが》が良くなっても、他の入所者たちにまったく心を開かなかった。島へ来た者は死ぬまで閉じ込められることに絶望し、周囲との関係を絶って現実から目をそらそうとすることがある。おそらく虎之助も似たような気持ちで殻に閉じこもったのだろう。ただ虎之助は両目の視力を完全に失っていたため、トイレや食事の際に誰かに手を貸してもらう必要があった。そこで彼は療養所内で同じく孤立していた朝鮮人の入所者の一人と仲良くし、困った時は彼にだけ頼みごとをしていた。

なぜ虎之助はその男にしか心を開かなかったのか。理由が判明したのは、十カ月が経った年の暮れのことだった。療養所の入所者たちが正月を迎える準備をしていたある夜、大部屋から虎之助とその男の二人の姿が消えたのである。虎之助は療養所へ来てから仲間となってくれそうな朝鮮人と親しくなって脱走の計画を打ち明け、島に暮らす漁師を買収し、脱走の手伝いをしてもらう手筈《てはず》を整えていたのだ。そして深夜に厠《かわや》へいくふりをして療養所を抜け出すと、船に乗り込んで一路高松港を目指したのである。だが、港へつく寸前に警察につかまり、翌日の午後には二人とも島へ引き渡された。

療養所の職員の間では、正月前に起きたこの脱走事件が大きな問題となった。そして、偶然別の療養所でも集団脱走があったことから、再発を防ぐために入所者全員に対して連帯責任を科し、厳しく行動が制限されることになったのだ。これに憤慨したのが、当時入所者の間で権力を持っていた元ヤクザの男だ。彼は虎之助とその朝鮮人を丘の上の神社に呼び出し、全員に迷惑をかけたことへの見せしめとして、脱走できぬよう片足の膝を割った。

虎之助は視力を失ったばかりか、片足の自由まで失い、大部屋の隅っこで芋虫のように寝て過ごすことしかできなくなった。看護婦に手伝ってもらわなければ、用を足すことも、食事をとることもままならない。だが、看護婦は問題を起こした虎之助にあまりかかわりたがらなかったし、ボスたちも邪魔をしたり、わざと食事を取り上げたりしていじめ抜いた。虎之助の体は骨と皮だけに痩《や》せ細り、垢《あか》とアンモニアの混じった悪臭を放ち、皮膚は荒れてあかぎれになった。

二年以上、虎之助は薄暗い部屋の隅に横たわりながら「小春、ごめんな」とうわ言をつぶやきつづけた。目をつぶされ、脱走資金もなく、一人でまともに歩くことさえできなくなれば、寺に帰ることは絶望的だ。うわ言は日に日に多くなり、夜通し部屋に響くこともあった。

桜が咲いた日の夜、虎之助は船着き場に近い白浜で誰にも気づかれずに自ら命を絶った。それまで何度か看護婦に海辺にある墓碑の松まで車椅子でつれて行ってもらったことがあり、感覚的に場所を憶えていたのかもしれない。深夜大部屋に暮らす入所者が寝静まったのを見計らって、虎之助は松葉杖《まつばづえ》をついてそっと部屋を出ると、浜辺にある松の下までたどり着いた。

最初は手探りで枝にロープをかけて首をくくろうとしたが、枝が折れてしまった。彼はやむなく懐から錆《さ》びたカミソリを取り出し、両手首を深々と切ることにした。朝になって遺体が見つかった時、白い砂は手首から流れ落ちた血で赤く染まっていたそうだ。

そこまで話し終えると、老人は静かに口を閉じた。波の音にまじって、スピーカーから流れるクラシック音楽が聞こえてくる。潮風が少しだけ涼しくなっていた。美波みどりも、係長も話の重さに黙ったままだ。私は何か言わなくてはと思い、質問を投げかけた。

「虎之助さんは何かを遺《のこ》したのでしょうか。たとえば、島に来る前に仲よくしていた人たちへのメモなど」

老人は腕に浮かんだ筋をなでながら首を横にふった。

「さあ、聞いたことがないな。そもそも療養所で自殺する者たちは、気持ちをつたえる相手がいなかったり、届ける手段がなかったりするのが普通なんだ。虎之助だってそうだろう。彼がメモを遺したり、ことづけを頼んだりしても、誰がどうやって届けるというんだ」

「………」

「ハンセン病の人間は、絶対的な孤独の中で生きているから自殺を考える。浜辺にある墓碑の松は、何十年という間、入所者たちが首をくくる場所になってきたが、わしの知る限り、みんなひとりぼっちで死んでいった」

気がつくと、係長が背中を向けて海の方を見つめていた。彼もまたここの職員として何人もの自殺者を見てきたのかもしれない。美波みどりの髪が風に吹かれて乱れている。

「では、虎之助さんのご遺骨はどうなったんですか。ご実家は遺骨ぐらい引き取ったんですよね」

「虎之助は、島にある火葬炉で焼かれ、遺骨は納骨堂に置かれた。彼の両親も遺骨の受け取りを拒否したんだろ。ここで死んだ入所者はほとんどそうした運命を辿《たど》ったものだ。ハンセン病の人間は死んでもなお遠ざけられるんだ」

丘の上に火葬場と納骨堂があるという。市内にある一般の火葬場ではハンセン病患者を受け入れなかったのだ。海鳥が夕空を黒い影となって飛び交っている。

しばらくして老人がふと顔を上げた。

「そうだ。話をしていて一つ思い出した。ずいぶん前、納骨堂にある虎之助の遺骨に、花を供えに来る男性がいた。年に一度姿を見せていたな」

「虎之助さんの知り合いですか」

「後で別の入所者から教えてもらったんだが、人権団体の責任者もつとめた都議の先生だったらしいぞ」

体に電流のようなものが走るのを感じた。美波みどりも驚いた表情をして顔を上げる。私は恐る恐る言った。

「もしかして水島乙彦という名前でしょうか」

「そんな名前だった気もするな。十年ぐらい前に事件を起したっつんでここでも話題になったんだ。そこにいる係長さんに訊《き》いてみればいい」

係長がそれを受けて深くうなずいた。

「間違いありません。水島乙彦さんです。いらした際にしてもらった署名が残っていましたから。政治家や人権団体の方が参拝にくる時は納骨堂の前で手を合わせて帰られるのが一般的ですが、あの方だけはわざわざ納骨堂の鍵《かぎ》を開けてもらって、中で虎之助さんの遺骨に線香を上げていました。一度手を合わせると三十分も一時間も目をつぶったまま離れようとしなかった。きっと良く知った仲だったのでしょう」

十年以上前といえば、父が社長と都議を両立して精力的に動いていた時期だ。おそらくここで虎之助が自殺したことを調べ上げ、多忙の合間を縫って年に一度お参りに来ていたのだろう。

「彼はお参り以外に何かしていませんでしたか」と私は尋ねた。

「水島乙彦さんが『これは虎之助さんの形見だから納めさせてください』と言って軍人さんが履くような古いブーツを持ってきたことがありましたね。詳しいことは説明していただけませんでしたが、二人は特別な関係だったのだろうと思いました。ブーツはお焚《た》き上げをして壺《つぼ》に一緒に入れました」

かつて虎之助が村へ行く前に父に託したものだろう。父はずっとどこかにしまっていたのだ。

係長はさらにつづけた。

「あとつい先日のことですが、水島乙彦さん、ここにいらしたんですよ」

「え？　ここに？」

「はい。十数年ぶりだから驚きましたよ」

美波みどりが前に出てきた。

「ちょっとその時の詳しいことを教えていただいてもよろしいですか」

彼は首をかしげた。

「このことが何か？」

「ええ、ちょっと今調べていることと関係がありまして」と言いにくそうに答える。

「ああ、そうだったんですか。じゃあ、その前のことから話さなきゃいけないかもしれませんね」

係長はズボンの後ろのポケットから、よれた黒い手帳を取り出し、「これだ、これだ」と一人ごちた。

「えーと。五月三十一日の朝ですね」

「彼がここに来たという日ですか」

「いや、この日は女性がいらしたんです。朝見知らぬ女性が島にやってきて、虎之助さんの供養《くよう》をしたいから遺骨の場所を教えてくださいと言ってきました。年齢は四、五十代でしょうか。私の知る限り水島乙彦さん以外の方が来られたのは初めてだったので、意外だったんです」

「その女性とは話をされましたか」と私は尋ねた。

「はい、ちょっとだけ。納骨堂まで案内したので帰り道に、なぜ供養に来られたのですかと尋ねてみたんです。彼女は『ある人の代理で来ました』と言ってました。虎之助さんの墓参りで思いつくのは水島乙彦さんだけでしたから、彼の代理人なのかと訊いてみたところ、彼女は少し黙ってから『そうです』と答えました。私が水島乙彦という名前を出すとは思わなかったのでしょう」

代理の女性……言われて思いつくのは、千葉のアパートで時折乙彦の身の回りの世話をしていた女性ぐらいだ。大体の年齢も一致する。

もしそうだとしたら、彼女が来たのは、雲岡村の事件が起こる前日だということだ。

父は事件を起こすことを前提に、彼女に墓参りを頼んだということか。

係長はさらにつづけた。

「この話にはまだつづきがあるのです。六月七日、今度は朝一番の官有船に乗って水島乙彦さんがここに現れたのです。彼もまた虎之助さんの遺骨に手を合わせにきたと言ってきました」

「代理人の女性を送ってから、わずか一週間後にですか」

「私もずいぶん妙だなと思いました。ご自身でもこられるなら、別に無理して五月三十一日に代理人の方に頼む必要なんてないですからね。それで私は水島乙彦さんに、どうして前に代理の女性をよこしたのですか、と訊いてみたんです。すると、水島乙彦さんは『一週間前は事情があって別の人に頼まなければならなかったけど、今はその必要がなくなったので自分で来たのです』と答えました。そしてこうつづけました。『私はまたしばらくはここへ来られなくなるかもしれませんが、虎之助さんの供養をよろしくお願いいたします』と。そして次の官有船に乗って帰っていったのです」

「他に、彼は何も言っていませんでしたか」

「それだけです。それからは、代理人の女性も、水島乙彦さんも来ていません。ただ、十年以上放置されていた虎之助さんの遺骨に、立てつづけに二度もお参りに来て下さったので、妙だなと思ったんです」

海から吹きつける風が地面の草をざわめかせる。私は美波みどりの視線を感じたが、そちらを見る気持ちになれず、混乱しそうな頭で推理をしてみた。

もし父が虎之助の復讐《ふくしゅう》のために事件を起こしたのならば、その前に虎之助の供養をしたいと思ったのだろう。だが、ここへ来た翌日に殺人事件を起こせば、四国にいた証拠をわざわざ残すことになる。そのため、父は千葉のアパートで世話をしてくれていた女性に頼んで、自分の代わりに供養へ行ってもらったのではないか。

そして翌六月一日の早朝、彼は雲岡村へ行って事件を起こした。おそらく携帯食を持ち込んで洞窟《どうくつ》に一日半潜伏したのだろう。洞窟で見つかった食べ跡がそれにちがいない。翌日、彼は山を下りて旅館よつば荘に潜伏。六日間自首するかどうか悩んだ後、六月七日になって出頭を決意。最後に島へやってきて墓参りを済ませ、再び雲岡村へ行って身柄をおさえられた……。

こう筋書を描いてみると、過不足なくつながってしまう。東京の警察から千葉のアパートでの暮らしを訊かれた時、あの女性のことには何も触れていなかった。もしかしたら父は彼女の存在が捜査線上に浮かび上がらないように策を講じていたのかもしれない。私は立っているのがつらくなり、その場にしゃがみ込んだ。胸の中で何かが切れそうだった。

美波みどりはそんな私を見て口を開いた。

「乙彦さん、やっぱり事件の前から四国にいたんですね……誰なんでしょ、代理の女性って」

私は時折父の世話をしていた女性のことを話さなければならなかったが、言葉を絞り出す気力がなかった。船着き場の方から、官有船の汽笛が鳴り響いてくる。私はしゃがんだまま、最終便が出たのだろう、と思った。今夜はここの宿泊所に泊めてもらうしかないのかもしれない。汽笛の音が少しずつ遠ざかっていく。

その時、携帯電話の鳴る音がした。係長がYシャツの胸ポケットから古い二つ折りの携帯電話を取りだす。業務用のものらしい。二言三言何かを話したと思ったら、彼は電話機を美波みどりに差し出した。

「お電話です。県警の方からです」

「県警？」

「川渕さんという方です。あなたの携帯の電源が切られていたのでこっちにかけてきたようです。代わってほしいと言っています」

美波みどりが私の顔を見た。ここまでかけてくるとは何か急ぎの用でも発生したのだろうか。彼女は首を傾《かし》げてから携帯電話を受け取った。

最初はいつもの軽い口調で「はい、はい」と相槌《あいづち》を打っていたが、途中から表情が消え失せて押し黙った。何があったのか。心配になってくる。

三分ほどして電話を切った時、彼女の顔は緊張してこわばっていた。髪が一本唇にはりついている。私は我慢できずに立ち上がって尋ねた。

「どうかしたんですか」

官有船の汽笛がまた遠くで響いた。美波みどりは私の目を見て言った。

「乙彦さんが自白しました」

「じ、自白?」

美波みどりはうなずいた。

「乙彦さんは自分が洞窟の二人を殺害したって自白したそうです。至急水上タクシーで雲岡村に帰るようにと命じられました」

一九五三年　発砲

二月に入り、山の冷え込みは一段と増した。葉が落ちた枝は雪がいつまでも凍りつき、風が吹くたびにそれが氷の結晶となってあたりに舞う。

森は何もかもが凍りついているようだったが、一日に一度山に樹木の倒れる音や、幹に亀裂《きれつ》が入る音が響いた。寒さのあまり、一本ずつ力尽きて倒れているようだった。

この頃、カッタイ寺の本堂では毎日夜になると、お経の声が響いた。住職と乙彦が決まった時間に縦に並んですわり、念仏を唱えるようになっていたのだ。夜毎《よごと》に読経《どきょう》が行われるようになったのは、乙彦が体調を崩したことがきっかけだった。

乙彦はカッタイ寺の人々を食べさせるため、毎日墓場から死体を掘り起し、金歯を抜き取っていたせいで、精神の均衡を失っていた。きっと知らず知らずのうちに、彼の中に罪悪感がヘドロのように蓄積していったのだろう。夜中に寝ていても遺体の顔を思い出して叫んで飛び起きたり、鼻に残る腐臭のせいで食事をしても嘔吐《おうと》するなどした。

住職はそんな乙彦を心配したが、休ませればたちまちヘンドたちが飢えることになる。そこで彼を呼んで、毎晩眠る前にお経を唱えることで墓場から掘り返した死者を供養しようと提案した。乙彦はこれ以上同じ状態がつづけば倒れると感じていたため、住職から言われるままにお経を唱えてみることにした。最初は毎日二、三十分の読経だったが、乙彦は少しずつ眠れるようになり、食欲も回復してきた。仏に許しを求めることで、わずかだが心に風穴が開いたのだろう。それから、住職と乙彦は毎晩夕食を終えると本堂へ行き、二時間近くお経を唱えるようになった。

やがて宿坊にいたヘンドたちも一人また一人と、夜の読経に加わるようになった。彼らもまた死者の金歯を金に換えてまで食いつないでいることにどこかで後ろめたさを抱えており、身を清めたいと考えていたにちがいない。虎之助を失って以来バラバラだったヘンドたちは、本堂に集まることが増えるうちに一つにまとまりだした。

ある晩、住職は乙彦を寺の庭に呼んだ。雲の切れ目から現れた月が、冬の冷えた地面をやさしく照らしている。住職は庭に置いてある石に腰を下し、銀紙に包まれた長い棒のようなものを乙彦に差し出した。乙彦が首を傾げると、彼は言った。

「チョコレートだ。以前に町の先生からもらったのを取っておいたんだ。おまえにやるから食べてみなさい」

銀紙を開くと黒くて長細い塊が出てきた。恐る恐る齧《かじ》ってみると、口の中に味わったことのない濃厚な甘さが広がった。おいしいとは思ったが、かつて虎之助たちと米軍の缶詰を食べた時のような感動はなかった。

住職は黙っている乙彦を見て心配そうに言った。

「乙彦、おまえにばかり墓掘りをさせてすまんな。わしにできることがあれば何でもするからあと二カ月だけがんばってくれ。春になりさえすれば、兎《うさぎ》も獲《と》れるし、魚も釣れるから」

乙彦はチョコレートを握りしめたままうなずいた。近くの森から野犬の遠吠《とおぼ》えのような声が聞こえている。墓を掘りはじめて以来、野犬の声を寺の近くで聞くことが増えていた。

「うん、もとはといえば、僕が虎之助を見殺しにしたから、こんな事態になっているんだ。僕が踏ん張るのは当たり前だと思う」

「感謝する……せめて小春が元通りになってくれればもう少し楽になるんだが……」

小春は虎之助がいなくなってから、魂が抜けたように意気消沈して家事などが手につかなくなっていた。

「小春はああ見えて気の弱いところがあって、幼い頃は何かあると泣いてばかりいる子だった。こんなことなら早めに結婚を認めてやればよかった……」

「やっぱり二人が結婚するという話は出ていたの？」

「直接言われなくても、二人の気持ちは見ていればわかる。わしは小春にだけは幸せになってもらいたいと思っていたし、それはここにいる全員の願いでもあった。みんなの希望だったんだ」

「そっか」

「なあ、乙彦。小春を励ましてやってくれないか。あの子が沈んでいれば、みんなが暗くなってしまう。支えられるのはおまえだけだ」

乙彦はチョコレートを握ったまま、うなずいた。

翌日は、墓掘りの仕事を休み、早朝から町へ四日分の食材を買いに行った。町の商店街だと雲岡村の人間に遭遇したり、商店の主人に怪しまれたりする恐れがある。そのため乙彦は朝鮮人たちが暮らす町はずれの市場へ行くことにしていた。野菜や麦などをまとめ買いして風呂敷《ふろしき》につつみ、二回に分けて寺へ運ぶのだ。十一人分の食材を担《かつ》いで山を登るのは、十三歳になったばかりの乙彦には大変な作業だった。

午後になってようやく終了し、乙彦は汚れた手を洗うために水汲《みずく》み場へ行った。そこでは、小春がしゃがみ込んで冷たい水で手を真っ赤にしながらヘンドたちの服を洗っていた。傷から染《し》み出た膿《うみ》や血によって一日で衣服はかなり汚れてしまうので、こまめに洗濯する必要があったのだ。

小春は乙彦に気がついたようだが、顔を向けずに衣服を洗っていた。洗濯板の上で水が跳ねる音がする。木漏れ日がまぶしい。

乙彦は声をかけた。

「一言だけつたえたいことがあるんだ」

「…………」

「虎之助を助けられなくてごめんね。もしあの日僕が代わりに村に自首しに行っていればよかったのに……」

今更だと思ったが、一度しっかり話さなければならないという思いがあった。乙彦はつづけた。

「謝るから元気出して。小春が落ちこんでると、みんながどうすればいいかわかんなくなっちゃう」

小春は衣服をつかむ手を止めた。洗濯物から濁った水がしたたり落ちる。彼女は弱々しい目を地面に落として口を開いた。

「ごめんね。心配させちゃって……私にとって虎之助は唯一《ゆいいつ》心を許せる存在だった。だから彼がいなくなって一人きりになっちゃった気分なの……」

小春には血のつながった家族が近くにいないからこそ、虎之助を心の拠《よ》り所にしていたのだろう。

「大丈夫だよ。きっと帰ってくる。それまでの間は僕がずっと傍にいるよ。僕は癩じゃないけど、寺の一員としてずっとここで暮らしていたいんだ」

「だけど、私、虎之助がもどってきたら結婚するつもりなのよ？　そしたら乙彦はどうするの？」

「そんな先のことはわからないよ。だけど、今言えるのは、やっぱり僕は小春や虎之助とここで仲良く生きていきたいってこと」

小春は困ったように三つ編みの髪を触った。乙彦はつばを飲み込むと、懐《ふところ》から赤い髪飾りを取り出した。母が大切にしていたものだった。

「これ、小春にあげる」

「え、でもこれ、お母さんの形見なんでしょ？」

「いいんだ。僕は男だから髪飾りを持っていても仕方ないけど、小春ならつかえるでしょ。これからも小春と一緒に暮らしていけるなら、いつでも髪飾りを見ることはできるから大丈夫」

枝にとまったヒヨドリが、首を曲げながらピーリョリョリョとかわいらしい声で鳴いている。小春は赤い髪飾りを受け取るとしばらく何かを考えていたが、やがて顔を上げ久々に微笑《ほほえ》んだ。

「ありがとう」

「ねえ、つけてみて」

「え？　いいの？」

「うん、見てみたい」

小春は三つ編みをほどき、黒い髪を後ろで束ねると、赤い髪飾りをそっとつけた。

陽の光で漆が光沢を帯びている。

「すごくいい」と乙彦は言った。

小春は照れ臭そうに下を向く。

「本当？　うれしい」

「お寺のみんなもよろこぶと思うよ。きれいだって言ってくれるはず」

小春は胸に手をあてうなずいた。

「そうだね。元気で虎之助のことを待っていなきゃね。私、良いお嫁さんになるんだから」

小春は目に涙を滲《にじ》ませながら笑った。乙彦は赤い髪飾りを見ながら力を込めて言った。

「うん、そうだよ。小春と虎之助が結婚する時、僕も結婚しよ」

「誰と？」

「まだわかんないよ。でも結婚して子供ができたら、きっとお医者さんにするんだ」

「どうして？」

「癩の人を治してあげたいんだ。僕は学校へ行ったことがないから無理だけど、子供をお医者さんにすることとならできる」

知らず知らずの間に声に力が入っていた。小春は気持ちを理解したように乙彦の手を握りしめて言った。

「ありがとうね。嬉《うれ》しい……ありがとうね」

乙彦は照れ臭くなって言った。

「そんなに言われたら恥ずかしいよ。でも、小春と虎之助の子供はどんなふうなんだろうね」

「……実は虎之助とも何度か話したことあるんだ。私、名前だけは決めているの」

「うん。男の子だったらお父さんと同じ名前にしたいの。私、お父さんのこと憶《おぼ》えてないけど、住職から聞いて尊敬してる。だから、同じ名前を誰かに継いでほしいと思ってる」

「そうなんだ」

「乙彦は決めてる？」

「僕？ まだわかんないよ、そんなの。だって、ずっと先のことだもん。でも、もし小春に女の子しか生まれなくて、僕の子供が男の子だったらその名前にするよ」

「もういい加減なんだから。自分でちゃんと考えなさいよ」

小春はからかうように指で乙彦の頰をつついた。乙彦は「いいじゃん」と苦笑いして頭をかきむしった。ヒヨドリが枝の上で鳴きつづけていた。

「名前？」

三日後の午後、乙彦は小春とともにいつもと同じように『くびりの広場』で、力蔵が町から帰ってくるのを待っていた。このところ力蔵は何度も取り引きをしたことで朝鮮人の信頼を得て、朝町へ行けば正午には換金を済ませて帰って来られるようになっていた。平次は今ならばどんな取り引きにも応じてくれるだろうと、金歯ととももに死体についていた指輪などの装飾品も一緒に持たせてお金に換えてもらっていた。

この日も、平次がかつて死体から取った銀のネックレスを金塊とともに渡していた。

だが、昼を過ぎても一向に力蔵がやってくる気配はなかった。あたりが少しずつ薄暗くなって気温も下がっていく。何かあったのだろうか。寺で待っていた平次も何が起きたのかと心配して見にきたほどだった。

森の向こうから足音が聞こえたのは、三人が力蔵を探しにいくかどうか話し合っていた時だった。平次は慌《あわ》てて桜の木の後ろにある草むらに身を隠し、小春は癩の症状を隠すために首の手拭《てぬぐ》いを巻き直した。

乙彦はやってきた力蔵の表情を見て凍りついた。彼の顔が鬼のような形相になっていたのだ。自分たちがただならぬ事態に置かれているのを察したが、逃げ出すには遅すぎた。

力蔵は二人の前で立ち止まり、いったん周囲を見回してから小春を睨《にら》みつけた。

「おい、おまえは一体どこの者なんだ」

小春はたじろいだ。何を根拠に言っているのだろうか。

力蔵は次に乙彦へ目を向けた。

「こいつが答えねえなら、乙彦、おまえが説明しろ。この女は何者だ。そして、おまえらはどこで暮らしている」

「ど、どこでって、町っていったじゃないか。この子の家で……」

「嘘《うそ》つくんじゃねえ！　すべてわかってんだぞ」

彼はズボンのポケットから光るものを出して乙彦に突きつけた。それは今朝売ってきてほしいと頼んだ銀のネックレスだった。

「お前から預った袋を開けたら、このネックレスが出てきた。見てすぐに、俺のばあちゃんがつけていたものと同じだと気づいた」

「お、おばあちゃん？」

「そうだ。これは昔じいちゃんが戦争で南方へ行った時に現地で手に入れたもので、日本には二つとない代物《しろもの》だ。村へ持ち帰ってじいちゃんに確かめてもらったら、やはりこれはばあちゃんのものだって断言した。けど、一つわからねえことがある。ばあちゃんは五年前に黒婆《くろばあ》にさらわれたはずなんだ。それなのに、なぜおまえらがこれを持っているんだ」

力蔵の祖母は、何かしらの事情があって黒婆につれ去られたということになっていたのだろう。平次はそれを知らずに死体についていたネックレスを外し、力蔵に換金を頼んでしまったのだ。

乙彦は緊張で背筋が固まるのを感じ、とっさに言った。

「それは、や、山で拾ったんだ」

「嘘を言うな！　俺は、本当におまえらが町で暮らしているかどうかも確かめたんだぞ。そしたらおまえらのことを知ってる人間はどこにもいなかった。本当はどこで何をしているんだ」

町の住民は三千人ほどであるため、その気になって調べればすぐにわかってしまう。乙彦は言い返すことができなくなり、後ずさった。力蔵は威圧的な口調で「何とか言え！」と乙彦の頰を引っぱたいた。それでも言いよどんでいると今度はこぶしで殴りつけてきた。乙彦は地べたに倒れた。

「黙ってんなら、この女を村に引っ張っていって殴ってでも口を開かせるぞ」

力蔵は横にいた小春の手をつかんで無理やり引き寄せた。小春が悲鳴を上げる。

「小春、おまえが答えろ」

「わ、わかりません……」

「自分がどこに住んでいて何者なのかわからないはずがねえだろ！　首に布なんて巻きやがって何を隠しているんだ！」

力蔵はそう言って小春の手拭いに手をかけ、むりやり奪い取ろうとした。小春は両手で手拭いを押さえようとする。これを取られれば病気がわかってしまう。乙彦が慌てて止めに入ったが、力蔵はそれを蹴《け》り倒し、手拭いを強引にはぎ取った。小春の首から鎖骨にかけて浮かぶ赤い斑紋《はんもん》があらわになった。力蔵は一瞬動きを止め、上ずった声で言った。

「お、おまえ、癩なのか」

小春は手で首を隠したまま答えない。乙彦も目をそらした。

「癩ってことは、村で起きた強姦《ごうかん》の犯人と関係あるのか」

「………」

「前につかまえた野郎の他に仲間がいたんだな。そうか、てめえらが村の女を襲ったり、ばあちゃんをさらったりしたんだな！」

小春が青ざめて後ろに退く。力蔵は一歩また一歩と追い詰めるように前へ迫ってくる。このままつかまって村へつれて行かれれば、虎之助と同じ目に遭うかもしれない。乙彦は恐怖で立ちすくんだ。

次の瞬間、森の草木が音を立てて揺れたかと思うと、人影が飛び出してきた。直後、乙彦の耳もとですさまじい破裂音が鳴り響いた。力蔵の巨体がグラッとゆらぎ、人形が倒れるように顔面から地に倒れ込んだ。力蔵のこめかみには陥没したような穴が空いており、そこから真っ赤な血液が噴き出す。火薬臭が漂っていることにようやく気づいた。

顔を上げると、草むらに隠れていたはずの平次が黒い拳銃《けんじゅう》を握りしめて立っていた。力蔵の顔は血で真っ赤に染まり、流れ落ちる血液が凍った地面に広がっていく。乙彦は慌てて力蔵に駆け寄り、手で傷口を塞《ふさ》ごうとしたが、すでに脳の一部が飛び出していた。間違いなく即死だ。凍った土の上にぬるい血が流れ、桜の根に吸い込まれていく。

乙彦は平次に向かって喰ってかかった。

「な、なんで撃ったんですか！」

「…………」

「銃弾は寺で預かっていたはずですよね。どうして！」

平次は吊り上った目で、力蔵の血まみれの顔を見下した。

「弾丸は食糧庫に火をつけた時に盗んでやったんだよ。てめえらのせいで癩だということがバレちまったんだから、殺《や》るしかなかったろ」

「だからって撃たなくても……」

「もし村に報告されたら、どうなると思っているんだ！」

「でも……」

「うるせえな、おまえも殺されてえのか！」

平次は逆上して握っていた拳銃を向けた。小春が泣き叫ぶように言った。

「二人とももうやめて！」

小春の頬や服に力蔵の返り血がべっとりと付着していた。肩のあたりには頭髪の一部が皮膚とともについている。

平次は銃を下すと、「クソッ」と傍にあった桜の木を蹴りつけた。空のはるかかなたで、雷鳴が轟《とどろ》いている。平次は遺体を前にしゃがみ込む乙彦に向かって言った。

「あきらめろ！　そいつは死んでいる」

力蔵の頭部から出た血はあまりに大量で地面が吸収しきれず血溜《ちだま》りになりはじめていた。体からは完全に血の気が失なわれている。

平次は拳銃を懐にしまい、感情を押し殺すような声で言った。

「今すぐこいつの死体を運ぶぞ。銃声は村にまで響いたはずだ。村の連中がここに駆けつけて死体を見つけたら、取り返しのつかねえことになる」

「取り返しのつかないことって？」

「村の連中は、女を犯されただけであれだけ怒り狂うんだ。若い男を殺害されたと知ったら、何をしでかすかわからないだろ。死体を隠すんだ」

平次は袖《そで》をまくった。

「ほら、俺はこいつの腕を持つから、おまえら二人は足を一本ずつ持て。地面に血が残らないようにしろ」

乙彦は覚悟を決めた。もはや平次と運命を共にする道しか残されていない。

「わかった」

力蔵の土色になった顔には、いつの間にかツチイナゴがついていた。乙彦はそれを手で払うと小春とともに足を一本ずつ抱えて持ち上げた。かたいすね毛の先が手のひらに刺さるようだ。

湿った薄暗い森を、乙彦たち三人は力蔵の亡骸《なきがら》を運んでいた。どこかで猿の鳴き声がしているが姿は見えない。一歩踏み出す度に地面の霜がバリバリと割れる音がする。運んでいるうちに、力蔵の体はどんどん冷たくなっていった。まるで氷の塊を運んでいるようだ。手を滑らせる度に、平次が「何やっているんだ！　腰に力を入れろ！」と怒鳴りつける。乙彦たちの体にも血がべっとりと付着して重い臭いを放っている。

乙彦は何度か落とされて泥だらけになった力蔵を見ては「ごめんね、力蔵君。ごめんね」と謝った。うっすらと開いた血まみれの目を見る度に罪の意識が膨らんでいく。

一方、小春は涙も流さず、唇を噛《か》みしめて沈黙していた。

平次は己を鼓舞するためか、わざと大きな声で歌をうたっていた。

若く明るい　歌声に
雪崩《なだれ》は消える　花も咲く
青い山脈　雪割桜
空のはて　今日もわれらの
夢を呼ぶ

かつて雲神の湯で、ヘンドたちがお湯につかりながらうたった歌だ。きっと隠れてどこかで聞いていたのだろう。音程の外れた歌声は森の闇《やみ》にむなしく吸い込まれていく。平次は静けさを恐れるようにさらに大きな声でうたいつづける。

川辺に到着した時、小春が唐突に死体から手を離した。そのまま倒れるようにうずくまり、嘔吐する。ずっとこらえてきたものが噴き出してしまったにちがいない。脳が露出している力蔵の死体の横で膝《ひざ》をついて何度も胃液を吐く。

平次は小春の胃から何も吐き出されなくなるのを待って、冷淡に言い放った。

「さっさと墓場に行くぞ」

小春はしゃがんだまま立とうとしない。平次がもう一度促すと、彼女は首を横にふった。

「もう運べない……無理……」

手と足がガタガタと震えている。唇は真っ青だ。乙彦は平次に訴えた。

「今日は止《や》めにしてください。ここから墓場まで力蔵君を運んでいるうちに日が暮れて暗くなってしまいます。これ以上は無理ですよ」

夕陽は沈みかけており、空に漂いだした灰色の雲が月を覆《おお》い隠そうとしていた。夜になれば、明かりもなしで森の中を歩くことはできない。

平次は腕を組んで力蔵の死体を見つめた。血で染まった傷がいつの間にかぱっくりと口を大きく開けている。

「じゃあ、この川辺に埋めるか。村の連中が捜しにきて発見しないとも限らねえ」

「ここはお墓じゃありませんよ」

「仕方ねえだろ。村の連中がここまで捜しに来ないとも限らねえ。その時に死体が見つかったらとんでもないことになる」

乙彦はどう答えていいかわからなかった。殺害した末に、墓ではないところに埋めて隠すのがためらわれたのだ。墓地に彼の祖母が眠っているなら、彼もそこに埋めてあげたい。それが力蔵のためにできるせめてものことだった。小春も同じ気持ちだったらしく、口を開いた。

「お墓に埋めてあげようよ……この人のこと、私たちが殺したんだよ。お墓に埋めてあげなきゃ、私たちは地獄に落ちるわ」

「ケッ、癩になった時点で地獄に落ちたようなもんだろ」

「私は今以上の地獄を来世で味わいたくない……」

さすがの平次も口をつぐんだ。風が吹き、川の水面が揺れる。乙彦が平次に向かって提案した。

「一日ここに置いて明日お墓へ持っていって埋めましょうよ。僕も小春も限界です。明日夜が明けてすぐに来れば大丈夫ですよ」

「いいだろ。その代わり必ず朝一番で埋めるぞ。あと野犬や狐《きつね》が死体を食いにくるかもしれねえからそこに転がっている袋をかぶせておけ」

見ると、川辺に一枚の麻の袋が転がっていた。それはかつて乙彦と小春が蛍の乱舞を見に来た時、虎之助がたくさんの蛍を入れていたものだった。あの夜につかったきり置いたままになっていたのだ。六月に見た無数の蛍の飛び交う光景と、虎之助の楽しそうな声が昨日のことのように思い出される。

乙彦は黙って麻袋を拾い上げると、力蔵の死体の上半身にかぶせた。下半身まで届く大きさではなかった。袋に血のシミが広がっていく。平次はそれを見届けてから言った。

「帰る前に、川で手を洗え。汚ねえ血を落せ」

三人は背中を丸めて川辺へ行き、冷たい水で手についた血や泥を洗った。透明な水が血に染まる。乙彦は手を何度こすっても、爪《つめ》や指紋の間に血がこびりついているように思えてならなかった。隣を見ると、小春も平次も皮膚が真っ赤になるまで同じ箇所を何度も洗っている。

ポツポツと川面《かわも》に雨のしずくが落ちた。小春は手を水に浸したまま空を見上げた。

「あ、雨……」

またたく間に川面には、雨が勢いよく降り注ぎはじめた。

二〇一二年　自白

瀬戸内海に浮かぶ孤島にある「国立療養所天島青木園」を出たのは、陽が傾いた午後の六時半だった。

当初は最終便の官有船を逃していたこともあって、施設内にある宿泊所で一晩過ごして翌日帰ろうと考えていた。しかし、川渕警部補からの電話で「水島乙彦が殺人事件の犯人だと自白した」との報を受けた。それで私と美波みどりはすぐに雲岡村へ引き返すべく、水上タクシーを呼んで高松港へと向かったのだ。船の中で、島に来た代理人を名乗る女性は父のアパートに出入りしていた中年女性かもしれないと話していた。

高松港から雲岡村の入り口にある駐車場までは、車に乗って約二時間の道のりだった。日曜日の夜ということもあって、暗い国道ではほとんど車とすれ違うこともない。ヘッドライトの明かりが闇に閉ざされた道路を照らしている。私は助手席にすわりながら、スマートフォンのワンセグでニュースを見ることにした。父が自供したことが報じられているかどうかが気になったのだ。

ＮＨＫの夜のニュースでは、四番目のトピックとして「雲岡村・神隠し事件」のことが取り上げられた。内容は、行方不明だった被害者二人が山中の洞窟で遺体となって発見されたというものだった。ヘリコプターから撮った夕焼けに染まった村の風景が映し出されたが、父の自供については一切触れられなかった。

美波みどりは、ハンドルを握りしめながら言った。

「たぶん、捜査本部は乙彦さんの自白をまだ公《おおやけ》にしていないんだと思います。一晩取り調べをして全容がわかってからメディアに公表するつもりじゃないかな」

警察としてもおおよその事実をつかまないうちは、会見を開いたところで記者からの細かな質問に答えることができないのだろう。

車内には香水の匂《にお》いがうっすらと漂っている。私が黙っていると、美波みどりは心配そうな表情をして目を向けてきた。唇を嚙みしめていたが、明かりのない助手席ではそこまで見えなかっただろう。彼女はナビの明かりに照らされながら、長い付けまつ毛をパチパチと動かした。

「天島の療養所での話について考えているんですか」

私は前を向いてため息をついた。

「そうですね。父が身の回りの世話をしていた女性を代理人に立ててまで事件の前後に天島で虎之助さんの供養をしていたなんて……。父は並々ならぬ決意で事件を起こしたのでしょう。それに気がつけなかった自分が情けないです」

ワンセグから流れるニュースは、いつの間にか天気予報に変わっていた。キャスターの声が耳障《みみざわ》りなほど明るく聞こえる。美波みどりは前を見ながら言った。

「警察の私がこんなこと言っちゃいけないんだけど、実際に天島青木園へ行って話を聞いたことで、私、乙彦さんの気持ちを心底理解できるようになりました」

「父の気持ち？」

「天島の療養所で虎之助さんがたどった運命を考えたら、乙彦さんが深川育造たち風紀委員のメンバーに恨みを募らせて復讐を考えるのはやむを得ないと思うんです。風紀委員のメンバーが彼を死に追いやったようなものだもん。乙彦さんが何十年も怒りを抱きつづけるのは当たり前です」

答えなかったが、心では少しだけ救われた気持ちになった。

彼女はハンドルを握りしめたまま言った。

「実は、一つお話ししなかったことがあるんです。川渕さんからは、今回の事件とは直接関係ないからって口止めされていたんですが、つたえた方がいいと思って。深川育造さんたちはハンセン病患者に対してだけでなく、他にも犯罪をくり返していたみたいなんです」

「何をしたんです？」

「県警の資料では、一九六七年に、暴行の容疑で逮まりそうになってます。町のお医者さんがわざわざ高松の県警本部にまでやってきて、深川育造と上岡仁がある母娘《おやこ》を監禁して暴行したと訴えてるんです」

「二人は逮捕されたんですか」

「いいえ、被害者は被害届を出しませんでした。事件が公になることを嫌がったりして、たまにあることとです。訴えた町のお医者さんもわずか一カ月後に病死。それで事件は、うやむやになってます」

「そうですか……」

「黙っていてすみません。とにかく、あの二人にはいろいろ問題があったみたいですけど、悪運がつよく一度も起訴されたことはなかった。もしかしたら乙彦さんはそこらへんのことも知っていて彼らの罪をすべてつぐなわせようとして、用意周到に今回の事件を起こしたのではないでしょうか」

父の性格からして、念入りに調査や準備をするのは確かだ。興信所に頼めば、三人の過去は明らかになるだろう。責任感の強い父が彼女が言うようにすべてを清算させようとして犯罪に走ったとしても不思議ではない。

「聞かせてもらってよかったです」と私は言った。

「本当ですか」

「僕にとっては多少の慰めになりますから」

私はそう答えてスマートフォンのワンセグを消した。車内が夜の静寂につつまれる。ヘッドライトが灰色のアスファルトをひたすら照らしている。

私はシートにもたれかかりながら、助手席にすわるなんていつ以来だろうか、と考えた。小中学生の頃、夜遅くに塾が終わると父が車で迎えに来てくれた。私は参考書の入ったバッグをかかえて、助手席からじっと夜の闇を見つめていた。

車の中で、私は父と会話らしい会話をしたことがなかった。テストの成績を訊《き》かれるのが怖くて家に到着するまでずっとビクビクしていた。それは大人になってからも同じで、家で顔を合わせても何か注意されるのではないかとできるだけ目を見ないようにするのが常だった。

「でも、やっぱりあるのは後悔だけかな……」

「犯罪を止められなかったことに対する後悔？」

「僕は父のことをまったく理解していなかった。父が寺でのことを引きずって生きてきたのを知らなかったからです。でも、二年前に父は初めてすべてを打ち明けてくれた。あの時にちゃんと向かい合っていれば、今回の事件は起きなかったかもしれない」

「当時のあなたはそうするより仕方がなかったんでしょ」

「でも、それで尊い人命が失われています。できれば雲岡村でもう一度父と話をして、事件を起した理由について訊いてみたい。そうしなければ、きっと永遠に僕と父はわかり合えないままになってしまう」

美波みどりは小指を立てながらハンドルを握っていた。薄ピンクのネイルが艶《つや》やかに光っている。

「そうですね。今夜は難しいかもしれませんが、明日の朝本署へつれて行く前なら少しぐらいお話しする機会をつくれると思います。私の方からも川渕警部補に頼んでみます」

午後九時過ぎ、私たちはようやく雲岡村の入り口にある駐車場に到着した。橙色《だいだいいろ》の外灯の下、県警から応援にきたらしい警察車両やテレビ局や新聞社のロゴがついたワゴン車が止まっていた。遺体発見の報を受けて駆けつけたのだろう。外灯の周りには巨大な蛾《が》が飛び回っている。

私と美波みどりは警察車両に装備されていた懐中電灯を一つずつ手に持ち、真っ暗な山道を登って雲岡村へ向かった。森を抜けると、外灯の設置された道が村の中心に向けて真《ま》っ直《す》ぐにつづいている。大半の民家は寝静まっていたが、二階建ての公民館だけは明かりが煌々《こうこう》とついていた。噴水のあたりにマスコミ関係者たちがたむろして煙草《たばこ》を吸ったり、携帯電話で何かを話したりしている。警察からの発表を待っているのだろう。

玄関から大きな人影が現れた。でっぷりとした体格から川渕警部補だとわかった。彼は私たちに気づいて手をふってきた。

「おお、帰ってきましたか。こちらへ来てください！」

噴水の前にいた人々が一斉に目を向けてくる。私は乙彦の息子だと気づかれるのではないかと思い、記者たちの間をすり抜けるようにして足早に公民館へと駆け込んだ。

公民館の内部は今までにも増して騒がしかった。父が自供したことで明日から機能のほとんどを警察署へ移すことになり、その準備をしているという。若手捜査員たちが腕まくりをして資料を段ボールにつめて重ねたり、ゴミ袋を運んだりしている。川渕警部補が鼻息を荒くして言った。

「とうとう、乙彦さんがうたいましたよ。昨日の夜に見つかった二体の遺体は自分が殺したと言ったのです。とりあえず、本日をもって殺人容疑で逮捕ということになります」

殺人という言葉がずっしりと胃に響く。前科があって二人を殺害したとなれば、死刑は免れないだろう。私は尋ねた。

「父はなぜ今になって罪を認めたのでしょう。これまではずっと黙秘を貫いていたのに」

「我々にとっても急転直下だったんです。今日の昼過ぎまではこれまで通り何も語らずに黙っているだけでした。午後三時過ぎ、捜査員が休憩時間にお饅頭《まんじゅう》とお茶を出したら、乙彦さんが急に散歩がしたいと言い出しました」

「散歩、ですか？」

「はい。朝からずっと部屋に閉じこもっていて腰が痛くなってきたので、村を一周だけ回らせてくれないかということでした。それで私たちは見張りの捜査員を二人つけて、散歩に行ってもらうことにしたのです。これまでも何度か許可していました。一時間ほどした頃でしょうか、乙彦さんは捜査員とともに帰ってきて水を一杯だけ飲み干すと、背筋を正し、突然自白したのです。我々の方が呆気《あっけ》にとられるほどでした」

周りの捜査員たちは、廊下で立ち話をしている私たちに目を合わせず、淡々と段ボールを運んでいる。

私は肩透かしをくらったような気持ちになった。これまで父は何か特別な理由があって黙秘をつづけているように見えたのに、どうしてたった一時間ほど散歩に出ただけで、罪を自白することにしたのか。尋ねてみると、川渕警部補は首をかしげた。

「理由はわかりません。訊いても、『私が犯人です』の一点張り」

「では、父は殺害の理由について詳しく語っていないということですか」

「殺害の事実は認めているんですが、今のところまだ詳細を話していませんし、第三の失踪者《しっそうしゃ》・野村二郎さんの事件についても口を閉ざしています。あくまで深川育造さんと上岡仁さんについては自分が殺害したとしか言っていないのです」

「どうしてなのでしょう」

「大きな犯罪の容疑者の中には、罪を認めても細かなことを語るのをためらう者もいます。警察に対して敵対心を抱いていたり、事件について自分なりの整理がついていなかったりと理由は様々です。乙彦さんも自白してからまだ数時間しか経《た》っていないので、我々としては無理にここで訊き出すよりは明日署へつれて行ってから慎重に聴取しようと考えています」

川渕警部補の意見ももっともだった。警察としては問い詰めてまた黙秘されるぐらいなら、慎重にことを進めた方がいいのだろう。

「乙彦さんの自供は、いつマスコミに発表するんですか」と美波みどりが訊いた。

「たぶん、明日の午前中だな。署に着いた後に再確認して、発表という段取りのはずだ」

川渕警部補は私の方を向いて言った。

「マスコミに流れれば、犯人逮捕の報は実名で出るはずです。東京のご家族にご迷惑がかからないように今夜中に連絡だけでもしておいた方がいいかもしれません」

妻と娘のことを気にしてくれているのだ。私はばつが悪くなって苦笑した。

「心配には及びません。事件のせいで、妻は娘をつれて実家に帰りました」

「でももどってくるんですよね？」

「はっきりいえば、離婚です。離婚することになったんです」

一瞬沈黙があった。

「あ、ああ。そうだったんですか……失礼しました」

川渕警部補は気まずそうな表情で、ズボンのポケットからハンカチを取り出して額の汗をふき、それ以上この話題に触れようとしなかった。

深夜の十一時を過ぎると、さすがに公民館の前に集まっていた人々は激減した。村人は一様に家に帰り、記者たちの一部は持参したテントを張って眠りについた。数人の記者たちだけが、眠たそうな目をこすりながら煙草を吸っている。警察も記者たちを不憫《ふびん》に思ったのか、温かいコーヒーを差し入れる。

零時を回ってから、公民館の二階の部屋で私は美波みどりと川渕警部補との三人で軽く酒を飲むことになった。荷物をまとめていたところ美波みどりがやってきて、今夜が最後だからどうしてもと言い張ったのだ。私は事件の犯人の息子だからと遠慮したのだが、「もうお酒用意したんだからいいでしょ」と持前の明るさで押し切られてしまった。一階にはまだ残業組がいたので、二階の美波みどりが泊まっている部屋をつかうことにした。

部屋は六畳の和室だったが、段ボールに入った捜査資料が山づみにされていた。畳の香りと印刷インクの匂いが入り混じっている。美波みどりだけが女性ということで雑魚寝《ざこね》をまぬがれ、資料置場を寝室としてあてがわれたのだろう。

私たちはちゃぶ台を真ん中に置き、紙パックの麦焼酎《じょうちゅう》を開けた。グラスに注いで飲んだが、おつまみも氷もなく、口腔《こうくう》にひたすらアルコールの臭いが広がる。美波みどりは口寂しさを紛らわすためか、リンゴ味のキャンディーを舐《な》めながらグラスを傾けていた。シャワーを浴びたばかりのはずなのに、なぜか厚化粧をしている。ただ近くで見ると、二十代前半だけあって首や手は子供の肌のようだった。

最初私たちは当たり障りのない話をしていたが、酒が回ってくるにつれ、少しずつ事件について語るようになった。切り出したのは、川渕警部補だった。彼はアルコールで顔を赤らめて愚痴るように言った。

「今回の事件についてマスコミがどう報道するのかわかりません。けど、あの寺や雲岡村で起きたことを考慮すれば、この事件が起きた要因は六十年前の警察の腐敗にもあったと思うんです。ハンセン病の隔離政策を実施していたのは国ですが、警察はそれに加担して差別を助長していたばかりか、村人たちの暴力を見逃していました。吉原さん、虎之助さんについても、警察がしっかりと役割を果たしていれば、あのような惨劇は起こらなかった」

美波みどりはキャンディーで頬をふくらましながらつけ加えるように言った。

「この村の人にだって責任はありますよね。お年寄りの多くは六十年前の殺人や傷害事件のことを知っているはず。彼らは目の前でハンセン病患者が痛めつけられていたのに知らん顔してずっと過ごしてきたのよ。あの時代に一人でも勇気を出して止めていればあんな悲惨な出来事が起こることはなかったし、今回の事件にも発展しなかったはずなのに」

「そうだな……」

「事件を起こしたのは、乙彦さんかもしれない。だけどなぜ乙彦さんが事件を起こすに至ったかということを考えなくちゃいけないんじゃない？」

「一つの事件には、かならず大勢の人間がかかわっている。だけど、罰せられるのは最終的に罪を犯した人物だけだ。俺はそうした現実を見る度にやるせなさを感じるよ」

川渕警部補はグラスの焼酎を飲み干すと、紙パックの焼酎を手に取って注いだ。コポコポという音が部屋に響く。

私は軽く頭を下げた。

「父の立場になってくださってありがとうございます。ただ僕としては父には不満があります。なぜここまできて事件を起こした理由を説明しないのか。父自身、過《あやま》ちを犯した時はしっかりと認めて謝る人間でした。それなのに……」

美波みどりもグラスに焼酎を注いで言った。

「洞窟《どうくつ》で二人の遺体を発見した後、しばらく乙彦さんと二人でいたんですよね。その際も何も言ってくれなかったんですか」

「ええ。僕は死体を見つけて真っ先に『親父《おやじ》がやったのか』と問い詰めましたが、返事はありませんでした。その後も同じです。ただ、今になってゆっくりとあの時のことを考えると解《げ》せないこともあるんです」

「解せないこと？」

「あの夜、父に誘われて寺の跡地に行ったのは事実です。けど、洞窟へは僕の意志で向かい、そこで偶然遺体を見つけることになったんです」

「乙彦さんが洞窟まで案内したんじゃなかったの？」

「ちがいます。だから、父がわざわざ寺へ僕をつれて行った理由もわからないのです。単にあの寺が本当にあったことを僕に示したかったのか、それともその後に死体の場所を知らせようとしていたのか。後者だとしたら、なぜ僕が尋ねても黙っていたのか……」

「そうだったんだ」

「父が未《いま》だに何か秘密を抱えていることは間違いありません」

川渕警部補と美波みどりが顔を見合わせる。私は焼酎を一気にグラスの半分まで飲み干した。喉《のど》を焼けるようなアルコールが落ちていく。その時、私はふとこれまで黙っていたことを思い出した。

「それともう一つ、お話しなければならないことがありました。実を言うと、洞窟に行った時に入り口でＩＣレコーダーの入れ物を拾ったんです」

私はポケットから赤いナイロン製の入れ物を取り出した。川渕警部補が怪訝《けげん》そうな顔つきをする。

「これ、たぶん父が持ってきたものです」

「乙彦さんが？　証拠品になる可能性のあるものですか」と川渕警部補が尋ねた。

「殺害現場で使用するために持ち込んだのでしょう。何かしら重要なことを吹き込んだのだと思います。私は、このＩＣレコーダーを手に入れて警察より先に事件の真相を知りたいと思って、おつたえしていなかったのです。申し訳ありません」

「ＩＣレコーダーは見つかったのですか」

「いいえ。父の部屋に忍び込んで所持品をすべて漁《あさ》ってみたのですが、そこにはありませんでした。どこかに隠しているのかもしれません」

「では、ＩＣレコーダーの所在は、乙彦さんが知っているということですね」

「おそらく、そう思います。僕はもう父が有罪になることは覚悟していますが、今回の事件は日本という国の暗部を明らかにできる重要な機会だと思うんです。でも、裁判になってしまえば、表面的な事実だけが語られて終わってしまう。僕としては、そうなる前に父の口からICレコーダーの場所を明らかにしてもらった上で、すべてを語ってもらいたい。いや、語ってもらわなければならないと思うのです」

川渕警部補が膝をなでながらうなずいた。

「そうですね。乙彦さんに過去のことを含めてあらゆることを正直に語ってもらわなければ、事件の真の解決はありません。そもそも野村二郎さんだって見つかっていないんですから」

美波みどりが髪をかき上げながら言った。

「ねえ、川渕さん、明日乙彦さんを署に連れて行く前に、少しだけ親子で話をする時間をつくってあげられませんか？」

「できないこともないが、なぜだ？」

「この先、私たちが警察の立場で調書を取ったとしても、乙彦さんの人生の深いところまでは聞けないと思います。それができるのは、息子さんだけ。自白した今なら、乙彦さんも心を開いてくれるかも」

川渕警部補は片足を抱えるようにして天井を見た。蛍光灯の中に、小さな虫が入り込んで歩き回っている。

「わかりました。さきほど乙彦さんに明日署へ連行すると告げたところ、『出発の前に墓参りをさせてください』と頼まれました。それぐらいは許可するつもりです。数分でよければ、その時はどうでしょうか」

「お願いします。ところで、墓参りってどなたのお墓ですか」

「かつて自殺したというお母様のお墓です。幼い頃に村を離れてからお参りができなかったので、最後にちゃんと線香をあげさせてほしいと頼まれたのです」

父は母親思いの人間だった。墓参りができなかったことをずっと気にしていたのだろう。

「お墓というのは、今はどこにあるんですか」と私は尋ねた。

「昔から変わっていないようです。村の入り口に、古めかしい小屋のような家がありますよね。あの家の裏に小さな墓地があって、そこの共同墓に埋められているということでした」

「では、あの小屋に住んでいる女性がずっと墓地の管理をしているんですね」

「そのようです。彼女は羽賀《はが》テル子さんというそうです」

「羽賀テル子？」

初めて聞く名前のはずだが、どこかで耳にしたような気もする。川渕警部補はグラスに残っていた焼酎を音を立てて飲み干した。

「あの犬娘の小屋に暮らす女性ですよね」と私は尋ねた。

「そう、彼女のことです。初めて村に来た日に会った、障害がありそうな女性です」

次の瞬間、私は父が大学ノートに書いた記録の一節を思い出した。

六十年前、犬娘とセンショー者との間に産まれた赤ん坊につけられた名前が「テル子」と表記されていたのだ。おそらく長い時を経て、成長したその子が母親と同じく犬娘として小屋に住むことになったのだろう。

だとしたら、不可解な点がある。私と美波みどりが小屋へ行って話をした時、女性一人と老人一人がテル子と同居していた。妹と父だと話していたが、テル子には妹などいないはずだし、父はセンショー者のはずだ。父と説明された人物がテル子を引き取った力蔵の父親という可能性もあるが、年齢からすれば彼は死亡しているだろう。

では、現在小屋に同居している二人は誰なのか。

私は鼓動が速まるのを感じながら言った。

「本当ですか。彼女は間違いなくテル子っていうんですか」

「ええ。うちの捜査員が調べたので間違いないはずですよ。私自身、村の人からもそう聞いています」

「もし本当に犬娘がテル子だとしたら、彼女には『父』も『妹』もいないはずです。あの二人の身元はわかっているんですか」

「いや、二人については何も調べていません。事件とは無関係だと思っていたものですから」

私はグラスをちゃぶ台に置いた。振動でボールペンが音を立てて転がる。

「捜査について少々立ち入ったことをお訊きしていいですか。父は自白する前に村を一時間ばかり散歩したっておっしゃっていましたよね。散歩の時、父はどこを通ったのでしょう？」

「村をぐるっと大きく回ってから、最後に犬娘の小屋の裏にある墓地へお参りに行こうとしたようです。母親のお墓に手を合わせたかったのでしょう。一緒にいた者の話では、乙彦さんは墓地に到着して、墓石がひどく汚れているのを気にしていたと聞きました。苔《こけ》に覆われて緑色になり、周りには雑草が伸び放題になっていたとか。彼はいたたまれなくなったようで、犬娘の小屋に寄って、墓を洗う道具を貸してもらえないかと頼みました。その時彼は犬娘たちとしばらく何か言葉を交わしたそうですが、急に何かを思い出したように公民館に帰ると言い出した。それでお墓に手を合わせるともせずに公民館にもどり、自供をはじめたのです」

「だとしたら、父は犬娘の他に、同居する二人とも会っているんですね。その直後に公民館へ帰って自白をしはじめた」

「そうです。間違いありません」

顔に血が上ってくるのを感じた。私ははやる気持ちを押さえて言った。

「おそらく父は小屋に住む人たちに会ったことで自白を決意した。だとしたら、小屋にいる人たちは一体何者なのかということになります。特に、犬娘の妹と父と名乗る二人は」

川渕警部補と美波みどりの表情が一変した。室内の明かりに集まっていた蛾が狂ったように窓ガラスにぶつかっている。

「心当たりはありませんか」と川渕警部補は尋ねた。

私は腕を組んで考えた。これまでの調べで、それらしい人物はいなかったか……。

次の瞬間私は一人の人物に思い当たって、反射的に膝を叩《たた》いた。

「あの女性だ！」

「あの女性？」

「天島の療養所へ行ったところ、五月三十一日の朝に一人の中年女性が島にやってきたというんです。彼女は父の代理人だと名乗って、虎之助さんの遺骨に手を合わせて帰って行ったとか。その翌日の早朝に事件が起きています」

「その代理の女性というのは誰なんですか」

「定かではありませんが、千葉のアパートに時折出入りしていた昔の従業員の女性かもしれません。身の回りの世話をしていたようです。私も彼女について詳しいことがわからなかったので黙っていましたが、該当する女性がいるとしたら彼女しか思いつきません。とりあえず、小屋に行って彼女たちに会ってみませんか」

川渕警部補と美波みどりが一斉に壁にかけられた時計を見上げた。針は、午前二時をさしていた。村は完全に寝静まって物音一つしない。川渕警部補はしばらく時計を見つめてから言った。

「朝になるのを待ってから動きましょう」

「僕も行っていいのですか」

「はい。あなたしか、乙彦さんから聞いてテル子さんの血縁関係を知っている人はいませんから」

「わかりました」

「僕は今から他の捜査員にこのことを説明してきます。朝六時に一階の大広間に集合し、そのまま小屋へ向かうことにします」

川渕警部補は立ち上がると部屋を出ていった。美波みどりも「このままにしておいていいから」と言って後を追った。焼酎の紙パックと、グラスが取り残された。

私は畳の床にすわりながら、小屋に暮らす犬娘たち三人の顔を思い出していた。彼らは誰なのか。父は三人に会い、何を知ったというのか。

一九五三年　山狩り

日が落ちてから降りはじめた雨は、夜半には強風をともなう豪雨へと変わった。大粒の雨が強風とともに礫《つぶて》のように木々を打ち、枝を折り、岩を転がす。向かいの山の一部では大規模な土砂崩れが起き、赤褐色の山肌がみじめなほど露出した。

カッタイ寺のヘンドたちは、激しい雨のせいで一歩も外へ出ることができず、雨漏りのする寝室や本堂で雷鳴に震える子猫のように身を縮めて過ごしていた。天井から絶えず垂れる雨水は髪や肩に降りかかり、床に大きな水たまりをつくる。山にいる猿までもが寺の軒下に避難してきた。

朝になっても雨は一向に止まず、乙彦と小春は不安な面持ちで本堂と寝室を行ったり来たりしていた。前日の夕方に魚頭川のほとりに置いてきた力蔵の死体がどうなっているのか気が気でなく、山のどこかで地滑りが起きて木々が倒れる音がする度に、二人は顔を見合わせ、うろたえて廊下を歩き回った。

寺の中で、この雨をもっとも心配していたのは住職だった。前日に銃声が山々に響き渡った時から、住職は悪い予感を抱いたらしく、乙彦たちが帰ってくるのを今か今かと待ちわびていた。猟銃の音ではないとすぐに判断し、不吉な臭《にお》いをかぎ取ったのだ。陽が沈んで暗くなってからもどってきた乙彦たちが明かしたのは、考えうる限り最悪の事態だった。力蔵を拳銃《けんじゅう》で射殺したばかりか、その死体に袋をかぶせただけで川のほとりに放置してきたというのだ。

万が一村人たちが警察とともに捜索をはじめたり、野犬が死体の一部をくわえて村へいったりするようなことがあれば、取り返しがつかないことになる。住職はただちに死体を回収するか地中に埋めるようにと命じたが、夜の森は完全に闇に閉ざされていたし、落雷がそこかしこであり、結局川へ向かうこともできないまま朝を迎えることになった。

翌日の昼近くになっても、雨脚はほとんど変わらず、台風さながらの暴風が吹きつけていた。折れた木が寺の格子戸《こうしど》を壊し、雨が吹き込んできた。時折住職は荒れる空を見つめ、指のない手で首や背中をいら立たしそうにかきむしっていた。死体のことが気になってならないのだろう。乙彦は恐る恐る住職に詫《わ》びた。

「ごめんなさい。僕たちもこんなに雨がひどくなるとは思ってなかったんです」

もともと平次は川の近くに埋めようと提案していた。それを自分が墓に埋葬してあげたいと言い張って川辺に置いてきたのだ。

住職はため息をついて答えた。

「もはや謝っても仕方ない。心配なのは、雨で川が氾濫《はんらん》することだ。これだけの雨が降ると、魚頭川のような小さな川はすぐにあふれてしまう。力蔵の死体が流されたら、とんでもないことになるぞ」

「とんでもないことって？」

「平次が持っているアメリカ製の拳銃で撃ち殺したんだろ。村人たちは連続強姦《ごうかん》事件の犯人が銃を持っていたことを知っている。もし死体を見つけたら、その犯人が力蔵を射殺したと考えるはずだ。そうなれば、村人どころか、警察までもが加わって山狩りを行う。警察が本気になったら、隠れ通すことは困難だ」

乙彦は改めて自分の過失の大きさを知った。

「ごめんなさい……」

「だから謝るなって言っているだろ。もう仕方がないんだ。それより雨が上がったらすぐに死体がどうなっているかたしかめに行け。それによってわしらが今後どう動くかが決まる。場合によってはすぐにここから逃げなければならなくなるかもしれん」

寺を預かる身として、住職は手遅れになる前に判断を下さなければならなかった。

正午を少し過ぎてようやく雨脚が弱まった。雷鳴が止《や》み、空のかなたが少しずつ明るくなりだす。乙彦は格子戸から雨雲が晴れていくのを見ると、本堂の隅にすわりこんでいた小春に、今から魚頭川へ行こう、と誘った。雨はまだ降っていたが、力蔵の死体がどうなっているか一刻も早く確認する必要がある。川が氾濫していれば、墓地までとは言わずとも高台に移すぐらいはしなくてはならないだろう。小春は、うん、とうなずいた。

小雨の中、乙彦と小春は裸足《はだし》になって、水たまりだらけの地面を踏みしめて魚頭川へと出発した。途中の森には暴風によって大木が倒れたり、土砂崩れの跡が残っていたりして、二人はそれらを除《よ》けて進んでいった。

魚頭川にたどりつくと、川辺の木々が見事に折れて傾き、景色が一変していた。二人は恐る恐るそれらの下をくぐり、川のある方向を見て、思わず絶句した。大雨のせいで川が氾濫し、岸辺全体がすっぽりと沈んでしまっていたのである。川の水は黄土色に染まり低い音を響かせながら下流に向かって怒濤《どとう》のように流れている。川辺に横たえていた力蔵の死体はどこにも見当たらない。

小春はその場に膝をついた。

「力蔵君、流されちゃった……」

折れた何本もの大木が、黄土色の川のうねりに呑《の》まれている。このぶんなら死体はかなり下流まで流されたはずだ。小春は顔に絶望の色を浮かべ、ずぶ濡《ぬ》れになったまま一言も発しない。赤い髪飾りが濡れて傾いている。

乙彦は自分に言い聞かせるように言った。

「まだあきらめることはないよ。たとえ力蔵君が村まで流されたとしても、こんな天気じゃ村人はしばらく川まで近づこうとしないし、死体が土砂の底に埋まったまま発見されないってこともありえる」

小春は怒ったように声を上げた。

「そんなに都合よくいくわけないじゃない！　村どころか、もっと流されて麓《ふもと》の町にまで流れていってる可能性だってあるのよ？　それに彼らは力蔵君のことを探している。遅かれ早かれ見つかるにちがいないわ」

乙彦は言い返すことができなかった。雨が髪を濡らし、頬から顎《あご》にかけて流れ落ちていく。小春は濁った川を見つめたまま、つぶやいた。

「……私たち、きっと罰があたったのよ」

すべてを悟りきったような暗く沈んだ声だった。

「え？」と乙彦は訊いた。

「力蔵君を殺した罰よ。仏様はすべてを見ている。悪いことをすれば、かならずそれ相応のことがはね返ってくる。仏様の目からは逃げられないんだわ」

「でも、力蔵君を殺したのは平次じゃないか。平次がいきなり後ろから拳銃で撃ったんだぞ。僕たちが悪いわけじゃない」

「誰が撃ったかなんて関係ないわ！　そうじゃなくたって、私たちは亡《な》くなった人の骨を掘り返して、金歯を盗んで売ってきたのよ」

「だけど、仕方がないじゃないか。そうしなきゃ、僕たちは食糧を手に入れることはできなかったんだよ。生きちゃいけないっていうの？」

「そうよ。生きちゃいけなかったのよ。癩病者っていうのは、この世でのうのうと生きちゃいけない存在なの。山の中にこもって誰の目にも触れず、最後まで無心で巡礼してるべきなんだわ」

小春は頭をかかえてしゃがみ込んだ。雨が上着を濡らし、癩に侵された皮膚がうっすらと透ける。

乙彦は悔しさをぶつけるように杉の木を蹴《け》った。カッタイ寺に暮らすヘンドたちには本当に生きる権利すらないのだろうか。自分たちはこのまま天罰を受けて村人と警察に捕まるしかないのか。降りしきる雨は氷のように冷たい。

茂みが突然揺れたのはその時だった。鹿《しか》でも現れたのかと思ってふり返ると、そこには寺で暮らす四十過ぎのヘンドが息を切らして立っていた。足は膝《ひざ》まで泥で汚れ、激しく肩で息をしている。

ヘンドはつばを飲み込んでから声を裏返して言った。

「今すぐ寺にもどれ」

「何かあったんですか」と乙彦が尋ねた。

「平次が消えたんだよ！　力蔵を殺したことで呼び出そうとしたら、ヒメ穴がもぬけの殻になっていたんだ。あいつが持っていた拳銃まで弾丸が入った状態で放置されていた」

乙彦は小春と顔を見合わせた。平次は一緒に力蔵の死体を運ぶと約束してくれていたはずだ。

「彼はどこへ行ったの？」

「わからない。ただ、雨が小降りになって動けるようになったのは、ついさっきだ。最短でも三日はかかる別の寺に行くのにこの時刻に出発することはありえないし、護身用になるはずの拳銃を置いていったというのも腑《ふ》に落ちない。みんなは、町に行ったのかもと言いだしている」

「町に行けば、つかまるじゃないか」

「そうとは限らない。死体がまだ見つかっていない状況であれば、単なるお遍路として直接交番に名乗り出ればへんに疑われることはないかもしれない。とにかく、住職が呼んでいるから至急寺に帰ってきてくれ」

乙彦は恐ろしい事態が迫ってきているような気がして、手足が震えてくるのを感じた。土砂を含んだ川は木や岩を巻き込み、狂ったように山の麓へと流れつづけていた。

夜半になって雨はぴたりとやんだ。雲一つなくなった夜空に白銀の月が浮かび上がり、山々に冷たく透明な空気が広がった。月は感嘆したくなるほど明るく、枝から滴《したた》り落ちる水滴があちらこちらで光っている。

いつもは静かなはずの山は、この夜に限って不穏なほどざわめいていた。深夜にもかかわらず、山の麓では人々が松明《たいまつ》やライトを手にして川のあたりをせわしく歩き回っていたのである。寺の近くの高台から見下ろすと、祭りでもひらかれているかのように一カ所に大勢の人たちが、続々と集まっている。

寺にいたヘンドたちはそれを見て胸騒ぎを覚え、代わる代わる外へ出ては明かりのればならないか見守っていた。村人が行方のわからなくなった力蔵を捜すのであれば、陽が昇ってからにするだろう。雨のせいで地面は濡れているし、暗い中で氾濫した川に近づくのは危険だ。それでも深夜に何十人もの人間が一ヵ所に蟻《あり》のように集まっているのは、そこで何か重大なことがあったからにちがいない。もしかしたら力蔵の死体が発見されたのではないか。ヘンドたちはたしかめる術《すべ》もなく、かといって気になって眠ることもできず、「町の人間が死体を発見したにちがいない」とか「平次がまた村で別の事件を起こしたんだ」と思いつく限りの憶測を口にしていた。

住職は本堂の真ん中にすわり、乙彦と小春に寺の中の荷物を整理しておくように命じた。川下で力蔵の死体が発見されたとすれば、遠からず山狩りが行われる。そうなった時には即座に逃げられるよう準備だけでも整えることにしたのである。

二人は格子戸から射《さ》し込む月明かりの下で、黙々と残りわずかな食糧やヘンドたちの衣服をまとめて風呂敷《ふろしき》につつんでいった。胸が不安で押しつぶされそうで、言葉が出ない。二人が口を利《き》いたのは、棚にあった衣服を下していた際、お守りのような袋が出てきた時だけだった。何げなく開いてみると、中には粉末が入った小さなガラスの容器があった。乙彦が手に取って眺めていると、小春が声を上げた。

「それ、触らないで」

「どうして?」

「青酸カリなの」

「なんでそんなものがここに」

「癩病者《らいびょうしゃ》の中には、襲われたり、何かあった時にいつでも楽に自殺できるように青酸カリを持ってお遍路をする人がいるの。誰かがここに隠しているのよ」

小春はガラスの容器を乙彦から取り上げると、袋に入れて元の場所にそっともどした。乙彦はびっくりして尋ねた。

「捨てようよ。飲んだらすぐに死ぬような猛毒なんでしょ?」

「……癩病者だって人間よ。最後に自分の意思で死ぬ権利ぐらいあってもいいはず。彼らが癩によってどんなに悲惨な境遇に追いやられてきたかを考えれば、勝手には捨てられないわ」

彼女はそれだけ言うと何事もなかったかのように再び、荷物の整理をはじめた。乙彦はその横顔を見ながら改めてヘンドの置かれている立場が自分とはまったく違うことを感じざるを得なかった。

夜が明けると、山にはうっすらと霧が漂いはじめた。朝の陽光が何本もの白い線になって霧の中に射し込み、小鳥たちが歓喜するようにあちらこちらで鳴いている。

寺の本堂では、住職がヘンドたちを一ヵ所に呼び集めて一人ずつ病状をできるだけ詳しく申告させた。癩の進行は人によって大きく異なり、小春のように赤い斑紋《はんもん》が出ているだけの人間もいれば、片足を切断していたり、目がほとんど見えなかったりする者もいる。寺を捨てて逃げることになる前に、各々《おのおの》がどれだけ動けるのか体の状態を確認していたのだ。

午前九時頃、立ち込めていた朝霧が少しずつ晴れてきた時、唐突に寺の戸を叩く音がした。ヘンドたちはみんな本堂に集められているはずなのに、誰が来たというのだろう。村の人間だったらもはや逃げることは不可能だ。戸を叩くドンドンという音はさらに大きくなる。

住職が立ち上がり、白濁した目で全員を見回してから、戸のところへ歩いていき、「何者だ！」と尋ねた。外から聞こえてきたのは老人のしゃがれた声だった。

「わしだ！　町の医者だ！　ここを開けてくれ」

年に一度往診をしてくれる「町の先生」と呼ばれる老医師だったのだ。ヘンドたちは胸をなで下ろした。

だが、老医師は戸が開かれると、見たことがないほど厳しい表情をしていた。杖《つえ》を握りしめ、泥だらけの靴で本堂に上がり、ざわめいているヘンドたちを大声で怒鳴りつけた。

「おまえたち、なにをのんびりしとるんだ！　町や村でどういうことになっているのかわかっているのか！」

ヘンドたちの顔が緊張でこわばる。

老医師は声を震わせてつづけた。

「昨日の夕方、町の外れにある川辺で頭部を撃ち抜かれた若い男の死体が発見された。あの激しい雨のせいで川の上流から流されてきたらしくかなり傷《いた》んでいた。わしはその検案をまかされた」

何人かが唾《つば》を飲む音がする。老医師はつづけた。

「警察の立ちあいの下で死体を調べたところ、死因はこめかみを打ち抜かれたことだった。他には特に争ったような跡はなかった。おそらく、至近距離から一発で殺されたのだろう。警察の調べでは、前日の午後に山で銃声がするのを雲岡村の人々が聞いたらしい。そしてさきほど、この死体は、村の住人である力蔵という青年だと判明した。なぜ村に暮らす青年が銃で殺害されたのか」

「………」

「最初、警察は村の猟師が誤って射ったのかと考えていたが、銃痕《じゅうこん》の大きさが猟師のつかう村田銃とは明らかにちがった。さらに調べを進めると、被害者の青年は数週間前から金塊を町の外れの朝鮮人業者に売っていたらしい。数日に一度やってきては換金し、多額の金を手に入れていたんだ。また、少し前からは古い装飾品の類《たぐ》いも一緒に売りに来るようになっており、事件が起きる寸前には家族にこんなことを言い残していたそうだ。『山で知り合った怪しい人間が、昔行方不明になったばあちゃんのアクセサリーを持っていた。わけを問い質《ただ》してくる』と。山に銃声が轟《とどろ》いたのは、それから一時間も経《た》っていないという。そのまま力蔵は行方不明になり、丸一日経って町の川まで流されていたのが発見された」

「警察が先生にそう言ったんですか」と住職が尋ねた。

「死体の検案をやれば、いやでも耳に入ってくる。ただ、警察はこれよりはるかに詳しい事実をつかんでいるはずだ」

本堂にいたヘンドたちは頭《こうべ》を垂れていた。何人かの指先が震えている。やはり力蔵の死体は発見されていたのだ。夜中に山の麓が騒々しかったのは、死体が発見されて人が集まってきていたためなのだろう。住職はどう答えていいかわからず、眉間《みけん》に皺《しわ》を寄せて黙した。

老医師は一呼吸おくと、さらに驚くべきことを口にした。

「警察はすでに本腰を入れて村人とも話し合っている。犯人が銃を持っているということは強姦事件の犯人と同一である可能性が高い。雨のせいで山全体がひどくぬかるんだ状態では、犯人は移動できずまだ山にいるだろうという意見も多かったようだ。そこで警察は村人と合同で、夜明けとともに山の一斉捜索の準備をしていたところ山に暮らしていたという癩病者が警察署に現れたんだ」

「山に暮らしていた癩病者だと？」

「平次だ。平次の奴《やつ》は警察署に現れ、こう言ったらしい。『俺は八十八カ所を回った。山に隠されたカッタイ寺に身を寄せようとしたら、そこは銃を持って強姦をしたり、強盗をしたりする悪いヘンドの棲家《すみか》となっていて、昨日力蔵を殺した犯人も潜んでいた。自分も所持品を奪われて殺されそうになったので、あわてて逃げてきたのだ』と。つまり、この寺に殺人事件の犯人がいると証言したんだ」

住職の顔色がみるみるうちに変わっていった。平次は自分が犯した罪を償うどころか、ヘンドたちに濡れ衣《ぎぬ》を着せて自分だけ助かろうとしたのだ。拳銃も何もかも置いて立ち去ったのはそのためだったのだろう。

乙彦は混乱した。

「ちょっと待ってください。平次の言っていることは嘘八百《うそ》です。強姦や殺人をしたのは平次であって、僕らはそれにずっと迷惑していたんです。あいつのせいで仲間が村人に殺害され、食糧庫に火までつけられた。どうして僕らが犯人にされなければならないんですか」

「わしには、君たちの言い分はわかる。だけど、それは三十年以上ここで往診をしてきたからだ。警察や村の連中はそうは考えまい。彼らは平次の言葉を鵜呑《うの》みにし、彼に案内させて寺を包囲しようとしている。今すぐに逃げなければとんでもないことになるぞ」

「なんで平次だけ信用してもらえるんですか。虎之助は村人や警官に何を言っても信じてもらえずに半殺しの目にあったんですよ」

「平次が信じてもらえたのは、警察署へ行ったからだろう。最初に村へ行っていたら殺されていたかもしれないが、警察ならば話を聞いてくれる。それに小耳に挟んだところでは、平次は相応の金を賄賂《わいろ》として署長に渡したということだ。それで警官は平次の話を事実として受け止めたんだろうな。こうなってしまえば、君たちがどんなに本当のことを言おうと警察や村人を納得させるのは難しい」

「だ、だけど」

「だけども糞《くそ》もあるか。真実がどうであれ、君たちは逃げるかこのまままつかまるかの選択を迫られているんだ！　今になって不平を言ったところで遅い。すぐにどうするかを決めて動け」

警察や村人だけでは寺を見つけ出すのは困難だが、平次の案内があれば間違いなくやってくる。迷っている時間はない。

その場にいたヘンドたちはざわめきだし、平次に対する怒りをあらわにした。「あの野郎」とか「裏切り者め」と声を震わせ、中には床を拳《こぶし》で叩く者もいた。平次に足を引っ張られることはあっても、まさか自分たちが殺人犯に仕立てあげられるとは乙彦も想像していなかった。

住職はどうするべきか迷っているようだった。最善の策はヘンドたちを別のカッタイ寺へ逃がすことだったが、大きな問題があった。ヘンドたちの約半数が癩の病状の悪化により、重い荷物を背負って徒歩でいくつもの山を越えることができなかったし、全員が何日も野営するだけの十分な食糧もなかったのだ。もし昨日のような雨が降ったり、再び雪が降りつもったりすれば、全員が途中で行き倒れになる。

住職はその事情を老医師に訴えた。

「この者たちには別の寺へ移ってもらいます。しかし、体の不自由な人間はぬかるんだ山を越えることはできません。どうすればいいでしょうか」

病気が進んだ年老いたヘンド数人も老医師に訴えるような眼差《まなざ》しを向ける。老医師は腕を組んで答えた。

「重病の者は、わしがなんとかする。山を下りたところに、わしが所有している納屋《なや》があって、十人以内なら寝泊まりできる。外出せずに近くの住人から身を隠すと約束してくれれば、数日間ならそこでかくまうことはできるだろう。その間の食べ物に関しても、わしが何とかする」

「ずっとそこでかくまってもらえないのですか」

「それは無理だ。日数が経てば近所の者が気づくだろう。それにわしも何人もの人間を食べさせてやれるほど生活に余裕があるわけじゃない。ほとぼりが冷めた後、君たちは徳島か愛媛まで行ってそこの保健所へ癩であると名乗り出てもらいたい。よその町の保健所なら、この町の事件との関連を疑われることはないだろう。おそらく出頭した順から療養所へ送られることになるはずだ。他県の療養所へ回される者もいるだろうが、誰かしらとは一緒になれるはずだ」

それを聞いていたヘンドの一人が前に出てきた。片方の足の膝から下を失っている四十代の男だ。彼は声を震わせながら言った。

「療養所へ行けば、癩病者は実験台にされるんですよね。ベッドに縄でしばりつけられて体中の血を抜いて殺されると聞きました。死んだ後も、ホルマリン漬けにされて研究室に並べられるとか……そんなことをされるなら、ここで首をくくった方がマシじゃないんですか」

「実験についてはわからんが、療養所の職員たちは命を奪うような真似《まね》まではしないはずだ」

「わからないってどういうことですか」

「死んだら解剖ぐらいはされるかもしれない」

質問をしたヘンドは言葉を失って青ざめた。別のヘンドが心許《こころもと》なげに尋ねた。

「数日間納屋に隠れた後、またこの寺にもどってくることはできないんですか。そうすれば療養所へ行かなくても済む」

「無理だろう。警察や村人がこの寺を見つければ、跡形もなく壊そうとするのは目に見えている。ここに二度と癩病者が寄り付かないようにするはずだ」

「なら、別の寺へでも……」

「君たちは別の寺へ行くことができないから納屋に来るんだろ。それなのに、どうやって納屋から別の寺へ行けるというんだ。自殺行為でしかない。わしが君たちを助けるのは、生き延びてもらうためだ。納屋に来る限りは療養所へ行ってもらう」

「でも療養所へ行ったら一生閉じ込められて出てこられなくなります」

それを聞いて老医師は怒鳴った。

「生きるのと死ぬのとはどっちが大切なんだ！　わしには三十年以上前に癩の息子を失った経験がある。息子が癩になったことで言い尽くせない苦労を数多味わった。それでも、やっぱり息子には癩であっても生きていてほしかった。療養所に閉じ込められたとしても、どこかで生きていてもらいたいんだよ。それが親として偽らざる気持ちだ。君たちも自暴自棄になるな！」

「………」

「わしは一足早く町へもどって君たちを受け入れる準備をする。療養所でいいから生き延びたいと思う人だけ今日中に納屋に来い」

老医師はそう言うと納屋の詳しい場所を教えてから、泥だらけの杖を握り、寺を出ていこうとした。戸を開けると、寒風が吹き込んでくる。ヘンドの一人が追いすがるようにして言った。

「待ってください。もしあなたのもとへ行けば絶対に安全だと保証してくれるんですか」

「勝手を言うな！　わしは全力でやるつもりだが、保証なんて何一つできるわけがない。いざとなったら自分で何とかしてもらうしかない。嫌なら来るな！」

老医師は声を荒げた。ヘンドたちはそれを聞き、本当に生きるか死ぬかの岐路に立たされていることを思い知らされた。老医師はそれ以上語らず、寺を出ていった。

寺の戸が閉まると、住職は大きくため息をついた。赤と黒の斑《まだら》のてんとう虫が一匹、床を這《は》うように歩いている。住職の前に集まっているヘンドたちは一様に弱気な表情をしてうなだれている。

住職は立ち上がって言った。

「わしらに残された時間は少ない。君たちは自分で自分の体のことはわかっていると思う。山を越えて別の寺へ行くか、町の先生にかくまってもらって療養所へ行くか、今すぐに判断してほしい」

ヘンドたちは目に涙を浮かべて聞いていた。住職は病気で腫《は》れた唇を嚙《か》み、一人一人の顔を順に見た。

「実に残念だ。わしがもっとうまくやっていたら、こんなことにはならなかった。すまない……山を越えて別の寺へ行く者には食糧と防寒具を渡す。雨のせいで地面がぬかるんでいるだろうから、三日、もしかしたら五日かかることを覚悟してもらいたい。なんとかして生きて山を越えてくれ」

数人のヘンドが決意を固めるようにうなずいた。一方、体の不自由なヘンドたちは自らの運命を悲嘆するように複雑な表情をして顔を逸《そ》らした。住職は、そんな者たちの背をさすり、声をかけた。

「町の先生は三十年以上も寺のために尽力してくれた。彼にとってこれが最後の親切なのだろう。だから迷惑だけはかけないように言うことを聞いてくれ」

半盲のヘンドが顔を上げて訴えた。

「お、俺たちはみんな病気が重いし、長らく町へ下りていない。どうやって俺たちだけで納屋へ行けばいいんですか」

住職は小春と乙彦の方を向いて言った。

「君たち二人が体の不自由な者を納屋まで連れて行ってあげてくれないか。森を歩くのは大変だから支えてやってほしい。無事に納屋まで届けた時点で、小春は自分自身がどうするかを決めればいい。信じる道を進みなさい」

「僕はどうすれば……」と乙彦が訊《き》いた。

「乙彦は町の先生と相談して身のふり方を考えなさい。村へもどらないのならば、養護施設へ行くことになるはずだ」

乙彦はつばを飲み込んだ。自分もまたヘンドたちと同じく早急に結論を出すことを求められているのだ。

半盲のヘンドが訊いた。

「住職はどうなさるんですか」

住職はヘンドの中でももっとも病状が重いため、山を越えることは不可能だろう。

だが、住職は彼らの顔を静かに見つめながら答えた。

「わしは、一人ここに残ろうと思う」

ヘンドたちがざわめきだす。

「そんなの無茶です！　自殺行為です！」

「……そうかもしれんな。けれど、わしは先代の住職からここを預かる時、巡礼者のためにも寺を守り抜くと約束をしたんだ。みんな腹を空《す》かせたり、怪我《けが》をしたり、道に迷ったりしながらここにたどり着く。この寺はヘンドの命を守る砦《とりで》なんだ。どんな事情があっても、わしは責任者として最後までここを守らなければならない。だから、みんなと一緒に出ていくわけにはいかない」

「でも、警官や村人が来るんですよ。見つかったら連行されるに決まっている。犯人に仕立てあげられたらどうするんですか」

住職は自らの瘦《や》せ細った体を示した。

「見ての通り、わしは足が不自由だし、手の指はないし、片目はまったく見えておらん。君らと行動をともにしても迷惑をかけるだけだ。村人だってこのわしを見れば、まさか拳銃をつかって強姦や人殺しをした犯人だとは考えないだろう。逆に言えば、ここに残って事情を説明できるのはわししかおらん。もし彼らがここに来たら、正直に一から十まで話して犯人は平次だと言うつもりだ」

「彼らはここの人間の主張に耳を貸さないって町の先生も言っていたじゃないですか。もし虎之助みたいにされたらどうするんですか。俺たちとともに逃げてください」

他のヘンドたちも一斉に「一緒に逃げましょう」と口をそろえた。目を赤くして訴える者もいる。

住職は彼らに頭を下げた。

「その気持ちだけで十分だ、ありがとう……けれど、わしはわしの責任を全力で果たす。だから、みんなも生きてくれ。またどこかで会おう」

ヘンドたちは無念そうに押し黙った。

その時、山の麓の方から太鼓を打つ音が聞こえてきた。村人が集合をかける際につかう合図だった。おそらく山狩りの準備をはじめるために、関係者を呼び集めているのだろう。てんとう虫がその音に怯《おび》えるように飛び立った。

寺のヘンドたちは、それぞれ食糧や衣服が入った風呂敷を背負ってから、外へ出て二つの組に分かれた。山を下りて納屋へ行くことにした者が小春と乙彦を含めて六名、別の寺へ向かうことにした者が四名だった。

彼らは涙ぐんだ目でお互いを見つめ合い、手を握りしめたり、肩を叩いたりした。どちらの行く手にも大きな困難が待ち受けており、生きて再会できる保証はなかった。

「そろそろ、出発だ。時間がない」

住職にそう促されると、二つの組は寺を離れ、名残惜しそうにふり返りながら別の方角へ進みはじめた。

森の中を、乙彦と小春は体の悪いヘンドたちを支えながら歩いていった。雨の影響で地面はひどくぬかるんでおり、腐った落ち葉の上を歩いていくと、地面ごと滑ったり、木の根に足を取られたりする。土砂崩れの跡に行く手を遮られ、乙彦と小春は時にヘンドを背負いながら大きく迂回《うかい》しなければならなかった。

ヘンドたちは一様に憔悴《しょうすい》して亡霊のように足下を見つめて歩いていた。これから待ち受けているのは死ぬまで療養所に閉じ込められる生活なのだ。

乙彦はそんな彼らの姿を見て鼓舞しようとした。

「元気を出してください！　気持ちをしっかり持って！」

ヘンドの耳にはその言葉が軽々しく聞こえて癪《しゃく》に障《さわ》ったらしい。一人が逆上したように言い返した。

「わかった口を利くな！　癩でもないおまえに、一生療養所で隔離されて生きる俺たちの気持ちがわかるわけねえだろ」

もう一人のヘンドも怒鳴った。

「そうだ。療養所で動物のように檻《おり》に入れられ、実験台にされるかもしれねえんだ。そんな俺たちに元気を出せとは何様のつもりだ！」

憤懣《ふんまん》の矢面に立たされた。乙彦は何を口にしても彼らの不安を消すことはできないと、それきり口を閉じることにした。

昼頃になって、ようやく山の麓にたどり着いた。もっと時間がかかると思っていたが、長年旅をしているヘンドが近道を知っており、予想よりも大幅に時間を短縮することができたのだ。林に身を隠して山道の入り口を見ると、村人が町の警察を先導して山を登っていくところだった。山狩りのため、村へと案内しているにちがいない。

乙彦たちは間一髪逃れられたことに安堵《あんど》し、林を通って、納屋のある方へと急ぐことにした。

町はずれには、大きな田んぼが広がっていた。霜の降りた土がどこまでもむき出しになっている。老医師が所有する納屋は林から三百メートルほど離れた田んぼの真ん中に建っていた。周辺には民家がほとんどなく、案山子《かかし》が斜めになって寂しそうに立っている。人影がないとはいえ、どこかから見られていないとも限らないため、六人全員で林を出て納屋へ入るのは避けるべきだった。ヘンドたちは相談し、農夫を装《よそお》って手拭《てぬぐ》いを頭にかけ、一人ずつ林を出てさりげなく納屋へ入ることにした。一人が納屋へ着いたのを確認してから、また次の一人が林を出て向かう。

ヘンドたちは二人目、三人目、四人目と無事に納屋へ忍び込むことに成功し、ついに林には乙彦と小春だけが残った。木立の間から陽が光の筋となって射し込み、小春を照らしている。

乙彦は小春の顔を見てから小さな声で言った。

「どうするの？　このまま納屋へ行く？　それとも引き返して別の寺へ向かう？」

木の葉がざわめいた。乙彦は息を飲んで返答を待ったが、小春は足元に目を落としたまま答えようとしない。納屋の戸の隙間《すきま》からは、心配そうに見つめるヘンドたちの顔が見えていた。

「ここで悩んでいるわけにいかないよ。別の寺へ行くなら、今すぐに山へ引き返して先に出発した組と合流しなきゃ」

どのような決断をしてもそれを尊重するつもりだった。彼女は息を吐くと、視線を落としたままつぶやいた。

「私、納屋へは行かない。別の寺へも行かない。今からお寺にもどる」

「え？」

「お寺にもどって、住職と一緒に村人や警官が来るのを待つ。真実をきちんと説明すればわかってくれるわ。私は女だから強姦事件の犯人に間違えられることもないし」

その口調には決意が感じられた。最初からヘンドたちを納屋へ届けたら、一人で寺へ引き返すつもりだったのかもしれない。乙彦は焦《あせ》って言った。

「止《や》めた方がいいよ。山狩りは今にもはじまろうとしているじゃないか。僕たち子供が何を言ったって聞いてくれるわけがない。住職や町の先生に従わなくちゃダメだ」

「ありがと。でも、私はどうしてもお寺に帰らなければならないの」

「なぜ？」

「……虎之助を待つ。彼は一年以内に絶対にお寺にもどってくると約束してくれた。もし盲《めくら》になった彼が這いつくばってお寺に帰ってきたら、誰が迎えてあげるの？　私たちを助けてくれた虎之助を悲しい思いにさせるわけにいかない」

小春が自ら保健所に癩だと名乗り出たところで、虎之助と同じ療養所へ送られるかどうかはわからなかった。再会するには寺で待つしかないのだ。

乙彦は小春の決意を目の当《ま》たり《あ》にして、気持ちを変えた。

「なら、僕もお寺にもどる！」

今度は小春が大きな目を見開く。

「なんでよ。あなたは癩じゃないのよ。もどる義務なんてないじゃない」

「いいんだ」

「だって、いつか自分の子供をお医者さんにするんでしょ。それなら、寺で暮らすより、町の先生のところに身を寄せなければダメよ」

「嫌だ。小春が寺に帰るなら、僕も帰る。絶対に離れない！」

「でも……」

「嫌だって言っているだろ！　だって、小春は僕と一緒にいてくれるって約束したじゃないか。家族同然でいてくれるんでしょ。だから僕だってお母さんの髪飾りを渡したんだよ。今更約束を破るなんて卑怯《ひきょう》だ。僕も傍にいさせてよ！」

涙声になっていた。ずっと小春と一緒にいたい。それが乙彦の気持ちのすべてだった。

小春にもそれはつたわったのだろう、口をつぐみ、乙彦の肩を抱き寄せて、わかった、と囁《ささや》いた。

「わかったから泣かないで。一緒にお寺に行こう」

乙彦は、柔らかな小春の胸にもたれながら小さくうなずいた。

森の木々の間を二人は駆け足で寺へともどっていった。つい先ほどヘンドたちに肩を貸しながら急な坂を下りたばかりで膝がガクガクと震えていた。しかし、山狩りが開始されるまでに何としてでも帰るのだと自分に言い聞かせ、坂をよじ登るように歩きつづけた。途中、雲岡村の近くに差しかかったところ、小春が不意に足を止めて村の様子を見てみようと言った。乙彦はうなずき、丘の上から村を観察することにした。

村の入り口の柵《さく》のあたりには、町から来た五人の警官に加え三十人ほどの村人たちが焚火《たきび》を囲むように集結していた。村人たちは鉢巻をし、棍棒《こんぼう》や竹槍《たけやり》、それに鳶口《とびぐち》と呼ばれる鉄の鉤《かぎ》のついた棒を握りしめている。大きな犬も三頭用意されており、興奮して白い息を吐きながら同じところをぐるぐる歩いていた。いずれも猟師たちが狩りの際につかう凶暴な猟犬だ。これだけの人数がいれば逃げきることはできないだろう。

小春が指をさした。

「あそこに平次がいるわ」

制服を着た警官の近くに、平次の姿があった。平次は村人たちから少し離れて立たされていたが、警官たちに向かって、浮腫《ふしゅ》だらけの顔で愛想笑いを浮かべたり、もみ手をして話しかけたりしている。やはり平次が警官や村人たちを寺へつれて行くことになっているようだ。

しばらくすると、役場の中から三人の男が出てきた。深川育造、上岡仁、野村二郎の三人だった。消防団の法被《はっぴ》を着ているのを見ると、彼らが山狩りの責任者なのだろう。三人は台の上に立ち、これから山狩りを行うにあたっての注意事項を話しはじめた。いよいよなのだ。

小春は焦りをあらわにした。

「もう時間の問題だわ。今にも山狩りがはじまってもおかしくない。早く寺にもどって住職につたえなきゃ！」

二人は村に背を向け再び急いで山を登った。

森を抜けて寺に到着すると、本堂からは住職の読経《どきょう》が聞こえてきた。いつの間にか梅の木に薄紅色の花が咲きはじめている。澄んだ空気がどこまでも広がり、小鳥のさえずりがこだまする。いつもと変わらぬ日常の光景だった。

小春が戸を開けると、仏像の前でお経を唱えていた住職の声が止んだ。小春は住職の背中におずおずと切りだした。

「私なの。小春。帰ってきたの……」

住職がふり返って悲しげな表情を見せた。小春は言い訳をするようにつづけた。

「ここで虎之助を待たなければならないと思って。それでもどってきたの」

住職はため息をついた。

「これから何が起こるかわかっているのか」

「うん……村では、三、四十人の大人たちが集まってたけど、警官もいた。だからちゃんと説明すればわかってくれるはずだわ」

住職は白濁した目で小春をじっと見つめる。

「小春、おまえは状況を甘く見過ぎている。おまえは、わしのような老いぼれとはちがう。村人や警官はわしを見逃すことはあっても、おまえのような若い者が山に居つくことは許さんだろう。乙彦、おまえだって村に返されることになる」

「で、でも」と小春は言った。

「おまえたち二人は、力蔵の銃殺に少なからず関わっている。平次が殺害したとしても、おまえたちは一緒に遺体を運び、川辺に遺棄したんだ。ことの真相が明らかになれば、どんな目にあうかわからないぞ」

二人は頭を垂れた。住職は声を落してつづけた。

「しかし、今のおまえたちに山の麓の納屋へ帰れと命じたところで、言うことを聞かんだろ……やむを得ん、おまえたちは外の草むらに隠れてろ」

「草むらって……」

「外の高台に長い雑草が生い茂っている場所があるだろ。今すぐにあそこに身を隠せ」

小春は返す言葉が見つからなかった。住職はつづけた。

「おまえはこれ以上つらい人生を送るべきじゃない。これから先しっかりと生き抜いて、虎之助に再会しなければならない。そうだろ？」

「……うん」

「ならば、外で乙彦と一緒に隠れていろ。あとはわしにまかせればいい。彼らが帰ったら、また一から出直そう」

「もし、うまくいかなかったら？　住職がつかまっちゃったら？」

「万が一失敗してわしが連行されるようなことがあれば、おまえたち二人でここで暮らせばいい。しかし、その時はいつ何時村人がここにやってくるかもしれないから十二分に気をつけろ。いいな」

「…………」

「そう不安な顔をするな。おまえは、ここにいた父親の血を引き継いだ立派な娘だ。おまえのお父さんは虎之助のようにこの寺を支えてくれたし、みんなからの人望も厚かった。小春ならかならずみんなに信頼される寺をつくり上げられるはずだ。だから、ちゃんと生き延びてくれ」

小春は住職のことを潤《うる》んだ目で見つめた。彼女にとって住職は父親のようなものだ。赤ん坊の時に癩病者の子供としてつれて来られた後、ずっと住職に面倒をみてもらって生きてきたと聞いていた。離れ離れになるなど、想像したことさえなかっただろう。

数頭の犬が吠《ほ》える声が聞こえてきた。耳を澄ませてみると、声はどんどん近づいてくる。警官と村人が寺に向かってきているのだ。

住職は険しい顔をして、乙彦に命じた。

「早く小春をつれて外へ出ろ。身を隠せ!」

乙彦は我に返り、小春の手を握りしめて外へと引っ張っていった。

寺の斜め裏は五メートルほどの高台になっており、その上には長い雑草が生い茂っていた。小さな虫が飛び交ってはいるが、体をすっぽりと隠すことができたので、乙彦と小春は言いつけ通りそこに身を潜めることにした。

村を出発した一群は森の中を真《ま》っ直《す》ぐに進んできているらしかった。鳥たちが怯えたように羽音を立てながら飛び回る。猟犬の吠え声がどんどんと近づいてくる。寺の本堂からは、再び住職の読経が聞こえてきた。

乙彦はいつの間にか小春の指が震えているのに気がついた。そっと手を握りしめてやったが、自分の手もまた小刻みに震えている。小春は上ずった声で言った。

「本当に大丈夫なのかな。住職の説得は成功するのかな」

乙彦は答えられなかった。体の不自由な老人を痛めつけることはないだろうが、寺の存続を許してくれるかどうかはわからなかった。

乙彦は小春の髪に赤い髪飾りがついているのを見た。乙彦はそれを外し、小春に握らせて言った。

「これを握ってて」

「なんで？」

「天国のお母さんが僕たちのことを助けてくれるかもしれない。これまで困った時はずっとそうしてきたんだ」

小春は小さくうなずいて、髪飾りを両手で握りしめた。髪飾りは汗を含み、紅の光沢を放つ。気の早い紋白蝶《もんしろちょう》が野を舞っていた。

乙彦は顔を上げて訊いた。

「ねえ、もし虎之助が帰ってきてお寺を引き継ぐことになっても、僕は小春と一緒にいられるんでしょ？　もう、僕だけ癪じゃないからここにいちゃいけないなんて言わないよね」

彼女は髪飾りを握りしめたままうなずいた。

「そうだね、虎之助がもどってきたら、また三人で暮らそう。ずっと一緒。みんなで兎《うさぎ》を罠《わな》にかけて、魚を手でつかまえて一緒に食べよう。それに、また川へ蛍の群れを見にいこう……」

「蛍、きれいだったね」

「今年の夏も三人で川が釈迦《しゃか》蛍で埋めつくされるのを見に行こうよ」

「本当？　約束してくれる？」

「するよ。約束する。私だって乙彦と一緒にいたいから」

小春と乙彦は励まし合うように肩を寄せた。

しばらくして森の木々が激しくざわめいたかと思うと、村人や警察官が列をなしてやってきた。村人らはそれぞれ武器を握りしめており、猟犬は涎《よだれ》を垂らしながら犬歯をむき出しにし、憤《いきどお》ったように吠えている。平次は先頭の一群にまざって案内をし、媚《こ》びへつらったようないやらしい作り笑いを浮かべていた。

小春と乙彦は慌《あわ》てて口を閉ざし、草むらに顔までうずめた。森からどんどん大人が現れるのを見ているうちに、恐怖心がせり上がってきた。胸の鼓動が大きくなる。

平次は得意げな顔をして寺を指さした。

「これがヘンドどもが暮らすカッタイ寺です。ここに暮らしている連中が銃を持って、村人を強姦《ごうかん》したり、殺害したりしているんだ。さっさとつかまえてください！」

自分の罪を棚に上げて何を言っているのか。怒りより、むしろ悲しみが湧《わ》き起こる。

警官と村人たちは集まり、何事かを相談しはじめた。猟犬が興奮を抑えられぬように二本足で立つようにしながら吠えている。やがて警官と村人が三人一組になって寺を五方向から囲むように立ち、残りの二十人ほどの村人たちが寺の入り口の前に並んだ。寺を完全に包囲した上で、中へ乗り込むつもりなのだろう。戸の閉まった本堂からは、住職の読経する低い声がつづいている。

先頭に立ったのは深川育造だった。彼は戸の前まで行って中の音に耳を澄ますと、左手を高く上げた。そして全員に目配せをしてから手を下した。

「行くぞ！　癩病者どもをつかまえろ」

深川育造が戸を一気に蹴《け》り破ると、村人たちも「おお！」と雄叫《おたけ》びを上げて土足で駆け上がる。武器を握りしめた男たちが次々に中へと雪崩《なだれ》込んでいく。戸の奥がどうなっているのかは見えなかったが、中からは怒鳴り声が響き渡ったり、何かが倒されたり、壊されたりする音がひっきりなしに聞こえてくる。

乙彦は彼らがどうして住職一人をつかまえるのに寺の中を破壊しなければならないのかがわからなかった。小春が囁いた。

「きっと住職以外に人が隠れていないかどうか探しているんだわ」

彼らはヘンドたちがすでに去ったことを知らず、平次の言葉を信じて十一人が潜んでいると思って捜し回っているのだった。なかなか見つからないことにいら立ったのか、警官が二人、犬を伴って中へ入っていった。犬の吠えたてる声が閉じられた寺の奥から聞こえている。

どれだけ経っただろうか。寺が静まり返ったと思うと、深川育造が住職の首にロープを巻きつけ、家畜のように引っ張って出てきた。癩《らい》を恐れて直接触れるのを避けているのだろう。村人たちが唾を吐きつけて罵《ののし》っている。住職は外へ引きずり出されると、地面の水溜《みずたま》りに放り出された。顔が赤く腫れ上がり、義足が外れて切断した太ものの肉があらわになっている。村人たちは住職を囲んだ。

深川育造は凍《い》てつく空気の中で白い息を大きく吐いてから、握っていた竹槍を顔の前に突きつけた。

「おい、ここに住んでいる他の仲間たちはどうした。癩病者は全員で十一人いるはずだろ。隠れてるなら、今すぐ引っ張り出してこい！」

住職は這いつくばりながら答えた。

「他の者たちはすでに巡礼の旅に出たんだ。もうはるか遠くへ行ってしまっている。わしは寺の責任者として一人でここに留まっているだけだ」

「この真冬に全員がそろって遍路に出るわけねえだろ！」

「疑うなら捜してみればいい。それに、彼らは事件の犯人じゃない。本当の犯人はそこにいる平次という男だ」

村人や警官が平次に目を向けた。深川育造も彼の浮腫だらけの顔を見たが、間もなくおかしそうに鼻で笑った。

「じじい、くだらねえ嘘はよせ。こいつは、自分から町の警察署へ名乗り出て、すべてを白状したんだぞ。犯人はお前らだって」

「順を追って話をするし、証拠品の銃も見せるから、ちゃんと耳をかたむけてくれ。警察の方でしっかりと調べれば、真犯人は明らかになるはずだ」

言い終わるか終わらないかのうちに、背後に立っていた消防団の法被を着た男たちが、住職の背中に蹴りを喰らわせた。風紀委員の上岡仁と野村二郎だった。とっさのことで住職は手をつくことさえできず、顔面から地面に倒れ込んだ。

　平次は気まずそうな顔をして横を向いた。

　上岡仁が住職を踏みつけて怒鳴った。

「ホラばっか吹いてんじゃねえよ！　てめえらが犯人だっていう証言は、この平次という男から得ているんだ。俺らがつまらねえ嘘を信じるわけがねえだろ」

「ぜ、全部本当のことなんだ。お願いだから、話を聞いてくれ」

「やかましい、この癩病者め！　俺は大戦の時に死刑の執行人をやらされ、二十人もの首をはねてきたんだ。てめえ一人をぶっ殺すことなんて造作ねえ。これ以上言い訳するなら、喉《のど》をかっ切るぞ！」

「だ、だけど」と住職は言う。

「何度も同じことを言わせるんじゃねえ！」

　上岡仁は助走をつけて靴底で顔面を蹴りつけた。住職が転がって泥だらけになる。警官たちは止めようとせず、ニタニタと笑って見ているだけだ。鎖でつながれた猟犬が今にも飛びかからんばかりに吠え狂っている。

　住職の鼻からは血が大量に流れていた。蹴られた拍子に鼻の骨が折れたらしい。彼は指のない手で鼻を押さえながら言った。

「じ、じゃあ、どうすればわしの話を信じてもらえるんだ？」

深川育造が竹槍で住職の頬をこづいて言った。

「今すぐ仲間をつれてこい。そしたら殺さずに済ませてやる」

「つれて来るなんて無理だ。本当に旅に出てしまってここにいない。わしには、彼らがどこにいるかわからない」

「なら、てめえを殺すと言ってんだろ！　それでもいいのか」

「ま、待ってくれ。まず話し合おう。そこにいる平次の話は全部嘘なんだ」

今度は隣にいた野村二郎が住職の頬を殴りつけた。そして右手で住職の左耳をつかんだと思うと、その頭を押さえながらいきなり耳を引きちぎった。耳はブチャと魚の頭をもいだような音を立てて剝《は》がれ、悲鳴とともに鮮血が噴き出した。野村二郎は薄ら笑いさえ浮かべながら、痛みでのたうちまわる住職を見下す。

「俺だって戦争に行ってるんだ。ビルマでは『耳狩りの二郎』と言われたこともあった。米英や現地の捕虜たちの耳を五十枚ぐらいちぎってやったんだよ」

村人たちは大きな声で笑った。

平次がただ一人、隅っこで青い顔をして背を向けている。野村二郎が住職の耳を猟犬の方へ投げると、犬は近寄って臭《にお》いを嗅《か》いだものの、食べようとはしなかった。野村二郎は「癩の耳は犬も食わねえか」と苦笑した。そして彼は住職に向かって低い声で言った。

「いいか、残してもらった一方の耳の穴をかっぽじってよく聞け、これは脅しじゃねえんだ。てめえには今すぐ仲間をここへ連れて来るしか道は残されてねえんだよ」

「で、でも……」

「お前の話を聞くつもりはねえ。つれて来るか、来ないかだ。もしつれてこないなら、もう一方の耳をちぎってから叩《たた》き殺す。そして、この寺は火をつけて焼く。悪りぃが、俺たちだって復讐《ふくしゅう》しなきゃ、力蔵の親兄弟に申し訳が立たねえんだ」

村人たちがこだわっているのはまさに面子《めんつ》だったのだろう。癩病者に強姦されれば二度と幸せな結婚はできなくなるし、殺されて犯人に逃げられれば末代までの恥となる。自警団は彼らの無念を晴らし、家族の面子を守るために、犯人である癩病者を殺害しなければすまなかったのだ。

草むらに隠れていた小春が話を聞いて、怒りに満ちた目を乙彦に向けてきた。どうして住職がこんな目に遭わなければならないのか。乙彦も同じ気持ちであり、平次が犯人だと訴え出たかった。しかし、今飛び出したところで、彼らは子供の話など聞こうともしないはずだ。

住職は地面に両手をつくと、深川育造たちに対して頭を下げた。

「お願いだ。この寺だけは残してくれ」

「癩のくせに偉そうな口調で言うんじゃねえ。ものを頼む時は敬語だろ！」

住職は屈辱に唇を嚙みしめて堪えながら、絞り出すように言った。

「お願いします。この寺は癩の治癒を願って遍路をする者たちが身を寄せるための寺なんです。ここを壊されたら、癩で苦しむ者たちは巡礼すらできなくなってしまうんです」

「巡礼？　癩のくせにそんなことをしているのが間違いなんだよ」

「癩の者にとっては遍路をすることぐらいしか生きる希望がないのです。ただでとは言いませんから、どうかお寺だけは残してください」

「ただじゃねえとは、どういうことだ。てめえみたいな乞食《こじき》に払える金なんてねえだろ。何を出してくれるんだ」

住職は睨《にら》みつけるように深川育造たちを見据えて答えた。

「自分で死にます。あなたたちだって自分の手を汚してわしを殺したくないはずだ。ならば、わしがすべての責任を背負って死にます。だから寺だけは残してください」

一瞬沈黙があった後、深川育造が鼻で笑った。

「面白れえじゃねえか。どうやって死ぬっていうんだ。ここで首でも吊《つ》るのか、それとも切腹でもするのか」

住職は血で染まった手を懐《ふところ》に入れると、小さな容器を取り出した。乙彦たちが荷物整理をしている際に見つけた青酸カリ入りのガラスの容器だ。粉末は少しだけ固まっている。

深川育造は容器をのぞき込んで、納得したようにうなずいた。

「これ、戦地で見たことがあるぞ。旧日本軍が自殺用に配っていたものだろ」

「はい……昔、ある男が闇市《やみいち》で買ったものを寺に置いていったんです。偽物《にせもの》じゃありません。こ、これを飲んだら、寺はそのままにすると約束してくれますか」

彼は青酸カリの容器をもう一度見てからニヤリと笑って答えた。

「よし、約束してやるよ。俺たちも返り血を浴びずに済むってことだ。見ててやるから、この場で死ね」

警官は一瞬顔を見合わせたが、何も言わずに状況を見守っている。自殺ということにするのであれば止める必要もないと思ったのか。

住職は警官の陰に隠れて背を向けている平次を睨みつけた。自分の死と引き換えに、彼が保身のために裏切ったことがどんな結果を招いたか知らしめようとしたのかもしれない。だが、平次は目をかたく閉じ、ふり返ろうとはしなかった。

上岡仁が棒で地面を殴りつけて煽《あお》った。

「早く飲めよ。坊主《ぼうず》のくせに死ぬのをためらっているんじゃねえ！　坊主なら成仏《じょうぶつ》できるんだから死ぬのが怖いわけねえだろ！」

警官は固唾《かたず》を飲んで見守っている。本当にこの場で自殺を図るのだろうか。住職は深川育造の顔を見てもう一度だけ念を押した。

「約束ですよ。これはわしの命を懸けたお願いですからね」

住職は三回大きく深呼吸をすると、容器を口に放り込んだ。噛んだ。ガラスの砕ける音がする。

あたりに時間が停止したような静寂が広がった。村人や警官たちが取り囲む真ん中で、住職は背中を丸めて地面を見つめていた。はるか遠くで川のせせらぎがしている。

何分経《た》っただろうか。突然住職は激しく咳《せ》き込んだかと思うと、声にならない叫びをあげて体をのけぞらした。つづいて鮮血を吐き、野獣の断末魔のような悲鳴を上げて喉をかきむしる。急に咳をしなくなったと思うと胸を押さえてもだえ、吐血し、のた打ち回る。息ができないのか、顔がみるみるうちに赤黒く変色し、鼻と口から血が流れた。

深川育造が膝《ひざ》を叩いて叫んだ。

「やっぱりこうなったか！」

唖然《あぜん》としていた村人たちがどういうことかと尋ねる。育造は説明した。

「昔、陸軍で配っていた青酸カリにはいくつか種類があった。純度が高くて新しいものは将校以上のお偉いさんに配られ、服用すれば一瞬であの世へオサラバすることができるが、二等兵に配られる物は質が悪く古いため、なかなか死ねずに苦しむことになるんだよ」

深川育造の言葉に、その場にいた村人たちがどっと笑った。「癩は戦争へ行ってねえから何も知らねえんだ」とか「死ぬまであと何分待てばいいんだよ。眠たくなってきたぞ」と口々に言う。住職はそんな村人に取り囲まれながら身をよじり、顔面を地面にすりつけた。耳を覆《おお》いたくなるほど痛々しげなうめき声を上げてもがき苦しんでいる。血の混じった泡が口端からあふれていた。平次はなおも背中を向けて見ようとしない。

草むらに隠れていた小春は、住職の体が痙攣《けいれん》をはじめると、たまりかねて立ち上がろうとした。だが、今出ていけばその場で取り押さえられるだけだ。乙彦は彼女の腕をつかんで、首を横にふった。それでも小春は腕をふり払おうとしたため、乙彦は声を殺して言った。

「絶対に行っちゃダメだ。住職と約束しただろ。僕たちはどんなことがあっても、ここにいなきゃ」

今自分たちが出ていってつかまれば、逆に住職を悲しませることになる。だが、小春は乙彦の腕を突き放し、立ち上がった。

「やめて！　住職を殺さないで！　お願いだから助けてあげて」

そう叫んで高台から飛び降りると、血の泡を吹く住職のもとへ駆け寄ろうとした。警官が気がついて、「仲間だ！　あそこに別の癩がいたぞ！」と叫んだ。村人が鎖につないでいた猟犬を二頭放した。巨大な犬は水を得た魚のように駆けだし、まず一頭目が犬歯をむき出しにして小春の肩に飛びかかった。小春が悲鳴を上げながらその場に倒れ込む。二頭目が容赦なく彼女の後頭部に嚙みついたと思うと、今度はもう一方がすぐに左足をくわえて、ふり回すようにして引きずりはじめた。オオカミに襲われた無力な小動物のように小春は軽々と転がされる。

村人が棒を持ったまま駆け寄ってくる。

「癩だぞ！　ガキだから殺すな。生け捕りにして仲間の居場所を吐かせろ！」

彼らは小春を素手で触るのを避けて棒で殴りつける。小春は犬に引きずられ、袋叩きに遭いながらも、叫ぶように訴えた。

「住職を助けて！　住職の命を救ってあげてよ！　お願い！」

村人も警官も耳を傾けようとしない。猟犬は小春の後頭部と足に噛みついたまま首をふる。このままでは小春までも殺されてしまう。

乙彦は見ていられなくなり草むらから立ち上がると、「小春！」と叫んで駆けだした。即座に村人が「もう一人隠れていたぞ！」と叫んで三頭目の犬を放した。犬は真っ赤な口を開けて乙彦の喉に向かって飛びかかってきた。乙彦はあっという間に仰向《あおむ》けに倒された。犬の歯が首のあたりに食い込んだと思うと、すさまじい力で引きずられる。抗《あらが》うことさえできない。

「やめて！　僕は村にいた乙彦です！　小春と住職を助けて！」

乙彦には名乗って助けを求めることしかできなかった。あれほど雲岡村で生まれ育ったことが嫌で仕方なかったのに、今はそれを頼りに命乞《いのちご》いをするしかなかったのだ。

だが、犬に引きずられているうちに泥と血が目に入り視界が閉ざされて何もしゃべれなくなった。村人たちの「癩がいたぞ！」とか「立てなくなるまで殴れ！」という叫び声が飛び交っていたが、彼らがどこにいるのかわからないし、自分がまだ犬に引っ張られているのかすら定かでなくなっていた。

乙彦は最後の力をふりしぼって叫んだ。

「小春を離してあげてください！　お願いだから助けてください！」

それが声になったのかどうか自分でもわからなかった。意識が朦朧《もうろう》として、村人の声も犬の吠え声も聞こえなくなった。はるかかなたで小春の悲鳴が響いているような気がした。それもいつしか遠ざかり、視界は闇一色になり、そして意識が途切れた
――。

＊

これが、乙彦にとって寺の最後の記憶だ。

父は二年前に刑務所から出所して、千葉のアパートで子供時代のことを初めて語った時も、この日の出来事についてはそれ以降一切憶《おぼ》えていないと語っていた。後から知らされたのは、襲いかかってきた猟犬の牙《きば》が頭蓋骨《ずがいこつ》にまで食い込んでいたということだ。おそらくその衝撃で気を失ったか、記憶が飛んだかしたのだろう。

父が意識を取りもどしたのは、翌日の朝のことだったという。町立病院の緊急治療

室のベッドに横たえられていた。いったん町の小さな診療所に運ばれたのだが命の危険があったため、入院設備の整った病院へ運ばれて治療を受けることになったのだ。病院には二カ月近く入院したが、退院しても雲岡村に帰ることはなかった。深川育造は乙彦も癩に感染している可能性があるとして引き取りを拒否し、他の村人も同様に養子として受け入れることを拒絶した。父は退院後、高松市内の児童養護施設に送られることになった。そして十六歳になってからは施設を出て関東に移り住み、血の滲《にじ》むような努力の末に成功をつかんだのである。

父は三十代で事業を軌道に乗せた後、かつて寺で知り合ったヘンドたちのことが気になって行方をつかもうとしたらしい。彼が刑務所で書き綴《つづ》った大学ノートには、わずかだがヘンドたちのその後についての記述があった。住職については次のように記されていた。

〈住職は青酸カリを飲んだ後、何時間も苦しんだ末に息絶えたという。あまりに激しく悶《もだ》えたせいで、体中に爪《つめ》でひっかいた傷が残って血だらけになっていたようだ〉

父は気を失っていたために住職の最期《さいご》を直接見届けていないはずだから、後日住職が運び込まれた病院の医師を訪ね、当時のことについて証言を得たのかもしれない。同じ大学ノートには、平次に関しても書かれていた。

〈寺の事件の後、平次は群馬県にある療養所・桃生楽池園に入居。結局、強姦、殺人についてはすべて寺に住んでいた他の者たちのせいにして、彼自身は何一つ罪には問われなかった〉

父は平次の居場所を突き止めたにもかかわらず、会いに行くことはしなかったようだ。ノートには詳しい理由がまったく書かれていない。推測するに、会えば当時のことを思い出して怒りを抑えきれなくなって首でも絞めかねないと考えていたのではないだろうか。

そして小春についてもノートに記述があった。私自身、あの事件の後に小春がどのような道をたどっていったのか大いに関心があった。だが、書かれていることを読む限り、彼女の行方だけはつかむことができなかったようだ。

〈小春は療養所へ送られたものの、数年後には脱走。その後の行方は知れず〉

簡潔な文章だが、父は死にもの狂いで小春を捜したにちがいない。何をおいても見つけたかった大切な人であるはずだ。それでも療養所を逃げた後の行方がわからないということは、八方手を尽くしても叶《かな》わなかったということなのだろう。

もし寺がそのままであれば、離れ離れになった二人が落ち合う場所になったかもしれない。だが、あの事件の後、寺は村人や警察によって火を放たれ、焼き払われてしまった。二度とヘンドが集まらないようにしたのだ。
そうしてカッタイ寺の長い歴史は、山の奥でひっそりと幕を閉じたのである。

二〇一二年　三人

夜が明けたばかりの雲岡村には、朝靄《あさもや》が木の枝の間まで薄っすらと広がっていた。道端に生えた草花は、露の重みで頭《こうべ》を垂れている。白んだ空には、月がかすかに浮かんでいる。

午前六時過ぎ、私は川渕警部補たち六名の捜査員とともに公民館を出発し、村の入り口にある犬娘の暮らす小屋へと向かった。一本道を囲む草むらからバッタの親子が飛び出して跳ねながら追いかけてくる。

小屋へ行く目的は、そこで暮らす三人の正体を明らかにすることだった。今の犬娘の本名が「羽賀テル子」だとしたら、父はセンショー者と呼ばれた男であり、妹は存在しないことになる。では、小屋に犬娘の家族と偽って同居する二人は何者なのか。それまでずっと黙秘を守っていた乙彦が、小屋で彼女らに会った直後に自供をしたことを考えれば、犬娘を含めた三人が事件とまったく無縁とは思えなかった。

隣を歩いていた美波みどりが小さな声で言った。

「さっき別の捜査員が村長さんの家を訪ねて、小屋に住んでいる人のことを訊いてみたんです。そしたら、『小屋には犬娘一人しか暮らしていないはずで、同居者がいるなんて聞いたことがない』と言われたって。やっぱりあの小屋にはもともと犬娘、つまり羽賀テル子しか暮らしていなかったのよ」

「では、やはり残りの二人は村人には内緒で小屋に潜んでいたということですか」と私はつぶやいた。

もし犬娘たち三人が事件にかかわっているならば、乙彦の単独犯ではなくなる。さらに天島のハンセン病療養所に現れたという「乙彦の代理人の女性」とは何者なのか。

私は朝の風が寒くなり、チノパンのポケットに手を入れた。

「犬娘の家族についても何かわかりましたか」

「はい。村長の話では、羽賀テル子の父親はセンショー者で間違いないということでした。もう四十年近く前に亡《な》くなったそうです。妹もいないみたいです。彼女は十八の歳《とし》まで力蔵さんの実家で養ってもらった後、小屋に移されて母と同じ犬娘として暮らすようになったとか。村長がこれについて嘘《うそ》をついているとは思えませんし、今日の九時を過ぎれば確かなことがわかります」

「なぜ九時過ぎなんでしょう」

「市役所が開く時間なんです。市役所が戸籍を管理しているので。警察が依頼をしても原則九時の始業時間にならなければ動いてくれないんです」

そんな悠長なことは言っていられない。父は今日の朝に警察署へ移されることになっているのだ。もし事件に犬娘たち三人がかかわっているならば、父が連行される前に真相を解明する必要がある。知らず知らずのうちに歩調が速くなっていた。

村を出てすぐのところに、犬娘の小屋はひっそりと建っていた。ドアは濡《ぬ》れて黒ずみ、腐った箇所にいくつか穴が空いている。庇《ひさし》にかかる蜘蛛《くも》の巣には、数えきれないほど蚊の死骸《しがい》がぶら下がっていた。

川渕警部補が捜査員全員を止め、声を潜めて言った。

「俺は正面から入る。その間お前たちは両側から見張っておいてくれ」

彼は若手捜査員二人を東西に配置し、正面の玄関に歩み寄った。ドアの奥は静まり返っている。美波みどりはドアの亀裂《きれつ》に顔を近づけ、室内をのぞこうとしていた。何も見えないらしい。

やがて彼女は川渕警部補と目配せをしてから、遠慮気味にノックした。

「朝早く申し訳ありません。香川県警の美波と申しますが、ちょっとよろしいでしょうか？」

小屋の中からは物音一つしない。美波みどりはもう一度ドアを叩いて、今度はさらに大きな声で呼びかけた。やはり犬娘たちが起きてくる様子はない。物音に驚いたのか、蟻《あり》の群れがドアの隙間《すきま》からゾロゾロと出てくる。

美波みどりは口を尖《とが》らせてドアに手をかけた。鍵《かぎ》はかかっていないようだ。彼女は指示を仰ぐように川渕警部補を見た。逮捕状が出ているわけではないため、突入など乱暴なことはできないが、かといって何もせずに引き返すわけにもいかないのだろう。

川渕警部補は悩ましげに頭をかきむしった後、腹を固めたように手で〈自分が入ってみる〉という合図を送ってから、大きな声で呼びかけた。

「すいません。ちょっとお伺いしたいことがあるので、出てきていただいてよろしいでしょうか」

返事はない。

「いらっしゃらないんですか。警察です。ドアを開けますよ」

そう言いながら、彼はゆっくりとドアを引いていく。木がきしむ音とともにドアの隙間から何かが腐ったような臭いが漂ってきた。川渕警部補がハンカチを口にあてる。

埃《ほこり》が漂う室内は薄暗く、人の気配がまったくない。天井から電気コードが一本垂れ下がっている。

「どなたかいらっしゃいますか」

呼びかけても、声が空《むな》しく反響するだけだ。反対側の縁側につけられた古い風鈴が小さく音を立てている。川渕警部補は中へ立ち入るべきかどうか迷い、他の捜査員たちと顔を見合わせた。

その時、美波みどりが、床にメモ用紙が落ちているのに気がついて腰をかがめた。拾い上げてみる。彼女は裏をひっくり返した途端に「あれ」と声を上げた。

「これ、見て。マスコミの置手紙だわ」と彼女は言った。

〈香川新聞社・社会部の田口伸一と申します。殺人事件を調べている警察の方々が、あなた方のことを調べようとしているみたいです。我々の方で一、二点お尋ねしたいことがありますので、次の番号にお電話をいただけないでしょうか。090-＊＊＊＊-＊＊＊＊〉

公民館の前にいた記者が私たちの会話を盗み聞きしており、深夜のうちに一歩先に犬娘のインタビューを取ろうとしたのだろうか。だが、犬娘たちは警戒して出てこようとしなかったにちがいない。それで、記者たちはまだ暗い時間帯だったこともあり、メッセージを書いたメモをドアの間にでも挟んでいったん引き返したのだ。

美波みどりは手紙を握りしめたまま言った。

「犬娘たちがこのメモを見たのなら、私たちの動きに気づいたことになりますよね……」

川渕警部補が大きな声を上げた。

「まずい、逃げられたかもしれないぞ。室内を調べろ」

その場にいた全員が一斉に家へ突入した。室内は湿っぽく空気が澱《よど》んでおり、廊下の床はべたべたとしている。何かの腐臭に加えて便所から漏れてくるアンモニア臭とも下水臭ともつかぬ臭いが奥へ進むにつれて強くなっていく。

部屋は二つあり、手前にあるのが三畳ほどの台所だった。プロパンガスをつかったコンロが一つあるだけで、床にはゴミの入った袋が散らばっていた。さらにその奥には、八畳ほどの居間があった。古めかしい座卓が置かれ、一組の布団《ふとん》が敷きっぱなしになっている。布団は汗なのか尿なのか、じとっと濡れたシミがあって異臭を漂わせていた。

捜査員たちは捜査令状がないのを承知で布団をどけてみたり、冷蔵庫を開けてみたりする。全員が、室内にたち込める異臭や家具が散らかる状況から、尋常ではない様子を感じ取っていたのだ。

しばらくして川渕警部補は何かに気づいて床に落ちていたものを拾い上げた。彼は私の方を向いて言った。

「これ、ICレコーダーですよね」

たしかにICレコーダーだったが、プラスチックのカバーが割れてマイク部分が外れてしまっている。金槌《かなづち》のようなもので叩いたのか、靴底で何度も踏んだかしたのだろう。私はカバーに記された製造元が、拾ったナイロン製の入れ物と一致するのを確認してから答えた。

「おそらく僕が洞窟《どうくつ》で見つけた入れ物と同じものです」

「なぜこんなところに……」

私は首を傾《かし》げた。

「わかりません……もしかしたらICレコーダーは父のものではなく、彼女たちのものだったのかも……」

「ただ、見たところ壊れているのは表面だけですから、メーカーに頼めば記録した音声データを取りもどせるはずです」

録音データさえ取りもどせれば、事件は闇に葬《ほうむ》られずに済むはずだ。一体どんなことが記録されているのか。

その時だった。突如背後から男性が叫ぶ声が聞こえた。ふり返ると、新人の捜査員が押入れを開けて固まっていた。

「大変です。ここに人が倒れています！」

押し入れの中に、痩《や》せた老人がマネキンのように体をよじった姿勢で倒れていた。捜査員たちは一瞥《いちべつ》しただけで死んでいることを察して押し黙った。だが、新人の捜査員一人がそれに気づかず、「大丈夫ですか、大丈夫ですか」と呼びかける。若々しい声だけが空しく響く。

「もういい。素手で触るな」

川渕警部補は彼をどけると、大きな手に白手袋をきつそうにはめてから老人の体を仰向けにした。すでに死後硬直がはじまっているらしく、腕や足が曲がったままで、目は見開いていた。瞳《ひとみ》が白く濁りつつある。川渕警部補は首を横にふった。

「もう冷たい。首を絞められて殺されたんだろ」

首に指の痕《あと》が赤黒い痣《あざ》となって残っていた。抵抗したらしく爪が二つ剝がれており、ズボンに失禁の跡がついている。

「たぶん、彼がここに住んでいた一人でしょうね」と新人の捜査員が言った。

「そうだろうな。しかも死体の硬直状態を見る限り、殺されたのは数時間前といったところか」

私の中に様々な謎《なぞ》が浮かび上がってきた。誰がこの老人を殺したのだろうか。この男は誰なのか。なぜ壊されたICレコーダーがここにあるのか……。

部屋にいた捜査員たちは厳粛な顔をして立ちすくんでいる。その時、隅にいた美波みどりが座卓を指さして「あの眼鏡、誰のかしら」と言った。食器や筆記用具が散乱する座卓には、黒縁の大きな眼鏡が置いてあった。首から下げられるようにチェーンがつけられている。川渕警部補が遺体の傍らに立ったまま目を向けた。

「老眼鏡だな。この老人のものかもしれない」

美波みどりが歩み寄って老眼鏡を取り上げる。チェーンがだらりと垂れさがる。彼女は「あれ、何かついてる」とつぶやいた。チェーンに小さな名札のようなものがぶらさがっていたのだ。裏返すと、油性のマジックで数字の「二」と書かれて丸で囲まれていた。

川渕警部補が歩み寄り、老眼鏡を受け取る。

「ああ、これは番号だろ。うちのじいさんも、こうやって老眼鏡に番号をつけていた。

老人は用途によって度の違う眼鏡をつかいわけなければならないので、混乱しないように番号をふってわかるようにしていたんだよ。違う縁の眼鏡にすればいいのに、老人はなぜか同じものを買いたがるんだ」

川渕警部補が老眼鏡をもとの位置にもどす。フレームがゆがんでいるらしく、食卓の上で斜めになった。美波みどりは、どこか納得のいかない点があるのか、口先をとがらせて老眼鏡を見つめたままだ。川渕警部補が遺体へもどろうとした時、彼女は呼び止めるように口を開いた。

「ねえ、これ、本当に番号なんですかね。『二』は名前かもしれませんよ」

「どういうことだ?」

「もしこのお年寄りが行方不明中の野村二郎さんだったらどうでしょう。この『二』は番号じゃなく、二郎ということになりませんか」

川渕警部補はもう一度もどって老眼鏡を手に取った。たしかに番号ならばアラビア数字で「②」と書くだろう。わざわざ漢数字で「㊁」と書いているのは名前だからかもしれない。

「仮にそうだとしたら、野村二郎さんはバス停でバスに乗らずに引き返してきて、この小屋に身を隠していたことになる……」

美波みどりが答えた。

「深川育造さんと上岡仁さんは洞窟で殺害されたのに、どうして野村二郎さんだけここにいたんだろ。犯人に監禁されていたのなら、私たちが訪ねてきた時に助けを求めればよかったのに黙っていた」

「考えられる理由は二つ。誰かに後ろから包丁でもつきつけられて黙らせられていたか、彼自身が深川育造さんや上岡仁さんの殺害に関与していたかだ」

捜査員たちは川渕警部補の仮説にうなずいたものの、その先まで自信を持って意見を言える者はいなかった。川渕警部補は手袋を外して捜査員たちの方を向いた。

「今から野村竹子さんと乙彦さんを呼んできてくれ。この遺体の身元を確認しなければならない。もし野村二郎さんだとしたら、竹子さんに確認しなければならないことが出てくる」

「確認って？」と美波みどりが訊《き》いた。

「竹子さんは、父親をバス停まで送ったと言っていたが、実際はここにいたわけだ。むろん父親が竹子さんに内緒でもどったとも考えられるが、高齢であったことや、しばらくして大雨が降ったことを考えれば、何か腑《ふ》に落ちないところもある。それに普通なら温泉街の妹のところに父親が着いたかどうか電話で確認するものだろ。あてたら何か出てくるかもしれない」

「それじゃ竹子さんが事件に関係してたってこと？」

「まだわからないが、もし彼女が父親が小屋にいることを知って嘘をついていたのだとしたら事件に関与していた疑いは出てくる」

「逃げた犬娘と妹を名乗る女性のことは追わないんですか」

「そっちについては、公民館にいる捜査員たちにただちに山に入ってもらい、行方を追わせる。それと香川新聞社会部の田口という人物も洗っておけ。無線で今すぐつたえるんだ」

捜査員たちはうなずいて、散り散りに小屋を飛び出した。時計の針は、七時になろうとしていた。


犬娘の小屋は、警察によって立ち入りが制限されることになった。小屋の周りには〈立ち入り禁止〉と記された黄色いテープが張り巡らされ、見張りの警官が長い棒を持って立った。

最初に匂《にお》いを嗅ぎつけて集まってきたのはマスコミだった。彼らは新聞社やテレビ局の腕章をつけてやってくると、「何があったんですか」とか「誰か殺害されたのですか」と口々に訊いてきた。そうやってどさくさに紛れて室内の様子を盗み見て、あわよくば映像におさめようとするのだ。

「やめろ。撮影は禁止だ！」

ベテランの警官が加勢にやってきて、ブルーシートを小屋の周りに張り巡らせた。そして、半径二十メートル以内の立ち入りを禁じる。マスコミ対策のためのマニュアルがあるのだろう。

やがて小屋の騒ぎがつたわったのか、村の人々が寝間着姿のまま集まってきた。彼らは小屋を取り巻き、警官に向かって何が起きたのかを尋ねたが、曖昧《あいまい》な答えしか返してもらえなかった。比較的年の若い者数名が顔色を変えて「また事件か！」とか「今度は誰が死んだんだ！」と怒鳴りだす。現場には物騒な雰囲気が広がったため、急遽《きゅうきょ》見張りの警官が数名増員された。

私は川渕警部補とともに小屋の入り口で、父と野村竹子の到着を待っていた。川渕警部補は落ち着かなそうに貧乏ゆすりをしながら、壊れたＩＣレコーダーの入った袋と、フレームの曲がった老眼鏡を交互に見つめていた。ここに事件の真相に通じる大きなヒントがあるのは確実だった。

最初に捜査員によってつれてこられたのは、竹子だった。竹子は寝間着にカーディガンを羽織った格好で現れた。目の下にはくまができており、前に会った時よりやつれているように見えた。父の野村二郎の行方をずっと気にしていたのだろうか。

竹子は息を切らしてやってくると、緊張した表情で言った。

「ち、父が見つかったかもしれないと聞きました。本当なんでしょうか」

動揺しているらしく声が震え、前髪が汗で固まっている。川渕警部補は美波みどりと目を合わせてから言った。

「まずは、小屋に入ってください」

「ここにうちの父がいるんですか」

「順を追って説明しますので、お入りください」

竹子はその一言ですべてを察したのか、手で口を押えた。

川渕警部補が先導して小屋へ入って行くと、奥の居間で老人の遺体はシーツをかけられたまま横たわっていた。鑑識が到着するまで、できる限りそのままに保っておかなくてはならないのだ。体液が漏れ出しており、シーツに所々濡れたような褐色のシミができている。部屋には大きな蠅《はえ》が一匹、入り込んで飛び回っていた。

川渕警部補が遺体の横にしゃがみ込み、手袋をしてからシーツを胸の部分までどけた。年老いた男の死に顔が現れる。ゆがんだ口がわずかに開いている。川渕警部補は竹子の表情を見ながら言った。

「この方にお心当たりはありませんか」

竹子は唇を小刻みに震わせて立ちすくんだ。空気が急に息苦しいほど重くなる。

「いかがですか」と川渕警部補がもう一度尋ねた。

「……父です」と竹子が声を絞り出した。

川渕警部補は、遺体の首の絞め痕を指さした。

「ご覧の通り、扼殺《やくさつ》です。状況からして、おそらく深夜から明け方にかけてのことだったと思われます。詳しいことは調べなければわかりませんが、殺人事件と断定して間違いないでしょう」

竹子は言葉を失ったまま野村二郎の遺体を見下ろすだけだ。まるで幼い子供が立ちすくんで壊れた宝物でも見つめるようだ。

その時玄関で物音がして、警官が二人入ってきた。後ろから父が血走った目をしてついてきた。寝起きだったらしく、髪が寝癖で乱れており、裸足《はだし》に革靴といった格好だ。すでに警官から話を聞いていたはずだが、横たわる遺体を見た途端に紫色になった唇を震わせた。

川渕警部補が近づいて言った。

「乙彦さんもいらっしゃいましたか。このご遺体は野村二郎さんです。首を絞められて殺されています」

父は「あ、ああ」と小さくあえぐような声を出した。

「昨夜、あなたは公民館にいました。つまり、野村二郎さんを殺害したのは別の人間ということになります」

「………」

「あなたは深川育造さんと上岡仁さんを殺害したと言っていましたが、少なくとも野村二郎さんの殺害については、あなた以外に犯人がいるということになります」

川渕警部補は父にそう言いながら、時折横目で竹子の様子をうかがっていた。竹子は泣こうとも叫ぼうともせずに、立ったまま遺体を見つめている。

川渕警部補も竹子の態度に違和感を覚えたらしかった。鋭い目つきになって彼女に尋ねた。

「申し訳ありませんが、少々立ち入ったことをお尋ねしてもよろしいでしょうか。この殺人事件には、以前あなたがおっしゃっていた話と少し食い違う点が出てきています」

竹子はビクッと体を震わせた。動揺は誰の目にも明らかだった。

「あなたの話では、六月一日、つまり深川育造さんと上岡仁さんが失踪《しっそう》したのと同じ日に、野村二郎さんは行方不明になったとのことでした。あなたがバス停までつれて行った後に消えた、と。だけど実際には、野村二郎さんはこの小屋に潜伏して今朝まで犬娘と正体不明の女性とともに暮らしていた」

「…………」

「竹子さん、あなたは高齢のお父様がバスで温泉街に暮らす妹の家へ泊まりに行ったのに、無事に到着したかどうかを一週間も妹さんにたしかめていませんでした。どうしてなのですか」

「い、忙しくて……」

「実は一つ不自然なことに気づいたのです。お父様は旅行へ出かけたはずなのにバッグも財布も持っていませんでした。あなたとバス停で別れた後にここに来たのなら、おかしくありませんか」

「…………」

「率直にお尋ねします。あなたは本当にお父様とバス停で別れたのでしょうか。実はお父様がこの小屋にいることをご存じだったのではないですか。何かを隠そうとして我々に嘘をついたのではないですか」

室内の空気が凍りついた。竹子の目がいつのまにか充血している。その場にいた全員が固唾を飲んで見守る。

大きな蠅がまた羽音を立てはじめた。川渕警部補は、透明なビニールに入ったICレコーダーを取り出した。壊された状態で発見されたものだ。竹子は目を丸くして顔をそむけようとした。だが、川渕警部補はICレコーダーを突きつけた。

「これ、見覚えがありますよね。このICレコーダーのケースは洞窟の付近で発見されていました。そして、犯人はあなたのお父様を殺害し、小屋を去る直前にこれを壊して記録を抹消させようとした。逆に言えば、このICレコーダーの中には今回の事件についてとても重要なことが録音されているはずです」

「…………」

「犯人は、ICレコーダーを壊せばデータはなくなると思ったかもしれない。でも、メモリの部分を燃やしたりして完全に破損させない限り、音声データは復元できるものなんです」

「…………」

「遅かれ早かれ、録音データは明らかになります。その前に、すべてをお話しいただいた方が、殺されたお父様のためにも、あなたのためにもいいと思います。何があったか教えていただけませんか」

竹子はそれを聞いた途端、膝から頽《くずお》れて泣きだした。もはや逃げおおせないと悟ったのだろう。遺体にしがみついて、涙声で「お父さん、ごめんなさい、ごめんなさい」と謝りはじめる。遺体は死後硬直したまま揺れる。

美波みどりが歩み寄り、竹子の肩を抱えて「落ち着いてください」とささやいた。竹子は全身を震わせながら、野村二郎の服を握りしめ、ひたすら謝罪の言葉を口にする。父は一番後ろに立ったまま、いたたまれない表情で幼馴染《おさななじみ》の号泣する姿を見守っている。

川渕警部補はしゃがんで声をかけた。

「竹子さん、お願いします。真実を語ってください」

竹子は声を震わせながら答えた。

「実は、カッタイ寺の跡地で深川育造さんと上岡仁さんの二人を殺したのは、わ、私なんです……」

全員がお互いの顔を見合った。父が祈るように手を合わせて天井を見上げる。川渕警部補は動揺を隠して慎重に尋ねた。

「竹子さんが殺人を？　どういうことなのでしょう？　お一人で殺害したということと

なんですか」

「いいえ、ちがいます。六月一日の明け方、犬娘が一人の見知らぬ女性をつれてやってきました。そして私と父はその女性に脅かされ、深川育造さんと上岡仁さんを呼び出して山奥で殺害したのです」

一人の見知らぬ女性と聞いて、やはり第三の人物がいたことを確信した。

「四人で二人を殺害したということですか」と川渕警部補は訊いた。

「はい。村であった六十年前の過去をつきつけられ、あの二人に対する復讐《ふくしゅう》に巻き込まれたのです」

彼女は胸に手を当てて、話しはじめた――。

事件が起きた六月一日は、前夜から急に下がった気温のせいで初春を思わせるような肌寒さだった。明け方になって、竹子は何度か寒さで目を覚まし、その度に外で風が吹きすさぶ音を聞いた。

ドア・チャイムが鳴ったのは、空が明るくなりだした午前六時頃のことだった。九十歳になる父親は毎朝五時前には目覚め、まだ暗いうちから一時間ほど散歩するのを日課としていた。この時も外からもどってきたばかりだった父が、自ら玄関へ出た。

こんな早朝に人が来るということは、近所で急病人でも出て手伝いを頼みにきたのだろうか。竹子は目をこすって着替えをはじめた。玄関では話し声がしているものの、なかなか自分を呼ぶ声が聞こえてこない。思っていたのとは違う用事だったのだろうか。

竹子が首を傾げ、カーディガンを羽織りながら出ていくと、玄関には父が赤い服を着た女と向かい合っていた。年齢は五十歳強といったところで、村では見かけたことのない顔だった。身長は一五〇センチそこそこ。白髪の混じった長い髪を後ろで一つに束ねており、形のいい鼻が目立つ。整っている顔立ちだったが、切れ長の目がどこか悲しみを湛《たた》えていた。誰だろう。

父はふり返ると、明らかに狼狽《ろうばい》した声で言った。

「こ、この人は、昔焼き払ったカッタイ寺に暮らしていた癩病者《らいびょうしゃ》の娘だそうだ……あの時のことを全部知っている」

「癩病者の娘？」

「ああ。おまえは小さかったが憶えているだろ。六十年前に山奥に隠れていたヘンドのおなごだよ」

竹子の脳裏に小春という名の女の子がつかまえられた時の光景が蘇《よみがえ》った。たしか山奥のカッタイ寺と呼ばれる建物に大勢のハンセン病患者が住み着いて、犯罪をくり返していたため、山狩りが行われたのだ。数時間後、その女の子は全身を猟犬に噛《か》まれ、引きずられるように連行されてきた。村人は一晩村の廃屋に彼女を閉じ込めた後、翌日迎えに来た警官と保健所の担当者に引き渡した。その子は保健所で治療を受けた後、療養所に収容されたと聞いていた。あの女の子の娘ということか。

赤い服の女は、野村二郎に向かって強い口調で言った。

「母のことを『ヘンド』なんて呼ばないで！　母には小春って名前があるのよ」

野村二郎は狼狽した。

「ど、どのようなご用件ですか」と竹子が言った。

「ここにいる野村二郎に昔の責任をとってもらいに来たの」

「え？」

「あなたは知らなくてもこの男は覚えてるはずよ。母は長い間昔のことは黙っていたけど、ようやくすべてを打ち明けてくれたの。そして娘であるうちも村のことを調べ上げた」

「調べたってどうやったんだ」

「麓《ふもと》の町の老人ホームでアルバイトとして働いたのよ。ホームにはこの村の出身のお年寄りがいていろんな話を聞かせてくれた。そして村の風紀委員が中心になってハンセン病の人々を殺害したことと、その風紀委員の一人があなただったことを突き止めたの」

野村二郎は声にひるんで後退した。赤い服の女はバッグから果物ナイフを取り出してつづけた。

「うちは頭が悪いからよくわからず、市の人に相談してみた。そしたら時効だっていうじゃない。だけど放っておくことなんて絶対できないから、うちがここに来たの」

野村二郎は果物ナイフを見てあわてた。

「ち、ちょっと待ってくれ。あの時風紀委員を仕切っていたのはわしじゃない。わしは彼らの弟分でしかなかったんだ」

「黙ってちゃんと聞いて！　全部調べたのよ。ハンセン病患者殺害の主犯格は、深川育造と上岡仁だということはわかっている。もし協力してくれるなら、あなたにはなんもしないわ」

「き、協力ってなんだ。わしには村の人間を裏切ることなんてできないぞ……」

「やらなければ、あなたが困るわ。あなたには四人の子供と九人の孫がいてそれぞれ幸せな生活を送っているはず。もしうちが老人ホームの友だちに手伝ってもらって事件のことを公《おおやけ》にすれば、警察は無理でも、新聞やテレビは注目してくれる。そうなれば、子供や孫は一生、『人殺しの家族』って言われて生きることになる」

「……………」

「子供ばかりでなく、孫の人生まで無茶苦茶にするつもり？　孫を一生涯苦しめることになるのよ。黙って言いなりになって」

野村二郎は頭を抱えて歯ぎしりしていたが、やがてしぼりだすような声で「わ、わかった」と答えた。

赤い服の女は竹子の方を向いて言った。

「竹子さん、すまないけどあなたもお父さんと一緒に手伝ってちょうだい」

「な、何をですか」

「深川育造と上岡仁を呼び出してもらうわ。あの二人にだけはきちんとけじめをつけてもらう」

彼女がそう言って要求したのは、村人に知られないように二人を呼び出し、カッタイ寺の跡地につれて行くことだった。竹子は父親が承諾した以上自分だけ拒否するわけにいかなかった。

野村二郎と竹子は赤い服の女に促され、すぐに家を出た。外には犬娘が待っていた。

赤い服の女は彼女の案内でここまできたのだろう。赤い服の女は、「先に行って待っているわ」と言い残し、犬娘とともに森の方角へ足早に去っていった。

竹子は父とともに朝靄のかかった道を歩き出した。村にはまだ人影がなく、誰にも見られぬまま元風紀委員である二人の家にたどり着くことができた。深川育造は朝食の用意をし、上岡仁は朝風呂《あさぶろ》を焚《た》いていた。しかし、野村二郎から「六十年前の癩の生き残りの子供が現れて、俺たちの罪を暴《あば》こうとしている」と告げられると、顔をひきつらせた。

「今更そんなこと公にされてたまるか。すぐに口封じをしなければ」

それが二人が発した言葉だった。そして深川育造は着のみ着のまま、上岡仁は抱いていたハムスターをズボンのポケットに入れて、近隣の住民には知られぬように、カッタイ寺の跡地へと出発したのである。

夜が明けたばかりの密林は湿っぽく、草や木の葉には冷たい朝露が溜《た》まっていた。深川育造たちは枝葉をかいくぐるようにして、道なき道をひたすら登っていった。山歩きに慣れているとはいえ九十歳過ぎ。途中で息が切れ、膝《ひざ》が震えはじめていたので、竹子が少し休んだ方がいいと提案したが、誰一人として足を止めようとはしなかった。前を向き、木の枝を杖《つえ》にして歩きつづけたのだ。

森が開けて、カッタイ寺の跡地が広がった。六十年ぶりに目にしたのは、かつて火をつけた寺の建材が炭となって未《いま》だに転がっている光景だった。小春を連行し住職の死体を村へ運んだ後、二度と癩病者が住み着かぬよう油をかけて火を放ったのだ。焦《こ》げた石仏がひび割れ、みじめに倒れている。

その時、背後から「止まって」という女性の声が聞こえた。ふり返ると、赤い服の女が立っていた。背後には犬娘の姿もあった。野村二郎が小さな声で「あの女が小春の娘だ」と深川育造と上岡仁に教えた。彼女は歩み寄り、二人の皺《しわ》だらけの顔を見つめた。彼らも鋭い目で睨《にら》み返した。彼女は臆《おく》することなく言った。

「うちがあんたたちを呼び出した理由は聞いてるでしょ。深川育造、上岡仁、あんたたちのしてきたことはすべてわかってるのよ」

「何をほざいてるんだ、乞食の娘のくせに。出しゃばるんじゃねえ」と深川育造が言い返した。

「何も変わってないのね。あんたみたいな人間がいたために、母やハンセン病患者がどれだけの苦しみを味わってきたか……」

深川育造は挑発するようにわざと大きな音で舌打ちした。野村二郎と竹子は身を縮めて黙っている。

赤い服の女は犬娘を横に従えてつづけた。

「母たちがつらい思いをしてきたのはすべてあんたたちの偏見のせいなのよ。あんたたちはそれを認めるどころか、母たちを襲い、殺し、追い出した。その後みんながどんな悲惨な運命を辿《たど》ったか想像したことある？」

深川育造と上岡仁は黙って女を睨みつけた。人を殺《あや》めたことのある人間特有の冷酷な眼光だった。赤い服の女はさらに言った。

「国はもうあんたたちを裁けないけど、うちは全部認めて謝らなきゃ絶対に許さない。ICレコーダーを持ってきたから、これまでの罪を白状して母に対してしっかりと謝って」

隣にいた犬娘が赤い入れ物から長細い形をしたICレコーダーを取り出し、彼らに向けた。

深川育造は足元の炭を蹴飛《けと》ばし、吐き捨てるように言い返した。

「偉そうに、なにが謝れだ。五十歳そこそこのおまえのような阿魔っ子にあの時代のことがわかってたまるか。あん時の癩は国の命令で隔離されることになってたんだ。それなのに一部の連中は故郷を脱走してこのへんの森に隠れ、村の女を襲ったり、銃で村人を殺害したりした。犯された女はどうなる？　息子を殺された遺族はどうなる？　わしらが村を守るのは当然だろ」

「そんなことないわ。あの頃は、新薬が日本にも入ってきてたって療養所の資料にも書いてあった。少なくともあんたたちが彼らの目をつぶしたり、殺害したりする必要なんてない」

「こんな田舎にそんな情報が届くわけがねえだろ！　そもそも、ヘンドたちだって療養所へ行けば血を抜かれて殺されると勝手に思い込んで、森に住みついていたんだ。そんな奴《やつ》らがどれだけ好き放題していたか知ってんのか。俺たちが奴らをぶっ叩《たた》かない限り、逆に、村を追われることになりかねない状況だったんだ」

赤い服の女は少しひるんだような表情をしたが、唾《つば》を飲み込んで叫ぶように反論した。

「つべこべ言わないで。あんたたちは、生まれたばかりの赤ちゃんを抱いた女性を崖《がけ》から突き落として殺したんでしょ。それに、まだ十代の半ばだったうちの母を獰猛《どうもう》な犬に襲わせた。赤ちゃんや子供が、あんたたちにできることなんて何一つないじゃない」

「ほざけっ！　寺に住んでいたヘンドたちは力蔵を殺したんだぞ。俺らが奴らをぶっ殺して何が悪い。地元の警察だってそのことを十分にわかっているから、事件を公にして俺たちを逮捕するようなことはしなかった。あの事件では、俺たちが一方的な被害者だったし、村を守るためにああするしかなかった」

「嘘よ。母だって、虎之助さんだって、みんな悪人なんかじゃない！　あんたたちが勝手にそう決めつけていただけじゃない」

その時、上岡仁が黙っていられなくなったようにハムスターを抱いたまま口を挟んできた。

「さっきから聞いてりゃブタみてえにわめきやがって、うるせえんだよ。おまえみたいな若い奴は知らないだろうがな、当時はお国が俺らにはやばい病気だから近づくなと言ってたんだ。それを信じて何が悪い。たしかに間違っていたかもしれないが、それは十年ほど前にお国が謝ってすんだ話だろ。今更わめくんじゃねえよ」

「何もすんでなんてない！　母は今だって苦しんでるわ。原告団に入ってないから補償だってもらってない。虎之助さんのような死んでしまった人もたくさんいる。国が謝っても患者が報われることなんてないの。あんたがた一人一人が罪を認めなきゃ意味がないの」

「冗談も休み休み言え。そうだったら日本人全員が謝ることになるだろ。馬鹿《ばか》か。とっくの昔に終わった話なんだよ」

「逃げないで！　早くこの場で手をついて謝って。言っておくけど、今の会話も全部ICレコーダーで録音してるんだから。なんならこの話ごと表に出してやるわ。母が味わった苦しみを少しでもあんたたちに感じさせてやる！」

深川育造はすでに録音がはじまっていると聞かされ、怒りのあまり顔を歪《ゆが》めた。殺意のみなぎった目で睨みつけ、上岡仁を押しのけて前に歩み出る。

「黙れ、この虫けら！」

彼はそう言うといきなり女のこめかみを殴りつけた。頭蓋骨《ずがいこつ》が軋《きし》むような鈍い音が響き渡った。彼の手には、いつの間にか石が握られていた。年寄りの力では負けると考えて、ここに来る途中で拾って隠し持っていたのだろう。

赤い服の女が不意打ちを食らってよろめくと、バッグに隠し持っていた何かが音を立てて落ちた。果物ナイフだった。犬娘がそれを見てICレコーダーを握りしめたまま悲鳴を上げた。

上岡仁が目を剝《む》いた。

「こいつ、俺たちを殺すつもりだぞ！」

彼はそう叫ぶと背後から赤い服の女の髪をつかんで無理やり地面に抑え込もうとした。女は石で頭を殴られていたことで足に力が入らず、深川育造が加勢して飛びかかると、あっけなく地面に倒れ込んだ。

二人は山を登ってきたこともあり高齢ですでに息が上がっていたが、残る力をふり絞るようにして石で代わる代わる女を殴りつけた。女は手で頭を押さえてされるがままになるしかない。しかし育造たちが衰えた腕力で石をくり返しふり下しても、息の根を止めるまでには至らない。

上岡仁は倒れる彼女の上に馬乗りになり、呆気《あっけ》にとられている野村二郎と竹子に叫んだ。

「おまえらも早く手伝え！　こいつを殺《や》っちまうぞ！」

二人は本気で赤い服の女を殺すつもりなのだ。野村二郎がためらい、竹子と顔を見合わせる。どちらにつくべきか。

次の瞬間、赤い服の女が動いたかと思うと、上岡仁がうめいて胸を押さえ、そのまま崩れ落ちた。何が起きたのか。地面にうつ伏せになり、体をくの字に曲げて苦しそうな声を出している。野村二郎と竹子は目を丸くした。間髪入れず、今度は深川育造が悲痛な叫びを上げてうずくまった。見ると、腹のあたりが鮮血に染まっている。

赤い服の女が手を震わせて何か光るものを落とした。血に染まった果物ナイフだった。土で汚れた顔には殴られた跡が生々しく残っており、出血した唇が激しく震えている。野村二郎、竹子、犬娘は凍りついたように立ちすくんだままだ。

倒れていた上岡仁が刺された胸を押さえながら、「て、てめえ。ぶっ殺してやる」と歯ぎしりをし、落ちている果物ナイフを奪おうとした。赤い服の女はとっさに上岡仁の首根っこをつかんで果物ナイフから引き離して、鬼のような形相をして首を絞めはじめた。だが、体が小さく、腕力が弱いのか、上岡仁は手足を激しくばたつかせ、むせるだけで絶命しない。

赤い服の女は野村二郎と竹子の方を向いて、怒鳴りつけた。

「あんたたちも手伝って！　同じようにされたくなければ彼の体を押さえて！」

野村二郎はためらって一歩を踏み出せなかった。赤い服の女は怒鳴った。

「早くして！　昔の罪をバラされたいの？」

野村二郎はそれを聞いて歯を食いしばり、もだえる上岡仁の下半身を抱きかかえるように押さえた。竹子が「お父さん！」と叫んだが耳に入らないようだ。赤い服の女は上岡仁が杖につかっていた棒を彼の首にあてると、そこに体重を乗せて力いっぱい押しつける。

上岡仁は目を剝いて泡を吹きはじめ、さらに体重をかけると痙攣《けいれん》を起こした。やがて白目をむき、力がつきたように呼吸が停止した。胸の傷から脈打ちながら流れていた血がいつしか止まっている。

赤い服の女は、肩で息をしながら立ち上がった。上岡仁は口の周りに泡をつけ、白目になったまま動かない。いつのまにか逃げていたハムスターがもどってきて、飼い主である彼の顔を覗《のぞ》き込む。野村二郎は目の前で起きた出来事が信じられないとでもいうように口を開け、上岡仁の足を握りしめたまま体を凍りつかせている。

犬娘がＩＣレコーダーを握ったまま何かを言った。聞き取れなかったので、赤い服の女が訊き返した。

「あれ、いる。あれ、大変」と犬娘はぎこちなく指をさした。

そこでは、深川育造が地面にうつ伏せになりながら断末魔の声を上げていた。腹の傷口から大量に血を流していたものの死に切れずにいるらしい。彼は恨めしそうな目をして何かを言いたげにしていた。いや、もしかしたら言ったのかもしれないが、竹子には聞こえなかった。

赤い服の女はバッグの中から登山用ロープを取り出して近づいていくと、深川育造の髪をつかんで顔を上げさせ、首にロープを二重にして巻きつけた。そして一方を自分で握り、もう一方を野村二郎に突き出して言った。

「この傷じゃ助からないわ。ひと思いに息の根を止めるから、こっちを持って引っ張って」

野村二郎は上岡仁の遺体の傍で腰を抜かしたように地べたにすわり込んでいる。赤い服の女は怒鳴った。

「早く握って！　引き返すことなんてできないのよ！　やるしかないでしょ」

野村二郎は怯《おび》えたように震える手で耳をふさぐ。だが、赤い服の女は執拗《しつよう》に叫んだ。

「なんでハンセン病の女性や赤ん坊を殺すことができたのに、こんな老人一人を殺せないの！」

彼女は涙目になってつづけた。

「命に重いも軽いもないはずでしょ！　早くやってよ、やりなさいよ！」

野村二郎はその場にうずくまり、嗚咽《おえつ》する。手足がガクガクと震えている。

傍にいた竹子はそんな年老いた父の姿を見ていることができなくなり、「私がやる！」と叫んで駆け寄りロープの端を握りしめた。赤い服の女はうなずき、深川育造の肩を踏みつけるようにしてロープを引っ張った。竹子もそれを見て両手で思い切り引く。ロープが首に食い込む音がすると同時に、深川育造の口から血だらけの体液があふれ出し、喉《のど》の奥で呼吸が詰まる音がした。

「もっと力を込めて！　そんなんで死ぬわけないでしょ！」

赤い服の女が怒鳴りつける。竹子は歯を食いしばって、力の限りロープを引っ張った。深川育造の体がのけぞり、激しく痙攣する。竹子は目を閉じて必死にロープを引きつづけた。

気がつくと、いつしかロープの振動が止まっていた。竹子が目を開いてみると、深川育造は長い舌を顎《あご》まで伸ばして固まっている。赤い服の女の方はロープから手を離し、血の気がなくなっていく深川育造の顔をじっと見下していた。

竹子は放心して倒れ込むように地面に膝をついた。赤い服の女も、もう深川育造が絶命したかどうかを確認しようともしない。木洩《こも》れ日の底でハムスターがせわしく走り回っていた——。

薄暗い犬娘の小屋の中で、竹子はそこまで話をすると、力なく床に手を突いた。よく見ると、頬や首には蕁麻疹《じんましん》のようなものが無数にできている。カッタイ寺の跡地で殺人にかかわってから、罪の意識に苛《さいな》まれ精神的に追い詰められていたにちがいない。

蝿が一匹、野村二郎の遺体に止まったままだ。

川渕警部補はため息をついた。シャツの脇《わき》が汗の染《し》みで濡《ぬ》れている。彼は重い口調で言った。

「そうですか、あなた方が事件にかかわっていたのですか……でも、深川育造さんと上岡仁さんは寺の跡地で殺害されたのに、なぜ遺体は洞窟にあったんですか？」

「女の命令で死体の場所を移したんです。村人の何人かはカッタイ寺のあった場所を知っているので、洞窟に隠そうということになりました。しかし、女三人、老人一人では、九十歳過ぎとはいえ、男性の遺体をかついで運ぶことはできません。そこで、ロープを首に巻きつけて洞窟へと引きずっていったのです」

「寺の跡地から洞窟までの道のりはわかっていたのですか」

「女と犬娘があらかじめ下見に来ていて、大体の位置関係は把握していたみたいです。もしかしたらこういう結末を想定していたのかもしれません」

寺のあった場所から洞窟まで雑草が倒され、道ができていたのはそのせいだったのだろう。竹子は涙をぬぐいながらつづけた。

「ですが、途中で予想外のことが起きたのです。二体目の遺体を洞窟に運んでいる最中、突如として雷雨が降りはじめました。あまりに激しい雨で、そのままだと下山できなくなり、山で足止めをくらうのは明らかでした。かといって遺体を放置しておくわけにはいかない。女は自分が遺体を運ぶから、私にだけ先に村へもどるように命じました。深川育造さんと上岡仁さんに加えて、私たち親子までいなくなっているのを知られたくなかったのでしょう。それで私は土砂降りの中、一人山を下って村へもどったのです。父を洞窟に残したのは、私が警察へ通報するのを防ぐためでした。人質だったんです」

「雨の中で洞窟にいたのは、赤い服の女、犬娘、野村二郎さんの三人ですね。彼らはいつまでそこに留まっていたのでしょうか」

「雨が止《や》んだのは夕方でした。彼女は下山して町へ出るつもりだったのですが、すでに警察が老人たちの失踪の通報を受けて村や麓に集まってきていました。山を下る途中で怪しまれて事情聴取を受ければ、犯行が明らかになってしまう。それで、彼女は私の父を人質にしたまま犬娘の小屋に身を隠すことにしたのです。私は、もし警察に言えば即座に父を殺す、と脅されていました」

「我々が尋ねた時に、あなたが嘘《うそ》を吐《つ》いたのはそのためだったんですね」

「はい……申し訳ありませんでした」

川渕警部補は、苦虫を嚙み潰《つぶ》したような表情をした。自分たちの推理が完全に間違っていたことを認めざるを得なかったからだろう。警察は父が一日半ほど洞窟に潜んでいたために、三、四食分もの食べ跡が残されていたのだと考えていた。だが、実際は三人が一度に食べた跡だったのだ。

小屋の外では、集まってきたマスコミや村人が大きな声で騒いでいた。見張りの警官と小競《こぜ》り合いになっているらしい。記者たちは何が起きたのかを知るために躍起になっているにちがいない。

川渕警部補は気を取り直して訊いた。

「では、赤い服の女が、野村二郎さんを殺害したと考えて間違いありませんね。彼女が人質だった彼を殺害した」

竹子は遺体を一瞥《いちべつ》した。

「そうだと思います。女は母にだけは迷惑をかけたくないから、なんとしてでも完全犯罪にすると言っていました。口封じのために殺したのだと思います」

赤い服の女は、記者が置いていったメモを見て、事件の発覚は時間の問題だと考えたにちがいない。それゆえ、ＩＣレコーダーを破壊し、野村二郎を殺害して逃げたのだ。

川渕警部補は言った。

「ただ、なぜあなたは無事だったのですか。あなたも犯人を知っている重要人物だ。赤い服の女にしてみれば野村二郎さんとあなたを同時に殺さなければならなかったはずです」

「本当に偶然なのですが、昨晩は妹と二人の姪《めい》が事件のことを知って駆けつけてくれていたのです。うちには私以外に三人が泊まっていた。明け方に私を呼び出して殺害すれば犯行は絶対にバレてしまう。それで私の殺害をあきらめたのではないでしょうか……でも、本当は私も殺されるべきだったんだわ」

「なぜそう思うのですか」

「……だって、私だって深川育造さんの首を絞めたんだもの。私だけが助かるなんて……いっそ死んだ方がよかったんです」

竹子の目からまた涙がこぼれ落ちる。川渕警部補や美波みどりは気の毒そうに視線を外した。

私はその様子を見ながら、赤い服の女と犬娘のことが心配になった。二人は山の中へ何をしに行ったのか。

廊下から川渕警部補の名前を呼ぶ声が聞こえてきた。二十代の若い捜査員だった。

彼は部屋に入ってくるなり告げた。

「川渕警部補！　行方不明の女二人が見つかりました」

竹子は顔を上げ充血した目を向けた。川渕警部補は尋ねた。

「どこだ！　つかまえたのか」

「崖です。崖から飛び降りていたんです！　自殺を図ったようです」

「じ、自殺だと……」

顔が絶望の色に変わる。ようやく犯人を突きとめたと思った瞬間に自殺されてしまったのだ。

若い捜査員は言った。

「小屋に住んでいた羽賀テル子は死んでいますが、もう一人はかろうじて息があります」

「主犯の赤い服の女だな！　その女の命を助けられそうか」

「わかりません。救急車を呼んでいます」

「救急車なんて、こんな山奥にこられるわけがないだろ！　ドクターヘリを呼べよ！」

「それも考えましたが、森が深くてヘリがつかえないのです。救急車で村の入口の駐車場まで来て山を登ってもらうしかありません」

崖ということは、かつて吉原が赤子とともに突き落とされて殺された場所にちがいない。小春の娘が生きていたとしても相当な怪我《けが》を負っているはずだ。

私は今こそ医師である自分が役に立てるのではないかと思った。内科だが、応急処置ぐらいならできる。

「僕に行かせてください。僕は医者なので、救急隊が来るまでの応急処置ならできます し、器具さえあればある程度の治療も可能です。崖から落ちたのだとしたら脳内出血など一刻を争うこともあるので、今すぐ同行させてください」

川渕警部補は若い捜査員に向かって言った。

「よし、彼とともに現場に向かう。現場の捜査員たちに無線でつたえた上で、お前は村にある医療品をかき集めて来い」

若い捜査員は、「はい!」と声をあげて小屋から出て行った。ふと見ると、父が泣き崩れる竹子の背中をやさしくさすっていた。

森の奥にある崖へ出発したのは、八時三十分を回った頃だった。

川渕警部補が崖へ救出に行くにあたって懸念《けねん》したのが、記者たちの存在だった。小屋の周りには新聞社やテレビ局の記者たちが大勢集まっており、捜査員が一斉に崖へ向かえば何かが起きたと悟られて大騒ぎになるのはわかりきっていた。

そこで、川渕警部補は捜査員をおとりグループと本体グループの二つに分けて、別々に村を出発することにした。まず若い巡査二人がおとりとして大きな担架と救急箱をかついで山を駆け下りたところ、予想通り記者たちはカメラを手にして後を追いかけていった。川渕警部補は記者たちがいなくなったことを確認してから、私をつれてそっと小屋を離れ、崖のある山頂の方向へと向かった。担架などは美波みどりたち後発隊が持ってきてくれることになっていた。

森を二十分ほど歩いて崖に到着すると、捜査員たちが四、五名集まって無線で何かをしゃべっていた。救急隊がなかなか来ないことで消防本部の担当者と言い争っているらしい。川渕警部補が近くにいた捜査員に女の居場所を尋ねると、二十メートルほど離れた木陰を指さされ「たった今、崖下《がいか》から引き上げてあそこに寝かせています」と言われた。雑草が茂る地面に警察の黒いジャンパーが敷かれ、その上に赤い服を着た小春の娘と犬娘が横たえられていた。小春の娘は自殺防止のためか口にタオルを入れられており、犬娘の骸《むくろ》は頭からすっぽりと毛布をかけられている。

「身元の確認はとれているのか」と川渕警部補が尋ねた。

「まだ確かなことはわかっていません。所持品はこれだけです」

捜査員はナイロン製の黒いバッグを差し出した。どこにでもありそうな安っぽいバッグだった。飛び降りた崖の上の草むらに隠すように置いてあったという。

中にはブラシやヘアバンドなど日用品が入っていたが、一つ奇妙なものがあった。

白い大きな布に赤い糸が縫い込まれているのだ。戦時中に出征兵士のための安泰祈願として女性が一針ずつ糸で結び目を作る「千人針」という御守りがあったというが、それにそっくりだった。

川渕警部補は怪訝《けげん》な表情でそれを手に取ったところ、しばらくして何かに気が付いた。布の真ん中に縫い込まれているものがあるという。携帯用のナイフで布に斬《き》り込みを入れると、小さく折りたたまれた神社の護符が出てきた。そこには、筆で「山折《やまおり》あかり」と記されていた。赤い服の女の名前にちがいない。

「あかりというのが彼女の名前でしょう」

私はうなずいた。川渕警部補は布を捜査員に返すと、私の手を引き二人のもとに歩み寄った。

「すみませんが診てください」

私はまず犬娘に近づいて毛布を取り除いてみたが、瞳孔《どうこう》は完全に開いており、脈も呼吸も停止していた。頭から崖下に落ちたらしく、側頭部が衝撃で陥没して、首の骨が折れている。即死にちがいない。蘇生《そせい》処置を施しても助かる見込みはまったくなかった。

私は犬娘の治療を諦《あきら》めて毛布をかけ直し、次に小春の娘の方を診ることにした。彼女は苦しそうに呼吸を荒げていたが、驚くほど意識も脈もしっかりしている。傍にやってきた捜査員が言った。

「彼女は崖に生えた木にぶつかった後、崖底の枝の上に落ちたようです。目に見える怪我は下半身だけで済んでいます」

右足の脛《すね》の骨が砕けて、切れた箇所からはかなり血が出ていた。痛みは相当あるだろうが、適切な治療を受ければ命は助けられる怪我だ。服を切って触診したところ、右の膝と足首の骨が折れていたのと、骨盤にひびが入っている疑いがあるのがわかった。それでも、三十メートルほどの崖から落ちて、この軽傷で済んだのだとしたら奇跡と言えるだろう。私は捜査員に尋ねた。

「救急隊はいつ頃着くのでしょうか」

「いま、無線で確認したところ、道路を間違えて別の山へ向かっていたというのです。再度正確な位置をつたえてこちらへ向かってもらっていますが、到着まで一、二時間はかかると言われました」

村の入口の駐車場に着いても、そこからさらに山道を徒歩で登らなければならないため、どんなに早くても一時間半はかかるはずだ。最悪三時間ぐらいは見た方がいいかもしれない。

私は村から持ってきた救急医療箱を開いて、小春の娘に応急処置を施すことにした。簡単なものしか入っていなかったが、救急隊が来たらすぐに引き渡せるようにしておく必要がある。救急箱の中から包帯とテーピング用のテープを取り出し、出血箇所を消毒してからきつく縛る。血が止まったのを確かめてから、骨折した場所を固定して動かないようにし、市販の鎮痛剤を多目に飲ませた。

応急処置を施している間、私は患者の外傷の治療をするのは研修医の時以来であることに気がついた。これまでは医師としての仕事に興味を見出《みいだ》せず、病院の内科で働いていた時も骨折患者はすべて事務的に外科に回していたし、飛行機内で急患が出て医師が呼ばれた時も面倒に思って聞こえぬふりさえしていた。だが、こうして久々に患者の痛みに向き合っていると、人を助けることのできる医者なのだという実感を得られた。

私は小春の娘に声をかけた。

「お名前は、あかりさんでいいんですね」

彼女は口にタオルを含んだまま横を向いていた。視線の先には犬娘の遺体がある。

私は彼女の口からタオルをそっと外してあげた。

「あかりさん、これからあなたを公民館に運びます。応急処置しか施していませんし、骨が折れていますから、気分が悪くなることもあるかもしれません、我慢できなくなったら教えてください」

彼女は犬娘に目をやったままだ。

「聞こえてますか」と私は尋ねた。

あかりは犬娘を弱々しく指さし、かすれた声で言った。

「あの子はどうなんですか……」

「………」

「彼女は、助かるんでしょうか」

私は迷ったが、正直に話そうと決めた。

「残念ですが手遅れです。もう呼吸も心拍もありません」

あかりの目が潤《うる》んだ。

午前十時、私たちはあかりを担架に乗せ、雲岡村の公民館へと運び込んだ。山を下りて駐車場で救急車が到着するのを待ってもよかったのだが、記者たちに囲まれてしまう恐れがあったため、公民館へ運んでそこで救急隊の到着を待つことにしたのだ。

公民館の前には、おとりにまかれた記者たちがもどってきて騒いでおり、上空ではマスコミのヘリコプターがやかましい音を立てていた。私たちは記者たちをかき分けるようにして公民館へと入っていった。小春の娘は大広間へと運んだが、犬娘の遺体は奥の六畳間に安置することにした。

大広間の布団《ふとん》に寝かされたあかりは背を向けつづけていた。つかまったことや、犬娘が死んだことが受け入れられないようだった。美波みどりがあかりの横に座布団を敷いてすわり、濡らしたタオルで体についた血や泥を拭《ふ》いてあげている。

私は時計を見た。さきほど警察から聞かされたことによれば、救急車が到着するまではさらに一、二時間かかるという。村が隔絶されたところにあるため、救急隊も入り組んだ山道に迷い込んでしまっているのだろう。

廊下から複数の足音が聞こえてきたと思うと、川渕警部補が父を連れて部屋に入ってきた。父を立ち合わせて何をするつもりなのか。彼は父を入り口の脇に立たせ、自分は美波みどりの隣にすわった。そしてあかりに向かって言った。

「あかりさん、救急隊が到着したら、あなたを市内の病院へつれて行きます。事件の取り調べも、簡単にそこでやらせていただきます。そして、容疑が固まったら退院後、拘置所へ移すことになります」

彼女は目をそらしたままだった。壁にかけられた古い時計が音を立てている。川渕警部補は少し伸びた髭《ひげ》をなでて私に訊《き》いた。

「救急隊が来る前に、あかりさんに事件のことを少々尋ねても大丈夫でしょうか」

外傷や骨折の痛みはあるだろうが、止血はうまくいっている。

「興奮させないようにしていただけるのであれば平気です」と私は答えた。

川渕警部補はあかりの方に向き直った。

「まず、身元からお聞かせください。あなたは『山折あかり』という名前で、小春さんの娘ということで間違いありませんね？　そして犬娘と共謀して深川育造さん、上岡仁さん、野村二郎さんの三人を殺害した」

彼女は口を固く閉ざす。相変わらず時計の音だけが一定の間隔でつづく。隣では、美波みどりが血と泥のついたタオルを握って心配そうに見守っている。

「黙秘するおつもりですか」と川渕警部補は言った。

あかりは何も答えない。川渕警部補は人差し指で耳をほじってから言った。

「あなたが黙っていても、すでに野村竹子さんが何もかも白状しています。あなたたちがどうやって山へ行ったのか、深川育造さんと上岡仁さんをいつ呼び出したのか、いかにして殺害をしたのか、そしてなぜ小屋に立てこもったのか。もうすべて明らかになっているんです」

「………」

「そしてもう一つ。ＩＣレコーダーの存在もつかんでいます。小屋を出る際に壊したようですが、あれぐらいであれば録音データの復元は可能です。あなたが黙っていても、裁判ではそれが証拠になります。いまさら隠し通せることなんて一つもありません」

あかりは唇をつよく嚙みしめたものの、やはり答えようとしない。追いつめられていることは十分にわかっているはずだ。自分のためというより、母親である小春を守ろうとして黙っているのではないか。

川渕警部補はその様子を見て取ると、入り口に立たせていた父に前に出るように命じた。父が不安げな表情でおずおずと一歩だけ出る。川渕警部補は「もっと前に」と語気をつよめた。父はうなずいてさらに三歩進んだ。

部屋中が静まり返っている。川渕警部補は横たわっているあかりに言った。

「この方は、水島乙彦さんです。ご存知ですね。あなたのお母さまである小春さんの友達です」

あかりは父の方を向こうとしない。川渕警部補が眉間《みけん》に皺を寄せたままつづける。

「正直に言いますと、私たちは事件を誤認していました。あなたの存在に気づかず、乙彦さんが犯人だと思っていたのです。なぜかわかりますか。実は、乙彦さんがあなたのことをかばっていたからなのです。乙彦さんが『自分が殺人を犯した』と嘘の自供をしていたのです。そうですよね、乙彦さん」

父は肩を落とした。川渕警部補はすわったまま父を見上げるようにして自分の推理を語った。

「乙彦さん、あなたは事件が起きた時は千葉のアパートにいたのでしょう。翌日になってニュースを見て初めて事件を知った。ちがいますか？」

「…………」

「きっとあなたはニュースを聞いてただならぬものを感じ、すぐに四国にやってきたはずです。でも、十年前に起こした事件のことを考えれば、村へ足を踏み入れれば警察に容疑者として身柄を拘束されるのは明白だ。あなたは旅館で散々悩んだ末、考えを整理する意味もあって天島のハンセン病療養所で虎之助さんの遺骨に手を合わせにいった。だが、その島で療養所の職員から偶然『代理人』を名乗る女性が七日前に来たことを教えられる。きっとあかりさんは事件を起す前に何かしらの理由で天島へ行ったところ、職員から乙彦さんの名前を出され、とっさに代理人だと嘘をついたのでしょう。あなたもその嘘に口うらを合わせるような回答をしてやり過ごしたけど、その時点で『代理人』と名乗る女性が事件の中心人物だと察したはずです。それでつかまることを承知の上で、犯人を見つけるために雲岡村へ来た。ここまで、間違っていませんね？」

「は、はい……」と父はうなずいた。

「雲岡村で、あなたは身柄を拘束されたものの、黙秘をつづけながら真犯人を捜していたのでしょう。代理人を名乗った女性をつかまえれば事件は明らかになるはずだった。しかし、事態は思わぬ方向に暗転する。たまたま訪れた洞窟《どうくつ》で遺体が見つかったことで、自分への容疑が一気に高まり、警察署へ送られることになった。あなたはこのまま黙秘をつづけていれば自分が犯人として起訴されると危機感を募らせた。そんな矢先、散歩先で偶然に小屋の中にいたあかりさんと野村二郎さんの姿を見かけた。そしてあかりさんの面影から小春さんの娘だと察し、事件の全容を察した。おそらくあなたは、あかりさんが事件を起こすことになった原因は六十年前の自分たちの過去にあると確信し、罪を彼女に背負わすわけにはいかないと考えた。そして、罪をかぶるために自白をしたんじゃないですか」

傍《はた》から聞いていても見事な推理だった。父は追いつめられたように拳《こぶし》を握りしめて聞いていた。三十秒ほどして、彼は深々と頭を下げた。

「その通りです。すみませんでした。私があかりさんをかばうために嘘の自白をしました」

私は父が急に弱い老人になったように思え、見ているのが耐えられずに目をそらした。

川渕警部補は、ゆっくりと横たわるあかりに向き直った。彼女は話を聞いて茫然《ぼうぜん》としていた。川渕警部補は言った。

「あかりさん、聞いていましたね。乙彦さんはあなたを守ろうとして死刑になることを承知の上で罪をかぶろうとしたのです。小春さんとあなたの幸せを祈って、自ら死のうとしたのです」

あかりは青ざめて視線を泳がせている。川渕警部補はつづける。

「いま、乙彦さんには逮捕状が出ています。殺人罪ではなくても、捜査の邪魔をしたということで何かしらの罪に問われるでしょう。もしあなたが黙っていれば、乙彦さんに対してさらに迷惑をかけることになります。あなたは、そんなことをしたいんですか。小春さんは、そんなことをして喜びますか」

「…………」

「お願いです。ここですべてを語ってください。それが乙彦さんをはじめとしてあなたが迷惑をかけた人たちのためにできる唯一《ゆいいつ》のことなのです。これ以上、多くの人を苦しめないでください」

あかりは目を充血させて、立ったまま頭《こうべ》を垂れている父を見つめた。小春からいく度も父のことを聞かされていたにちがいない。彼女は声を震わせながら言った。

「申し訳ありません。乙彦さんに、こんなにご迷惑をかけてしまうなんて。今回のことは全部うちがやりました……」

大粒の涙が瞬《また》く間にいくつもこぼれる。

「天島へ行ったのも、うちです。母から、虎之助さんのことをたくさん聞いていました。今回の事件は、母のためということもありますが、虎之助さんの無念を晴らす意味もあった。それで事件を起こす前に、虎之助さんの供養《くよう》をし、決行を報告しようとして天島へ行ったところ、職員の方から乙彦さんの名前を出されたので『代理人』だとごまかしたのです……それがこんなことになるなんて。本当にごめんなさい」

川渕警部補が小さくうなずき、諭すような口調で言った。

「落ち着いてください。一つひとつ整理して聞かせて頂けますか？　そもそもなぜ今になってこのような事件を起こすことになったのでしょう」

「きっかけは……うちの母が昨年の夏に、六十年近く黙っていた寺での過去について初めて口を開いたことだったんです」

「お母さんというのは、小春さんのことですね」

あかりは「はい」と言ってつづけた。

「去年の夏、テレビでハンセン病を取り上げた番組が流れました。母は病気のせいで目が見えなくなっていて、音声を聞いているだけだったんですが、ニュースの中である人の名前が読み上げられた途端に引きつけを起こして、病院に運ばれたのです」

番組とはハンセン病訴訟に関連したものだったのだろう。かつてのハンセン病患者で構成されていた原告団は、明治時代からつづいた国の隔離政策が人権を踏みにじるものであったとして提訴し、二〇〇一年七月に国はそれを全面的に認めて和解に至った。二〇一一年はそれから十年目にあたる節目の年であり、いくつか特集番組が放送されていたのである。

「それで、小春さんはどうなったのですか」

「母は救急車で地元の病院に運ばれ、丸一日経《た》ってようやく落ち着きました。うちはお医者さんから呼ばれ、母が昔のことを思い出してあんなふうになったって言われました。実は母はうちに黙ってただけで何十年も前から同じ発作を起して病院の世話になってたんです。でも母はお医者さんにも自分を苦しめている過去がどのようなものか話さなかったのでうまく治療ができずにいました。それでこの発作を機にうちも治療に加わってお医者さんと一緒に何度も『また同じことが起きては困るから事実を教えてほしい』と説得したところ、やっと過去を語りだしてくれたのです……」

ふと見ると、あかりの足の傷から血がポタポタと垂れていた。美波みどりが心配そうな顔をしてこちらを見てくる。私は近づいて足の傷を縛っていたタオルをほどいてもう一度きつく結んだ。川渕警部補は質問をつづけた。

「小春さんの秘密にしていた過去というのは、あのお寺に暮らしていた時の記憶ですか」

あかりは小さく頭を横にふった。

「たしかに寺での暮らしは楽なものではなかったはずです。でも、母にとって本当につらかった日々は、むしろ寺が焼かれた後の人生にありました。若い娘が一人でハンセン病を抱えながら生きていくというのは、誰にも想像できないほど大変なことだったんです」

あかりの話によれば、小春の悲劇は、カッタイ寺が村人の襲撃を受けた後にこそはじまったという。

あの日、小春は青酸カリを飲んだ住職を助けようとして草むらから飛び出したことで、村人たちに捕まった。彼女は猟犬に片耳を食いちぎられ、頭から足まで十カ所以上皮膚をえぐられて意識を失ったそうだ。警官と村人は小春を雲岡村に運んだ後、カッタイ寺を焼き払った。

雲岡村につれて行かれた小春は、一晩古い牛小屋に入れられた。月の光さえ射《さ》し込まない真っ暗な部屋だった。静まり返った深夜、小春が傷の痛みに苦しんでいたところ、二人の男が突如、平次をつれて小屋に押し入り、小春を指さして平次に向かって「癩同士のオメコを見せろ」と強姦を命じた。平次は言いなりになって小春を犯した。おそらく二人の悪意に満ちた悪戯《いたずら》だったのだろう。途中から村の若い衆を呼び、「ガキの癩はうつらないから」と言って若い衆にも輪姦に加わるように唆《そそのか》した。数人がそれに応じた。十五歳だった小春は恐怖と怪我のせいで抵抗することはもちろん、叫ぶこともできなかった。

牛小屋での輪姦は、夜明け前になってようやく終わった。この日の正午、警官と町からやってきた保健所の職員によって小春は小屋から引きずり出され、ボロを一枚はおっただけの格好で九州の療養所へと送られた。

療養所へ収容された後、小春は夜な夜な発作を起こした。暗くなると牛小屋での輪姦の記憶が蘇《よみがえ》り、泣き叫ぶようになったのである。療養所の職員は、そんな小春を狂人扱いして〈矯正の間〉と呼ばれる独房に閉じ込め、他の入所者たちから隔離した。治療を施すより、引き離すことで、面倒を避けようとしたのだ。

　小春が独房から一般の女子寮に移されることになったのは、入所から三カ月後のことだった。独房で彼女は心労から胃《い》潰瘍《かいよう》を起こして度々吐血したので、医師はこのままでは病状が悪化すると判断して強い精神安定剤と睡眠薬を処方することで女子寮に移れるようにしたのだ。寮は男女に分かれ、女子寮には男子寮の八分の一にあたる三十人が暮していた。だが、女子寮に移されてから一週間も経たないうちに、小春の妊娠が発覚した。牛小屋で平次たちに輪姦された際にできた子供だった。

　医師は妊娠が明らかになったその日のうちに小春を手術室へつれて行って、麻酔もかけず固くて冷たい器具を膣《ちつ》に入れて堕胎をした。この頃の日本には一九四八年に施行された「優生保護法」という法律があり、そこには「不良な子孫の出生を防止」するという理由からハンセン病患者に対する断種手術が推奨されていた。療養所ではこれを受けてハンセン病の患者同士が結婚をする際は断種手術を受けることという取り決めを行ったり、その延長線上で未婚の女性が妊娠した場合は強制的に中絶手術を行ったりしていた。小春が受けたのは、当時は当たり前のように行われている医療行為に過ぎなかった。

中絶手術から一週間後、女子寮を取り仕切る年配の女性が小春のもとにやってきて「男たちが呼んでいるから男子寮へ行ってこい」と言った。男たちの中には「大将」と呼ばれる権力者がおり、彼から呼び出しがかかったのだという。断るわけにもいかず小春が男子寮に行くと、大将は男の入所者に囲まれて椅子《いす》にすわっていた。みんな舐《な》めるような目で小春の頭からつま先までを見つめている。

大将は男たちの中から五十歳ぐらいの片足の男を呼び出し、小春にこう命じた。

「おまえはこの男と結婚しろ。今は未成年だから『許嫁《いいなずけ》』ということにしておいて、十六歳になったら籍を入れろ。『許嫁』とはいえ、本物の夫婦と同じだから、この男の求めに逆らうことは許さんぞ」

療養所に暮す男女の割合は、女性の方がかなり少なく、男女関係で争いが起こることが珍しくない。そのため新しく女が入所してくると、大将がその女の結婚相手を独断で決めることで小競り合いをなくすようにしていた。

小春はカッタイ寺で暮らしていたので癩病者を見慣れていたが、この片足の男だけは受け入れにくかった。顔が癩の浮腫《ふしゅ》で変形しているのはともかく、風呂《ふろ》に入らないのか垢《あか》だらけで体臭がひどく、常にそこかしこに痰《たん》を吐く癖のある人物だった。小春はこんな男の妻にされるぐらいなら舌を噛《か》んで死にたいとすら思ったが、大将を前にして恐怖で体が固まってしまった。

この日以降、片足の男は毎晩女子寮にいる小春のもとへやってきて、男女の営みを求めてきた。療養所には男子寮と女子寮が一つずつあるだけで、夫婦になると夜は男性が女子寮へ行って、雑魚寝《ざこね》をしている女の中から妻を捜し当てて寝ることになっていた。だが、実際はかなり風紀が乱れており、未婚の男が夫のふりをして女の布団にもぐり込んだり、数人でおとなしい女を好きなように弄《もてあそ》んだりすることがあった。小春は他の入所者より格段に若く、症状もあまり出ていなかったから、そうした男性たちに狙《ねら》われることが多かった。許嫁の片足の男がようやく去ったと思ったら、五分も経たぬうちに別の男がやってくることもあった。

小春は夜の生活が耐えきれず、女子寮の女たちに相談した。彼女たちはあざ笑うかのように突き放した。

「癩の女にとっては、男がつくうちが花だよ。唇が垂れ、鼻が落ちたら、好いてほしくても好いてくれる男なんておらんのよ！」

彼女たちにしてみれば、小春をかばって療養所の秩序を壊して男たちに睨《にら》まれたくなかったのかもしれない。このせいで小春は何度も子供を身ごもり、その度に中絶手術を受けさせられることになった。

治療棟の奥にある手術室は、何度つれて行かれても全身が震えて止まらなくなるほど冷たい場所だった。アルミの台に薄いシーツが敷かれているだけで、横になるとベルトで両足を固定される。そして医師がまるで膿《うみ》の塊をかき出すように子宮に宿った赤ん坊を器具で切り刻んでかき出すのである。小春は痛みや臭《にお》いから意識をそらすため、汚れた窓の外に目をやって小さな声で歌を口ずさんでいた。

「若く明るい　歌声に　雪崩《なだれ》は消える　花も咲く　青い山脈　雪割桜」

かつて寺のヘンドたちから教えてもらった「青い山脈」だった。彼女にとって唯一の慰めが昔の楽しかった記憶だったのだ。

療養所でくり返し堕胎手術を受けているうちに、いつしか小春は赤ん坊の命を守ってやりたいと思うようになった。両親が癩というだけで、何の罪もない赤ん坊が無慈悲に殺されていくのがたまらなかった。

ある年の五月、小春は何度目かの妊娠がわかり、療養所から脱走することを決心した。つわりが徐々にひどくなり、お腹も少しずつ大きくなっていく。療養所の職員に勘付かれて手術台に送られる前に逃げなければならなかった。曇った日の深夜、小春は厠《かわや》へ行くふりをしてなにげなく寮を出ると闇《やみ》に身を潜めて一目散に駆け出した。有刺鉄線をくぐり、塀を乗り越え、無我夢中で走った。発見されてつれもどされるようなことになれば、数週間は独房に入れられ、その後も入所者たちに徹底的にいじめられる。彼女はつわりの苦しみにも耐えながら飲まず食わずで丸一日林の中を走りつづけた。

それから数カ月かけて、小春は東を目指した。昼間は木陰に身を隠して眠り、夜になれば星座を頼りに歩きだす。農村を通りかかるたびに畑を探しては忍び込んで野菜や果物を盗んで腹の足しにした。時には池の鯉《こい》を手で取って食べたこともあった。療養所にいた頃、女子寮の知り合いから「関東まで行けばハンセン病に対する迫害はだいぶ減る」と聞いており、人目を忍んで関東までたどりつけばなんとかなると思っていた。

埼玉県に到着した時、季節はすでに夏の終わりに差しかかっていた。小春はお腹がだいぶ大きくなっていたので、長い移動は控え、流産しないように神社に身を隠して暮らすことにした。ひと気のない林などにある神社をいくつか目星をつけておいて、近隣住人に見つかって通報されないように、二、三日おきに転々としながら寝泊まりしたのである。

臨月に入ったある日、小春は神社で物乞《ものご》いの老婆《ろうば》と知り合った。雨の日に、新しい神社に移って寝ようとしたら、七十過ぎの老婆が隅っこで震えていたのだ。寒い日がつづいていたので風邪を引いたらしい。小春は自分が持っていた一枚きりの上着を貸し与え、一緒に肩を寄せ合って夜を明かした。そのことが縁で二人は親しくなり、助け合って暮らすようになった。一九五九年の十一月の中頃、小春は老婆に見守られて川べりで小さな紫色の赤ん坊を産んだ。この子が「あかり」だった。

出産後一年あまり、小春は老婆に育児のあれこれを教えてもらいながらあかりの面倒をみた。乳が出にくくなった時はもみしだいて出をよくする方法を教わり、風邪を引いた時は薬草の煎《せん》じ方を習った。老婆はかつて十一人もの子供を産み育てた経験があり何でも知っていたのである。

だが、一年半が過ぎた春、老婆は重い病気にかかり入院することになった。それをきっかけに小春はあかりを抱えて全国を流浪《るろう》して暮すことになった。ちょうど治療薬プロミンのおかげでハンセン病患者の社会復帰が少しずつ認められはじめており、警察もまたハンセン病患者を見つけたからといって即座に療養所へ強制連行することもなくなっていた。こうしたことから、小春は各地の祭りが開かれている町を巡り歩き、神社の入り口や境内にすわり込んで物乞いをした。

小春はあかりを抱いて関東、北陸、東海を転々とした。場所によっては地元住民が

「浮浪癩」などと昔ながらの呼び方で蔑んでくることもあったが、彼女にしてみればあかりと一緒にいられるだけで幸せだった。そしてあかりが八歳の誕生日を迎える前、小春はこれ以上浮浪生活をつづけるのは厳しいと考え、かつて世話になった「町の先生」のところへ赴いて相談した。これまでのことを洗いざらい話し、定住できる場所はないかと頼み込んだのである。

「お願いします。せめてこの子だけでも屋根の下に住まわせてあげたいのです」

町の医者は、幼いころから知る小春の話を丁寧に聞いてくれた。そしてあかりの戸籍をつくり、三十キロほど離れた山間《やまあい》の村にハンセン病に理解のある老夫婦がいることを教えてくれた。老夫婦もまた身内からハンセン病患者を出したことがあったという。

小春は町の医者の紹介状を持ち、あかりをつれてその老夫婦の下へ身を寄せることになった。二人は老夫婦の家の隣にある納屋《なや》に住まわせてもらい、つかっていない畑を借り、来る日も来る日も陽がとっぷりと暮れるまで働きつづけた。

ハンセン病の小春にとって、土を耕したり収穫をしたりするのは大変な作業だった。二年、三年と働くうちに、病状は悪化の一途をたどり、身体《からだ》のあちらこちらに支障が出るようになった。動かなくなった指は化膿《かのう》して切断を余儀なくされ、視力はどんどん弱まっていき、杖《つえ》をつかずに歩くことはできなくなった。それでも不平の一つも漏らさずに働いたのは、あかりを育てたいという親心ゆえだろう。

一方、あかりも貧しさゆえに、学校へ行くことができず、休む日さえなく畑で泥だらけになって働かなければならなかった。だが、村の同い年の女の子は映画雑誌を回し読みしたり、町で買ってきたレコードをみんなで集まって聴いたりして楽しんでいた。農村にも少しずつ都会の豊かさが浸透してきた時代だったのである。

本音を言えば、あかりはそんな友達の輪に入りたかった。だが、学校へ行っていないために友達はおらず、時には男の子たちに囲まれて石を投げられたり、池に落とされたりしたこともあった。この頃になっても、村の者たちの中には癩の家族を虐《しいた》げる気持ちが残っていたのである。小春は「村にいさせてもらえるだけで感謝よ」「昔に比べればよくなっているわ」となぐさめたが、若いあかりには母が自分を不幸にしているとしか思えなかった。

老夫婦はあかりを哀れに思って、十歳の頃から毎夕一時間家に招いて読み書きを教えた。たまたま老夫婦の弟が学校の教師だったこともあり、教材や本がたくさんあったのだ。あかりは友達の代わりに本を持ち歩き、畑仕事の隙《すき》を見計らって泥だらけの手で読みふけった。小説、詩、旅行記、海外文学など何でもむさぼり読んだ。彼女にとって活字を通して知るものが世界そのものだったのだ。

ただ、あかりがずっと本だけで満足できたかといえば、そういうわけではなかった。同い年の子供たちが中学を卒業して町の高校へ進学したり、集団就職をしたりする時期になると、彼女は自分だけが置き去りにされていると考えるようになった。みんな村から旅立っていくのに、なぜ自分だけが青春すら持てず、一生を畑仕事に費やさなければならないのか。彼女はより一層母を恨むようになった。そしてことある度に、あからさまに不満を漏らした。

「こんなことなら、うちを産まなければよかったのに！ お母さんのせいで、うちの人生は台無しよ。これじゃ、生きていたって何の意味もないわ！」

娘の言葉は、小春の胸を深くえぐっただろう。彼女はひれ伏し、頭を下げて謝るばかりだった。涙を流してこう言うのだ。

「私のせいで苦しい思いをさせてすまない。本当にすまない。百遍地獄に落ちても足りないよ。もしここが嫌だったら私を見捨てて町へ行ってもいいからね。私のことなんて捨ててくれてかまわないんだから」

あかりも激高してわめき散らしたものの、か弱い母を見捨てることはできず、最後は一緒になって抱き合って嗚咽《おえつ》することしかできなかった。

二人は何度もぶつかりはしたが、小春はあかりが傍にいて自分を支えてくれることに心から感謝していた。彼女は毎日夜になると手製の仏壇に手を合わせて娘の幸せを祈ってから、その日あかりがしてくれた親孝行の数だけ白い布に赤い糸玉を結んだ。疲れた体をもんでくれたから一針、森で採れた山菜を多目に分けてくれたから一針という具合に、孝行の証《あかし》を赤い糸で縫いつけたのだ。

彼女はそれをこんなふうに説明していた。

「あなたがしてくれた親切を忘れたくないの。誰もあなたのやさしさを知らないなら、私がそれを布に縫いつけて残したい」

白い布はいくつもつくられ、部屋の隅につみ重ねられた。

あかりも二十代半ばを過ぎて反抗期がおさまると、そんな母のやさしさが胸に染みるようになった。母ほど自分を愛して必要としてくれている人はいないのだ、と。そして自分の人生はどうでもいいから、母が死ぬまでは傍に寄り添ってあげたいと思うようになった。自分にとっての幸せは、母の近くにいて親子であるありがたさを嚙みしめることだ。いつしかそう考えるようになっていたのである――。

公民館の大広間に敷かれた布団の上で、あかりは怪我の痛みに耐えながら、そこまで話すと押し黙った。足の包帯に血がにじんでいる。公民館の外からは、記者や村人たちの声が聞こえてくる。

川渕警部補はナイロン製のバッグから、護符の入っていた白い布を取り出した。布には赤い糸が何千と縫い込まれている。小春があかりの親孝行を記録しようとして縫いつけたというものの一つなのだろう。

「いまお話ししてくださった布というのはこれですね」と川渕警部補は訊いた。

あかりはそれを見ると感情を抑えるように手で口を押えた。

「はい……母は六十歳になった時、『これからはいつ自分に何が起こるかわからないから』って、一番大きな一枚に護符を入れてお守りとしてくれたのです。母がくれた初めての贈り物でした。世に二つとないうちの宝物」

よく見ると、布には泥や錆《さび》、それに血液と思われる赤茶色のシミが無数についていた。畑仕事や怪我で汚れた手で針を刺したにちがいない。

川渕警部補は布を手にしたまま質問をつづけた。

「そんなふうに仲睦《むつ》まじく暮らしていたのに、あなたは今回の事件を起こすようになった。そのきっかけが、最初におっしゃっていたようにニュースを見たことなんですか」

あかりはうなずいた。

「母は若い頃のことを一切話さない人でした。思い出したくもない過去だったのでしょう。だから、うちも物心つく前のことについてはほとんど知らなかったし、訊きづらかった。それが変わったのが、昨年テレビを見ていた時のこと。訴訟の原告団の一人として出てきたのが、寺にいた平次でした。彼はまるで自分が悲劇の主人公であるみたいにペラペラとハンセン病の歴史について語っていました。目の見えない母は彼の名前と声を聞いて、これまで以上に激しい発作に苦しむようになりました。そして治療の中で昔あったことをお医者さんの前で話すことになって、初めてうちもすべてを知ったのです」

「それが、今のお話に通じるわけですね」

「でも母は最初自分をひどい目に遭わせた男たちの名前を言いませんでした。もう名前すら思い出したくなかったのかも。そんな母がますます不憫《ふびん》に思え、うちがどうにかしなきゃって村のことを調べはじめたんです」

「老人ホームでのアルバイトがそれですか」

「はい。雲岡村のある山の麓《ふもと》の老人ホームでは人手不足で短期の住み込みのアルバイトを募集していました。表向きは清掃や食事の運搬といった誰でもできる仕事の募集なんですが、実際には介護士さんのお手伝いもするので入所者ともたくさん触れ合います。そこで三回にわたって全部で三カ月間働いて村の出身の人から話を集めたのです。みんなひとりぼっちで話相手がほしかったのか、昔のことは何でも教えてくれました。深川育造や上岡仁がすべての中心にいたことを知ったのもそこでした。それでうちは母の苦しみを少しでも減らしてあげるには、この二人に謝罪させるしかないと思って村にきたんです」

「では、当初は殺意はなく、謝罪をさせようとしていたのですか」

あかりはうなずいた。

「そのつもりでした。でも、彼らは証拠隠滅のためにうちを石で殴り殺そうとした。それでうちもやむなく……」

あかりは目を赤くして顔をそむけた。部屋が静まり返る。美波みどりが彼女の背中をやさしくさすった。服についた砂がぱらぱらと落ちる。

入り口の方に立っていた父は何度も深くうなずいた。小春の子供時代を間近で見てきたからこそ、その気持ちがわかったのだろう。

だが、私の胸はどこか釈然としなかった。あかりのような五十過ぎの女性が男性二人を果物ナイフと登山用ロープで殺害するのは容易なことではない。

川渕警部補も同じことを思ったらしく冷静な口調で言った。

「あなたは本当にそれだけの理由でこの事件を起こしたのですか」

「え？」

「たしかに、あなたは最初は殺人を犯すつもりはなかった。それは竹子さんも証言しています。でも、深川育造さん、上岡仁さん、この二人に対してあなたはとどめまで刺している。お母さまのためだけに、そこまでするものでしょうか」

あかりが気まずそうに横を向いた。川渕警部補が睨むような目をする。

美波みどりはあかりに感情移入しており、「川渕さん、変な疑いをかけないでくださいよ。せっかく話してくれたのに」とかばおうとする。川渕警部補は答えずにあかりの目を見つめて黙って返事を待った。

私はその様子を見ているうちに、不意にある事件のことを思い出した。もしかしたら今回の事件の背景にはあのことがあったのではないか。時期と関係者を一つずつ照らし合わせてみると、やはり一本の線でつながる。私は恐る恐る口を挟んでみることにした。

「すみません。一つ思うことがあるので、口を挟んでもいいでしょうか」

川渕警部補は意外そうな表情をしたが、「どうぞ」と答えた。私は慎重に言葉を選びながら言った。

「結論から先に言いますので、もし間違っていたら途中で止めてください。あかりさん、もしかしてあなたは一九六七年に起こったという母子暴行事件の被害者なんじゃないでしょうか」

川渕警部補と美波みどりが目を丸くして「えっ」と同時に声を上げた。私は一瞬間違ったことを言ってしまったかと思った。だが、あかりが凍りついたような表情をしているのに気が付き、自信を持ち直した。

「昨日の夜天島のハンセン病療養所からの帰り道、美波みどりさんから県警の本部に暴行事件の記録が残っていたという話を聞いたんです。記録によれば、『町の先生』が深川育造と上岡仁がある母子を暴行したという事実を警察に訴えたのだとか。でも、被害にあった母子は名乗り出ることをしませんでした。やがて『町の先生』も病死。事件は闇に葬《ほうむ》られたそうです」

川渕警部補が唾《つば》を飲んだ。

「この事件が起きたのは、一九六七年です。この年あかりさんは七、八歳になっているはず。先ほどの話では、あかりさんはその頃に小春さんにつれられて『町の先生』のところへ行き、ハンセン病に理解のある夫婦を紹介してもらったとおっしゃっていましたよね。つまり、小春さんとあかりさんは、二人して『町の先生』に会っているわけです」

「…………」

「ここに、妙に引っかかる点があるんです。なぜ小春さんはそれまでずっと浮浪生活をしていたのに、この年になって突然『町の先生』のもとへ行って住む場所を紹介してもらったのでしょうか？　なぜ母子暴行事件の被害者である母子は警察に名乗り出なかったのでしょう？　なぜ『町の先生』は近くの交番ではなく、わざわざ県警本部まで行って事件を訴えたのでしょう？　考えてみると、不自然なことばかりじゃないですか」

私はまさに事件の真相に迫りつつあることを感じ、膝《ひざ》が震えてくるのを感じていた。ここで推理をかけ間違えれば、仮説が根本から崩れてしまう。私は一度頭の中で事実関係を整えてから言った。

「考え合わせると、一つの仮説ができあがります。母子暴行事件の被害者は小春さんとあかりさんだったのではないでしょうか。被害にあったあなたがたは、『町の先生』に事情を訴えた。そうなれば、あなたは個人としてもあの二人に恨みがあったはずだ」

「……………」

「あかりさん、真実を教えてください。あなたは小春さん同様に誰にも語りえない過去を抱えているはずです。つらいかもしれませんが、真実を語っていただかなければ、この事件までもが闇に包まれてしまうのです」

私はそう言って深々と頭を下げた。あとは誠意を見せることで、あかり自身に語ってもらうしかなかった。

あかりはしばらく壁の一点のシミを見つめていた。葛藤《かっとう》しているらしく、何度も口を開いてはまた閉じる。

黙っていた父が前に出てきて頭を下げた。

「あかりさん、お願いします。教えてください」

全員の目が集まる。

「お願いだから一人で背負わないでください。過去をみんなで分かち合うという意味でも、何があったのか語ってください」

父がもう一度深く頭を下げた。

あかりは親指の爪《つめ》を嚙んだが、やがて自分を励ますかのように二度、三度とうなずいた。そして覚悟を決めた表情で口を開いた。

「ごめんなさい。その通りです……実はその事件は単なる暴行だけではないのです。性的暴行、そして被害にあったのは子供の方なのです。その子供というのが、うちでした。八歳の誕生日の直前に深川育造、上岡仁によって性的暴力を受けたのです」

「そ、そんな若くに」と父がつぶやいた。

美波みどりが思わず口に手をあてる。あかりはつづけた。

「はい……。一九六七年の秋のことです。私たち母娘《おやこ》の運命を大きく変える出来事が起きたのです」

話によれば、ある男性と知り合ったことがはじまりだった。当時、小春はあかりをつれて全国の秋祭りを転々とし、神社や寺の入り口にすわって物乞いをしていた。そんな中で同じように物乞いをするハンセン病の男性と何度か顔を合わせ、言葉を交わすようになった。

その男性は一時期天島の療養所青木園に収容されていたという。小春はそれを聞いて虎之助のことを思い出し、「青木園に虎之助という男性はいませんでしたか」と尋ねた。すると、彼は青木園で一年ほど一緒に暮らしたことがあり、何度か言葉も交わしたということだった。彼自身は虎之助が収容されて半年後に別の療養所へ移されたのでその後のことは知らないが、もしかしたら今もまだ虎之助は青木園で暮らしているかもしれないという。

小春はそれを聞くといても立ってもいられなくなり、翌日にはあかりをつれて四国へと向かった。虎之助が生きている、ようやく再会できる。そんな希望で胸がはち切れんばかりだった。だが、天島の青木園にたどり着いて知らされたのは、過酷な現実だった。虎之助は十一年前に手首を切って自殺したというのである。

小春は悲しむより、雲岡村の大人たちに対する怒りに打ち震えた。こんな事態に陥ったのは、村人たちが虎之助の目をつぶして療養所へ送り込んだせいなのだ。なぜ彼らは罪を贖《あがな》うことなくのうのうと生きているのか。虎之助の無念を晴らすためにも、起きたことを白日の下にさらさなくては。小春はそう腹を固めると、町の警察へ赴き、かつて村人たちがした虎之助や住職に対する傷害事件を洗いざらい打ち明けた。

だが、当時の法律では小春の訴えが受け入れられることはなかった。この頃の時効は七年と定められており、十四年前のことは事件として立件することは不可能だったのだ。小春はそんなことはつゆ知らず、声を上げれば警察は動いてくれるはずだと信じて、警察署でまくしたてるように訴えたのである。

警察の担当者の対応は冷たかった。彼らは面倒を避けるため、虎之助に対する暴力の現場に居合わせた警官に連絡をして小春が来ていることを教え、直接話し合って解決するようにと命じた。その警官はあわててパトカーに乗って警察署までやってくると、現場検証をすると嘘《うそ》をついて小春とあかりを乗せて、山の麓の町にある廃屋へつれて行った。そしてあらかじめそこに呼び出していた村の男二人に引き渡した。小春はその顔を見た途端、かつて村の牛小屋で平次や若い衆に命じて自分を強姦させた男たちであることに気づいた。つまり深川育造と上岡仁だったのである。

暗くて黴臭《かびくさ》い廃屋には、この二人と警官、そして小春とあかりの五人しかいなかった。二人は警官を先に帰すと、『二度と警察に訴えることができないようにしてやる』と小春を代わる代わる殴りつけて動けなくした上に、一緒にいた七歳のあかりを犯した。小春の見ている前で行ったのである。無論小春が狂ったように止めに入ったが、その度にまた殴りつけた。丸二日間にわたり一切の食事も与えずに立つ気力もなくなるまで虐待《ぎゃくたい》をくり返したのだ。

二人が解放されたのは翌々日の夜だった。小春はぼろ雑巾《ぞうきん》のようになって廃屋を出ると、気を失ったあかりを抱いて何キロも歩き、「町の先生」のもとへ行って助けを求めた。すがれるのは彼しかいなかった。「町の先生」は自身の病院で不治の病に苦しんでいる最中だったが、小春の変わり果てた姿を目にすると飛び起き、同じ病室に数日間かくまった。そして農村の老夫婦に話をつけ、そこで暮らせるように手はずを整えてくれたという。

あかりはそこまで話すとこう言った。

「『町の先生』はうちがされたことを知っていました。彼は重い病気でしたが、自分の目が黒いうちに奴《やつ》らを刑務所に送ってやると警察に訴えました。でも、母は嫌がって警察の呼び出しに応じなかった。警察なんて二度と信用しない、と言ってました。そうしている間に『町の先生』は病気で亡《な》くなってしまい、この事件もなかったものになったんです」

「町の先生」は虎之助や住職を助けられなかったことに慚愧《ざんき》の念を抱いていたからこそ、今回の事件で何としてでも二人を訴えようとしたのではないか。

その時、美波みどりの「あかりさん、どうしたの？」という声が聞こえた。見ると、あかりの額からは大量の汗がにじみ出て、髪が頬や首にべったりとくっつくほどだった。体も震えており、歯の根も合っていない。美波みどりが体をさすってあげる。

私は一目見て心的外傷後ストレス障害の症状だろうと確信した。一般に「PTSD」の病名で知られており、過去の悲惨な出来事を思い出すことで発熱や嘔吐《おうと》感《かん》、ひどい時には失神などを引き起こすのだ。

救急箱をのぞいたが、精神安定剤のようなものは入っていない。私は気をつかって言った。

「少し休憩しましょう。後の話は病院へ行ってからでもいいと思います」

対処法としては別のことに意識を向けさせることしかないのだ。だが、あかりは首を横にふった。

「大丈夫。話します。水だけ、一杯ください」

美波みどりがあわててペットボトルの水をグラスに注ぐ。あかりは上半身を起こしてから何度も深呼吸をしながらそれを飲んでいく。震えが徐々に収まっていった。これまでも同じような症状に襲われ、自分で治す術《すべ》を身につけたのかもしれない。

あかりはグラスを床に置き、体を横たえて目を閉じ、胸の動悸《どうき》が収まるのを待ってから再び口を開いた。

「廃屋であんなことをされたにもかかわらず、うちは何十年もそのことを憶《おぼ》えてませんでした。記憶からすっぽりと抜け落ちていたのです」

きっと無意識のうちに記憶から抹消したにちがいない。

「では、廃屋でのことは小春さんから教えてもらったということですか」と川渕警部補が言った。

「母が病院でお医者さんに話しているのを聞いているうちに思い出したんです。初めは認めたくなかったのですが、頭のすみに記憶が残ってたんです」

「封印していた記憶を蘇らすのは大変なことだったでしょう」

「がんばろうとしたんですけどダメでした。家事をしている最中に廃屋でのことを急に思い出してパニックになったり、夢に見ておねしょをしたり……ついにうちも病院に行って飲めないぐらいの量の薬を出されることになりました」

再び顎《あご》が小さく震えはじめる。

「それで、あなたは深川育造たちへの憎悪《ぞうお》を抱くようになるんですね」と川渕警部補は言った。

あかりは小さく首を横にふった。

「そうじゃないんです。うちは深川育造たちが恐しくて近づきたくなかった。だから母を何とかしなきゃって思った時に初めに考えたのは、平次に謝らせることだったんです。彼がハンセン病の歴史の悲劇の象徴として扱われ、療養所でのうのうと生きていることが許せなかった。それでうちは群馬県の桃生楽池園へ行って、平次に母がどんな苦渋に満ちた人生を送ってきたのかをわからせようとしたのです」

「平次には会えたのですか」

「療養所は、親族だと言えば、どんな人でも通してくれました。でも、職員の方から信じられないことを言われたんです。何カ月か前に平次は自殺未遂を起こして入院しているんだって。うちはわけもわからぬまま病室へ行ってベッドに横たわる痩《や》せ細った平次に会ったんです」

平次は自殺未遂の後遺症で首から下が麻痺《まひ》して、自力では立ち上がることさえできず、寝たきりの生活を余儀なくされていたという。おそらく助けられた際に一定時間血流が回らなくなったことによって低酸素脳症を起こしたのだろう。かろうじて頭を動かしてしゃべることができる程度だったらしい。

「うちは恐る恐るベッドの平次に小春の娘だと名乗りました。顔を見ると、こいつが母を大変な目に遭わせたのかと怒りがわき起って、これまでのことを一気に話しました。彼は聞いていたような冷酷な人間ではなく、頭を下げてぼろぼろと涙をこぼして『すいません』と素直に謝りはじめました。そして『俺の生き方は間違っていた。本来ならハンセン病訴訟で国からもらった和解金を全部あげてでも詫《わ》びなければならないが、全財産奪われて何一つ残っていないんだ』と言ったのです」

「全財産を奪われた？」

「はい。平次が言うには深川育造や上岡仁がやってきて奪っていったというのです」

そこまで話すと、あかりは足の怪我を気にする素振りをした。見ると、再び出血がはじまり足の包帯が血で真っ赤に染まって布団《ふとん》にまでしみている。このままでは貧血を起こすかもしれない。

私はやはり今話をさせるのは酷だと思った。だが、あかりは察したように一瞬早く言葉を継いだ。

「ごめんなさい。大丈夫です、つづけますね。平次の話では深川と上岡がやってきたのは半年ぐらい前だったとか。たぶん彼らもテレビを見て存在を思い出したんだと思います。二人はやってくるなり平次を脅したそうです。『俺たちは六十年前の強姦や力蔵殺しの真犯人がおまえであることを知っている。すでに他の連中を殺しちまったから黙っていただけだ。バラされたくなければ国からもらった和解金をよこせ』と」

川渕警部補は横目で私を見てから、あかりへの質問をつづけた。

「なぜそんな多額のお金を必要としたのでしょう」

「雲岡村は二十年ぐらい前から農業が成り立たなくなって生活ができなくなってたみたいです。それで借金がかなりあったそうです」

「たしかに村の生活は厳しいでしょうね。でも、深川育造たちが訴えたとしても、平次が関係した事件はかれこれ六十年前ですから調べようがない」

「平次は原告団の一人として名前が知れ渡っていたから、社会問題になるのが怖かったのでしょう。社会を全部敵に回すことになりますから。それで残っていた和解金を出したのです」

室内が静まり返った。川渕警部補はごくっと唾を飲んでつぶやいた。

「なんたる因果なんだ……」

大広間にいた全員が同じことを感じたはずだった。

「平次はこれで絶望して療養所の近くにあった湖に飛び込んだそうです。でもたまたま目撃者がいて助け上げられてしまった」

あかりは唾を飲んでからつづけた。

「今、彼は寝たきりで、食事やトイレなどは一人じゃできない状態です。昼間は、口で鉛筆をくわえ、昔のことを悔やんで般若心経《はんにゃしんぎょう》を書き写して過しています。うちが行った時も『体がこんな具合で動けないから謝りに行くことはできない。その代わり小春にすまなかったと謝ってくれ』って写経したノートを渡してきました」

「写経……」

「うちのバッグに入っています。ノートがあると思うので出していただけませんか」

川渕警部補が黒いバッグを探ると、ボロボロになった大学ノートが出てきた。そこには鉛筆で般若心経が小さな字でびっしりと書き連ねてあった。口で鉛筆を噛んでここまで書くのは並大抵の苦労ではなかったはずだ。一冊書くにも一カ月以上かかるにちがいない。それでも平次は自分が裏切って死に追いやった虎之助や住職の供養《くよう》のために写経をつづけていたのだ。父が一人ノートから目をそらす。平次のものというだけで過去を思い出して直視したくない気持ちになったのだろう。

「あなたは平次のそんな姿を見て、許す気持ちになりましたか」と川渕警部補は言った。

あかりは言いよどんでから答えた。

「絶対に許せません。でも怒りは平次より、深川育造たち元風紀委員に向きました。性的な暴行を受けたこともあって、うちはあの二人のことを考えるのを避けてきたけど、母のためにもうちのためにもどっかでケジメをつけなければならないって」

言葉に殺気が漲《みなぎ》った。川渕警部補もいつしか厳しい目になっている。

「それであなたは老人ホームでのアルバイトをはじめて村で起きたことを調べ上げ、風紀委員だった三人に狙いをつけて村にやってきたわけですね。そして彼らの証言を録音するつもりでICレコーダーを持って行った」

「彼らが謝るのを録音して聞かせれば母は少しは良くなると思ったし、うちもどっかで解放される気がしたんです。それで寺の跡地までつれて行って謝罪を求めたところ、ああいうことになってうちも思わず……」

「どうしてナイフを持っていたんですか」

「護身用のつもりでした。お年寄りとはいえ、相手は複数人ですから」

初めから殺すつもりなら出刃包丁など、より凶器となるものを用意していただろう。殺人にまで至ったのは不運が重なったためにちがいない。

その時、窓から数人が顔をのぞかせるのが見えた。公民館を取り囲む記者たちがカメラを持って顔をのぞかせていたのだ。川渕警部補が立ち上がって、「撮るな！」と一喝して厚手のカーテンを閉める。

急に暗くなった部屋には、あかりの傷から出る血の臭いが満ちていた。さすがにそろそろ話を終えた方がいいという雰囲気があった。美波みどりもそう考えたのだろう、もう一杯グラスに水を注いであかりに渡そうとした。だが、川渕警部補は腕時計を一《いち》瞥《べつ》すると、それを手で遮った。

「最後にもう一つ訊《き》かなければならないことが残っています」

美波みどりが「後でいいんじゃないですか」と言う。私も同じ思いだった。だが、川渕警部補は無視してつづけた。

「あなたは今日の夜明け前に犬娘と一緒に野村二郎さんを扼殺《やくさつ》した。前の二人はともかく、なぜ野村二郎さんまで手にかけなければならなかったのでしょう」

あかりは悲しそうな目をした。

「犬娘なんて呼ばないでください。あの子には、テル子ってちゃんとした名前があるんです」

川渕警部補があわてた。

「そうですね、申し訳ありません。では、そのテル子さんと一緒になぜ野村二郎さんを？」

美波みどりが持っていたグラスを床に置いた。透明なグラスの中で水が揺れている。

「うちは一人で全部をやれる自信がなかったので、村の外れにあって一番協力してくれそうなテルちゃんのところへ行ったんです。うちは老人ホームで聞いた深川育造たちがテルちゃんのお母さんの死体を山に捨てたという話をつたえ、手伝ってほしいって言ったんです。テルちゃんは村に友だちがいなくて何十年も一人ぼっちだったから嬉《うれ》しそうにうちを小屋に泊めて何から何まで世話をしてくれた。そして事件を起こした後も、小屋にかくまってくれたのです。ところが、今日の夜明け前になって記者がやってきてメモを置いていきました。それによれば警察が事件の真相に気づいたようでした。うちは焦《あせ》って公民館の様子を見に行きました。そして一時間ほどして小屋に帰ると、布団の上で野村二郎さんが倒れていたのです。側《そば》にはテルちゃんの姿がありました」

「犬娘、いやテル子さんが野村二郎さんを殺害したというのですか」

「まだちょっと息がありました。うちは何が起きたのかって尋ねました。するとテルちゃんは泣きながらこう言いました。『この人、あかりお姉ちゃんのこと警察に言うって逃げようとした！　声の入った機械を警察へ持って行くって言った。だから、止めた！』と。野村二郎さんが警察にうちのことを告げるためにＩＣレコーダーを持ち出したので止めようとして取っ組み合いになって首を絞めたのでしょう。うちを助けようとしてくれたんです」

犬娘は森でのことの見よう見まねで野村二郎の首を絞めたにちがいない。

「うちはとっさに野村二郎さんが息を吹き返せば警察に行くにちがいないと思いました。逮捕されれば、母に迷惑をかけることになる。それでやむなく、うちは彼の首を……」

あかりは奥歯を噛みしめ、横になったまま母がつくったという布をたぐり寄せて抱きしめた。まだ手には首を絞めた時の感触が残っているのだろう。

川渕警部補は、彼女の呼吸が整うのを待って尋ねた。

「そして、あなたはＩＣレコーダーを壊して小屋を出たんですね。そして一度は竹子さんの家へ向かったものの、おそらく親戚《しんせき》が泊まっていたことを知り、殺害を諦《あきら》めた」

「これ以上殺人を重ねるより、死のうと決意しました。それで死体がなるべく見つからない崖《がけ》へテルちゃんに頼んで案内してもらいました」

「なぜテル子さんまで崖から飛び降りたのでしょう。彼女は誰も殺していないはずだ」

あかりは布を抱きしめたまま黙っていたが、やがて声を詰まらせるようにして答えた。

「崖の上に到着した後、うちはテルちゃんにだけは生きてほしかったので、『テルちゃん、あなただけは村にもどって自首して。重い罪に問われることはないから』と言いました。なにもかもうちのせいにすれば大丈夫と思ったんです。でも、彼女はずっと虐げられていて村での生活に絶望してて『もう村にいたくない。私も死ぬ』って言いだしました……」

犬娘が自ら命を絶ったというのは予想外だった。

「うちのせいなんです……だめだよって制したんですが、テルちゃんはうちの手をふり払って飛び降り……うちは死ぬ必要のない人まで殺してしまったんです……」

川渕警部補は最後に確かめるように訊いた。

「それで、あなたも崖から飛び降りて命を絶とうとしたわけですね。犯した罪の責任を負うようにして」

あかりは一瞬川渕警部補の目を見てからうなずくと、手で顔を覆《おお》い、初めて大声で泣きだした。身も世もなく声を張り上げてむせぶ。

私は見ていられなくなり、目をそらした。大広間に響く嗚咽が耳に突き刺さるほどに響く。隣にいた美波みどりが彼女の肩をさすって声をかけた。

「あかりさん、泣いていいからね。思う存分泣いていいからね」

あかりは美波みどりの膝に顔を埋め声にならない声でしゃくり上げる。

川渕警部補は腕時計を見て、私と父に言った。

「もうすぐ救急隊が来ます。我々はそれまで外に出て待っていましょう」

私はうなずいた。そして床に置いたままになっていた護符と写経のノートをバッグにもどしてから、あかりと美波みどりを残して部屋を去った。

公民館の裏口のドアを開けると、林に隣接した中庭に出た。外からは回れないようになっており、押しかける記者や村人たちの姿はなかった。芝が広がり、四つある花壇には赤や黄色の花が咲いて、紋白蝶《もんしろちょう》が甘い蜜《みつ》の香りに誘われて集まっている。林の手前には喫煙所が設けられ、休憩中の捜査員たちが集まって煙草《たばこ》を吸っていた。川渕警部補はひとつため息をついてからそこへ歩いて行き、同僚に一本譲ってもらうとライターを借りて火をつけた。

その時、私のスマートフォンが胸ポケットの中で震えた。メールが届いていた。開いてみると、実家に帰った妻からだった。

〈ニュース見ています。犯人はお義父《とう》さんだったんでしょ？　実家の家族に報告してこれからの対処法を考えなければならないので、わかったらすぐに教えてください。あと、離婚後は娘の苗字《みょうじ》もうちの実家の姓に変えるつもりです。娘は今回の件で相当傷ついているのでしばらくは直接電話してこないでください。家に置いてきた私たちの衣服などの整理については改めてこちらから連絡します〉

丁寧語で書かれた文面がよそよそしさを感じさせたが、ふり返ってみれば妻からのメールはいつもこんなものであり、業務連絡のような内容ばかりだった。結婚して十年以上生活を共にしておきながら、結局は上辺だけの付き合いしかしていなかったのだろう。私はそのままスマートフォンをポケットにしまった。

中庭に目をもどすと、裏口の脇《わき》にある青色のベンチに、父が一人でぽつんとすわっていた。隣にある木の幹には透明な羽を持つエゾハルゼミが止まっており、山に響くような声で鳴いている。救急隊があかりを運び終えた後、捜査員たちは父と竹子を本署へ連行し、調書を一から取ることになるだろう。

その時、私は喫煙所に立つ川渕警部補がこちらを見て、父のことを指さしているのに気がついた。今のうちに父と話をしろということらしい。気をつかって二人きりになれるようにしてくれたのだ。

私は青いベンチに腰を下した。父は口を閉じ、子供が一人遊びするように拾った木の枝を小さく折っている。彼自身も私に対して何を話していいのかわからないのだろう。私は膝をさすりながら切り出した。

「なあ、親父《おやじ》、訊いていいかな。親父は川渕さんが言ったように、あかりさんをかばうために二人を殺害したと嘘をついたのか。死刑になるかもしれないのに、なぜそこまでしたんだ？」

父は枝を折る手を止めてしばらく黙った。小さな虫が草むらを飛び跳ねている。彼は枝をベンチの上に置き、申し訳なさそうな口調で答えた。

「事件のニュースを見た当初、私は犯人は小春ではないかと思ったんだ。それであわてて千葉のアパートから駆けつけたんだよ。もし小春だったら何が何でも会いに行かなければならない、という気持ちがあった。その後のことは川渕警部補の推理通りだ。旅館に泊まってから覚悟を決めるために天島の療養所へ行ったら、事件の前日に中年女性が虎之助の遺骨にお参りをしていたことを知った。それで村へ来て事情聴取を受けながら起きたことを調べていたら、犬娘の小屋で偶然あかりさんの姿を見たんだ。顔は、昔の小春に瓜二《うりふた》つで、隣には年をとった野村二郎もいた」

この時、あかりはバツが悪そうな表情で野村二郎とともに奥の居間へ隠れたという。だが、父は二人の正体を確信し、残された犬娘に問い詰めた。「あの女性が小春の娘であり、一緒にいた老人が野村二郎であることはわかっている。警察に言われたくなければすべてを話せ」と断定口調で言ったのだ。犬娘は怯《おび》えて知っていることをしゃべった。わずか一、二分の切れ切れの話だったが、小春がどんな人生を歩んできたのか、そして娘のあかりが復讐《ふくしゅう》のために事件を起こしたことを知った。

乙彦は小屋からの帰り道、虚偽の自白をすることであかりの罪を自分でかぶることを決心した。六十年前の出来事については、社会的にも成功した自分がもっと早くに清算しなければならないことだった。だが、先代の犬娘や力蔵を死に至らしめてしまった負い目から、長らく二の足を踏んでいる間に、あかりが過去の出来事を知って事件を引き起こしてしまった。ならば世捨て人同然の自分が彼女の代わりに罪を贖うべきだと考えた。そして公民館にもどってから自分が犯人だと嘘の自白をしたということだった。

そこまで語ると父は口を閉じ、青いペンキを撒《ま》いたような色の空を仰いだ。風が林をなでるように吹きつけ、蜘蛛《くも》の巣が大きく揺れる。私は父の横顔を見た。

「親父の気持ちはわかるよ。でも、だからってあれだけの事件を自分でかぶろうとするなんて無茶だと思わなかったのか。遅かれ早かれボロは出たはずだ」

「そうだな。ただ、私はあかりさんだけでなく犬娘も守りたかった。今思えば、それで焦ってしまったんだ」

「なぜ犬娘を？」

「小屋の戸をノックする前に、あかりさんと犬娘が仲良く話をしている声を聞いてしまったんだよ。昼寝をしようとしていたんだろうな。犬娘は年下のあかりさんを『お姉ちゃん』と呼んで、『お姉ちゃん、今日も一緒に寝てくれるんだよね。ギュッってしてくれるんだよね』と頼んでいた。あかりさんも『大丈夫よ、テルちゃん、うちはまだいなくならないから』って。甘えん坊の女の子がお母さんにおねだりをするようだった。なんか支え合って生きているような気がしてならなかった」

「そういえば、さっきもあかりさん、川渕さんが犬娘って呼んだのを怒っていたもんな」

「犬娘は私の幼い頃の過失のせいで孤児として育たなければならなかった。時代背景を考えれば、彼女は学校へ行かせてもらえないどころか、ずっと部屋に閉じ込められて過ごしてきたはずだ。家族や友人に飢えていたんだと思う。愛情を欲していたんだ。だから、あかりさんが現れた時、彼女に親近感を覚えて、『お姉ちゃん』と慕うようになったんだろう。私にはあかりさんと犬娘を助ける責任がある。だから、自分の命をかけて彼女たちを守ろうとしたんだ」

おそらくあかりと犬娘は一つ屋根の下で暮らすことで、切っても切り離せない関係になっていたのではないか。

「それともう一つ。あかりさんと犬娘に警察が真実に気づいたことを知らせたのも私なんだ。真夜中に公民館でトイレに行こうとした際、おまえが警官たちと話をしているのを偶然耳に挟み、あかりさんたちのことが明らかになりつつあることを知った。それで同じくトイレを借りに来ていた記者を呼び止めて情報を流し、あかりさんたちに危機が迫っていることを知らせたんだよ」

父は立ち上がって近くにあった木の幹にもたれた。後姿が寂しそうだった。考えてみれば、彼もまた六十年も秘密を抱えて様々な葛藤に苦しみながら生きてきたのだ。

ポケットの中でスマートフォンがまた震えはじめた。きっと先程メールを送ってきた妻だろう。上空にはマスコミのヘリコプターがまだ音を立てて飛んでいる。私はかまわずに話をつづけた。

「一時期、親父は寺にいたハンセン病患者たちの足跡を追っていたよね。小春さんの今の状況を把握していたのか」

「小春についてはずっと捜していたが、まったく行方がつかめなかった。療養所にも病院にも記録がなかったから、もう死んだものと考えていた。実際に浮浪癩《らい》で行き倒れになる人はとても多かったからな」

「平次は？」

「あいつはハンセン病訴訟の原告団の中でも親に殺されかけるという悲惨な人生を歩んだ人間として度々報じられてきたから、居場所は知っていた。一時は会いに行ってあの時の責任を追及しようと考えたこともあったが、いざとなると今更そんなことをしてどうなるのかと思い直した。彼は根っからの悪人じゃない。癩になって実の父から殺されかけたことで何もかも信じられなくなった哀れな人間なんだ。そんな彼を何十年も経《た》ってから追いつめる気にはなれず、今にいたるまで会うことを避けてきた……」

木に止まっていたエゾハルゼミがぴたりと鳴くのを止《や》めたと思うと、羽音を立てて林の方へと飛んでいった。林の木の葉がざわめく。

煙草を吸っていた捜査員たちが、私たちがいつの間にか立ち上がっているのに気がついてこっちへ来ようとした。だが、川渕警部補がさりげなく引き留めた。もう少し話をしてもいいということなのだろう。私は心の中で彼の気遣いに感謝した。

父も川渕警部補の思いに気づいて、青色のベンチに再び腰を下した。空には真夏のような白い入道雲が浮かんでいる。父は手を合わせてから言った。

「今日中に私は県警につれて行かれ、捜査を妨害した罪で逮捕されるはずだ。嘘の自白だけならともかく、記者に情報を流して犯人を逃がそうとしたわけだからな。警察の捜査を攪乱《かくらん》させてしまった以上、やむを得ない。前科もあるから起訴されれば懲役刑になる可能性は高い」

「そうだろうね……」

「こんな老いぼれの人生などどうでもいいのだが、一つだけ心配なのは農家で一人で暮らしているという小春のことだ。私は刑期を終えることができれば、残りの人生を小春のために費やしたいと思っている。だが、小春は今から一年ぐらいの間が一番大変だろう。今回の事件は世の中を騒がすだろうし、マスコミはこぞってあかりさんの母である小春のところに押しかけるにちがいない。その時、誰かが傍《そば》にいて守ってあげなければ」

彼はそこまで言って一度口をつぐんだ。ヘリコプターの音がかまびすしい。

「おまえに、一つだけ頼みがある。どうか私が刑務所から出てくるまで小春の面倒をみてくれないか」

予期しなかった言葉だった。

「僕が小春さんの？」

「あかりさんの話を聞く限り、小春は今回の事件とあかりさんのかかわりを知らないだろうし、守ってくれる者も傍にいないはずだ。おまえ以外にすべてを理解した上で傍にいてあげられる者はいない」

「それはわかるけど……」

「私は父親であるにもかかわらず、これまでおまえに迷惑ばかりかけてきた。だが、最後のわがままを言わせてくれ。私が刑務所から出てくるまで、どうか小春の力になってあげてくれないか」

潤《うる》んだ目が真剣だった。父は六十年間ずっと小春のことを想《おも》いつづけてきたのだろう。カッタイ寺を離れてから今まで、ずっと小春の姿を胸に刻み込み、その姿を追い求めてきた。そして、今まさに手が届こうとしている時に、再び刑に服さなければならなくなっているのだ。

父は息子である私に深く頭を下げた。

「お願いだ。小春だってもういい年齢だ。彼女は十分に苦しい思いをしてきた。人生の最後までそれを味わわせたくない。一年、いや半年しのいでくれれば、あとは私が何とかするから」

私は即答できなかった。小春と話したこともなければ会ったこともないのだ。仕事も失っている状況で、どこまで責任を負えるか自信がない。

その時、公民館の正面の方から記者や村人たちのざわめきが聞こえてきた。誰かが来たのだろうか。捜査員たちもそれに気がついて慌《あわ》てて携帯灰皿に煙草を押し込んでいる。ベンチの脇にあった裏口のドアが開き、美波みどりが顔を出した。

「川渕警部補！　たった今、救急隊が到着しました。容疑者を病院へ運びますので来てください」

川渕警部補はうなずいて煙草をもみ消すと、公民館の中へ走っていった。林のどこかで、再びエゾハルゼミが鳴きだした。

エピローグ

　六月十三日の晴れた日の午後、私は東京の羽田空港を発《た》ったＡＮＡ５３３便に乗り、高松空港へと向かっていた。機内はエンジンの音がこだまするように響いており、キャビンアテンダントが笑顔をふりまいて飲み物を配っている。座席を占めるのは、大半がスーツ姿のビジネスマンだ。彼らは手を組んだまま眠ったり、書類に目を通したりして、一時間強の時間を過ごしている。

　私は売店で買った新聞から目を離し、窓の外の白い雲を見た。これから小春に会いに行くのだと思うと活字が頭に入ってこない。彼女は小さな農村で一人で暮らしているという。私は彼女を訪ねて、今回の事件をどのように説明すればいいのだろうか。不安は山ほどあったが、ひとまず会ってみるしかない。

　小春のもとに行くと決めたのは、わずか二日の東京滞在の間だった。雲岡村であかりの身柄が確保された日、私は遅れて到着した救急隊とともに山を下りて彼女を病院へと送り届けた。その後、私はいったん川渕警部補や美波みどりと別れて東京へ帰ることにした。研究所へ出向いて退職手続をしたり、妻から届いているはずの離婚届を出したりしなければならなかったためだ。

東京にもどった翌日の午後、私は勤め先の研究所へ行って退職届を部長に出した後、かつての上司に会って今後の勤め先を紹介してほしいと頼んだ。長らくハンセン病の研究をつづけてきた人物だ。医療の世界では、紹介による就職が一般的なのだが、上司の口から出た言葉は辛辣《しんらつ》なものだった。

「君は以前私が研究しているハンセン病を『終わった病気』だから面白くないと言った。そういう人間に職を紹介するつもりはない」

あの事件の前だったら上司の真意が理解できなかっただろうが、この時の私は心臓をわしづかみにされたような気持ちだった。言い返すことができず、そのまま研究所を去った。

次の日の早朝、うまく眠りにつけなかった私は幼少期に住んでいた多摩川のほとりにすわって、川面《かわも》を見つめて過ごしていた。川には魚の跳ねる音が響き、その都度澄んだ水に波紋が広がっていく。土手のグラウンドで草野球をする子供たちの声がしている。

私は何時間もそこにすわり、これから自分がどうするべきかを考えていた。頭の中にあったのは、小春のもとへ行き、父が出所するまで傍にいて守れるかどうかということだ。これまで私は患者から菌やウイルスを除去して病気を治癒させるのが医者の仕事だと思っていた。だが、今回の事件を通じて新たに一つ気づいたことがある。それは、小春のように事情があって治療を受けられない者もおり、彼らにかかわっていくことも大切な役割の一つだということだ。ならば、私は医療従事者の一人として小春のもとへ行くべきではないか。そんな思いで、羽田空港に向かって午後の便で高松を目指すことにしたのである。

高松空港の到着ロビーは、平日の午後だったこともあって閑散としていた。制服を着た清掃スタッフが黙々と床を磨いており、売店の店員は椅子《いす》に腰かけて窓の外を眺めている。私はニッポンレンタカーのカウンターに向かい、水色のヴィッツを借りることにした。

久々に運転するコンパクトカーは、狭い運転席にはまっているような感覚で心地よかった。目指したのは、雲岡村より徳島県寄りに位置する山間部の名もない小さな集落だった。公民館であかりから聞いた話によれば、その集落にある民家で小春は暮らしているという。かつて小春とあかりを引き取った農家の老夫婦は死ぬ間際《まぎわ》に土地の一部を二人に譲ってくれた。二人は村人に手伝ってもらい、余っていた木材をつかってなんとか住めるほどの簡素な家をそこに建てたそうだ。これまで現金収入はほとんどなく、庭で育てている野菜を主食にして暮らしてきたらしい。

香川県の田舎は県道沿いであっても店はまったくと言っていいほど見当たらず、田んぼの間に古めかしい民家が点在しているだけだ。すれ違う車もめったにない。ナビによると集落まであと四十キロほどの場所に来た時、不意に胸のポケットに入れていたスマートフォンが鳴った。ディスプレイには「美波みどり（香川県警）」という文字が出ていた。道路脇に停車して電話に出ると、耳になじんだ声が聞こえてきた。

——こんにちは。今ちょっとだけ電話いいですか。

たった二日会っていないだけで、美波みどりとずいぶんしゃべっていない気がした。

——大丈夫ですよ。どうしました？

——マスコミに発表される前に、県警本部での乙彦さんの様子を先に報告しようと思って。昨日の夜と今日の朝、乙彦さんの聴取をしたんですが、乙彦さんは全部素直に話してくれました。今日の夕方には捜査本部長が乙彦さん、竹子さん、あかりさんの三人の逮捕をマスコミにつたえるそうです。

覚悟していたことだった。窓の外を見ると、花の周りを紋白蝶がゆっくりと飛んでいる。

車を下りようとドアを開けると花が香る。私はヴィッツのボンネットに寄りかかるようにして電話をつづけた。

——父は起訴されますか。

——おそらくそうなると思います。前科もあるし、捜査を混乱させたことは事実なので、さすがに見逃すということはできないんじゃないかな……ごめんなさい、うまく力になれなくて。

電話越しの声は本当に申し訳なさそうだった。

——仕方がないですよ。どんな理由であれ、父が嘘を吐《つ》いたり、あかりさんたちを逃がそうとしたのは事実なので。それより、あかりさんは殺人罪で起訴されることになるんですよね。

——それは確実です。ただ、川渕さんも言っていたんですけど、極刑は免れられるかも。元風紀委員の三人はかつての吉原さんたちの殺害に関与していますし、住職や虎之助さんに対する傷害にも加わっています。何より、あかりさん自身も七歳の時に深川育造さんと上岡仁さんから性的な暴力を受けている。それを考慮すれば、情状酌量の余地はかなりあるはずだって。

昔の事件だが裁判でそのことが問題として認めてもらえれば、判決を大きく左右する可能性がある。

——それともう一つ。ICレコーダーのデータが復元できたのですが、そこに深川育造たちがあかりさんを殴り殺そうとする声が入っていたんです。これによって正当防衛も成り立つかもしれません。

——それは大きい。最終的には裁判官や裁判員がどう判断するかでしょうが。

——県警ではあかりさんに対する同情論がかなりあって、裁判がはじまる前にマスコミに事件が起きた過去の経緯を話して、あかりさんを擁護する流れをつくっていこうって話しています。

警察がどんな情報をマスコミに流すかによって、世論は大きく変わってくる。県警が本当にそうしてくれるなら、裁判の追い風になるはずだ。

目の前をマツダのロードスターがものすごい速度を出して通り過ぎていった。レンタカーの屋根に紋白蝶が一匹止まっていた。電話の向こうで、美波みどりがさらにつづけた。

——一つだけ心配なのは、マスコミに過去の情報を流すと、彼らが小春さんの居場所を探し出して押しかけるのではないかということなんです。小春さんのご年齢や精神状態を考えると、それに耐えられるかどうか……。

私は畑の向こうに連なる山を眺めながら答えた。

——実は僕、小春さんの家へ向かっている最中なんです。

——え？　小春さんのお家《うち》に？

——いろいろと考えて、しばらく小春さんの傍にいようと思うんです。僕は乙彦の息子として、そして医療者として、小春さんにできる限りのことができればって思ってます。

——よかった。あなたが傍にいて小春さんをマスコミから守ってくれるなら心強い。

――前途多難でしょうけどね。

美波みどりは安心したように息を吐いた。少し沈黙があった後、彼女は何かを思い出したように甘えた声で言った。

——ねえ、ねえ、そしたらしばらくは香川県内の病院で働きながら小春さんと暮らすんですよね？

——働き口が見つかればそうなるでしょうね。

——やった！　そしたら今度合コンしません？

——は？

——前にお願いしたじゃないですか。私、お医者さんと一度合コンしてみたかったんです。離婚するんですから、別に平気でしょ。

美波みどりは捜査の最中もずっと合コンのことを考えていたのだろうか。私は思わず苦笑した。彼女らしい。

——わかりましたよ。考えておきます。

私は電話を切った。ヴィッツの屋根に止まっていた紋白蝶が、いつしか二匹に増えていた。

午後の四時過ぎ、ようやく集落に到着した。砂利敷きの駐車場があり、そこから百メートルほど丘を登ったところに古い農家が何軒か集まっていた。車を出ると、外は暑いぐらいで、湿気の中でむせ返るような草花の匂《にお》いがしている。

私は集落へつながるゆるやかな傾斜を登って行った。小さな川が二本流れており、その周りはアジサイ畑になっていた。青や白の装飾花が咲き誇り、風に身を任せるようにゆったりと揺れている。陽の下で小鳥たちがさえずりながら群れをなし、舞い上がり舞い降り、交差する。小春とあかりは四十年以上もこの小さな集落からほとんど出ることなく、ひっそりと暮らしていたのだろう。

アジサイ畑を通り過ぎると、広い丘の上に着いた。林の手前には大きな池があり、緑色のアマガエルが何匹も飛び跳ねている。ぐるっと見回してみたところ、立派な風《ふ》情《ぜい》の屋敷が七、八軒建っていた。古くからある農家なのだろう。風習なのか、どの家の前にも色とりどりの風車が立っており、軽い音を立てながら回転している。

百日紅《さるすべり》の木の下に、七十代ぐらいの老人が柴犬と一緒に腰を下していた。私は小春さんの家はどこかご存知ですかと尋ねた。老人は傾きかけた陽にまぶしそうに目を細めて顔を上げ、北側を指さした。

川の傍に、白いプレハブの住居があった。教えられなければ物置だと思ってしまいそうなほど小さな建物だった。

近づいてみると、家の前に立っている郵便受けに「山折《やまおり》」という姓が記され、その下に小春とあかりの二人の名前が並んで記されていた。あかりの話では、「山折」とは小春の父親の姓なのだという。やはりここが住居なのだ。私はバッグを反対側の肩にかけ直し、ドアをノックしてみた。しばらくして家の中から年老いた女性の声がした。

「どなたでしょうか。お入りください」

上品な口調だった。

ドアを開けると、五畳ほどの部屋の真ん中に、背の小さな白髪の女性が座布団《ざぶとん》を敷いてすわっていた。目が見えないせいか、陽が射《さ》し込む窓に顔を向けている。夕色の陽だまりの中で白い髪が透き通るように光る。

「小春さん、でしょうか」と私は尋ねた。

白髪の女性は耳を澄ませるように顔を傾けてから、「はい。そうですが」と答えた。

小春は自分の座布団をゆずった。

「どなたか存じませんが、どうぞここにおすわりください」

私は固辞してちゃぶ台を挟んで反対側にすわることにした。小春は「せっかく来ていただいたのに、申し訳ありません」と頭を下げながら、手探りで茶碗《ちゃわん》やポットを探し当て、お茶を入れてくれた。お茶葉の香りが広がる。

改めて正面から見ると、小春は想像していたよりずっと小柄だった。指が付け根からほとんど失われ、顔の肉は厚ぼったく腫《は》れ、皮膚全体が赤黒く変色している。ハンセン病の典型的な症状だ。かつての面影が失なわれ、あかりと似ているかどうかはわからなかったが、少しだけ出た前歯や仕草に通じるものがあった。

小春は改めて座布団に正座すると、ゆっくりと言った。

「私は目が見えないものでご無礼をして申し訳ありません。いつもなら娘のあかりがいるのですが、大阪へ出かけてしまったのです」

「今はお一人なんですね」

「ええ。娘は昨年から県内の老人ホームで働くことがあったのですが、そこで知り合った方に大阪で働かないかと誘われたそうで、しばらく前に出て行ってしまったのです。短ければ数週間、長ければ数年以上になる、と。五十年以上一緒にいて初めて別々に暮らすことになりました。ただ、彼女はずっと私の世話をしてくれましたから、最後にほんの少しぐらい自分のために生きたかったのかもしれません。お恥ずかしながら、今は近所の方にご面倒をおかけしながら暮らしています」

あかりは雲岡村へ出発する前、大阪で仕事が見つかったと嘘《うそ》をついて家を離れたのだろう。小春は事件については何も知らないようだ。窓の外ではキキョウの紫色の花が揺れている。

小春はふと気づいたように尋ねた。

「失礼ですが、あなた様は市の職員の方か何かでしょうか。ここに来られるのは市の方ぐらいなので……」

「自己紹介が遅れて申し訳ありません。私は水島耕作《こうさく》といいます。東京で医者をやっています」

「耕作さん、ですか……」

「ええ、『たがやす』という字に『つくる』と書きます。父がつけたのですが、子供の頃は古めかしい名前だとよくからかわれました。私がここに来たのは、ある男性に小春さんの様子をみてきてほしいと言われたからです」

「ある男性って？」と小春は首を傾《かし》げた。

「あかりさんのお知り合いです。その男性はあかりさんから、小春さんが今この家で一人で暮らして不自由をしていると相談されました。だけど彼は用事があって来られません。それで僕が頼まれて代わりに来たんです。あっ、僕自身もあかりさんとは面識があって小春さんのお話もいろいろうかがっています」

「うちの娘が……いろいろな話ってなんですの？」

「小春さんがハンセン病にかかって、ご苦労をされてきたということです。幼い頃の話や、昔のことを思い出して引きつけが起こるという症状のことも多少お聞きしています。ご心配なさらないでください。僕は感染症が専門で、一時期はハンセン病についても研究していたことがあります。もしご心配なことがあれば、気兼ねなくおっしゃってください」

小春は初めて窓から目をそらし、こちらに顔を向けた。余計なことを言って不安にさせてしまったかもしれない。しばらく沈黙がつづいた後、彼女はぽつりとつぶやいた。

「あなた様のお声、どこかで聞いたことがあります……懐《なつ》かしい声です」

学生時代から、私は父とよく似た声だと言われていたのを思い出した。小春も何か思うところがあったのかも知れない。だが、まだ父について話すべきではなかった。

「お会いするのは初めてですよ」と私はごまかした。

「いいえ、あなた様とお会いしたということではございません……弟の声とそっくりなのです」

小春に弟がいたという話は初耳だった。彼女は一人で寺で育てられたのではなかったのか。

「小春さん、あなたに弟さんがいらっしゃるのですか？　あかりさんから子供時代のお話もうかがっているのですが、弟さんのことは一切聞いていなかったもので……」

「娘はあなた様にいろんなことをお話ししたようですね。まったくお恥ずかしい。誰にも打ち明けてこなかったのですが、実は私には弟がいます。その弟の声に、あなた様の声はそっくり。聞いているだけで不思議な気持ちになるぐらい……」

「そうなのですか。もしよろしければ、弟さんがどういう方なのか教えていただけませんか」

小春はこちらに顔を向けてしばらく黙りこんだ。皺《しわ》が何本も刻み込まれてはいるものの、目尻《めじり》や口元は温和なやさしさを漂わせている。

「私も一人きりで最近は話し相手さえおりません。何もかも娘から聞いているあなた様であれば今更隠すこともありませんね。お嫌でなければお話しさせてください」

「ええ、どうぞよろしくお願いいたします」

私はそう言いながら胸が高鳴るのを感じていた。小春は少し照れ臭そうに耳のうしろあたりをなでつつ語りだした。

「私の故郷は山中にある雲岡村という村でした。私の母もそこで生まれ育ったのですが、若くして親を失い、村にいる親戚の家に養子に出されていました。一方、私の父は広島の生まれだそうですが、二十歳の頃にハンセン病が発覚して家を追い出されてしまいました。その後は、俗にいわれるヘンドとして四国八十八カ所を巡っていたそうです。ヘンドというのはご存知ですか」

唐突な質問に私は驚いて返事に窮した。ただハンセン病の研究者と名乗った以上知っていて不自然ではないだろう。

「聞いたことはあります。物もらいをして遍路をしていた方々のことですよね」

小春はうなずいた。前髪に黄色い花粉のようなものがついている。

「お医者様は何でもご存知なんですね。その通りです。父はハンセン病になった後、そうやって巡礼をしていたのです。そして山中でハンセン病の人たちが集まって暮らすお寺を見つけて住み着くようになりました。数年が経ったある日のこと、父が野兎《のうさぎ》を追って森を歩いていたら、雷雨に見舞われました。大木の下で雨宿りをしていたところ、村の女が道に迷ってずぶ濡《ぬ》れになって歩いているのが見えました。それが母だったのです。しかし、その直後土砂崩れが起き、母が巻き込まれてしまいました。父はすぐに駆けつけ、土砂に埋もれた母を掘り起こし、口に詰まった泥をすべて吸い出して一命を救いました。これが二人が出会うきっかけでした。それから二人は惹《ひ》かれ合い、人目を忍んで密会するようになりました」

小春の話によれば、森の中での二人の逢瀬《おうせ》はほとんど毎日のように行われたという。二人は決して結ばれてはならない立場同士だったため、誰にも言わず毎日決まった時間に柿《かき》の木の下で会うことしかできなかった。母は村で虐《しいた》げられていたこともあって、彼がハンセン病であったことをあまり気にしなかったのかもしれない。それより自分を救ってくれた恩人と二人きりになれる至福の時を一分一秒でも長く過ごしたいと思ったのだろう。彼が広島の実家を出る時にもらった親の形見である赤い髪飾りを母に贈ったのもその時だった。

　二年が経った年、母は十七歳になって間もなく彼の赤子を身ごもった。それが小春だった。母は相手がヘンドだとは言えず、「遍路に襲われた」と嘘をついて出産した。だが、村の大人たちは未婚の彼女が私生児を育てるのはよくないと判断し、一歳になるのを待ってから町へ養子に出すことに決めた。母は父に会いに行き、このままでは大切な小春を取り上げられてしまうと泣いて訴えた。父は悩んだ末に、村の大人たちが小春を町へつれて行くのを待ち伏せし、小春を取りもどすことにした。

　運命の日は、春の曇った日の午後だった。その日、父は夜明け前からカッタイ寺に暮す仲間を一人連れて、休憩所となっている沢の木陰に身を潜めていた。案の定、幼い小春を抱えた村人たちは沢で一息ついた。父はあらかじめ決めていたように彼らの隙《すき》を見て小春を奪い取り、そのまま森の中に逃げ込んだ。

　当初父は村人が迷宮のような森の奥深くまで追いかけてくることはないと考えていた。だが、彼らは小春を養子に出す町への義理もあり、血眼になって走ってきた。ハンセン病で体の不自由な二人が赤子を抱えて逃げ切るのは難しい。父はこのままだと二人ともつかまると判断し、仲間に小春を託して「自分が引き止めるからその間に逃げてくれ」と言った。そして、彼は後から追いかけてきた村人に袋叩《ふくろだた》きにされたということだった。

小春はそこまで話すとやさしく膝《ひざ》をさすり、こう言った。

「この時父は村人によって殺され、私は一歳で一人お寺につれて行かれました。それでお寺を取り仕切っていた住職さんが私を引き取り、一から十まで面倒をみてくれることになったのです」

「では、弟さんがいたというのは、どういうことなんでしょう？」

「私が弟の存在を知ったのは八歳の誕生日でした。お寺の住職さんにこう言われました。『これまで内緒にしていたが、小春の母さんは雲岡村で今でも生きているんだ。その女性はおまえの父親が死んだ時にもう一人子供を孕《はら》んでいて、現在はその子と二人で暮らしている』と。その子が『乙彦』という名前の一歳半違いの弟で、あなたとそっくりな声の持ち主なのです」

私は二の句が継げなかった。小春が父の姉だったなんて。では、私のこの体にも小春と同じ血が流れているというのだろうか。すぐには受け入れることができない話だ。

「小春さんはその弟さんと会ったんですか」

「それについても聞きたいですか」と小春は訊《き》き返した。

「お願いします。できれば、お願いします」

語気が強まっていた。詮索《せんさく》すれば怪しまれるかもしれないという気持ちより知りたい衝動の方が大きかった。

お茶に茶柱が立っている。小春は茶碗を両手で包み込むようにして持ち、一口だけ飲んだ。

「最初、私は乙彦に会うつもりは一切ありませんでした。私はお寺で育つ中でハンセン病に感染していましたし、お寺の存在は秘密だったので会ってもお互いにつらいだけだと思っていたのです。ところが、一年、二年と経つにつれ、私は次第に血のつながった家族を見てみたいと考えるようになりました。それで我慢しきれずに二人を探しに行ったのです」

「村に行くのは危険だったのではないですか」

「雲岡村の傍には村を一望できる丘がありました。その草むらに隠れて、村の様子を見下ろしたのです。数日に一度は通い、乙彦が雪合戦をしたり、母とお酒を造ったりしている光景を見ていました。でも、そんなある日、母が自ら命を絶ってしまった。乙彦は村八分になって食べていくこともままならないようでした。そのため私は会わないという決心を変え、住職に相談して彼をお寺につれてきて一緒に暮すことにしたのです」

私は啞然《あぜん》として言葉に詰まった。彼女の話は、かつて父から聞いた話とすべて一致していた。小春は間違いなく父の姉なのだ。つまり私の伯母ということになる。

窓の外は陽が沈みかけ夕色に染まっている。さっきまで聞こえていた小鳥のさえずりが静かになっていた。小春は少し寒くなったのか、薄いカーディガンを膝にかけて温和な口調でつづけた。

「弟の乙彦と暮らした日々は忘れられない時間でした。弟の目や鼻の形に姉弟《きょうだい》としての証《あかし》を見出《みいだ》して嬉《うれ》しくなったり、遠慮がちな照れ笑いを見ては母もこうして笑っていたのかと想像してみたり。住職も孫のようにかわいがっていて、声変わりしたばかりの弟の声を聞いて、『おまえのお父さんも同じ声をしていた』と教えてくれたこともありました。この時間が永遠につづいてほしいとさえ思いました」

「弟さんには、血がつながっていることを言わなかったのですか」と私は尋ねた。

「乙彦には最後まで秘密にしていました。乙彦はハンセン病ではありません。彼はいつか寺を離れて普通の人間として生きていかなくてはならなかったから、余計なことは知らない方がよかったのです。それに私にも願いがありました。弟に普通の人と結婚をして家庭を築き、一家の血を繫《つな》いでほしかったのです。ハンセン病なんかのせいで、父や母から受け継いだ血を途絶えさせたくなかった。きっと森の中で隠れて生きてきたからこそ、そういう思いが強まったのかもしれません」

小春は、家族にハンセン病患者がいるという事実を健常者が背負って生きることがどれだけ大変なことか、ヘンドたちの体験を通して知っていた。だからこそ、乙彦に真実を告げることができなかった。それは小春の姉としての精一杯の優しさだったにちがいない。

喉《のど》の渇きを覚え、私は先ほど注いでもらったお茶を飲んだ。日本茶の少し苦い風味が胃にへとつたっていく。

その時、ドアを叩く音がして、先ほど百日紅の木の下で会った老人が顔をのぞかせた。彼は段ボールに入った野菜を玄関に下し、「小春さん、ここに置いておくぞ」と言った。村人が動けない小春のために食材を分けてくれているのだろう。小春はお礼を言いながら立ち上がったが、老人は照れ臭そうに「気づかいなんぞいらんよ」と言い残して帰っていった。

小春は立ち上がったついでに壁にあった電気のスイッチを押した。目は見えないものの、おおよその感覚で時間がわかるにちがいない。蛍光灯は古いらしく、何度か点滅してから部屋を照らした。

彼女は腰を下すと、急須《きゅうす》にお湯を注いで日本茶を入れ直した。コポコポというお湯の音が狭い部屋に響く。私は頭を整理するために深く息を吸った。

私は言葉を選びながら質問を投げかけた。

「少し聞いた話では、小春さんは四国を離れて暮らしたこともあったようですね。あの時代にハンセン病患者として生きるのは、並々ならぬご苦労があったと思います。弟さんとはその後一度もお会いしていないのですか」

「たしかに私の人生は一時として楽なことはありませんでした。あかりを殺して私も死のうというところまで追いつめられたこともありましたが、それでも生きつづけることを選んだのは弟の乙彦の存在が希望になっていたからです」

希望という言葉が重く響いた。

「希望、ですか」と私は訊いた。

「私は死にたくなった時、いつも弟を思い出して気持ちを奮い立たせていました。『日本のどこかで乙彦は必死になって働き、父と母から受け継いだ血をつないでくれている。それなのに私が諦《あきら》めてどうするのだ』と。私にとって乙彦は直接会えなくても胸の中で絶えず支えてくれる存在だったのです」

「彼の行方はずっとわからずじまいだったのですか」

「いいえ、寺を離れてから二十数年後、私は偶然に乙彦の消息を知ることになりました。ラジオで彼の声を聞いたのです」

「ラジオ……」

彼女は湯呑《ゆのみ》茶碗をちゃぶ台に置いて答えた。

「ある日、ラジオからどこかで耳にした声が流れてきました。それが乙彦だったのです」

小春によれば、それは秋の平日の午後だったという。毎日夕方の四時過ぎをお茶の時間にしてラジオを聞くのが習慣だった。活躍している民間人を招いて、人生観を聞くという番組で、ゲストとして招かれていたのが乙彦だったのである。

彼女はすぐにその声に気がつき、ラジオに耳を澄ました。話を聞く限り、乙彦は児童養護施設を離れた後、神奈川、埼玉、東京の商店で住み込みの仕事をしながら独学で勉強をし、二十代の後半から自分の会社を起こしたようだった。毎日朝から晩まで一日も休むことなく働きつづけたおかげで、会社は軌道に乗って大きくなっていったらしい。

小春は初めて乙彦の人生を知って彼のこれまでの努力を思った。小学校さえ通っていない彼がそこまで上りつめるには、他人には想像もつかない血の滲《にじ》むような苦労があったにちがいない。小春はこみ上げてくる感情を抑えきれなくなり、ラジオを抱きしめて「生きていてくれてありがとう。本当にありがとう」と言った。同じ時の中で共に生きていると思えるだけで嬉しかった。

そこまで語ると、小春は当時の感情が蘇《よみがえ》ったのか、急須を床に置いて胸に手をあてた。

「私は乙彦が生きていると知って大きく勇気づけられました。自分も乙彦のようにもっと頑張らなければと思えるようになったのです。あんな小さかった子がラジオに出るまでに大きくなったんだからって」

「その後の乙彦さんについてはご存知なのでしょうか」と私は尋ねた。

「やがて私はあかりに内緒で村の人に乙彦のことを調べてもらいました。すると、彼が東京都の議員をつとめながら、人権運動の活動をしていることがわかりました。ハンセン病患者の権利を守ろうとしていたのです。私は、彼がお寺のことをずっと忘れずにいてくれたのだと思い、嬉しさのあまり何日も涙を流しました。それから注意してニュースを聞くようにすると、年に一度か二度は名前を聞くことができるようになりました」

「弟さんに直接連絡をとることはしなかったのですか？」

「実の姉である私がハンセン病だと名乗り出れば、彼がこれまで社長として築き上げてきたものが音を立てて崩れ落ちてしまうかもしれません。姉としてそれだけはしてはいけないことです。だから私は直接会えなくても、心の中でずっと応援することにしようって決めたんです」

部屋の壁に、あかりが描いたと思われる小春の似顔絵が飾られていた。幼い時ののものなのだろう、小春の顔はまだ癩にそこまで侵されておらず、黒い瞳《ひとみ》が大きく愛らしい表情をして真っ直《ます》ぐにこちらを見ている。

私は尋ねた。

「ここ十年ほど弟さんが何をしていたかはご存知ですか」

小春は首を横にふった。

「実は十二年前に完全に失明し、その後大病まで患《わずら》ったのです。五年余り闘病をしてようやく元の生活にもどったのですが、テレビやラジオでその名を聞くことは一度もありませんでした。議員も辞めたようです。きっと年をとって引退したのでしょう。寂しい気もしましたが、これはこれでいいのかもしれないと私も昔のように名前を探すのをよすことにしたのです」

十年前の殺人未遂事件については知らないとわかってほっとした。

小春はつづけた。

「乙彦も元気なら七十二歳ぐらいでいい年齢です。今は、昔彼が約束してくれたように子供が活躍しているはずです」

子供と聞いて心臓が萎縮《いしゅく》した。

「どういうことですか？」

「ある日乙彦が約束してくれたことがあるんです。『もし子供が生まれたら、絶対に医者にして癩の人が苦しまない世の中をつくる』って」

「子供を医者に……」

「私はそれが嬉しくて嬉しくて……私は七十代も半ばにさしかかり、もう死んでいく年寄だから仕方ありません。でも、これから生まれてくる若い人には病気のことで私が体験したのと同じような苦しみを絶対に味わわせたくない。それだけは嫌なんです。私には学もお金もなく、あかりを社会に役立つ人間に育てることができませんでした。でも、もし乙彦が本当に子供をお医者様にして、一人でも多くの苦しみを取り除いてくれているのだとしたら、私にとってこんなに幸せなことはありません」

私は胸に言葉が突き刺さるような衝撃を覚えた。これまで私は父の独断によって医師にさせられたのだと考えてきた。だが、父は小春やヘンドたちの思いを背負ってはるばる東京に出てきて、苦労の末に会社経営者となった。そして、私にこれ以上ない恵まれた環境を与えて勉強をさせることで、その思いを託したのだ。

医師になった背景にこんなことがあったなんて。私は感謝の思いで胸がいっぱいになり、自然と涙がこぼれてきた。気づかれないように嗚咽《おえつ》を抑えようとするが、次から次に涙があふれてくる。

「私は先が長くありません。この小さな家で乙彦という立派な弟を持てた幸せを嚙《か》みしめながら死んでいくことになるでしょう。けど一つだけ望みがあるのです」

「望み？」

「はい。乙彦に感謝の気持ちを伝えたいのです。ありがとうって」

「本当は会いたい。そうじゃないんですか」

小春はうつむいて答えた。

「はい……」

それを聞いた途端、私はもう素性を隠していることはできないと思った。すべてを打ち明けるべきだ。私は床に両手をついて頭を下げた。

「小春さん、安心してください。乙彦さんの息子は医者になっています。感染症を専門にした医者をやっています。実は、僕がその乙彦の息子なのです。今まで黙っていてすみませんでした」

小春は顔を上げ、両手をそっと胸へもっていった。いつの間にか表情が晴れやかになっている。

「やはり、そうでしたか」

私は一瞬言葉につまった。

「えっ……僕のこと、ご存知だったのですか」

小春はやさしく微笑《ほほえ》んだ。

「あなたが耕作と名乗った時、そうかもしれないと思ったのです。かつてお寺で暮らしていた時、乙彦と一緒に子供が生まれたらどうするかという話をしたことがありました。その時、乙彦は息子ができたら私の死んだ父と同じ名前をつけると約束してくれたのです」

「まさか……」

「そう、森で村人に殺害された私の父は『耕作』という名前だったのです。だから私はあなたの名前を聞いて、もしかしたらと思って、ここまで詳しく話をしたんですよ」

小春は「耕作さん」とつぶやいて指のない手を伸ばして、私の顔に触れた。指が欠けた手はささくれ立っていて固かった。

私はその手の感触を感じながら、父が小春について話していた時のことを思い浮べていた。小春が魚頭川の鮎《あゆ》を手づかみで獲《と》った時のこと、蛍の群れの中で手をつないで将来を語り合った時のこと、住職を助けようとして草むらから飛び出した時のこと……数々の思い出話がとめどなくあふれてくる。

小春は手を私の頬から離して尋ねた。

「聞かせてください。乙彦は今、どこにいるのでしょう」

ずっと訊きたかったにちがいない。私は真っ直ぐに彼女を見て答えた。

「今、父はある事情があってここには来られません。でも、半年先か、一年先になるかもしれませんが、かならず父はあなたに会いに来ると言っています。私もそれまでここにいますから、どうか一緒に父を待ってくださいませんか」

「乙彦がここに来てくれるんですね。本当に来てくれるんですね」

声が裏返っていた。何十年もずっと再会できる日を待ち焦《こ》がれていたのだ。私は力を込めて返事をした。

「はい。父もこの六十年間ずっと小春さんのことを考えてきました。片時も忘れたことはないはずです。かならず父はここに来ます。だから会ってやってください」

小春の固く閉じられた目蓋《まぶた》の隙間から、涙の粒があふれ出てきた。それは何本もの線となって頬をつたってこぼれ落ちていく。

「よかった。これまで頑張って生きていて本当によかった。まさかもう一度乙彦に会えるなんて……」

偽らざる気持ちだったのだろう。寺を離れてから約六十年、小春は浮浪癩《らい》として様々な苦しみを味わいながらずっと乙彦と再会する日を夢見て生きてきた。その願いが現実のものになろうとしている今、これまでの人生の断片が彼女の胸に次々と去来したにちがいない。

どれだけ時間が経《た》っただろうか。小春は少し落ち着いたように顔を上げ、涙をぬぐった。頬に涙の跡がいくつも残っている。彼女はすでに真っ暗になっている窓の方に目を向けて言った。

「耕作さん、今時計の針はどこを指していますか」

腕時計を見ると、午後八時半だった。それをつたえると、小春は立ち上がり、窓の傍に歩み寄っていった。すでに陽は沈んでいる。どうしたというのか。彼女は窓の前に立ち、背を向けたまま私に言った。

「ねえ、少しだけ外を見てくださいい。何か見えませんか」

私は首を傾げ、立ち上がって窓の外を見た。涙で目がかすんでいるせいか闇《やみ》しか見えない。それをつたえると小春は言った。

「では、部屋の明かりを消してもう一度見てください」

言われた通りに電気のスイッチを消して窓に目をやった。驚きで息が止まった。真っ暗な川辺に、緑色の光の粒が大量に飛び交っていたのだ。米粒ほどの大きさの光は暗闇に円を描いたり、葉っぱの上で点滅したりしている。

「蛍……蛍が見えます」

小春は胸に手を当てて答えた。

「そうですか。よかった。今年も飛んでいるんですね」

蛍の光のせいで、川の流れがほのかに緑色に光って見える。人の少ない集落だからだろう。今となっては珍しいほどの数だ。小春は私の反応を感じ取るようにゆっくりと言った。

「昔、乙彦と蛍を一緒に見ようって約束したんです。毎年一緒に見つづけようって。でもあれから一度も実現できずにいたんです」

「父も、そのことについて話していました」

「嬉しい。あの人も憶《おぼ》えていてくれたんですね。安心しました。ここはかつて暮らしたお寺ではありませんが、蛍がいます。この季節になると川や池の周りを飛び回るんです」

「だから、ここに住みつづけたのですか」と私は訊いた。

小春は照れ臭そうに、しかし深くうなずいた。

「乙彦は、こんな目も見えなくなった私と一緒に蛍を見てくれるかしら」

二匹の蛍がそっと窓ガラスに止まった。二匹は息を合わせるように静かに明滅する。

私は力を込めて答えた。

「もちろんです。それが父の願いでもあるはずですから。来年はここで一緒に蛍をご覧になっているはずです」

小春は「良かった」とつぶやいて、ぺたんとその場にお尻をついてすわり込んだ。安堵《あんど》で張りつめていたものが溶けたようだった。

私が背に手を伸ばそうとすると、彼女の白い髪につけられた飾りに目が止まった。

それは、赤い漆塗りの髪飾りだった。


（完）

本書は、日本にあったハンセン病や精神障害を抱える人々に対する差別をフィクションとして描いたものです。国や社会の過ち、人間の愚かさ、それに翻弄されて歴史から消されていった人々の無念。二度とそれらと同じことが起きないようにとの思いから、国内外の当事者の証言をもとにしてフィクションとして構成しました。文中で「カッタイ」「ヘンド」「犬娘」など差別的な表現を使用したのは、不当な扱いがいかに激しかったかを知っていただくためです。また、実際の原告団には平次のような人物は存在しません。あえて記したのは、生きるために罪を犯さなければならない人もいたということを伝えるためです。その他、療養所や寺院などモデルが存在するものもありますが、すべてはフィクションであり、実在の人物・団体とは無関係であることをご了承ください。

（著者）

解説

井上理津子

最初、あの石井光太さんがなぜ小説なのだ、と思った。

周知のとおり、石井さんはネパールで麻薬売人と暮らし、インドで物乞《ものご》いをする子どもと寝起きを共にし、マフィアに潜入し、フィリピンで日本兵の亡霊を見、釜石《かまいし》の遺体安置所で働き、数々の実話を書いてきた敏腕のノンフィクション作家だ。取材対象に体を根こそぎ張って迫り、リアルを綴《つづ》るから石井さんだったのに、と。「事実は小説より奇なり」だったはずだ。それなのに虚構の物語を書くなんて、正直に言うと、取材するという行為に疲れて、架空の話を書いたのかと勘ぐった。

しかし、ページをめくり始めると、そんな勘ぐりはまったくのお門違いだったとすぐに気づいた。

石井さんは大量に取材をした。ハンセン病という題材が題材だけに、やっと聞き得た内容を、たとえ匿名《とくめい》としても書けないことがある。六十年前の境遇や出来事を話せる人はすでに高齢だ。意を決して重い記憶をたぐり寄せてくれても、整合性がとれないことも少なくないだろう。石井さんはその人たちの言外の思いを感じ取る力をもっている。取材を重ねて「事実」の数々を知るうちに、「伝えたいこと」が明確になった。そのため、フィクションの形式を選んだのだと、いやがうえにも思い知らされた。巻末にも、当事者の証言をもとにしてフィクションとして構成したと書かれている。

石井さんのブログによると、本書の構想は十年ほど前に、宮本常一《つねいち》の『忘れられた日本人』（一九六〇年初版刊行）に収録された記録「土佐寺川夜話」の一文を読んだのがきっかけだったという。長くなるが、大切な要素なので、ここに記そう。

その原始林の中で、私は一人の老婆に逢いました。たしかに女だったのです。しかし一見してはそれが男か女かわかりませんでした。顔はまるでコブコブになっており、髪はあるかないか、手には指らしいものがないのです。ぼろぼろといっていいような着物を着、肩から腋《わき》に風呂敷包を襷《たすき》にかけておりました。大変なレプラ患者なのです。全くハッとしました。細い道一本です。よけようもありませんでした。私は道に立ったままでした。すると相手はこれから伊予の某という所までどの位あるだろうとききました。私は土地のことは不案内なので、陸地測量部の地図を出して見ましたがよくわかりませんから分らないと答えました。

そのうち少し気持もおちついて来たので「婆さんはどこから来た」ときくと、阿波から来たと言います。どうしてここまで来たのだと尋ねると、しるべを頼って行くのだとのことです。

「こういう業病で、人の歩くまともな道はあるけず、人里も通ることができないのでこうした山道ばかり歩いて来たのだ」と聞きとりにくいカスレ声で申します。

老婆の話では、自分のような業病の者が四国には多くて、そういう者のみの通る山道があるとのことです。私は胸のいたむ思いがしました。(行替えは、筆者による)

四国の山深い中に、遍路が通る道とは別に、ハンセン病罹患者たちが通る道なき道があった。宮本常一はそこを歩く病状の進んだ老婆に遭遇し、言葉を交わしていたのである。

石井さんはこの記述が気になって、歴史を調べた。学術的にもほとんど記述されず葬《ほうむ》り去られていた、「カッタイ」と呼ばれたハンセン病罹患者らが身を隠しながら巡礼する「ヘンド道」や、彼らが一時的あるいは恒久的に身を寄せた「カッタイ寺」、その周辺のことを取材してきた。隔離されて人権皆無の暮らしを強いられる療養所を避け、病気の回復や来世の平安を願って巡礼する者も多かったと調べ尽くした上、当事者たちの話に耳を傾け、満を持してこの物語を書いたのである。

本書『蛍の森』の舞台は、四国山脈雲辺寺山の山頂にある第六十六番札所・雲辺寺からそう遠くないと思われる山中の「カッタイ寺」と、近隣の村だ。プロローグで、村人たちが連れた一歳の子供を、頭巾《ずきん》をかぶって顔を隠した男二人がさらって、一目散に逃げる。一人は村人たちに捕まり、「カッタイ野郎め」と撲殺《ぼくさつ》される。

そして、二〇一二年に村で九十歳を超えた老人の連続失踪《しっそう》事件が起きる。七十二歳の重要参考人の息子で都立感染症研究所の医師である「私」が現地に向かうところから物語が始まる。

なぜこの事件が起きたのか。背景は何なのか。父は犯人なのか。

「私」の父への思いと行動を軸に、わずか六十年前にその地に確かに「カッタイ寺」があったこと、父はハンセン病罹患者ではないが、十三歳までその寺で暮らしたこと、警官をも含む村人たちによって、ハンセン病罹患者が酷《ひど》い差別を受けていたことが浮き彫りにされてゆく。場の匂《にお》いや空気の動きに加えて、人を殺《あや》める音、涙の色、むせび泣く声まで聞こえてくる。

当の「カッタイ寺」は、自身もハンセン病で、義足をはめ、手の指を半分以上失った八十歳くらいの老人が住職を務め、顔中に浮腫《ふしゅ》ができた十人ほどが息を潜めて暮らしていた。

寺で盗みを繰り返したため追放され、墓場の入り口にある掘建小屋を住処《すみか》とする者もいて、彼の来歴がとりわけ壮絶だ。

「俺は徳島の農村で生まれ育って十五歳の時に癩であることがわかった。親父は俺を家に置いておけば村八分にされると考えて、実の息子の俺を家族の前で殺そうとしたんだ。それで俺は家を飛び出し、ここに来た。癩になるってことは、人間として認めてもらえなくなるってことなんだよ」

彼らは、遍路をしている途中で猟師に出くわして半殺しの目にあい逃げてきた同病の男を手当てし、行き倒れの遍路の死体を片付ける。

「俺は故郷の村で癩にかかったんだ。それでやむなく村を出てここに来たんだよ」

と明るく話す青年は、一年ほど共に遍路をした母に「ちょっと買い物に行ってくる」と消えられた。病気の体を隠し、物もらいをしながら一人で遍路を続け、偶然に出会ったヘンドに紹介されてこの寺に来た。

「あいつら（村人ら）は俺たちのことを嫌っているから、丸太や鍬《くわ》で袋だたきにされる。俺たちは村を不幸にする元凶だと思われているんだ」と吐く。

私が特にキツかったのは、東京の吉原をもじって「吉原」と呼ばれる三十代の女性だ。彼女も罹患しているが、好意を寄せる男の言いなりになって同宿の男や行きずりのヘンドたちと洞窟で恒常的に性交する。そして妊娠してしまう。その後、なんとか自力で赤ん坊を産んだものの、幾日もしないうちに、村人たちの暴挙により、取り返しのつかないことになる……。

一方で、六十年前の村には、夜這《よば》いの風習があった。知的障害があり、集落の墓守りをする「犬娘」と差別的に呼ばれる女性がいた。人がいなくなると、「黒婆」と呼ぶ得体の知れない山びとに隠されたと信じられてもいた。それら前近代的な風俗・民俗が、本題への伏線として繰り返し書き込まれている。ハンセン病罹患者を撲殺することに心を痛めることなどない野蛮な村人が、先の戦争でずいぶん人を殺してきた人だというのも、石井さんの確言に違いない。

終盤に、プロローグの謎《なぞ》が解けると共に、失踪（殺人）事件の全容が解明される。さらに、人は途方もない逆境を歩んでも、心に一灯を灯し続ければ、「他者を信じる」

ことができるのだとほろりときた。

本書は、紛れもなくノンフィクションを超えたフィクションだ。幅広い読者に読んでもらわなければならない。

翻《ひるがえ》って、四国遍路が一種のブームになって久しい。今は交通手段もさまざまで、カジュアルになった。四国八十八ヶ所霊場会（香川県善通寺市）によると、年間約十五万人が結願《けちがん》しているという。

私も数年前に一巡した。ほとんどを車で巡る週末遍路だったので、偉そうなことは言えないが、それでも行く先々のお寺の周辺で「お接待」を受けた。

「ようおいでなしたなぁ。まあ、お茶でも飲んでいかんで」と。

夏はトマト、秋は柿《かき》もいただいた。蕎麦《そば》を食べさせてもらったこともあった。ときには話もした。

「今も〝乞食遍路〟の人がときおりいます。身なりが汚くて、子どものころは怖かったですが、もう慣れました」

と聞いたのは、室戸岬の先端の集落だったと思う。

乞食遍路。こういう言葉を使ってよいかどうか。しかし、置き換える言葉が見つからないので敢《あ》えて書く。住む家がなく、金も底をついた人が野宿し、「お接待」を受けて食いつないで遍路を回り続ける。力尽き、倒れた所を死に場所とする人たちをこう呼び、二十一世紀の今もいる——。「お接待」してくれた年配の女性が痛々しい面《おも》持《も》ちでそう話した。

貪《むさぼ》るように本書を読んだあと、やるせなさが澱《おり》のように心に溜《た》まった。四国遍路を回ったとき、「ヘンド」や「カッタイ寺」の存在を私は知らなかった。気持ちの整理がつかないまま、「乞食遍路」が今もいると聞いたことを思い出した。

（平成二十八年三月、ノンフィクションライター）

この作品は二〇一三年十一月新潮社より刊行された。

石井光太著
神の棄てた裸体
―イスラームの夜を歩く―

イスラームの国々を旅して知ったあの宗教と社会の現実。彼らへの偏見を「性」という視点から突き破った体験的ルポルタージュの傑作。

石井光太著
絶対貧困
―世界リアル貧困学講義―

「貧しさ」はあまりにも画一的に語られていないか。スラムの生活にも喜怒哀楽あふれる人間の営みがある。貧困の実相に迫る全14講。

石井光太著
レンタルチャイルド
―神に弄ばれる貧しき子供たち―

カネのため手足を切断される幼子。マフィアが暗躍する貧困の現実と、運命に翻弄されながらも敢然と生きる人間の姿を描く衝撃作。

石井光太著
遺体
―震災、津波の果てに―

東日本大震災で壊滅的被害を受けた釜石市。人々はいかにして死と向き合ったのか。遺体安置所の極限状態を綴ったルポルタージュ。

石井光太著
地を這う祈り

世界各地のスラムで目の当たりにした、貧しき人々の苛酷な運命。弱者が踏み躙られる現実を炙り出す衝撃のフォト・ルポルタージュ。

井上理津子著
さいごの色街　飛田

今なお遊郭の名残りを留める大阪・飛田。この街で生きる人々を十二年の長きに亘り取材したルポルタージュの傑作。待望の文庫化。

NHKスペシャル取材班著

日本海軍400時間の証言
—軍令部・参謀たちが語った敗戦—

開戦の真相、特攻への道、戦犯裁判。「海軍反省会」録音に刻まれた肉声から、海軍、そして日本組織の本質的な問題点が浮かび上がる。

NHKスペシャル取材班編著

日本人はなぜ戦争へと向かったのか
—外交・陸軍編—

肉声証言テープ等の新資料、国内外の研究成果をもとに、開戦へと向かった日本を徹底検証。列強の動きを読み違えた開戦前夜の真相。

NHKスペシャル取材班編著

日本人はなぜ戦争へと向かったのか
—メディアと民衆・指導者編—

軍に利用され、民衆の〝熱狂〟を作り出したメディア、戦争回避を検討しつつ避けられなかったリーダーたちの迷走を徹底検証。

NHKスペシャル取材班編著

日本人はなぜ戦争へと向かったのか
—果てしなき戦線拡大編—

戦争方針すら集約できなかった陸海軍、軍と一体化して混乱を招いた経済界。開戦から半年間の知られざる転換点を徹底検証。

松木秀文
夜久恭裕
NHKスペシャル取材班 著

原爆投下
—黙殺された極秘情報—

特殊任務を帯びたB29の情報を得ていながら、なぜ活かされなかったのか——。広島、長崎の悲劇が避けられた可能性に迫る。

国分拓著

ヤノマミ
大宅壮一ノンフィクション賞受賞

僕たちは深い森の中で、ひたすら耳を澄ました——。アマゾンで、今なお原初の暮らしを営む先住民との150日間もの同居の記録。

小林和彦著

ボクには世界がこう見えていた
―統合失調症闘病記―

精神を病んでしまったその目には、何が映っていたのか。発症前後の状況と経過を患者本人が、客観性を持って詳細に綴った稀有な書。

千松信也著

ぼくは猟師になった

山をまわり、シカ、イノシシの気配を探る。ワナにかける。捌いて、食う。33歳のワナ猟師が京都の山から見つめた生と自然の記録。

岩波　明著

心に狂いが生じるとき
―精神科医の症例報告―

その狂いは、最初は小さなものだった……。アルコール依存やうつ病から統合失調症まで、精神疾患の「現実」と「現在」を現役医師が報告。

石井妙子著

おそめ
―伝説の銀座マダム―

かつて夜の銀座で栄光を摑んだ一人の京女がいた。川端康成など各界の名士が集った伝説のバーと、そのマダムの華麗な半生を綴る。

池谷孝司編著

死刑でいいです
―孤立が生んだ二つの殺人―
疋田桂一郎賞受賞

〇五年に発生した大阪姉妹殺人事件。逮捕された山地悠紀夫はかつて実母を殺害していた。凶悪犯の素顔に迫る渾身のルポルタージュ。

保坂　渉
池谷孝司著

子どもの貧困連鎖

蟻地獄のように繫がる貧困の連鎖。苦しみの中脳裏によぎる死の一文字――。現代社会に隠された真実を暴く衝撃のノンフィクション。

新潮文庫最新刊

村上春樹文
大橋歩画
村上ラヂオ3
—サラダ好きのライオン—
不思議な体験から人生の深淵に触れるエピソードまで、小説家の抽斗《ひきだし》にはまだまだ話題がいっぱい！「小確幸」エッセイ52編。

角田光代著
私のなかの彼女
書くことに祖母は何を求めたんだろう。母の呪詛。恋人の抑圧。仕事の壁。全てに抗いもがきながら、自分の道を探す新しい私の物語。

安東能明著
伴連れ
警察手帳紛失という大失態を演じた高野朋美刑事は、数々な事件の中で捜査員として覚醒してゆく——。警察小説はここまで深化した。

石井光太著
蛍の森
村落で発生した老人の連続失踪事件。その裏に隠されていたのは余りにも凄絶な人権蹂躙の闇だった。ハンセン病差別を描く長編小説。

宇江佐真理著
雪まろげ
—古手屋喜十　為事覚え—
店先に捨てられていた赤子を拾って養子にした古着屋の喜十。ある日突然、赤子のきょうだいが現れて……。ホロリ涙の人情捕物帳。

藤原緋沙子著
雪の果て
—人情江戸彩時記—
奸計に遭い、脱藩して江戸に潜伏する貞次郎。想い人の消息を耳にするのだが……。涙なくしては読めない人情時代小説傑作四編収録。

新潮文庫最新刊

新井素子著

イン・ザ・ヘブン

いろいろな天国、三つの願い、人工知能、神様のゲーム、第六感、そして「ノックの音」。バラエティ豊かな十編の短編とエッセイ。

吉上亮著

生存賭博

怪物〝月硝子《ディプーム》〟の出現により都市に隔離された市民は、やがて人と怪物の争いを賭けの対象にした。極限の欲望を描く近未来エンタメ。

堀内公太郎著

スクールカースト殺人教室

女王の下僕だった教師の死。保健室に届く密告の手紙。クラスの最底辺から悪魔誕生。もう誰も信じられない学園バトルロワイヤル！

蛭子能収著

ヘタウマな愛

遺影となった女房が微笑んでいる。俺は涙を止められなかった――。30年間連れ添った妻との別れと失意の日々を綴る感涙の回想記。

河合祥一郎著

シェイクスピアの正体

本当は、誰？　別人説や合作説が入り乱れる、天才劇作家の真の姿とは。シェイクスピア研究の第一人者が、演劇史上最大の謎を解く！

松岡和子著

深読みシェイクスピア

松たか子が、蒼井優が、唐沢寿明が芝居を通して教えてくれた、シェイクスピアの言葉の秘密。翻訳家だから書けた深く楽しい作品論。

蛍《ほたる》の森《もり》

新潮文庫　い-99-6

平成二十八年五月一日発行

著者　石《いし》井《い》光《こう》太《た》

発行者　佐藤隆信

発行所　株式会社 新潮社

郵便番号　一六二—八七一一
東京都新宿区矢来町七一
電話　編集部(〇三)三二六六—五四四〇
読者係(〇三)三二六六—五一一一
http://www.shinchosha.co.jp

価格はカバーに表示してあります。

乱丁・落丁本は、ご面倒ですが小社読者係宛ご送付ください。送料小社負担にてお取替えいたします。

印刷・大日本印刷株式会社　製本・株式会社大進堂

ISBN978-4-10-132536-1 C0193